GOLDMA

Buch

Philip Wardmann haßt nichts so sehr wie die Gewalt. Nach dem Tod seines Vaters, eines besessenen Spielers und Wettsüchtigen, der so ziemlich das gesamte Familienvermögen durchgebracht hat, ist Philip so etwas wie das natürliche Familienoberhaupt. Er arbeitet in einer kleinen Firma, die Wohnungsrenovierungen vornimmt, und wohnt, zusammen mit seinen beiden Schwestern Fee und Cheryl, noch immer zu Hause bei seiner Mutter Christine.

Doch dann lernt Philip bei der Hochzeit seiner Schwester Fee Senta Pelham, eine der fünf Brautjungfern, kennen: eine schlanke, bleiche Kindfrau mit fast farblosen Augen. Von Senta geht eine schwer faßbare Faszination aus, und Philip kann es anfangs kaum glauben, daß sie sich ihrerseits zu ihm hingezogen fühlt. Immer tiefer gerät Philip in den Bann seiner neuen Geliebten, bis er von der Absolutheit dieser Beziehung verschlungen zu werden droht. Was als Liebe auf den ersten Blick begann, steigert sich mit jeder Begegnung zu einer fatalen Gratwanderung zwischen Erotik und Dämonie. Denn Senta, von Philip heiß begehrt, verlangt von diesem einen ganz besonderen Beweis seiner Liebe – einen Mord.

Autorin

Ruth Rendell wurde 1930 in South Woodford/London als Tochter eines Lehrerehepaars geboren. Nach der Schule arbeitete sie zunächst als Journalistin, bevor sie sich ganz dem Schreiben von Kriminalromanen und -geschichten widmete. Ihr erstes Buch erschien 1964; seitdem hat sie an die 30 Romane geschrieben. Dreimal schon hat sie den Edgar-Allan-Poe-Preis erhalten; außerdem wurde sie zweifach mit dem »Goldenen Dolch« der Crime Writer's Association für den besten Kriminalroman ausgezeichnet.

Ruth Rendell, die auch unter dem Pseudonym Barbara Vine bekannt ist, lebt in einem Farmhaus aus dem 16. Jahrhundert in Suffolk. Sie ist verheiratet und Mutter eines Sohnes.

Im Goldmann Verlag
ist außerdem lieferbar:

Stirb glücklich. Stories (41294/Mai 92)

RUTH RENDELL

DIE BRAUTJUNGFER

ROMAN

Aus dem Englischen
von Christian Spiel

GOLDMANN VERLAG

Die englische Originalausgabe erschien unter dem Titel
»The Bridesmaid« bei Hutchinson, London

Der Goldmann Verlag
ist ein Unternehmen der Verlagsgruppe Bertelsmann

Made in Germany · 2. Auflage · 3/92
Genehmigte Taschenbuchausgabe

Umschlaggestaltung: Design Team München
Druck: Elsnerdruck, Berlin
Verlagsnummer: 41240
UK · Herstellung: Heidrun Nawrot/Voi
ISBN 3-442-41240-2

Für Don

I

Ein gewaltsamer Tod fasziniert die Leute. Auf Philip hingegen wirkte Gewalt abstoßend. Er hatte geradezu eine Phobie dagegen. Jedenfalls nannte er es sich selbst gegenüber manchmal so, eine Phobie gegen Mord und Totschlag in jeglicher Form, gegen die willkürliche Vernichtung menschlichen Lebens im Krieg und seine sinnlose Vernichtung durch Unfälle. Physische Gewalt verstörte ihn, in der Realität, auf dem Bildschirm, in Büchern. So empfand er schon, seit er ein kleiner Junge gewesen war und andere Kinder mit Spielzeugpistolen aufeinander gezielt und Totschießen geübt hatten. Wann es begonnen oder was es ausgelöst hatte, das wußte er nicht. Dabei war er seltsamerweise nicht feige oder überempfindlich, und er hatte nicht mehr oder weniger Angst als alle anderen auch. Es war nur so, daß ein unnatürlicher Tod für ihn weder unterhaltsam war, noch einen makabren Reiz hatte. So entzog er sich nach Möglichkeit derlei Dingen, in welcher Form auch immer. Er wußte, daß das ungewöhnlich war. Und so verbarg er seine Phobie oder versuchte es wenigstens.

Wenn die anderen fernsahen, saß er dabei, ohne die Augen zu schließen. Auch zog er nicht über Zeitungen und Romane her. Aber alle kannten seine Gefühle, auch wenn sie keinen besonderen Respekt davor hatten. Sie sprachen dennoch über Rebecca Neave.

Philip selbst hätte sich für ihr Verschwinden nicht

interessiert und noch viel weniger Spekulationen darüber angestellt. Er hätte den Apparat abgeschaltet. Wahrscheinlich hätte er ihn schon zehn Minuten vorher abgeschaltet, um sich Nordirland, den Iran, Angola und das Zugunglück in Frankreich genauso zu ersparen wie das Mädchen, das verschwunden war. Er hätte sich niemals das Foto ihres hübschen Gesichts angesehen, den lächelnden Mund, die im grellen Sonnenlicht zusammengekniffenen Augen, das im Wind wehende Haar.

Rebecca Neave war an einem Herbstnachmittag gegen drei Uhr verschwunden. Ihre Schwester hatte an jenem Mittwochvormittag mit ihr telefoniert, und ein Mann, der seit kurzem mit ihr befreundet und gerade viermal mit ihr ausgegangen war, hatte sie an diesem Tag mittags angerufen. Das war das letzte Mal gewesen, daß jemand ihre Stimme hörte. Eine Nachbarin hatte gesehen, wie sie den Wohnblock verließ, in dem sie lebte. Sie trug einen hellgrünen Trainingsanzug aus Samt und weiße Turnschuhe. Das war das letzte Mal, daß jemand sie zu Gesicht bekommen hatte.

Als das Foto des Mädchens auf dem Bildschirm erschien, sagte Fee: »Sie war auf meiner Schule. Der Name kam mir gleich bekannt vor. Rebecca Neave. Ich wußte, daß ich ihn schon mal gehört hatte.«

»Du hast nie erwähnt, daß du eine Freundin hattest, die Rebecca heißt.«

»Wir waren keine Freundinnen, Cheryl. Wir waren dreitausend an dieser Schule. Ich glaube nicht, daß ich irgendwann einmal mit ihr gesprochen habe.« Fee starrte auf den Bildschirm, während ihr Bruder ebenso angestrengt versuchte, nicht hinzusehen. Er hatte die Zeitung zur Hand genommen und eine Innenseite aufgeschlagen, zu der die Rebecca-Neave-Story nicht vorgedrungen war. »Die Polizei nimmt sicher an, daß sie ermordet wurde«, sagte Fee.

Rebecca Neaves Mutter erschien auf dem Bildschirm und bat die Zuschauer um Hinweise auf ihre verschollene Tochter. Rebecca war dreiundzwanzig. Sie hatte einen Töpferkurs für Erwachsene gegeben, sich aber zur Aufbesserung ihres Einkommens in einem Inserat als Babysitter und Haushüter angeboten. Es erschien denkbar, daß sich auf ihr Inserat hin jemand telefonisch gemeldet hatte. Rebecca hatte für jenen Abend eine Verabredung getroffen und war dann hingegangen. Jedenfalls nahm ihre Mutter das an.

»Ach, die arme Frau«, sagte Christine, die gerade mit Kaffee auf einem Tablett hereinkam. »Was sie durchmachen muß! Ich kann mir gut vorstellen, wie mir zumute wäre, wenn es um einen von euch ginge.«

»Nun ja, um mich brauchst du keine Angst zu haben«, sagte Philip, der kräftig gebaut, wenn auch mager, und beinahe einen Meter fünfundneunzig groß war. Er sah seine Schwester an. »Kann ich das jetzt abschalten?«

»So was hältst du nicht aus, was?« Cheryl hatte einen finsteren Gesichtsausdruck und gab sich nur selten Mühe, freundlicher dreinzublicken. »Vielleicht ist sie gar nicht ermordet worden. Jedes Jahr verschwinden Hunderte von Leuten.«

»Da steckt sicher mehr dahinter, als wir ahnen«, sagte Fee. »Die würden keinen solchen Wirbel machen, wenn sie nur einfach fortgegangen wäre. Komisch, jetzt fällt mir ein, daß sie im gleichen Werkkurs für die Abschlußprüfung war wie ich. Sie wollte weitermachen und Lehrerin werden, und die andern fanden das alle komisch, weil sie nichts anderes im Kopf hatten, als zu heiraten. Komm, schalt schon ab, Phil, wenn du willst. Über Rebecca kommt sowieso nichts mehr.«

»Warum können sie eigentlich keine guten Nachrichten bringen?« fragte Christine. »Man sollte denken, die wären genauso sensationell. Es kann doch nicht sein, daß es keine guten Nachrichten gibt, oder?«

»Katastrophen haben eben Nachrichtenwert«, sagte Philip. »Aber vielleicht wäre es keine schlechte Idee, es zur Abwechslung auch mal anders zu versuchen. Etwa mit einer Liste, wer an einem bestimmten Tag alles Glück im Unglück hatte – all die Leute, die vor dem Ertrinken gerettet wurden, all jene, die in einen Autounfall verwickelt waren und überlebt haben.« In einem düsteren Ton setzte er hinzu: »Mit einer Liste von Kindern, die nicht mißhandelt wurden, und von Mädchen, die Sittenstrolchen entkommen sind.«

Er schaltete den Apparat ab. Es war eine Wohltat zu sehen, wie das Bild kleiner wurde und rasch verschwand. Fee hatte sich an Rebecca Neaves Verschwinden zwar nicht gerade geweidet, aber darüber zu spekulieren gab ihr offensichtlich viel mehr, als über eine von Christines »guten Nachrichten« zu sprechen. Er machte einen ziemlich angestrengten Versuch, über etwas anderes zu reden.

»Um welche Zeit sollen wir uns morgen auf den Weg machen?«

»Aha, Themawechsel! Wie ähnlich dir das sieht, Phil.«

»Er hat gesagt, wir sollen gegen sechs bei ihm sein.« Christine blickte ziemlich schüchtern ihre Töchter und dann Philip an. »Könnt ihr alle bitte mal auf einen Sprung mit in den Garten hinauskommen? Wollt ihr? Ich hätte gern euren Rat.«

Es war ein kleiner, armseliger Garten, der noch am besten um diese Tageszeit wirkte, wenn die Sonne unterging und die Schatten lang waren. Eine Reihe Leylandzypressen machte es den Nachbarn unmöglich, über den Zaun am anderen Ende zu blicken. In der Mitte des Rasens war eine runde Betonplatte zu sehen, auf der nebeneinander ein Vogelbad und eine Statue standen. Die Platte war zwar nicht mit Moos bewachsen, doch durch einen Spalt unter dem Vogelbad drängte sich Unkraut hervor. Christine legte eine Hand auf den Kopf der Statue und streichelte ihn leicht, so wie sie vielleicht ein Kind liebkost hätte. Dabei sah sie ihre Kinder auf ihre besorgte Art an, halb schüchtern, halb tapfer.

»Was würdet ihr dazu sagen, wenn ich ihm Flora schenken würde?«

Fee zögerte selten, hatte immer entschiedene Ansichten. »Man kann jemand doch keine Statue schenken.«

»Warum nicht, wenn sie ihm gefällt?« sagte Christine. »Er hat gesagt, sie gefällt ihm, und sie würde sich in seinem Garten nett ausnehmen. Angeblich erinnert sie ihn an mich.«

Als hätte ihre Mutter kein Wort von sich gegeben, sagte Fee: »Man schenkt jemand Pralinen oder eine Flasche Wein.«

»Er hat mir Wein mitgebracht.« Christine sagte es in einem staunenden, hocherfreuten Ton, als wäre es besonders aufmerksam und großzügig, eine Flasche Wein mitzubringen, wenn man bei einer Frau zum Abendessen eingeladen ist. Sie fuhr mit der Hand über Floras Marmorschulter. »Sie hat mich immer an eine Brautjungfer erinnert. Wohl wegen der Blumen.«

Philip hatte das Mädchen aus Marmor noch nie genauer betrachtet. Flora, das war einfach die Statue, die bei ihnen neben dem Teich im Garten stand, solange er zurückdenken konnte. Sein Vater, so war ihm gesagt worden, hatte sie auf der Hochzeitsreise mit Christine gekauft. Sie war gut einen Meter groß, die Miniaturkopie einer römischen Statue. In der linken Hand hielt sie einen Blumenstrauß, mit der andern griff sie nach dem Saum ihres Gewands und hob ihn über den rechten Fußknöchel. Sie stand zwar mit beiden Füßen auf dem Boden, schien aber in einem gemessenen Rhythmus zu gehen oder zu tanzen. Doch besonders schön an ihr war das Gesicht. Während Philip sie ansah, wurde ihm bewußt, daß er die Gesichter antiker Statuen, griechischer wie römischer, im allgemeinen nicht sonderlich attraktiv fand. Die schweren Unterkiefer und die langen, gerade in die Stirn übergehenden Nasen gaben ihnen einen abweisenden Ausdruck. Vielleicht hatten sich die Schönheitsideale eben geändert. Vielleicht sprach ihn auch etwas Zarteres mehr an. Doch Flora hatte ein Gesicht, wie es ein schönes Mädchen von heute hätte haben können: die ausgeprägten Wangenknochen, die kurze Oberlippe und der Mund, die reizendste Vereinigung zart geschürzter Lippen. Ihr Gesicht war wie das eines lebendigen Mädchens, wenn man von Floras Augen absah. Sie standen extrem weit auseinander und schienen mit einem entrückten und heidnischen Ausdruck zu fernen Horizonten zu schauen.

»Ich finde schon seit einer Ewigkeit, daß sie für hier zu gut ist«, sagte Christine. »Sie wirkt *albern*. Nein, eigentlich meine ich, sie läßt das übrige albern erscheinen.«

Sie hatte recht. Die Statue war zu gut für ihre Umgebung. »Wie wenn man Champagner in einen Plastikbecher schüttet«, sagte Philip.

»Du sagst es.«

»Von mir aus kannst du sie verschenken«, sagte Cheryl. »Sie gehört schließlich dir, nicht uns. Papi hat sie dir geschenkt.«

»Ich sehe es so, daß all das auch euch gehört«, sagte Christine. »Er hat einen hübschen Garten, sagt er. Ich glaube, ich sähe Flora lieber in einem Rahmen, der ihr angemessen ist. Versteht ihr, was ich meine?«

Sie sah Philip an. Trotz aller Bekehrungsversuche seitens ihrer Töchter war sie von der Gleichheit der Geschlechter nicht zu überzeugen; selbst der Druck, der von Presse und Fernsehen ausging, vermochte nicht, sie eines Besseren zu belehren. Da ihr Ehemann tot war, erwartete sie von ihrem Sohn, nicht von ihrem ältesten Kind, Ratschläge, Urteile, Entscheidungen.

»Wir nehmen sie morgen mit«, sagte Philip.

Damals schien es keine sehr wichtige Angelegenheit zu sein. Warum auch? Es erschien nicht als einer jener gravierenden Entschlüsse wie die Entscheidung, ob man heiraten, ein Kind bekommen, den Beruf wechseln oder die lebensnotwendige Operation auf sich nehmen soll oder nicht. Und doch war es ebenso bedeutsam wie all dies.

Natürlich sollte viel Zeit vergehen, bis Philip es in diesem Licht sah. Um Floras Gewicht zu prüfen, hob er sie ein paar Zentimeter an. Sie war so schwer, wie er erwartet hatte. Plötzlich ertappte er sich bei dem Gedanken, daß Flora irgendwie ein Symbol für seine Mutter sei, die einst sein Vater für sich gewonnen hatte und die nun an Arnham übergehen sollte. Hieß das, daß Christine sich mit dem Gedanken trug, ihn zu heiraten? Die beiden hatten sich bei der letzten Weihnachtsfeier im Büro von Philips Onkel kennengelernt, und es war eine ausgedehnte Werbung gewesen, wenn man von Werbung überhaupt sprechen konnte. Das hatte seinen Grund zum Teil darin, daß Arnham so oft für seine Firma ins Ausland reiste. Soweit Philip wußte, war Arnham nur ein einziges Mal in ihrem Haus gewesen. Und jetzt gingen sie zu ihm, um ihn kennenzulernen. Offensichtlich nahmen die Dinge eine ernstere Wendung.

»Ich denke, es ist gescheiter, wir nehmen Hardy nicht mit«, sagte Philips Mutter. Der kleine Hund, ein Jack Russell, den Christine nach dem Modeschöpfer Hardy Amiens getauft hatte, weil sie dessen Kreationen liebte, war in den Garten gekommen und stand jetzt dicht neben ihr. Sie beugte sich hinab und tätschelte ihn zärtlich auf den Kopf. »Er mag keine Hunde. Nicht, daß er grausam oder sonst was zu Hardy wäre.« Sie sprach, als ob sich mit einer Abneigung gegen Hunde häufig die Bereitschaft verbände, sie zu quälen. »Er macht sich einfach nicht viel aus Hunden. Als er damals hier war, habe ich gleich gemerkt, daß er Hardy nicht mochte.«

Als Philip ins Haus zurückging, sagte Fee: »Flora hat mich daran erinnert, daß Rebecca Neave einmal einen Mädchenkopf gemacht hat.«

»Wie meinst du das – einen Mädchenkopf gemacht?«

»In der Schule. Im Töpferkurs. Sie hat ihn aus Ton gemacht. In Lebensgröße. Die Lehrerin hat darauf bestanden, daß sie ihn wieder zerbrach. Sie wollte ihn nicht brennen lassen, weil wir Tontöpfe machen sollten. Und jetzt, man muß sich das vorstellen, liegt vielleicht irgendwo in einem Winkel ihre Leiche.«

»Danke, das stell' ich mir lieber nicht vor. Diese Dinge faszinieren mich nicht so wie dich.«

Fee nahm Hardy auf den Schoß. Um diese Stunde kam er immer bettelnd an, weil er hoffte, daß ihn jemand spazierenführen würde. »Es ist nicht so, daß es mich fasziniert, Phil. Wir interessieren uns alle für Mord und Gewalt und Verbrechen. Angeblich kommt das davon, daß wir selbst den Trieb dazu in uns haben. Wir sind alle zu einem Mord fähig, wir alle wollen manchmal auf andere Leute losgehen, sie schlagen, ihnen weh tun.«

»Ich nicht.«

»Er wirklich nicht, Fee«, sagte Cheryl. »Das weißt du doch. Und er mag es auch nicht, wenn man darüber spricht. Also halt die Klappe.«

Er trug Flora, weil er der einzige Mann in der Familie und deshalb, wie anzunehmen, vermutlich am kräftigsten war. Ohne einen Wagen war es eine schreckliche Plackerei von Cricklewood bis nach Buckhurst Hill. Sie hatten den Bus zur U-Bahn-Station Kilburn genommen, waren von dort zur Bond Street gefahren und hatten dann eine Ewigkeit auf einen Zug der Circle Line gewartet. Kurz vor vier Uhr hatten sie das Haus verlassen, und jetzt war es zehn Minuten vor sechs.

Philip war noch nie in dieser Gegend gewesen, wo London in die Grafschaft Essex überging. Sie erinnerte ihn ein wenig an Barnet, wo es sich angenehm gelebt und offenbar immer die Sonne geschienen hatte. An der Straße, die sie entlanggingen, standen zwar Häuser, aber sie waren hinter Hecken und Bäumen verborgen, so daß man den Eindruck eines Landsträßchens hätte gewinnen können. Seine Mutter und die Schwestern waren jetzt vor ihm, und er ging rascher, wobei er Flora auf die andere Seite hievte. Cheryl, die nichts zu tragen hatte, aber zu ihren hautengen Jeans Schuhe mit hohen Absätzen anhatte, jammerte: »Ist's noch weit, Mami?«

»Ich weiß es nicht, Kind. Ich weiß nur, was Gerard mir gesagt hat: die Anhöhe hinauf und die vierte Straße nach rechts abbiegen. Es ist eine sehr nette Gegend, findet ihr nicht auch?« Christine benutzte immerfort das Wort »nett«. Es war ihr Lieblingswort.

Sie hatte ein rosafarbenes Leinenkleid mit einer weißen Jacke an. Sie trug eine weiße Perlenkette und rosa Lippenstift und sah aus wie jene Art von Frau, die schwerlich lange ohne Mann blieb. Ihr Haar war weich und locker, und die Sonnenbrille verbarg die Fältchen unter den Augen. Philip hatte bemerkt, daß sie zwar ihren Ehering trug – er hatte sie nie ohne ihn gesehen –, den Verlobungsring aber abgezogen hatte. Sie hatte vermutlich irgendeinen geheimen, verrückten Grund dafür, etwa den, daß ein Verlobungsring die Liebe eines lebenden Gatten symbolisiere, Eheringe hingegen für verheiratete Frauen und ebenso für Witwen ein gesellschaftliches Muß seien. Fee trug natürlich ihren eigenen Verlobungsring. Um ihn besser zur Geltung kommen zu lassen, hielt sie ein winziges Täschchen in der linken Hand. Das strenge, dunkelblaue Kostüm mit dem zu langen Rock ließ sie älter erscheinen, als sie war, zu alt, würde Arnham vielleicht denken, um Christines Tochter sein zu können.

Philip hatte sich keine besondere Mühe mit seinem

Äußeren gegeben. Er hatte sich darauf konzentriert, Flora für den Transport herzurichten. Christine hatte ihn gebeten, doch zu versuchen, ob er nicht den grünen Fleck auf dem Marmor wegbekam, und er hatte sich, freilich vergebens, mit Seife und Wasser ans Werk gemacht. Sie hatte ihm Seidenpapier zum Einwickeln der Statue gebracht. Philip hatte sie außerdem noch mit Zeitungspapier verpackt; mit der Morgenzeitung, auf deren Titelseite die Rebecca-Neave-Story ausgewalzt war. Dort war ein weiteres Foto der Verschwundenen und ein Bericht über einen vierundzwanzigjährigen, ungenannten Mann zu finden gewesen, der den ganzen vorigen Tag damit verbracht hatte, der Polizei »bei ihren Ermittlungen zu helfen«. Philip hatte die Statue rasch in die Zeitung gerollt und sie dann in die Plastiktüte gesteckt, in der Christines Regenmantel von der Reinigung gekommen war.

Das war vielleicht keine so glückliche Idee gewesen, denn das Paket war dadurch gefährlich glatt geworden. Es rutschte immerfort nach unten und mußte dann wieder hochgezogen werden. Die Arme schmerzten ihm von den Schultern bis zu den Handgelenken. Endlich waren die vier in die Straße eingebogen, in der Arnham wohnte. Die Häuser standen hier nicht für sich, wie damals ihres in Barnet, sondern klebten in gebogenen Linien aneinander, Reihenhäuser mit Gärten voller Sträucher und Herbstblumen. Philip sah jetzt schon, daß einer dieser Gärten ein passenderes Ambiente für Flora abgeben würde. Arnhams Haus war dreistöckig, mit Stabjalousien an den Fenstern und einem Löwenkopf aus Messing als Klopfer an der dunkelgrünen, georgianischen Haustüre. Christine blieb staunend am Gartentor stehen.

»Was für ein Jammer, daß er es verkaufen muß! Aber da läßt sich wohl nichts machen. Er muß das Geld mit seiner Exfrau teilen.«

Es war eine Unglücksfügung, dachte Philip später, daß Arnham die Haustüre gerade in dem Augenblick öffnete, als Cheryl mit lauter Stimme sagte: »Ich dachte, seine Frau ist gestorben! Ich wußte nicht, daß er geschieden ist. Ist das nicht schauerlich!«

Nie sollte Philip vergessen, wie er Gerard Arnham zum erstenmal sah. Nach seinem ersten Eindruck war der Mann, den sie besuchen wollten, keineswegs davon angetan, sie zu sehen. Er war mittelgroß, kräftig gebaut, doch nicht dick. Sein Haar war grau, aber dicht und glänzte, und er sah gut aus, auf eine, wie Philip fand – ohne erklären zu können, warum –, italienische oder griechische Art. Seine wohlgestalteten Züge waren fleischig und seine Lippen voll. Er trug eine cremefarbene Freizeithose, ein weißes Hemd mit offenem Kragen und eine leichte Jacke mit großen, doch nicht übergroßen Karos, dunkelblau, cremefarben und braun. Der Ausdruck auf seinem Gesicht wechselte von Bestürzung zu einem Nicht-fassen-Können, das bewirkte, daß er kurz die Augen schloß.

Er öffnete sie rasch wieder, kam die Stufen herab und verbarg, was ihn aus der Fassung gebracht hatte, unter jovialer Höflichkeit. Philip erwartete, daß er Christine küssen würde, und Christine erwartete es vielleicht auch, denn sie hob das Gesicht, als sie auf ihn zutrat. Aber er küßte sie nicht. Statt dessen gab er allen die Hand. Philip stellte Flora auf einer Stufe ab, während sie sich begrüßten.

Christine sagte: »Das ist Fee, meine Älteste. Sie wird

nächstes Jahr heiraten, wie ich dir erzählt habe. Und das ist Philip, der vor kurzem sein Diplom gemacht hat und in der Ausbildung als Innenarchitekt steht, und das ist Cheryl – sie hat gerade die Schule abgeschlossen.«

»Und wer ist das?« fragte Arnham.

So wie Philip die Statue abgesetzt hatte, wirkte sie wie ein fünftes Mitglied ihrer Gruppe. Ihre Verpackung löste sich auf, und der Kopf und ein Arm ragten aus dem Loch in der Plastiktüte. Ihr gelassen-heiteres Gesicht, aus dem die Augen immer an einem vorbei in die Ferne zu blicken schienen, war nun völlig freigelegt, ebenso die rechte Hand, in der sie den Strauß Marmorblumen hielt. Der grüne Fleck auf Hals und Busen trat, wie auch die Kerbe an einem ihrer Ohren, plötzlich sehr hervor.

»Du erinnerst dich an sie, Gerard. Es ist die Statue aus unserem Garten, die dir so gefallen hat. Wir haben sie dir mitgebracht. Sie gehört jetzt dir.« Als Arnham schwieg, wiederholte Christine: »Ein Geschenk. Wir haben sie dir mitgebracht, weil du gesagt hast, daß sie dir gefällt.«

Arnham war genötigt, den Begeisterten zu spielen, was ihm jedoch nicht sehr gut gelang. Sie ließen Flora draußen und gingen ins Haus. Da der Flur so eng war, mußten sie im Gänsemarsch eintreten, so daß es schien, als marschierten sie hinein. Philip war froh, daß sie wenigstens Hardy nicht mitgebracht hatten. Hier wäre ein Hund fehl am Platz gewesen.

Das Haus war wunderbar tapeziert und möbliert. Philip hatte einen Blick für so etwas. Andernfalls hätte er wahrscheinlich die Ausbildung bei Roseberry Lawn Interiors nicht begonnen. Eines Tages – eines notwendigerweise fernen Tages – würde er gern in seinem Haus einen Salon wie diesen haben, mit efeugrünen Wänden und

Zeichnungen in schmalen, vergoldeten Rahmen und einem Teppich, dessen prachtvoll tiefes, weiches Gelb ihn an chinesisches Porzellan erinnerte, das er in Museen gesehen hatte.

Durch einen kleinen, gewölbten Gang konnte er ins Speisezimmer sehen. Auf einem kleinen Tisch war für zwei Personen gedeckt. Darauf standen zwei hohe, rosafarbene Gläser mit gleichfarbigen Servietten darin und eine einzige hellrote Nelke in einer ausgekehlten Vase. Ehe ihm noch richtig klarwurde, was das zu bedeuten hatte, führte Arnham sie alle nach hinten hinaus in den Garten. Er hatte Flora geholt und trug sie jetzt, dachte Philip, ganz so, als befürchtete er, sie könnte seinen Teppich beschmutzen, wobei er sie im Gehen schwenkte wie eine Tüte mit Einkäufen.

Als sie im Freien waren, legte er sie in das Blumenbeet, das den Rand eines kleinen Steingartens bildete, und verschwand mit einer Entschuldigung wieder im Haus. Die Wardmans standen auf dem Rasen. Fee sah hinter Christines und Cheryls Rücken Philip an, zog die Augenbrauen hoch und nickte jenes befriedigte Nicken, das ein »Prima!« ausdrückt. Sie wollte damit zu verstehen geben, daß sie mit Arnham einverstanden war, Philip antwortete mit einem Achselzucken. Er wandte sich ab, um noch einmal Flora anzusehen, das marmorne Gesicht, das mitnichten Christines Gesicht oder das sonst einer lebenden Frau war, die er jemals gesehen hatte. Die Nase war klassisch, die Augen standen eher zu weit auseinander, die weichen Lippen waren zu uneben, und auf dem Gesicht lag ein seltsam glasiger Ausdruck, wie unbeschwert von normalen menschlichen Ängsten, Zweifeln und Hemmungen.

Arnham kehrte mit Entschuldigungen zurück, und dann stellten sie Flora auf, in einer Position, in der sie ihr Spiegelbild im Wasser eines winzigen Teichs betrachten konnte. Sie klemmten sie zwischen zwei große, graue Steinbrocken, über die eine goldblättrige Pflanze ihre Ranken ausgebreitet hatte.

»Hier wirkt sie genau richtig«, sagte Christine. »Eigentlich schade, daß sie nicht immer auf diesem Platz bleiben kann. Du mußt sie einfach mitnehmen, wenn du umziehst.«

»Ja.«

»Du wirst doch sicher wieder einen hübschen Garten haben, wo du hinziehst, oder?«

Arnham sagte nichts. Es ist durchaus möglich, dachte Philip, der seine Mutter kannte, daß sie in aller Form von Flora Abschied nimmt. Es hätte ihr ähnlich gesehen. Es hätte ihn nicht überrascht, wenn sie zu Flora Lebewohl gesagt und sie ermahnt hätte, artig zu sein. Aber sie schwieg, und die würdige Art, in der sie Arnham voran ins Haus zurückging, erfreute ihn. Er begriff. Es war nicht notwendig, sich von jemandem zu verabschieden, mit dem man schon bald für den Rest seines Lebens zusammenleben würde. Hatte außer ihm noch jemand bemerkt, daß von dem kleinen Tisch im Speisezimmer Tischtuch, Silberbesteck, die Gläser und die rosa Nelke verschwunden waren? Deswegen war Arnham wieder ins Haus gegangen – um den Tisch abzuräumen. Philip ging ein Licht auf. Christine war allein erwartet worden.

Seine Mutter und die Schwestern schienen nicht zu ahnen, daß man irgendeinen Fauxpas begangen hatte. Cheryl fläzte sich auf dem Sofa, die Beine breit auf dem Läufer ausgestreckt. Sie konnte natürlich nicht anders sitzen. Da ihre Jeans so eng und die Absätze so hoch waren, war es ihr unmöglich, die Knie abzubiegen und die Sohlen ihrer Schuhe auf den Boden zu stellen. Fee hatte sich eine Zigarette angezündet, ohne Arnham zu fragen, ob er etwas dagegen hätte. Während sie sich nach einem Aschenbecher umsah – ein Gegenstand, der inmitten der Vielfalt von Schmuckgegenständen, Täßchen und Untertassen, Porzellantieren und Miniaturvasen durch Abwesenheit glänzte – und während sie darauf wartete, daß Arnham ihr einen aus der Küche brachte, fielen die zwei Zentimeter Asche vom Ende ihrer Zigarette auf den gelben Teppich.

Arnham sagte nichts. Fee begann über die verschwundene Rebecca Neave zu sprechen. Sie war überzeugt, daß der Mann, der der Polizei bei ihren Nachforschungen geholfen hatte, jener Martin Hunt gewesen sein mußte, von dem es in der Presse und im Fernsehen geheißen hatte, er habe am Tag ihres Verschwindens mit ihr telefoniert. Das sagten sie ja immer, so drückten sie sich immer aus, wenn sie andeuten wollten, daß sie den Mörder erwischt hatten, ihn jedoch noch nicht überführen konnten. Wenn die Zeitungen mehr schrieben, beispielsweise den Namen des Mannes nannten oder behaupteten, er werde des Mordes verdächtigt, würden sie möglicherweise eine Verleumdungsklage riskieren. Oder sich strafbar machen.

»Ich wette, daß die Polizei ihn gnadenlos in die Mangel genommen hat. Vermutlich haben sie ihn geprügelt. Es gehen ja alle möglichen Dinge vor sich, von denen wir keine Ahnung haben, ist's nicht so? Sie wollten ein Geständnis von ihm, weil sie oft zu doof sind, wirkliche Beweise zu finden, wie es die Detektive in den Krimis schaffen. Sie haben ihm sicher nicht abgenommen, daß er nur viermal mit ihr ausgegangen ist. Und der Fall ist schwierig für sie, weil sie keine Leiche haben. Sie wissen ja nicht mal mit Gewißheit, ob sie ermordet worden ist. Deswegen brauchen sie ein Geständnis. Sie müssen ein Geständnis *erzwingen.*«

»Unsere Polizei ist so maßvoll und zivilisiert wie keine andere auf der Welt«, sagte Arnham steif.

Statt ein Wort dagegen zu sagen, lächelte Fee leicht und zog die Schultern hoch. »Wenn eine Frau umgebracht wird, ist es für die Polizei selbstverständlich, daß es der Ehemann war, falls sie einen hat, oder ihr Freund. Finden Sie das nicht schrecklich?«

»Müssen wir uns darüber den Kopf zerbrechen?« fragte Christine. »Wen interessieren denn schon diese abstoßenden Dinge?«

Fee achtete nicht auf sie. »Wenn man mich fragt, war es die Person, die sie wegen ihres Inserats angerufen hat. Es war irgendein Verrückter, der anrief, sie in sein Haus lockte und umbrachte. Ich nehme an, die Polizei glaubt, daß es Martin Hunt war, der seine Stimme verstellt hat.«

Philip meinte, auf Arnhams Gesicht Widerwillen und vielleicht einen gelangweilten Ausdruck zu entdecken, aber vielleicht war das nur eine Projektion seiner eigenen Gefühle. Er riskierte es, von Fee des Themenwechsels beschuldigt zu werden, und sagte rasch: »Ich habe vorhin dieses Bild bewundert.« Er deutete auf eine recht eigenartige Landschaft über dem Kamin. »Ist es ein Samuel Palmer?«

Natürlich meinte er einen Druck. Jeder andere hätte gewußt, daß er das meinte, aber Arnham sagte mit ungläubigem Ausdruck: »Das kann ich mir nicht vorstellen, wenn Samuel Palmer der sein sollte, den ich meine. Meine geschiedene Frau hat es auf einem Flohmarkt gekauft.«

Philip wurde rot. Ohnedies hatten seine Bemühungen die Flut von Fees Kriminalgeschichte nicht aufhalten können. »Sie ist wahrscheinlich bereits tot, und sie haben die Leiche gefunden, halten es aber noch geheim, weil sie ihre Gründe haben. Um jemandem eine Falle zu stellen.«

»Wenn das zutrifft«, sagte Arnham, »dann kommt es spätestens ans Licht, wenn die gerichtliche Untersuchung zur Klärung der Todesursache eingeleitet wird. In unserem Land hält die Polizei nichts geheim.«

Nun sprach Cheryl, die kein Wort von sich gegeben hatte, seit sie aus dem Garten hereingekommen war. »Wem wollen Sie denn das weismachen?«

Arnham gab keine Antwort darauf. Er sagte sehr steif: »Möchten Sie etwas trinken?« Sein Blick schweifte über sie hinweg, als wären nicht vier, sondern ein Dutzend Leute im Raum. »Möchte irgend jemand von Ihnen etwas trinken?«

»Was haben Sie denn da?« Das war Fee. Philip konnte sich gut vorstellen, daß man Leute wie Arnham so etwas nicht fragte, während in den Kreisen, in denen Fee und Cheryl verkehrten, vermutlich überhaupt nichts dabei war.

»Alles, was Sie sich vorstellen können.«

»Kann ich dann einen Baccardi mit Coke haben?«

Gerade das hatte er natürlich nicht anzubieten. Er gab ihnen Getränke zweiter Wahl, Sherry, Gin Tonic. Obwohl Philip wußte, wie seltsam unempfindlich Christine sein konnte, erstaunte es ihn doch, daß sie anscheinend nicht merkte, wie frostig die Atmosphäre geworden war. Mit einem Glas Bristol Cream in der Hand führte sie das Gespräch fort, wie er selbst es begonnen hatte, und äußerte sich bewundernd über verschiedene Möbelstücke und Ziergegenstände. Das und jenes war nett, alles war sehr nett, besonders nett waren die Teppiche, und von so guter Qualität. Philip wunderte sich, wie durchsichtig sich alles anhörte. Sie sprach wie jemand, den Dankbarkeit für ein unerwartet generöses Geschenk erfüllte.

Arnham ging schroff darüber hinweg und sagte: »Es muß alles verkauft werden. Gemäß einer richterlichen Anordnung muß alles verkauft und der Erlös zwischen meiner ehemaligen Frau und mir aufgeteilt werden.« Er holte tief Luft, was sich stoisch anhörte. »Und jetzt schlage ich vor, daß Sie sich alle von mir zum Essen ausführen lassen. Ich glaube nicht, daß wir hier etwas auf die Beine stellen können. Das Steakhouse nicht weit von hier – wäre das das richtige?«

Er fuhr sie in seinem Jaguar hin. Es war ein großer Wagen, in dem sie alle ohne Schwierigkeiten Platz fanden. Philip dachte, er müßte eigentlich dankbar dafür sein, daß Arnham sie ausführte und einlud, aber er war es nicht. Er fand, es wäre besser gewesen, wenn Arnham mit der Wahrheit herausgerückt wäre, wenn er gesagt hätte, er habe nur mit Christine gerechnet, und mit ihr allein gegessen hätte, wie er es ursprünglich vorgehabt hatte. Ihm und Fee und Cheryl hätte es nichts ausgemacht, es wäre ihnen – auf jeden Fall ihm selbst – lieber gewesen, als hier in der schummrigen Atmosphäre mit dem Kerzenlicht, der Pseudogutshausdekoration eines zweitklassigen Restaurants über einem Supermarkt zu sitzen und mühsam mit jemandem Konversation zu machen, der sich offenkundig danach sehnte, daß sie endlich nach Hause aufbrachen.

Leuten aus Arnhams Generation fehlt es an Offenheit, dachte Philip. Sie sind nicht ehrlich. Sie sind unaufrichtig. Christine war genauso, sie würde nicht sagen, was sie dachte, sie würde es ungehörig finden. Er konnte es nicht hören, wie sie jedes Gericht, das serviert wurde, in Tönen pries, als hätte Arnham es selbst gekocht. Nun, da er nicht mehr bei sich zu Hause war, war Arnham viel umgänglicher geworden. Er unterhielt sich in liebenswürdigem Ton, fragte Cheryl aus, was sie nach ihrem Schulabschluß vorhabe, fragte Fee nach ihrem Verlobten und womit er sein Geld verdiene. Er schien seine anfängliche Enttäuschung oder Verärgerung überwunden zu haben. Das Interesse, das er an ihr zeigte, veranlaßte Cheryl, über ihren Vater zu sprechen, das unpassendste aller denkbaren Gesprächsthemen, wie Philip fand. Aber Cheryl hatte Stephen näher gestanden als seine anderen beiden Kinder. Sie hatte seinen Tod auch jetzt noch nicht verwunden.

»O ja, es stimmt durchaus, er war so«, sagte Christine, mit einer Spur Verlegenheit in der Stimme, nachdem Cheryl über die Spielleidenschaft ihres Vaters gesprochen hatte. »Aber denke dir nichts, niemand hatte darunter zu leiden. Er hätte nie zugelassen, daß es seiner Familie schlechtgegangen wäre. Im Gegenteil, wir haben davon profitiert, nicht? Viele von den netten Dingen, die wir haben, verdanken wir der Tatsache, daß er gespielt hat.«

»Mamis Hochzeitsreise ist mit Papis Gewinn beim Derby finanziert worden«, sagte Cheryl. »Aber mit Pferden war es bei Papi nicht getan, stimmt's, Mami? Er hat auf alles gewettet. Wenn man mit ihm zusammen auf einen Bus gewartet hat, hat er gewettet, welcher zuerst käme, der Sechzehner oder der Zweiunddreißiger. Wenn das Telefon klingelte, hat er immer gesagt: ›Fünfzig Pence, daß es eine Männerstimme ist, Cheryl, oder fünfzig Pence darauf, daß es eine Frau ist.‹ Ich bin oft mit ihm zum Windhundrennen gegangen, das fand ich toll, es war so irre, dazusitzen und ein Coke zu trinken oder vielleicht etwas zu essen und den Hunden zuzuschauen, wie sie um die Bahn herumhetzten. Er ist nie sauer geworden, mein Paps. Wenn er gespürt hat, daß seine Stimmung schlecht wurde, sagte er jedesmal: ›Okay, worauf wollen wir wetten? Auf dem Rasen sind zwei Vögel, eine Amsel und ein Sperling. Ein Pfund, daß der Sperling als erster wegfliegt.‹«

»Das Spielen war sein ein und alles«, sagte Christine mit einem Seufzer.

»Und wir!« sagte Cheryl heftig. Sie hatte zwei Glas Wein getrunken, der ihr zu Kopf gestiegen war. »Wir kamen zuerst, dann das Spielen.«

Es war wahr. Selbst seine Arbeit war, sozusagen, Glücksspiel gewesen, Börsenspekulation, bis eines Tages, während er dasaß, den Telefonhörer in der einen, eine Zigarette in der anderen Hand, sein Herz nicht mehr mitmachte und zu schlagen aufhörte – vielleicht das zwangsläufige Ende eines mit Sorgen und Streß, Kettenrauchen, langen Tagen und kurzen Nächten verbrachten Lebens. Wegen des Herzleidens, an dem er schon lange laborierte, das er aber seiner Frau und den Kindern verheimlicht hatte, hatte er keine Lebensversicherung, kaum Rücklagen irgendwelcher Art, und auf dem Haus in Barnet lag eine Hypothek, die nicht durch eine Versicherungspolice gedeckt war. Ohne begründeten Anlaß hatte er damit gerechnet, noch Jahre zu leben und in dieser Zeit durch Spekulationen und andere Formen des Hasardspiels ein Vermögen zusammenzubringen, von dem seine Familie leben konnte, wenn er einmal nicht mehr da war.

»Wir haben sogar Flora durch eine Wette bekommen«, sagte Christine gerade. »Wir waren auf unserer Hochzeitsreise in Florenz, gingen durch eine Straße voller Antiquitätenläden, und ich sah Flora in einem Schaufenster und sagte, wie hübsch sie sei. Das Haus, das wir uns gebaut hatten, hatte einen kleinen Garten, und ich konnte mir Flora gut neben unserem Teich vorstellen. Cheryl, erzähl doch Gerard die Geschichte so, wie Papi sie dir erzählt hat.«

Philip bemerkte, daß Arnham recht interessiert war, daß er lächelte. Schließlich hatte er seine geschiedene Frau erwähnt, warum also sollte Christine nicht über ihren verstorbenen Mann sprechen?

»Mami sagte, sie wäre sicher schrecklich teuer, aber Paps hat sich nie viel Gedanken gemacht, wenn etwas viel kostete. Er sagte, sie sehe Mami ähnlich, obwohl ich das eigentlich nicht finde, oder Sie?«

»Ein bißchen vielleicht«, sagte Arnham.

»Jedenfalls, sie gefiel ihm, weil sie wie Mami aussah. Er sagte zu ihr: ›Hör zu, laß uns wetten. Wetten, es ist Venus, wetten, daß es die Göttin Venus ist? Wenn nicht, kaufe ich sie dir.‹«

»Ich habe Venus für einen Stern gehalten«, sagte Christine. »Stephen sagte, nein, eine Göttin. Cheryl kennt sich aus, sie hat das alles auf der Schule gehabt.«

»Also, sie sind in den Laden reingegangen, und der Mann dort drinnen hat Englisch gesprochen und zu Paps gesagt, daß es nicht Venus sei. Venus hat oberhalb der Taille fast nie was an, sozusagen topless...«

»Das ist doch nicht nötig, Cheryl!«

»Paps hat sich nichts dabei gedacht, es mir zu erzählen – es handelt sich ja um Kunst, oder nicht? Der Mann in dem Laden hat gesagt, es wäre eine Kopie der Farnesischen Flora. Flora, das war die Göttin des Frühlings und der Blumen, und ihre eigenen Blumen waren die Weißdornblüten. Solche hält sie in der Hand. Jedenfalls, Paps mußte sie also kaufen, und sie hat ein Heidengeld gekostet, Hunderttausende von dem, wie das Geld dort heißt, und sie mußten sie nach Hause schicken lassen, weil sie sie nicht ins Flugzeug mitnehmen konnten.«

Die Unterhaltung war zu ihrem Ausgangspunkt zurückgekehrt, als Arnham die Statue als Geschenk präsentiert worden war. Das war vielleicht für ihn das Signal, die Rechnung zu verlangen. Als Cheryl mit ihrer Geschichte fertig war, sagte er: »Ihr gebt mir das Gefühl, daß ich sie nicht hätte annehmen sollen.« Er schien im Kopf Zahlen zu addieren, vielleicht Lire umzurechnen. »Nein, ich kann sie wirklich nicht annehmen. Sie ist viel zu wertvoll.«

»Doch, Gerard, ich möchte, daß du sie bekommst.« Sie waren inzwischen draußen vor dem Restaurant, als Christine das sagte. Es war dunkel. Philip bekam die Worte mit, obwohl Arnham und Christine ein bißchen abseits von ihnen gingen. Christine hatte seine Hand genommen. Oder war es umgekehrt? »Es liegt mir sehr daran, daß du sie bekommst. Bitte. Es macht mich glücklich, wenn ich daran denke, daß sie hier ist.«

Wie war er darauf gekommen, daß Arnham sie nur bis zur U-Bahn-Station Buckhurst Hill bringen wollte. Kein Wort war darüber gefallen. Vielleicht war er wirklich in Christine verliebt und fand es selbstverständlich, sich diese Mühe zu machen. Oder vielleicht fühlte er sich Floras wegen verpflichtet. Philip hatte den Eindruck, daß die anfängliche Befangenheit ziemlich verschwunden war. Christine saß vorne und plauderte über die Gegend und darüber, wo sie früher gewohnt hatten und ob sie in ihren alten Beruf als Friseuse zurückkehren sollte oder nicht, da es Zeit war, daß »ein bißchen mehr Geld ins Haus« kam. Das war alles sehr naiv vorgetragen, aber Philip zuckte zusammen. Es wirkte, als ob sie sich ihm an den Hals warf. Sie wolle aber eigentlich abwarten, »was sich tut«, ehe sie sich endgültig entschloß, es bei sich zu Hause als private Friseuse zu versuchen.

Arnham sprach recht vergnügt über seine eigenen Pläne. Das Haus und das gesamte Mobiliar mußten verkauft werden. Er habe mit seiner ehemaligen Frau vereinbart, es samt Mobiliar versteigern zu lassen, und hoffe, daß dies geschehe, während er auf einer Geschäftsreise im Ausland sei. Eine Wohnung wäre nichts für ihn, er würde sich wieder ein Haus kaufen müssen, möglichst in derselben Gegend oder nicht weit davon entfernt. Was Christine zu Epping meine, fragte er.

»Als Kind war ich oft zum Picknick im Epping Forest.«

»Mein altes Haus ist ganz in der Nähe vom Epping Forest«, sagte Arnham, »aber ich habe mehr an Epping selbst gedacht. Oder auch Chigwell. Vielleicht finde ich sogar ein kleineres Haus in der Chigwell Row.«

»Du könntest ja mehr in unserer Richtung etwas suchen.«

Damit waren Cricklewood und die Glenallan Close gemeint, wohin Christine hatte umziehen müssen, bald nachdem sie Witwe geworden war. Selbst der überschwenglichste aller Makler hätte die Gegend schwerlich als »besseres Viertel« bezeichnet. Philip fiel ein, daß Arnham schon einmal dort gewesen war – die aneinandergedrängten Backsteinhäuser mit ihren Fenstern in Metallrahmen, den Ziegeldächern, den Drahtzäunen und kläglichen Gärten würden ihn also nicht mehr erschrecken. Außerdem verbargen die Dunkelheit und das neblige Licht der von Laub umgebenen Straßenlaternen das Ärgste. Es war kein Elendsviertel, nur eine arme, öde, schäbige Gegend. Wie in stillem Einvernehmen eilten Philip, Fee und Cheryl ins Haus und ließen Christine und Arnham zurück, damit sie allein voneinander Abschied nehmen konnten. Doch Christine kam bald nach und lief den Pfad entlang, als sich gerade die Haustür öffnete und Hardy herausgeschossen kam. Kläffend vor Freude sauste er auf sie zu.

»Wie habt ihr ihn gefunden? Hat er euch gefallen?« Der Jaguar war kaum losgefahren. Christine stand da, Hardy auf den Armen, und sah dem davonfahrenden Wagen nach.

»Er ist schon okay.« Fee, die auf dem kleinen Sofa saß, fahndete im *Evening Standard* nach den letzten Neuigkeiten über den Fall Rebecca Neave.

»Hat er dir gefallen, Cheryl? Ich spreche von Gerard.«

»Mir? Klar doch. Er hat mir gefallen. Er ist ganz okay. Er ist viel älter als Paps, nicht? Jedenfalls wirkt er älter.«

»Ich bin allerdings ins Fettnäpfchen getreten, nicht? Schon als wir unter der Tür standen, ist mir das klargeworden. Ich hatte zu ihm gesagt, du mußt irgendwann mal meine Kinder kennenlernen, und er hat ein bißchen gelächelt und gesagt, das würde er gerne, und als nächstes hat er davon gesprochen, ich solle doch nächsten Samstag zu ihm kommen. Ich dachte – ich weiß nicht, warum –, damit hätte er uns alle gemeint. Aber natürlich hat er nur mich gemeint. Es war mir schrecklich peinlich. Habt ihr den kleinen, nur für zwei Personen gedeckten Tisch mit der Blume und alldem gesehen?«

Philip führte Hardy um den Block, ehe er schlafen ging. Er kam durch die hintere Gartentür zurück, blieb dort einen Augenblick stehen und sah die leere Stelle neben dem Vogelbad an, auf die Licht aus dem Küchenfenster fiel. Hier hatte Flora gestanden. Inzwischen war es zu spät, um das Geschehene rückgängig zu machen. Zum Beispiel am nächsten Tag nochmals nach Buckhurst Hill zu fahren und Flora zurückzuholen – dafür war es jetzt zu spät.

Ohnedies dachte er damals nicht so. Er hatte nur das Gefühl, daß die Dinge nicht richtig gelaufen waren und daß der Tag vergeudet worden war.

2

Knappe zwei Wochen später traf eine Ansichtskarte ein, die das Weiße Haus zeigte. Arnham hielt sich in Washington auf. Christine hatte sich, typisch für sie, nur vage darüber ausgelassen, was für einen Job er hatte, doch Philip fand heraus, daß er als Exportmanager für eine Firma nahe der Zentrale von Roseberry Lawn tätig war. Fee brachte am Samstagvormittag die Post herein, registrierte den Namen des Absenders und die Briefmarke, las aber anständigerweise nicht, was auf der Karte stand. Christine überflog sie zuerst stumm für sich, und dann las sie sie ihren Kindern vor.

»Bin aus New York hierher gekommen und werde nächste Woche in Kalifornien, beziehungsweise an ›der Küste‹ sein, wie sie hier sagen. Das Wetter ist viel besser als zu Hause. Ich habe Flora die Aufsicht über mein Haus anvertraut! Herzlichst, Gerry.«

Sie stellte die Karte auf den Kaminsims, zwischen die Uhr und das Foto, auf dem Cheryl Hardy als kleines Hündchen in den Armen hielt. Später am Tag sah Philip, wie Christine die Karte noch einmal las, diesmal mit aufgesetzter Brille, und sie dann umdrehte und die Abbildung studierte, als hoffte sie, irgendein Zeichen oder Kreuz zu entdecken, das Arnham vielleicht gemacht hatte, um anzuzeigen, wo sein Zimmer war. In der Woche darauf kam ein Brief, mehrere Briefbogen in einem Luftpostumschlag. Christine öffnete ihn nicht vor ihren Kindern, geschweige denn, daß sie ihn vorgelesen hätte.

»Ich glaube, der Anruf gestern abend, das war er«, sagte Fee zu Philip. »Als das Telefon klingelte, so gegen... Nein, es muß tatsächlich schon halb zwölf gewesen sein. Ich dachte, wer ruft uns denn um *die* Zeit noch an? Mami sprang auf, als hätte sie darauf gewartet. Aber sie ist danach gleich ins Bett gegangen und hat kein Wort darüber verloren.«

»Das wäre um halb sieben abends in Washington gewesen. Er hätte seinen Arbeitstag hinter sich gehabt und wäre wahrscheinlich schon auf dem Sprung gewesen auszugehen.«

»Nein, inzwischen ist er in Kalifornien. Ich habe mir alles durchüberlegt – es wäre früher Nachmittag in Kalifornien gewesen, und er hätte gerade sein Mittagessen hinter sich gehabt. Er war eine Ewigkeit am Telefon, offensichtlich war es ihm egal, was es kostet.«

Philip dachte bei sich, daß Arnham die Telefonate mit London sicher auf sein Spesenkonto setzte. Aber wesentlicher war, daß er mit Christine sehr viel zu bereden gehabt hatte.

»Darren und ich haben jetzt beschlossen, kommenden Mai zu heiraten«, sagte Fee. »Wenn Arnham und Mami sich zu Weihnachten verloben sollten, dann können wir ja alle zur selben Zeit heiraten. Ich denke, daß du das Haus hier bekommen solltest, Philip. Mami wird es nicht mehr brauchen, man merkt ja, daß er reich ist. Du könntest mit Jenny das Haus übernehmen. Ihr werdet doch eines Tages heiraten, oder nicht?«

Philip lächelte nur. Die Idee, das Haus zu bekommen, hatte etwas für sich. Darüber hatte er noch nie nachgedacht. Er hätte es sich zwar nicht ausgesucht, aber es war immerhin ein Haus, etwas, worin man wohnen konnte. Daß das gar nicht so unwahrscheinlich war, wurde ihm mehr und mehr bewußt. Seine Befürchtung, ihre unerwartete Invasion bei Arnham könnte dessen Gefühle für Christine verändert oder ihn wenigstens zur Zurückhaltung veranlaßt haben, schien unbegründet. Es blieb bei der einen Ansichtskarte, aber ein zweiter spätabendlicher Telefonanruf kam, und ein paar Tage danach vertraute ihm Christine an, daß sie am Nachmittag ein langes Gespräch mit Arnham geführt habe.

»Er muß noch ein bißchen länger drüben bleiben. Als nächstes fliegt er nach Chicago.« Sie sprach in einem ehrfurchtsvollen Ton, als hätte Arnham einen Raumflug zum Mars erwogen oder soeben abgeschlossen. »Hoffentlich stößt ihm nichts zu.«

Philip war nicht so unbesonnen, zu Jenny ein Wort über das Haus zu sagen. Es gelang ihm, sich im Zaum zu halten, selbst als sie eines Abends, auf dem Rückweg vom Kino, durch eine ihm fremde Straße gingen und sie auf ein Gebäude mit einer Maklertafel deutete, auf der mehrere Mietwohnungen angeboten wurden.

»Wenn du mit deiner Ausbildung fertig bist...«

Es war ein schmuckloses, häßliches Haus, etwa sechzig Jahre alt, mit abblätternden Art-deco-Verzierungen über dem Eingang. Er schüttelte den Kopf und sagte etwas von einer exorbitanten Miete.

Sie drückte seinen Arm. »Ist es wegen Rebecca Neave?«

Er sah sie erstaunt an. Mehr als ein Monat war seit dem Verschwinden des Mädchens vergangen. In der Presse erschienen von Zeit zu Zeit Theorien, ganze Artikel voll

Spekulationen, deren Verfasser sich darüber verbreiteten, was aus ihr geworden sein mochte. Echte Neuigkeiten gab es keine, es hatten sich keinerlei weiterführende Hinweise ergeben. Sie war verschwunden, als wäre sie unsichtbar gemacht und weggezaubert worden. Eine Sekunde lang sagte ihr Name Philip überhaupt nichts, so energisch hatte er sie aus seinem Gedächtnis verbannt. Es wurde ihm unbehaglich, als ihm einfiel, um wen es sich handelte.

»Rebecca Neave?«

»Sie hat dort drinnen gewohnt, nicht?«

»Das wußte ich nicht.«

Er mußte in einem sehr kalten Ton gesprochen haben, denn er spürte, daß sie ihn ansah, als dächte sie, er gäbe etwas vor, was er in Wahrheit nicht empfand. Doch seine Phobie war durchaus real, und manchmal erstreckte sie sich auch auf Leute, die zuließen, daß Gewaltakte von ihren Gedanken Besitz ergriffen. Er wollte nicht blasiert oder verklemmt wirken. Weil sie es von ihm erwartete, schaute er an dem Wohnhaus hinauf, das in das orangefarbene Licht der Straßenlaternen auf ihren Stelzen getaucht war. An der Fassade war kein einziges Fenster geöffnet. Die Eingangstüre ging auf, und eine Frau kam mit raschen Schritten heraus und stieg in ein Auto. Jenny konnte nicht genau angeben, wo Rebecca Neave gewohnt hatte, aber sie nahm an, hinter den beiden Fenstern ganz oben rechts.

»Ich dachte, daß du deswegen keine Lust auf eine der Wohnungen hier hattest.«

»Ich habe keine Lust, so weit hier oben zu wohnen.« Nördlich der North Circular Road, wollte er damit sagen. Er dachte, wie überrascht sie sein würde, wenn er ihr erzählte, daß er bald umsonst wohnen könnte, doch irgend etwas hemmte ihn, eine innere Vorsicht hielt ihn zurück. Es handelte sich vielleicht nur um ein paar Wochen, bis er es sicher wußte – solange konnte er die Sache für sich behalten. »Überhaupt sollte ich warten, bis ich einen richtigen Job habe«, sagte er.

Soviel er wußte, hatte Arnham Christine zum letztenmal Ende November angerufen. Er hörte sie spätabends mit jemandem sprechen, den sie mit Gerry anredete. Er nahm an, daß Arnham bald darauf zurückkommen werde – beziehungsweise Fee nahm es an. Fee beobachtete ihre Mutter, wie in früheren Zeiten eine Mutter ihre Tochter beobachtet haben mochte, hielt nach Zeichen von Aufgeregtheit, nach Veränderungen in ihrem Äußern Ausschau. Fragen stellen wollten sie nicht. Christine fragte ihre Kinder nie nach ihren Privatangelegenheiten aus. Fee sagte, Christine wirke niedergeschlagen, aber Philip stellte nichts dergleichen fest; soviel er sagen konnte, war sie ganz wie immer.

Weihnachten ging vorüber und sein Ausbildungskurs zu Ende. Er war nun bei Roseberry Lawn fest angestellt, als ein kleiner Assistent mit einem Gehalt, von dem er ein Drittel an Christine abliefern mußte. Wenn Fee auszog, würde es mehr als ein Drittel sein, und er mußte lernen, auch das klaglos auf sich zu nehmen. Ganz ohne Aufhebens begann Christine ein bißchen Geld zu verdienen, indem sie bei sich zu Hause Nachbarinnen das Haar richtete. Wenn mein Vater noch am Leben wäre, dachte Philip, hätte er verhindert, daß Cheryl im Supermarkt Tesco als Kassiererin arbeitet. Freilich ging es ohnehin nicht lange gut. Sie hielt es nur drei Wochen aus, und danach ging sie stempeln, ohne sich viel dabei zu denken oder den Versuch zu machen, einen anderen Job zu bekommen.

In ihrem Wohnzimmer in der Glenallan Close, das aus zwei früher getrennten Räumen bestand – winzige, enge Zimmerchen mußten es gewesen sein, denn zusammen maßen sie nicht viel mehr als sechzehn Quadratmeter –, war noch immer die Ansichtskarte mit dem Weißen Haus auf dem Kaminsims. Alle Weihnachtskarten waren inzwischen wieder heruntergenommen worden, nicht aber Arnhams Karte. Philip hätte sie gerne weggeworfen, hatte aber das unbehagliche Gefühl, daß Christine an ihr hing. Als er die Karte einmal im Sonnenlicht von der Seite ansah, bemerkte er, daß die glänzende Oberfläche mit ihren Fingerabdrücken bedeckt war.

»Vielleicht ist er einfach noch nicht zurückgekommen«, sagte Fee.

»Er kann doch nicht vier Monate lang auf einer Geschäftsreise sein.«

Cheryl sagte unerwartet: »Sie hat ihn anzurufen versucht, aber er war nicht zu erreichen. Sie hat es mir gesagt, sie hat gesagt, sein Anschluß ist gestört.«

»Er wollte wegziehen«, sagte Philip langsam. »Das hat er doch zu uns gesagt – wißt ihr nicht mehr. Er ist umgezogen, ohne ihr was davon zu sagen.«

Wenn Philip nicht unterwegs war, um Kunden oder potentielle Kunden zu besuchen, war er entweder in den Ausstellungsräumen in der Brompton Road oder in der Zentrale der Firma, die sich in der Nähe der Baker Street befand. Wenn er seinen Wagen geparkt hatte oder auf dem Weg zum Mittagessen in irgendeinem Lokal war, kam ihm oft der Gedanke, daß ihm vielleicht Arnham begegnen werde. Eine Zeitlang hoffte er, es käme dazu, möglicherweise nur deswegen, weil Arnham durch ihn vielleicht an Christine erinnert werden würde, doch als er die Hoffnung zu verlieren begann, schreckte er vor einer Begegnung zurück. Die Sache wurde allmählich peinlich.

»Findest du nicht, daß Mami gealtert ist?« fragte Fee ihn. Christine führte gerade Hardy aus. Auf dem Tisch vor Fee lag ein Stapel Hochzeitseinladungen, und sie war damit beschäftigt, Umschläge zu adressieren. »Sie sieht um Jahre gealtert aus, findest du nicht auch?«

Er nickte, da er nicht recht wußte, was er darauf antworten sollte. Und doch hätte er noch ein halbes Jahr vorher gesagt, ihre Mutter sehe jünger aus denn je seit Stephen Wardmans Tod. Er war zu dem Schluß gekommen, daß sie eine Frau von jenem Typ war, dem nur die Jugend gut steht, wie es auch bei Fee selbst einmal der Fall sein würde. Diese weiße und rosige Haut mit ihrer samtigen Textur würde als erstes welken, wie die Blütenblätter von Rosen, die an den Rändern braun werden. Hellblaue Augen verlieren ihren Glanz früher als dunkle. Goldenes Haar wird strohfarben, aschgrau – besonders dann, wenn man von dem Bleichmittel, mit dem man das Haar von Kundinnen behandelt, nichts für sich selbst reserviert. Fee verfolgte das Thema nicht weiter. Stattdessen sagte sie: »Ich nehme an, du hast dich mit Jenny entzweit, ja? Eigentlich wollte ich sie bitten, eine meiner Brautjungfern zu sein, aber wenn ihr euch getrennt habt, lass' ich das.«

»Es sieht danach aus«, sagte er. Und dann: »Ja, wir haben uns getrennt. Du hast recht, es ist alles aus.«

Er wollte ihr die Sache nicht erklären. Seiner Meinung nach war er niemandem dafür eine Rechtfertigung schuldig. Es bedurfte keiner feierlichen Verkündigungen, so als hätte er in einer festen Beziehung gelebt, als wäre seine Ehe oder auch nur Verlobung aus dem Leim gegangen. Tatsächlich war es nicht so, daß Jenny ihn zum Heiraten gedrängt hätte. So war sie nicht. Aber sie waren mehr als ein Jahr miteinander gegangen. Verständlicherweise hatte sie den Wunsch gehabt, daß er zu ihr zog oder vielmehr, daß sie sich etwas suchten, wo sie zusammenleben konnten, wie es an jenem Abend zum Ausdruck gekommen war, als sie ihm das Wohnhaus gezeigt hatte, in dem Rebecca Neave gelebt hatte. Er hatte nein sagen müssen, er könne Christine nicht verlassen, ja, er könne es sich gar nicht leisten, sie zu verlassen.

»Ihr beide, du und Mami«, sagte Fee seufzend. »Nur gut, daß wenigstens die Beziehung zwischen Darren und mir unerschütterlich ist wie ein Fels.«

Ein Ausdruck, der eigentlich nur zu gut auf Fees künftigen Ehemann paßt, dachte Philip. Selbst Darrens unbestreitbar gut geschnittenes Gesicht hatte etwas Steinernes an sich. Er hatte sich nicht sehr angestrengt, darüber nachzudenken, wie Fee eigentlich daraufkam, Darren heiraten zu wollen. Es war ein Thema, dem er aus dem Wege ging. Vielleicht war es so, daß sie alles getan hätte, nur um sich der Verantwortung für Glenallan Close und alles, was damit zusammenhing, entziehen zu können.

»Dann werd' ich wohl Senta bitten müssen«, sagte Fee. »Sie ist eine Kusine von Darren, und seine Mutter möchte, daß ich Senta darum bitte. Sie sagt, Senta würde sonst beleidigt sein. Und dann hab' ich noch Cheryl und Janice und eine andere Kusine von ihm, Stephanie heißt sie. Ich möchte unbedingt, daß du Stephanie kennenlernst. Sie ist absolut dein Typ.«

Philip glaubte nicht, daß er einen bestimmten Typ hatte. Seine Freundinnen waren groß und klein, dunkelhaarig und blond gewesen. Es fiel ihm schwer, sich in den Verzweigungen von Darrens riesiger Verwandtschaft zurechtzufinden. So viele von ihnen waren zwei- oder dreimal verheiratet gewesen, hatten jedesmal Kinder in die Welt gesetzt und Enkel angesammelt. Darrens Eltern hatten beide einen geschiedenen Ehepartner. Neben ihnen wirkten die Wardmans recht kümmerlich und isoliert. Sein Blick fiel wieder auf die Ansichtskarte auf dem Kaminsims, und ohne sie tatsächlich noch einmal zu lesen, fiel ihm wieder Arnhams Bemerkung über Flora ein, der das Haus anvertraut worden sei. Ein ums andre Mal wiederholte er sie stumm, bis sich der Sinn verflüchtigte. Auch begann er die leere Stelle draußen im Garten zu bemerken, wo Flora früher gestanden hatte.

Eines Tages, während seiner Mittagspause, fand er das Gebäude, in dem die Firma, für die Arnham arbeitete, ihren Hauptsitz hatte. Er kam am Eingang vorbei, als er von dem Café, wo er sein Sandwich und die gewohnte Tasse Kaffee zu sich genommen hatte, zurück zur Zentrale ging, auf einem etwas anderen Weg als sonst. Aus irgendeinem Grund war er überzeugt, daß er Arnham begegnen, daß Arnham um diese Stunde ebenfalls vom Mittagessen zurückkehren werde. Er traf ihn zwar nicht, aber es wäre gewissermaßen beinahe dazu gekommen. Er sah Arnhams Wagen, den Jaguar, auf einem der markierten Plätze eines kleinen Parkplatzes für die Angestellten der Firma, deren Gebäude daran angrenzte. Wäre Philip gefragt worden, hätte er gesagt, daß er sich an die Nummer des Wagens nicht erinnern könne, aber kaum hatte er ihn gesehen, wußte er, daß sie es war.

Seine Mutter richtete gerade in der Küche einer Kundin das Haar. Das war eines der Dinge, die Philip am Leben zu Hause am meisten mißfielen: heimzukommen und die Küche in einen Frisiersalon verwandelt vorzufinden. Und er wußte es immer sofort, wenn er die Haustüre aufschloß. In der Luft hing schwer der mandelähnliche Geruch von Shampoo oder auch ein ärgerer, wenn sie, wie es manchmal vorkam, Dauerwellen gelegt hatte. Dann stank es nach faulen Eiern. Er hatte Christine Vorhaltungen gemacht und gefragt, warum sie nicht das Badezimmer benutze. Natürlich, so die Antwort, könne sie es benutzen, aber es müsse geheizt werden, und warum Kosten verursachen, wenn es in der Küche, wo der Rayburn-Herd brannte, ohnedies warm war.

Als er seine Jacke aufhängte, hörte er eine Frauenstimme sagen: »Oh, Christine, Sie haben mich ins Ohr geschnitten!«

Sie war keine gute Friseuse, immer wieder passierten ihr kleine Mißgeschicke dieser Art. Philip bekam manchmal Alpträume bei dem Gedanken, eine Kundin würde sie wegen einer Brandwunde am Kopf oder einer kahlen Stelle, die plötzlich zutage trat, oder, wie in diesem Fall, wegen eines verstümmelten Ohrs verklagen. Doch bislang hatte dies noch keine getan. Sie war so billig und unterbot die Frisiersalons in der High Road. Deswegen kamen sie zu ihr, diese Hausfrauen vom Gladstone Park, die Verkäuferinnen und Teilzeitsekretärinnen, die ebenso wie sie selbst an allen Ecken und Enden knauserten, die ebenso dauernd nach neuen Möglichkeiten suchten, Geld zu sparen. Doch angesichts dessen, was das heiße Wasser und der Strom oder das eigentlich unnötige Ingangsetzen des Herdes kosteten, ganz zu schweigen von den Shampoos und Gels und Feuchtigkeitssprays, bezweifelte er, daß seine Mutter viel besser daran war, als wenn sie geblieben wäre, was sie, wie sie sagte, noch unlängst gewesen war – eine Dame mit Muße.

Er gab ihnen fünf Minuten. Bis dahin konnte seine Mutter sich darauf einstellen, daß er nach Hause gekommen war. Fee war irgendwohin gegangen, zu Darren vermutlich, aber Cheryl war zu Hause und im Badezimmer. Er hörte ihren Transistor und dann, wie das Wasser gurgelnd aus der Wanne lief. Er öffnete die Küchentür und gab zuerst ein Räuspern von sich. Sie konnten ihn trotzdem nicht hören, denn seine Mutter hatte den Haartrockner angeschaltet. Philip blickte als erstes auf das Ohr der Kundin, auf das Läppchen, an dem ein blutiger Wattebausch klebte.

»Ich nehme an, Mrs. Moorehead hätte gern eine Tasse Tee«, sagte Christine.

Der Tee, der Zucker, den sie in die Tasse schaufeln, und der Kuchen, den sie essen würde, dezimierten die vier Pfund fünfzig, die Christine für Haarwäsche, Schneiden und Fönen bekam, weiter. Aber es war widerwärtig, so zu denken, verachtenswert, so denken zu müssen. Er war ebenso schlimm wie seine Mutter, und wenn er nicht aufpaßte, ließ er sich noch dazu verleiten, der blutenden Kundin ein Glas von ihrem sorgsam gehüteten Sherryvorrat anzubieten. Er hätte selbst ein Gläschen vertragen, mußte sich aber mit Tee begnügen.

»Hast du einen angenehmen Tag gehabt, Phil? Was hast du getan?« Zu ihren Eigenschaften gehörte eine gewisse naive Taktlosigkeit, wenn sie, mit den besten Absichten, die verkehrten Dinge sagte, wie jetzt: »Ist es nicht wunderbar für uns zwei alte Frauen, mit einem jungen Mann plaudern zu können, Mrs. Moorehead? Das ist doch eine nette Abwechslung.«

Er sah, wie sich die Kundin, blondiert, bemalt und im Glauben, sie wirke noch jung, auf ihrem Stuhl reckte und den Mund verzog. Rasch begann er ihnen von dem Haus zu erzählen, das er an diesem Tag besucht hatte, von dem geplanten Umbau eines Schlafzimmers in ein Bad, der Farbgestaltung. Das Wasser im Teekessel begann zu sieden. Blubbernd tanzte er auf dem Herd. Phil hängte einen zusätzlichen Teebeutel hinein, obwohl er wußte, daß solche Verschwendung Christine bekümmerte.

»Wo war das, Philip? In einer netten Gegend?«

»Ach, droben in Chigwell«, sagte er.

»Es geht um ein zweites Bad, nicht?«

Er nickte, reichte der Kundin ihre Tasse und stellte die für Christine bestimmte zwischen dem Elnettspray und einer Dose gebackener Bohnen ab.

»Wir sollten auch so ein Glück haben, nicht, Mrs. Moorehead? Leider übersteigt das unsere kühnsten Träume.« Wieder ein Aufstöhnen – diesmal war der Schädel der Kundin gegen die Ausstromöffnung des Haartrockners geprallt. »Trotzdem, wir müssen dankbar sein für das, was wir immerhin haben, ich weiß, und Philip hat mir für später einmal ein neues Bad hier versprochen, ein wirklich luxuriöses und was Besseres als das, was man in unserer Straße gewohnt ist.«

Mrs. Moorehead wohnte vermutlich ein paar Häuser weiter unten an der Straße. Sie sah aufgebracht, aggressiv aus, aber das war bei ihr wahrscheinlich normal. Philip sprach über Badezimmer und den Verkehr, über das frühlingshafte Wetter. Mrs. Moorehead brach auf, zu irgendeiner Rotarierveranstaltung, und sagte – unnötigerweise, wie Philip fand –, sie wolle Christine nichts drauf legen, »weil man der Chefin kein Trinkgeld gibt«. Christine begann in der Küche aufzuräumen und stopfte nasse Handtücher in die Waschmaschine. Er vermutete, daß in der Bratröhre des Rayburn Kartoffeln schmorten, und sagte sich mit einem flauen Gefühl im Magen, daß es wohl wieder einmal ihre Lieblingsimprovisation geben werde, eine Dose Bohnen, die über aufgeplatzte, in der Schale gebackene Kartoffeln geschüttet worden war.

Cheryl kam herein, zum Ausgehen angezogen. Sie schnüffelte und schüttelte sich leicht. »Ich möchte nichts essen.«

»Ich hoffe, du entwickelst keine Magersucht«, sagte Christine besorgt. Sie betrachtete ihre Tochter in der ihr eigenen Art, den Hals vorgestreckt, bis ihr Gesicht dem der anderen Person ganz nahe war – als ob sich so Symptome, die durch die Entfernung verdeckt wurden, plötzlich von selbst enthüllen würden. »Wird er dir ein Essen spendieren?«

»Wer ist ›er‹? Wir sind eine ganze Clique und gehen zum Bowling.«

Cheryl war nervös und sehr mager, ihr dünnes Haar war hie und da grün gefleckt und stand in die Höhe. Sie hatte hautenge Jeans und eine weitgeschnittene, schwarze Lederjacke an. Wenn sie nicht meine Schwester wäre, dachte Philip, wenn ich sie nicht kennen würde und nicht wüßte, wie sie wirklich ist, würde ich sie für ein Flittchen, für eine Schlampe halten, wenn ich ihr auf der Straße begegnete. Sie sah furchtbar aus, das Gesicht glänzte vor Gel, die Lippen waren fast schwarz, die Fingernägel pechschwarz, als wären sie aus aufgeklebtem Patentleder.

Sie ist von irgend etwas abhängig, dachte er, aber er wollte lieber nicht darüber nachdenken. Er zitterte beinahe, als er überlegte, ob sie vielleicht harte Drogen nahm. Wie konnte sie sich die leisten? Was tat sie, damit sie sie sich leisten konnte? Sie hatte keinen Job. Er beobachtete sie, wie sie am Arbeitstisch in der Küche stand, Christines Flaschen und Marmeladegläser, vor allem aber eine neue Sorte von einem schaumigen Zeug zum »Formgeben« inspizierte, wie sie einen schwarzen Fingernagel hineintauchte und daran schnupperte. Wenn sie überhaupt etwas interessierte, dann Kosmetik, das, was sie die »Schönheitsszene« nannte, doch noch immer hatte sie keine Lust, sich für den Kosmetikerinnenkurs einzuschreiben, den Fee ihr vorgeschlagen hatte. An ihrer Schulter hing eine abgewetzte Lederhandtasche. Einmal, ein paar Wochen vorher, hatte er sie offen herumliegen sehen und bemerkt, daß Geldscheine herausquollen, Zehn- und Zwanzigpfundscheine. Am nächsten Tag hatte er sich einen Ruck gegeben und sie gefragt, woher sie das Geld hatte, und sie hatte ihn weder angefaucht, noch war sie in die Defensive gegangen. Sie hatte nur die Tasche aufgemacht und ihm gezeigt, daß sie leer war; ihre Geldbörse enthielt fünfzig Pence Kleingeld.

Aus diesen Träumereien wurde Philip gerissen, als Cheryl die Haustüre hinter sich zuschlug. Er ging langsam ins Wohnzimmer, in der Hand seine nachgefüllte Teetasse. Die Einrichtung hier war ihm nie besonders aufgefallen, aber jetzt zog sie seinen Blick auf sich. Sie wurde ihm gleichsam durch die Rückkehr in die Vergangenheit, durch die Wiederbegegnung mit Arnhams Welt, in Erinnerung gerufen. Das Mobiliar war zu gut für den Raum, der es beherbergte – genauer gesagt, bis auf den gemieteten Fernsehapparat. Christine hatte seinerzeit das Haus und ihre meisten Besitztümer verkaufen müssen, bis auf die Wohnzimmereinrichtung, das kleine Sofa und die Ledersessel, den Mahagoni-Eßtisch und die Mahagoni-Stühle, die drei oder vier antiken Stücke. All dies wirkte hier fehl am Platz, übergroß, in seltsamem Gegensatz zu dem gefliesten Kamin aus den dreißiger Jahren, den ungetäfelten Türen, den Wandlampen aus rosafarbenen Glasscheibchen. In einem Fauteuil, in dem er nichts zu suchen hatte, lag Hardy zusammengerollt und schlief.

Der Anblick von Arnhams Wagen hatte ihm endlich vor Augen geführt, was er nicht hatte wahrhaben wollen. Arnham war wieder zu Hause, war höchstwahrscheinlich schon seit Monaten zu Hause. Er war umgezogen, ohne Christine seine neue Telefonnummer durchzugeben. Er hatte sie sitzenlassen – ihr »den Laufpaß gegeben«, wie Christines Generation den Sachverhalt vermutlich genannt hätte. An den Abenden blieb es schon länger hell, und man konnte durch die Flügeltüren das Vogelbad und die betonierte Stelle sehen, wo Flora gestanden hatte. Philip stand am Fenster und erinnerte sich daran, wie begeistert Christine von ihrem Einfall gewesen war, Arnham die Statue als Geschenk mitzubringen.

Sie kam mit den Tellern, auf denen die Kartoffeln mit den Bohnen lagen, ins Zimmer. Aus den übervollen Gläsern war Wasser auf das Tablett geschwappt. Er nahm es ihr rasch ab. Seine Mutter tat, was sie konnte. Nur leider – was für ein entsetzlicher Vorwurf! – verstand sie sich auf nichts, außer auf alles, was mit Gefühl zu tun hatte. Sie konnte einen Mann lieben und Kindern das Gefühl geben, geborgen und glücklich zu sein. So etwas entsprach ihrer Natur. Ansonsten konnte sie beim besten Willen nicht anders, als Ausgaben zu verursachen; sie war einer jener Menschen, die, wenn sie Geld verdienen wollen, mehr Kosten verursachen, als wenn sie die Hände in den Schoß legten.

Sie saßen vor dem Fernsehgerät. Dies machte eine Unterhaltung eine Zeitlang überflüssig. Es war erst sieben Uhr. Er sah abwesend auf den Bildschirm, auf dem eine Tänzerin in Lamé und Federn umherhüpfte. Christine, die ihr Tablett auf dem Schoß balancierte, hatte, wie er bemerkte, wieder verstohlen ihre Ausgabe der Zeitschrift *Bräute* aufgeschlagen und betrachtete sehnsüchtig lächerliche Aufnahmen von Mädchen in weißen Satinkrinolinen. Nicht einmal Fee wollte so etwas, sie hatte sich mit einem selbstgeschneiderten Hochzeitskleid und einem »Knabberbuffet« abgefunden, wie die Partylieferanten so etwas nannten. Sie würden sich alle die Kosten teilen, aber trotzdem ... Und da saß Christine und sehnte sich nach einem tausend Piepen teuren Brautgewand und einem Festessen und einer Fete.

Sie blickte ihn an. Philip kam der Gedanke, daß er sie in seinen ganzen zweiundzwanzig Lebensjahren nicht ein einziges Mal ärgerlich erlebt hatte. Und wenn sie bei anderen Ärger vorausahnte, nahm ihr Gesicht diesen besonderen Ausdruck an, der jetzt darauf lag: die Augen furchtsam, die geöffneten Lippen zu einem hoffnungsvollen, begütigenden Lächeln ansetzend. Er sagte zu ihr: »Hat es eigentlich einen Sinn, die Karte noch länger dort zu lassen?« Damit hatte er auf einem Umweg gefragt, was er nicht fragen wollte und worauf er die Antwort ohnehin schon wußte.

Sie errötete leicht und blickte weg. »Du kannst sie wegnehmen, wenn du willst.«

In diesem Augenblick kam Fee herein; sie rauschte herein wie eine Brise in Menschengestalt. Zuerst schlug die Haustüre, dann die des Wohnzimmers hinter ihr zu. Sie blickte die Tabletts an, stellte den Fernseher lauter, dann ab, ließ sich in einen Sessel und die Arme über die Lehne fallen.

»Hast du schon was gegessen, mein Kind?« fragte Christine.

Wenn Fee verneint und gefragt hätte, was da sei, wäre Christine in Verlegenheit gewesen, auch nur ein Sandwich auf die Beine zu stellen. Aber sie fragte aus Gewohnheit, und Fee antwortete beinahe immer mit einem ungeduldigen Kopfschütteln.

»Ich verstehe nicht, warum die Leute nichts tun. Wenn sie sagen, sie wollen etwas tun, warum tun sie's dann nicht? Ist es zu fassen, daß Stephanie noch nicht einmal mit ihrem Kleid angefangen hat, und dabei soll sie auch das für Senta machen.«

»Warum kann Senta ihres nicht selber machen?« fragte Philip, obwohl es ihn nicht sonderlich interessierte, womit sich die Brautjungfern seiner Schwestern beschäftigten.

»Wenn du Senta kennen würdest, brauchtest du diese Frage nicht zu stellen. Eigentlich recht komisch, die Vorstellung, daß sie irgendwas näht.«

»Ist das die eine, Darrens Kusine?«

Fee nickte auf die ihr eigene Art, bei der man das Gefühl bekam, es irritiere sie, daß man sie etwas frage. Und dann feixte sie, zog die Nase hoch und sah ihn mit einem Blick an, als wären sie Verschwörer. Plötzlich wurde ihm bewußt, wie sehr er sich davor fürchtete, daß sie fortging. Bis zu ihrer Hochzeeit waren es noch drei Wochen, und dann würde sie sie verlassen und nie mehr zurückkehren. Cheryl war zu nichts zu gebrauchen, Cheryl war nie zu Hause. Er würde allein die Verantwortung für Christine tragen müssen, und was garantierte ihm jetzt, daß dieser Zustand jemals enden werde?

Immer wieder sah er Arnhams Wagen, geparkt unter der fensterlosen, efeubewachsenen Mauer. Vielleicht hatte er wie Christine geglaubt oder halb geglaubt, daß Arnham nie zurückgekommen sei, daß er sich aus unerklärlichen Gründen noch immer in Amerika aufhalte. Oder daß er krank sei, irgendwo monatelang in einem Krankenhaus liege, unfähig, sich zu melden. Oder sogar daß er gestorben sei. Er sprang auf und sagte, er werde Hardy spazierenführen, ein Stückchen weiter als die gewohnte abendliche Promenade um den Block. Er fragte Fee, ob sie mitkommen wolle. Es war ein schöner, milder Abend, sehr warm für April.

Sie gingen auf dem Gehsteig zwischen den Grasflecken, auf denen Bäume standen, und den Außenmauern rechteckiger Gärtchen dahin. Das Straßennetz erstreckte sich eine halbe Meile in dieser und eine halbe Meile in jener Richtung und ging dann in unregelmäßig bebautes Gelände mit viktorianischer Architektur über. An einer der Kreuzungen blieb er wartend stehend, während Hardy neugierig schnüffelnd zwei Torpfosten inspizierte und feierlich ein Bein daran hob. Er begann über Arnham zu sprechen, erzählte, daß er Arnhams Wagen gesehen hatte und daher wisse, daß er Christine einfach sitzengelassen hatte. Sie war ihm gleichgültig geworden.

Unerwartet sagte Fee: »Er sollte eigentlich Flora zurückgeben.«

»Flora?«

»Nun, findest du nicht, daß er es anständigerweise tun sollte? Wie man einen Verlobungsring zurückgibt, wenn man Schluß macht, oder Briefe.« Fee war eine eifrige Leserin von Frauenromanen. Romantik wird sie brauchen, wenn sie Darren heiratet, dachte Philip manchmal. »Sie ist wertvoll, sie ist nicht irgendein Gartenzwerg aus Plastik. Wenn er Mami nicht vor Augen treten will, sollte er Flora zurückschicken.«

Das erschien Philip lächerlich. Er hätte es besser gefunden, Christine wäre weniger impulsiv gewesen und hätte gar nicht erst beschlossen, Arnham dieses unpassende Präsent zu machen. Sie überquerten die Straße, das Hündchen gehorsam an ihrer Seite, bis sie den Gehsteig gegenüber erreichten, wo es voranzulaufen begann, allerdings in schicklicher Entfernung, während sein Schwanz immerzu fröhlich wippte. Philip sann darüber nach, wie sonderbar es doch war, daß Menschen manche Dinge in ganz verschiedenem Licht sahen, sogar Geschwister, die einander so nahestanden wie Fee und er. Er sah Arnhams Verschulden darin, daß er es erst zugelassen hatte, daß sich Christine in ihn verliebte, ja, daß er sie darin noch ermutigt hatte und daß er sie dann sitzenließ. Dann überraschte ihn Fee, als sie ihm zeigte, daß sie doch sehr ähnlich dachten. Sie schockierte ihn auch.

»Sie hat geglaubt, er würde sie heiraten, seit einer Ewigkeit schon hat sie das geglaubt«, sagte Fee. »Und weißt du, warum? Vermutlich weißt du's nicht, aber du weißt ja, wie eigenartig Mami sein kann, wie ein Kind manchmal. Ach was, ich erzähl's dir einfach. Man könnte sagen, sie hat es mir anvertraut, aber sie hat nicht verlangt, daß ich es dir nicht sage.«

»Was solltst du mir nicht sagen?«

»Du verrätst ihr nicht, daß ich's dir erzählt habe, ja? Ich glaube nämlich, sie hat es mir gesagt, weil ich ihre Tochter bin. Bei einem Sohn ist es irgendwie anders, nicht? Sie ist einfach aus heiterem Himmel damit herausgerückt. Es geht um den Grund, warum sie überzeugt war, daß er sie heiraten würde.« Fees Augen kehrten zu seinem Gesicht zurück, mit einem beinahe tragischen Blick. »Eine andere Frau würde bestimmt nicht so fühlen, oder sie würde genau umgekehrt denken, besonders eine ihres Alters, aber du kennst ja Mami.«

Philip brauchte wirklich nicht weiter aufgeklärt zu werden. Er spürte, daß sich eine vom Hals hochsteigende Röte auf seinem Gesicht ausbreitete. Sein Gesicht brannte, und er hob eine kalte Hand, um die Haut zu berühren. Wenn Fee etwas davon bemerkte, ließ sie sich jedenfalls nichts anmerken.

»Damals, als er hierherkam und sie für sie beide ein Essen kochte oder etwas aus einem Restaurant holte oder sonstwas und wir alle irgendwo anders waren, nun ja, da hat er ... hatten sie Sex miteinander, haben sie miteinander geschlafen, wie man es halt nennen will. In ihrem Schlafzimmer. Stell dir vor, einer von uns wäre hineingegangen! Das wäre ganz schön peinlich gewesen.«

Er rammte die Hände in die Hosentaschen und ging mit gesenktem Kopf weiter. »Mir wär's lieber, du hättest mir nichts davon erzählt.« Der Aufruhr in seinem Innern ängstigte ihn. Es war, als wäre er zugleich zornig und eifersüchtig. »Warum hat sie es dir erzählt?«

Fee hatte sich bei ihm eingehängt. Er unterließ es, ihr

in Erwiderung der Geste den Arm zu drücken. Körperkontakt war ihm plötzlich zuwider. Der Hund lief vor ihnen her. Es war die Stunde der Dämmerung, wenn kurze Zeit alles klar und konturiert, aber in ein unirdisches, sehr kühles, fahles Licht getaucht erscheint.

»Ich weiß es eigentlich nicht. Ich vermute, es war wegen Senta. Ihre Mutter ist zehn Jahre älter als Mami, hat aber immerfort Affären. Sie hat sich, wie ich von Darren weiß, einen neuen Liebhaber zugelegt, der noch keine dreißig ist. Das hab' ich Mami erzählt, und da ist sie damit herausgerückt. ›Ich hatte eine Affäre mit Gerard‹, hat sie gesagt. ›Nun ja, nur das eine Mal.‹ Du weißt ja, wie sie solche Ausdrücke ein bißchen schief verwendet. ›Wir hatten eine Affäre an diesem Abend, als er mit der Flasche Wein vorbeikam und sagte, daß ihm Flora gefalle.‹«

Er schwieg. Fee zog die Schultern hoch. Er spürte die Bewegung an seiner eigenen Schulter, sah sie aber nicht an. Ohne ein Wort zueinander zu sagen, kam ihnen gleichzeitig der Gedanke, den Heimweg anzutreten. Fee rief Hardy und nahm ihn an die Leine. Nach einer kleinen Weile begann sie über ihre Hochzeit zu sprechen: die Gestaltung der kirchlichen Trauung und wann die verschiedenen Autos in der Glenallan Close eintreffen würden. Philip war verwirrt und ärgerlich und auf eine ihm unerklärliche Weise schrecklich aufgewühlt. Als sie ins Haus gingen, wußte er, daß er außerstande sein würde, an diesem Abend Christine noch einmal gegenüberzutreten, und ging sofort die Treppe hinauf zu seinem Zimmer.

3

Für ein Schlafzimmer war der Raum ziemlich klein, aber er würde ein geräumiges Bad abgeben. Es ging ihn nichts an, warum Mrs. Ripple den Wunsch verspürte, ihr drittes Schlafzimmer für ein zweites Bad zu opfern, obwohl er dazu neigte, sich über solche Dinge doch Gedanken zu machen. In den Häusern anderer Leute, in denen sich Philip neuerdings oft aufhielt, ertappte er sich immer wieder dabei, daß er über alle möglichen Schrullen und Ungereimtheiten Spekulationen anstellte. Warum beispielsweise hatte sie hier in diesem Zimmer einen Feldstecher auf dem Fensterbrett liegen? Um Vögel zu beobachten? Um Nachbarn nachzuspionieren?

Die Frisierkommode war sehr niedrig, und einen Hokker gab es nicht. Wenn eine Frau sich vor dem Spiegel das Haar richten oder schminken wollte, müßte sie sich auf den Boden setzen. In dem kleinen Bücherregal standen nur Kochbücher. Warum hatte sie ihre Kochbücher nicht in der Küche? Er holte sein Maßband aus der Tasche und begann den Raum auszumessen. Vier Meter dreißig mal drei Meter fünfzehn. Er würde nicht selbst den Plan entwerfen, so weit hatte er es noch nicht gebracht. Außerdem forderte nichts daran Inspiration oder Ehrgeiz heraus. Sie hatte eine champagnerfarbene Wanne und ein ebensolches Waschbecken gewählt, einen Waschtisch mit schwarzer Marmorplatte und milchfarbene Fliesen mit einem schwarzgoldenen Blumenmuster.

Das Fenster sollte Doppelglasscheiben erhalten. Er nahm penibel Maß, denn Roy wollte bestimmt alles auf den Millimeter genau wissen. Als Philip die Maße mit seiner ordentlichen, winzigen Handschrift in das Notizbuch von Roseberry Lawn Interiors eingetragen hatte, lehnte er sich aufs Fensterbrett und schaute hinaus ins Freie.

Unter ihm lagen Gärten aneinandergereiht, alle gleich groß, jeder vom nächsten durch eine Umzäunung mit aufgesetztem Gitterwerk getrennt. Es war die schönste Jahreszeit, und die Zierbäume trugen junges, frisches Laub. Viele von ihnen standen in Blüte, rosa und weiß. Die Tulpen, eine der wenigen Blumenarten, die er beim Namen kannte, blühten. Die samtartig braungoldenen Dinger, die das Ende von Mrs. Ripples Garten ausfüllten, das war vielleicht Goldlack. An die Gärten auf dieser Seite grenzte eine Zeile weiterer Gärten an, hinter denen, ihm gegenüber, die Rückfront einer Reihe von Häusern stand. Zweifellos hatten sie ursprünglich alle gleich ausgesehen, aber mehrere Um- und Anbauten, ein zum Schlafzimmer ausgebauter Speicher, ein hinzugefügter Wintergarten, eine zusätzliche Garage hatten jedem einzelnen ein individuelles Gepräge gegeben. Nur ein einziges wirkte noch so, als sei es unverändert geblieben, aber es hatte den schönsten Garten, mit einem rosa blühenden Weißdornbaum auf halber Länge, dort, wo sich aus dem Rasen ein Steingarten erhob, der von einem Teppich aus purpurroter und gelber Alpenflora überwuchert war.

Teilweise von den Ästen des Baums mit seinen rosenfarbenen Blüten beschirmt, überragte dieses Blumengetümmel eine kleine Marmorstatue. Philip konnte sie nicht sehr deutlich sehen, da sie zu weit entfernt war, doch irgend etwas an ihrer Haltung kam ihm vertraut vor, der Winkel des leicht erhobenen Gesichts, die ausgestreckte, einen Blumenstrauß haltende rechte Hand, die Füße, die, obwohl fest auf den Boden gestemmt, dennoch zu tanzen schienen.

Zu gerne hätte er die Statue genauer betrachtet. Da fiel sein Blick auf den Feldstecher auf dem Fensterbrett. Er nahm ihn aus dem Etui und hob ihn ans Auge. Er mußte ihn etwas verstellen, bis er klar sehen konnte – und dann bot sich ihm ein verblüffender Anblick. Das Fernglas war ausgezeichnet. Er sah die kleine Statue, als wäre sie nicht mehr als einen Meter von ihm entfernt. Er sah ihre Augen, ihren lieblichen Mund und das gewellte Haar, das diagonal gewebte Muster des Stirnbands, die mandelförmigen Fingernägel und die Details der Blumen – die Staubgefäße und Blütenblätter – in dem Strauß, den sie in der Hand hielt.

Und er sah auch den großen, grünen Fleck, der von der Seite des Halses bis dorthin reichte, wo das Gewand ihre Brüste bedeckte, und die winzige Kerbe in ihrem linken Ohrläppchen. Die hatte er der Statue selbst beigebracht, als er, mit zehn Jahren, aus seiner Schleuder einen Stein abgeschossen hatte, der sie seitwärts am Kopf traf. Sein Vater hatte getobt, hatte ihm die Schleuder weggenommen und für drei Wochen das Taschengeld gekürzt. Ja, es war Flora. Keine Doppelgängerin, keine Kopie, sondern Flora selbst. Wie Fee festgestellt hatte, war sie keine von diesen massenhaft produzierten Gipsfiguren, wie sie in den Gartenzentren an den Autobahnausfahrten dutzendweise zu finden waren. Sie war einzigartig. Er erinnerte sich, ohne rechten Grund, an das, was Cheryl gesagt hatte, als sie Arnham von ihrem Vater erzählte. Die Statue stellte die Farnesische Flora dar, die traditionell mit der Weißdornblüte assoziiert wurde.

Philip steckte den Feldstecher wieder ins Etui, legte sein Maßband und das Notizbuch beiseite und ging nach unten. Nach manchen Kunden mußte man suchen, man mußte hüsteln, an Türen klopfen, um sie auf sich aufmerksam zu machen. Mrs. Ripple gehörte nicht dazu. Sie lag auf der Lauer, sprungbereit, mit Habichtaugen. Sie war eine ältere Frau, voller Energie, sehr scharfzüngig und, so vermutete er, hyperkritisch. Sie hatte ein glänzendes Gesicht, das wie entzündet wirkte, und üppiges, schwarzes Haar, das von grauen Fäden durchzogen war.

»Ich melde mich wieder, sobald der Plan fertig ist«, sagte er zu ihr. »Wenn die Arbeiten beginnen, schaue ich wieder vorbei.«

Bei Roseberry Lawn wurde ihnen beigebracht, so mit den Kunden zu sprechen. Philip hatte noch nie einen Menschen schnauben hören, aber Mrs. Ripple gab tatsächlich ein solches Geräusch von sich. »Und wann soll das sein?« fragte sie. »Irgendwann nächstes Jahr?«

Die Prospekte der Firma, hatte Roy zu ihm gesagt, seien ihr mit Verzögerung zugeschickt worden, und er hatte hinzugefügt, das werde sie wohl nicht so leicht vergessen. Philip versicherte ihr mit seinem strahlendsten Lächeln, er hoffe, daß es bestenfalls vier Wochen dauern werde. Mrs. Ripple gab keine Antwort darauf und überließ es ihm selbst, die Haustür aufzumachen und hinter sich zu schließen. Philip stieg in seinen Wagen, einen drei Monate alten blauen Opel Kadett, und dachte dabei, wie er es manchmal tat, daß das Auto das einzig

Nette sei, was er besaß, und dabei gehörte es gar nicht ihm, sondern Roseberry Lawn.

Statt den Weg zurückzufahren, den er gekommen war, bog er bei der ersten Möglichkeit nach links und dann noch einmal nach links ab. Dies brachte ihn in die Straße, in der die Häuser sein mußten, deren Rückfronten dem Haus von Mrs. Ripple gegenüberstanden. Von hier aus gesehen wirkten sie ganz anders. Er hatte nicht genau gezählt, wo das Haus mit der Statue im Garten war, aber er wußte, es mußte das vierte oder fünfte neben dem Mehrfamilienhaus mit dem grünen Ziegeldach sein. Außerdem war es das einzige ohne Anbauten. Und da war es schon, das mußte es sein, zwischen dem Haus mit dem großen Fenster im Dach und dem mit der Doppelgarage. Philip fuhr langsam vorüber. Es war fünf Uhr vorbei, sein Arbeitstag war zu Ende, und so nahm er nicht die Zeit seiner Firma in Anspruch, worauf er noch immer gewissenhaft achtete.

An der nächsten Straßenkreuzung wendete er und fuhr zurück. Er parkte den Wagen gegenüber dem Haus am Randstein und stellte den Motor ab. Der Vorgarten war klein, mit einem Rosenbeet, in dem die Rosen noch nicht aufgegangen waren. Drei Stufen führten hinauf zu einer jener georgianischen Haustüren mit einem fächerförmigen Türfenster. Eine Besonderheit des Hauses – Philip war überzeugt, daß es als eine »Besonderheit« bezeichnet wurde – war ein kleines, rundes Buntglasfenster ein kleines Stück oberhalb der Haustür.

Durch eine der klaren Scheiben darin, eine Raute in dem prätentiösen Wappenschild in der Mitte, war das Gesicht einer Frau zu sehen, die hinausblickte. Sie schaute nicht zu Philip hin, der ohnedies in seinem Wagen nicht zu sehen war. Dann ging sie weg, und als er gerade den Motor anlassen wollte, erschienen ihr Gesicht und Oberkörper hinter einem Bleiglasfenster, das sie öffnete, von neuem.

Sie war nach seinen Maßstäben nicht mehr die Jüngste, aber er sah doch, daß sie noch eine junge Frau war. Die Nachmittagssonne schien ihr voll ins Gesicht, und sie sah auf eine aggressive Art gut aus. Aus der breiten, weißen Stirn kräuselte sich dichtes, dunkles Haar nach hinten. Sie war ein ziemliches Stück von ihm entfernt, aber er bemerkte, wie die Sonne auf einen Diamanten an ihrer linken Hand fiel und ihn auffunkeln ließ, und daraus entnahm er, daß sie Arnhams Frau war. Arnham hatte geheiratet, und das war die Frau, die er geheiratet hatte. Zorn stieg in Philip hoch, wie Blut aus einem scharfen Schnitt in der Haut hochquillt. Er saß in seinem geschlossenen Wagen und stieß einen stummen Fluch aus.

Philip zitterten vor Zorn die Hände auf dem Lenkrad. Wäre ich doch nicht hierhergefahren, dachte er, wäre ich doch von Mrs. Ripples Haus zurückgefahren, wie ich gekommen bin, durch Hainault und Barkingside! Wenn die Dinge einen anderen Lauf genommen hätten, würde jetzt vielleicht seine Mutter hier wohnen, hinter jenem Wappenschild aus Buntglas die Straße überblicken, diesen Fensterflügel öffnen, um die Sonnenwärme zu spüren.

Er konnte Christine nicht in die Augen blicken. Er fühlte sich beklommen, wenn er mit ihr allein war. Manchmal war er kaum imstande, irgendeinen einfachen, alltäglichen Satz zu formulieren, etwas über den Hund oder ob sie diese oder jene Rechnung bezahlt habe. Zum erstenmal erlebte er, daß ein Problem ihn so sehr in Anspruch nahm, daß es zur Obsession geworden war. Früher hatte er um seinen Vater getrauert. Er hatte sich ein bißchen Sorgen über seine Prüfungen gemacht, dann voll innerer Spannung darauf gewartet, ob man ihn in das Ausbildungsprogramm bei Roseberry Lawn aufnehmen werde. Und natürlich machte er sich manchmal Gedanken, ob man ihn nach Abschluß seiner Ausbildung fest anstellen würde. All das hatte vielleicht sein inneres Gleichgewicht gestört, doch nichts hatte seine Gedanken von früh bis spät derart mit Beschlag belegt wie dieses Wissen. Es machte ihm zugleich angst, weil er einfach nicht begreifen konnte, was in ihm vorging.

Warum machte es ihm soviel aus, daß seine Mutter mit einem Mann geschlafen hatte? Er wußte, daß sie mit seinem Vater geschlafen hatte. Es war ihm klar, wenn sie Arnhams Frau geworden wäre, wären sie miteinander ins Bett gegangen. Warum mußte er soviel darüber nachgrübeln, sich quälen mit Bildern, die die beiden zusammen zeigten, sich im Geist immer wieder Fees Worte, Fees schreckliche Enthüllung wiederholen? Die Ansichtskarte stand nach wie vor auf dem Kaminsims; er hatte seine Absicht, sie wegzuwerfen, nie wahr gemacht, und sie war jedesmal das erste, was er sah, wenn er das Zimmer betrat. Es war, als ob aus der kleinen Karte mit einem alltäglichen Foto darauf ein riesiges Gemälde in aggressiven Farben geworden wäre, das irgendeine sadistische, lasterhafte Szene darstellte; etwas, das man nicht ansehen will, das jedoch den Blick zwanghaft auf sich zieht.

Irgendwie hatten sich ihre Rollen vertauscht. Er war zu

Christines Vater und sie zu seinem Kind geworden. Er war der Vater, der am Verführer seiner Tochter Rache nehmen will, sofern er sie nicht heiratet. Schmerzendes Mitgefühl bemächtigte sich seiner, wenn er sie still dasitzen und emsig an Cheryls Brautjungfernkleid sticken sah. Wenn sie an jenem Tag, als sie Flora hingebracht hatten, allein Arnham besucht hätte, wäre sie dann jetzt seine Frau? Philip konnte sich des Gedankens nicht erwehren, daß ihr gemeinsamer Auftritt an jenem Herbstabend eine entscheidende Rolle in Arnhams Heiratsplänen gespielt hatte. Die andere Frau, die mit dem dunklen Haar und dem Diamantring, war damals vielleicht auch eine Kandidatin gewesen, und er hatte sich für sie entschieden, weil sie nicht von einem Bienenschwarm von Kindern und einer Marmorstatue begleitet wurde.

Sie fragte ihn, ob er etwas dagegen hätte, wenn sie das Fernsehen anstelle. Das fragte sie ihn jedesmal. Er versuchte sich zu erinnern, ob sie das früher auch seinen Vater gefragt hatte; vermutlich nicht. In einer der Meldungen in den Neunuhrnachrichten hieß es, Rebecca Neave sei in Spanien gesehen worden. Seit ihrem Verschwinden waren beinahe acht Monate vergangen, doch von Zeit zu Zeit kamen Presse und Fernsehen darauf zurück. Ein Mann, der einen ehrlichen und zuverlässigen Eindruck machte, behauptete, sie in einem Ferienort an der Costa del Sol in ihrem grünen Trainingsanzug aus Samt gesehen zu haben. Dort hatte Rebecca Neave nach Auskunft ihrer Eltern zweimal Urlaub gemacht. Der Mann, dachte Philip, hat sich das wahrscheinlich eingebildet, oder er ist einer von jenen Typen, die bereit sind, alles zu sagen oder zu tun, nur um in die Medien zu kommen.

Er hatte nicht vorgehabt, noch einmal Mrs. Ripples Haus aufzusuchen – mit Freuden hätte er auf ein Wiedersehen mit diesem Winkel der Londoner Vororte verzichtet. Doch in der Mitte der Woche vor Fees Hochzeit sprach ihn Roy, der das neue Badezimmer entwarf, wegen eines Problems an, das die Fliesen betraf. Er brauchte Mrs. Ripples Einwilligung in bestimmte Veränderungen an dem Plan und dazu auch weitere Maße, vor allem die Entfernungen zwischen den Fensterrahmen und Türstöcken und den Wandenden. Philip hörte sich sagen, daß er diese Maße sehr gut schätzen und daß man die Zustimmung der Hausbesitzerin doch auch telefonisch einholen könne.

»So eine Antwort erwarte ich von gewissen anderen Praktikanten, aber nicht von Ihnen«, sagte Roy. Seine harten, dunklen Augen verschwammen hinter den dikken Brillengläsern. Wenn Roy keinen seiner zynischen, unkomischen Witze riß, redete er wie ein Prospekt. »Gründlichkeit und peinlichste Sorgfalt haben das hohe Renommee von Roseberry Lawns begründet.«

Philip erkannte, daß er nicht darum herumkam, nach Chigwell zu fahren, sagte sich aber, daß er ja nicht durch die Straße, in der Arnham wohnte, fahren und übrigens auch kein zweites Mal durch den Feldstecher in Mrs. Ripples Schlafzimmer auf Flora schauen müsse. Als er aus dem Haus ging, war bereits Christines erste Kundin an diesem Tag eingetroffen, eine Frau, die kupferfarbene Strähnen ins Haar bekam. Dies eine Mal war Philip froh, daß seine Mutter die Prozedur nicht im Bad ausführen wollte. Dafür fand er dann, als er später nach Hause kam, überall auf dem Küchenboden orangefarbene Spritzer.

»Ich möchte soviel Geld zusammenbringen, daß ich

Fees Blumen bezahlen kann«, flüsterte Christine ihm zu, als sie ihn an der Haustür verabschiedete. Sie streifte die Gummihandschuhe über, die ihre Hände für den kommenden Samstag fleckenfrei halten sollten.

Die Kunden von Roseberry Lawn benahmen sich oft, als wären die Besuche von Angestellten der Firma, die sie beauftragt hatten, ihre Wohnungen zu renovieren, eine unerträgliche Störung ihrer Privatsphäre. Man hatte Philip von einem Hauseigentümer erzählt, der die Türen der Küche, die er umbauen ließ, mit Kreppband zugeklebt hatte, so daß die Handwerker durch die Fenster ein- und aussteigen mußten. Es war nichts Ungewöhnliches, daß man weder Telefon noch Toilette benutzen durfte. Mrs. Ripple, die – allerdings nicht von ihm – von seinem Kommen benachrichtigt worden war, öffnete die Haustür, kaum daß er davor stand. Es war, als hätte sie dahinter gewartet. Kaum hatte er einen Fuß in die Diele gesetzt, schnauzte sie ihn an: »Mit welchem Recht haben Sie den Feldstecher meines Mannes benutzt?«

Philip war im ersten Augenblick sprachlos. Hatte sie das Glas nach Fingerabdrücken abgesucht? Hatte irgendeine Nachbarin ihr gesagt, daß sie es in seinen Händen gesehen hatte?

»Hab' ich Sie erwischt, was?« sagte sie. »Sie haben sich eingebildet, das käme nicht raus.«

Philip sagte, es tue ihm leid. Was sonst hätte er sagen sollen?

»Sie werden sich fragen, wie ich Ihnen auf die Schliche gekommen bin.«

Das war ganz und gar nicht schelmisch gesagt. Mrs. Ripples dichte, braune Augenbrauen zogen sich zusammen wie zwei pelzige Raupen, die aufeinander zukriechen, aber Philip riskierte trotzdem ein Lächeln.

»Ich lege den Feldstecher stets in der Ecke aufs Fensterbrett«, sagte sie, »und zwar so, daß er mit der langen Seite genau parallel zur Wand liegt.« Die Raupen sprangen auseinander und zuckten zu Mrs. Ripples Haaransatz hoch. »Ich habe meine Gründe, warum ich das tue, und werde sie für mich behalten. Aber so hab' ich's rausbekommen. Das Glas lag nicht mehr so da wie zuvor.«

»Ich werde es nicht mehr anrühren«, sagte Philip und ging auf die Treppe zu.

»Sie werden gar nicht die Gelegenheit dazu bekommen.«

Sie hatte den Feldstecher weggeräumt. Der Vorfall war Philip in die Glieder gefahren. Wie den meisten Leuten machte ihm Verrücktheit angst, selbst wenn sie in ihren milderen Formen auftrat. Verdächtigte sie vielleicht ihren Mann, daß er mit dem Glas Frauen beim Auskleiden beobachtete oder sonst etwas dergleichen tat? Und wenn es so war, was brachte es ihr, sollte sich ihr Argwohn wiederholt als begründet erweisen? Wenigstens war er die Versuchung los: Ohne den Feldstecher konnte er Flora nicht näher betrachten.

Er hatte die Maße, die er nehmen sollte, so weitgehend richtig erraten, daß seine Ansicht bestätigt wurde, es sei Zeitverschwendung gewesen hierherzufahren. Doch nun, da ihm der Feldstecher entzogen war, sehnte er sich um so mehr danach, Flora wieder anzusehen. Er öffnete das Fenster und beugte sich hinaus. Der Weißdornbaum hatte die meisten seiner Blüten verloren. Das Gras und die Steine des Wegs waren mit rosafarbenen Blütenblättern übersät, der purpurrote Steingarten rosa gesprenkelt, wie mit einem rosigen Schleier bedeckt. Blütenblätter lagen auf Floras Schultern und auf ihrem ausgestreckten Arm, und die Blumen, die sie trug, waren nicht mehr aus Stein, sondern ein Strauß aus Weißdornblüten.

Aber sie schien ihm weit entrückt zu sein. Die Entfernung machte ihr Gesicht und die gemeißelten Details unsichtbar. Er trat zurück, schloß das Fenster und fragte sich dabei, ob Mrs. Ripple nicht vielleicht ein Haar auf den Griff gelegt habe. Vielleicht kam sie herauf, nachdem er weggefahren war, und bestäubte den Fensterrahmen mit Fingerabdruckpuder. Dann wehe ihm, wenn er wiederkommen mußte, um die weiteren Arbeiten zu inspizieren, was ihm leicht passieren konnte.

Sie wartete am unteren Ende der Treppe auf ihn. Sie sagte nichts, und ihr Schweigen und der lange, kalte Basiliskenblick hatten zur Folge, daß er aus Nervosität überfreundlich sprach.

»So, vielen Dank, Mrs. Ripple. Das wär's. Sie werden demnächst von uns hören. Wir werden Sie auf dem laufenden halten, wie es weitergeht.«

Er ging an ihr vorbei, bis sie aus seinem Gesichtsfeld war, spürte aber, daß ihre Augen ihm folgten. Auf halbem Weg zur Vorgartentür sah er Arnhams Wagen vorüberfahren. Nicht den Jaguar, sondern seinen Zweitwagen. Arnham hatte sicher einen Zweitwagen. Der Jaguar gehörte vermutlich der Firma, so wie sein Kadett Eigentum von Roseberry Lawn war. Auf dem Beifahrersitz saß die Frau, die er am Fenster gesehen hatte. Es war ein warmer Tag, und sie hatte das Fenster auf ihrer Seite heruntergekurbelt. An der Hand trug sie den Diamantring und am Handgelenk eine mit Diamanten besetzte Uhr. Von Arnham sah er nur eine dunkle Silhouette.

Die Richtung, in der sie fuhren, führte von ihrem Haus weg, und das verführte ihn – eher, als daß es ein eigener Entschluß gewesen wäre – zu dem, was er nun tat. Es war sogar so, daß der Kadett von selbst zu fahren schien. Immerhin kehrten Vernunft und Vorsicht soweit zurück, daß sie ihn den Wagen ein bißchen weiter unten an der Straße parken ließen.

Niemand war zu sehen. Das war nachmittags in den Vorstädten immer so. Philip erinnerte sich, wie sein Vater aus seiner Kindheit erzählt hatte, als Straßen wie diese belebt waren, von vielen Leuten sogar, die fast alle zu Fuß unterwegs waren, weil es damals nur wenige Autos gab. Die Häuser hier mit ihren geschlossenen Garagen und leeren Vorgärten wirkten dagegen wie unbewohnt. Die ganze Straße entlang waren das Grün von Laub und Gras und das Weiß der Häuser unterbrochen vom Goldregen in voller Blütenpracht, einem reinen, glänzenden Gelb. Die Sonne schien auf eine reglose Stille herab.

Philip ging durch das Tor der Garageneinfahrt und auf die Holztür zu, die offenbar zu einem Durchgang zwischen Garage und Haus führte. Wenn sie verschlossen wäre, würde das Unternehmen sein Ende finden. Aber sie war nicht zugesperrt. Als er drinnen war, in einem schmalen Korridor mit Ziegelmauern zu beiden Seiten, wurde ihm bewußt, daß er weder ein Behältnis noch etwas zum Zudecken mitgebracht hatte. Und er wußte, wenn er jetzt zu seinem Auto zurückging, um nach etwas zu suchen, würde er nicht wieder hierherkommen. Er würde die Sache abblasen und wegfahren.

Am Ende des Durchgangs war eine Terrasse aus Betonplatten. Auf der einen Seite ein ganz gewöhnlicher Kohlenbunker, zwei Mülltonnen auf der anderen. Arnham hatte sein Haus in Buckhurst Hill gegen ein entschieden zweitklassiges eingetauscht. Natürlich war er dazu genötigt gewesen, weil er den Verkaufserlös mit seiner geschiedenen Frau hatte teilen müssen. Über den Rand der einen Mülltonne schaute ein blauer Plastiksack heraus, wie er offensichtlich von der lokalen Müllabfuhr zur Verfügung gestellt wurde. Philip nahm ihn an sich.

Er ging über den Rasen dorthin, wo sie stand. Aus der Nähe betrachtet, gaben ihr die Weißdornblüten auf den Schultern und dem Kopf ein vernachlässigtes Aussehen. Er wischte sie weg, hauchte ein Blütenblatt aus einem Ohr, demselben, aus dem er lange Jahre vorher mit seiner Schleuder ein Stückchen herausgeschossen hatte. Er ließ sich dicht vor ihr auf die Knie nieder und betrachtete, wie er es noch nie getan hatte, den Ausdruck entrückten Schauens, die Augen, die an jenen, die sie ansahen, vorbeizustarren und einen fernen Horizont, vielleicht eine wunderbare Weite, zu fixieren schienen. Aber sie war ja eine Göttin, über irdische Dinge und menschliche Nöte erhaben.

Seine Gedanken überraschten ihn. Sie waren so verstiegen, als träumte oder fieberte er. Solche Vorstellungen und Einbildungen waren ihm durch den Kopf gegangen, als er im vergangenen Winter mit einer schweren Grippe gerungen hatte. Aber wie war Arnham nur darauf gekommen, zu Christine zu sagen, Flora sehe aus wie sie? Oder war bei ihr vielleicht der Wunsch der Vater des Gedankens gewesen? Flora sah keinem weiblichen Wesen ähnlich, dem Philip jemals begegnet war, obwohl ihm ganz plötzlich der – ziemlich verrückte – Gedanke kam, daß er sich auf der Stelle in sie verlieben würde, sollte er einmal eine Frau mit diesem Gesicht kennenlernen.

Er packte Flora und hob sie hoch. Sie erschien ihm noch schwerer als damals, als er sie von der U-Bahn-Station Buckhurst Hill die Steigung hinaufgetragen hatte. Er zog ihr den blauen Plastiksack über den Kopf, legte sie ins Gras und verknotete das Ende des Sacks. So wie er das Bündel in den Armen trug, hätte man den Eindruck haben können, es handle sich um ein Stück Rohr oder irgendein Gartengerät.

Dann, als er die Hälfte des Wegs über das Gras zu dem Durchgang und der Holztür hinter sich hatte, sah er, daß er beobachtet wurde. Ein Mann an einem Fenster nebenan schaute her. Philip sagte sich, daß er ja nichts Unrechtes tue. Flora war nicht Gerard Arnhams Eigentum. Oder vielmehr, dachte er etwas wirr, sie hätte Arnham gehören können, wenn er sich Christine gegenüber korrekt verhalten, wenn er sie geliebt und geheiratet hätte. Aber so, wie die Dinge lagen, hatte er gewiß keinen Anspruch auf Flora. Philip hatte irgendwo gelesen, daß nur der wahre Eigentümer das Recht hat, sich einen verliehenen Gegenstand von jemandem zurückzuholen. So lautete das Gesetz. Nun, und der wahre Eigentümer war er selbst. Flora war Arnham geliehen worden. Sie war nur unter der Bedingung in seinen Besitz übergegangen, daß er Christine heiratete, das war doch wohl klar. Gleichwohl beschleunigte er seine Schritte. Trotz des Gewichts der Statue rannte er die Garageneinfahrt hinunter.

Da seine Arme Flora hielten, brauchte er ein paar Augenblicke, bis er das Tor aufbrachte. Hinter ihm, von der anderen Seite des Zauns, sagte eine Stimme: »Entschuldigen Sie mal, was haben Sie eigentlich damit vor?«

Die Worte erinnerten ihn an Mrs. Ripple. Er wandte nicht einmal den Kopf, um den Fragenden anzusehen. Er rannte. Keuchend, weil Flora so schwer war, lief er die Straße entlang zu seinem Wagen. Er hievte sie auf den Rücksitz und mühte sich mit seinem Sicherheitsgurt ab. Der Mann war ihm nicht gefolgt. Er hatte sicher das Vernünftigere getan und die Polizei angerufen.

Im Geist sah er sich schon gekündigt, sah er sich vorbestraft. Aber sei vernünftig, redete er sich zu, verlier nicht den Kopf – der Mann hat den Wagen nicht gesehen, die Nummer nicht notiert. Philips Hände umklammerten zitternd das Steuer, doch mit einer gewaltigen Kraftanstrengung gelang es ihm, sie zu beruhigen. Er fuhr los, nahm die Abzweigung nach links und bog dann nach rechts ab. Niemand war hinter, niemand vor ihm. Als er wieder auf der Hauptstraße war, in Richtung Barkingside, hörte er die Sirene eines Streifenwagens. Aber warum sollte das ihm gelten, irgend etwas mit ihm zu tun haben? Die würden keinen Streifenwagen mit heulender Sirene losbrausen lassen, bloß weil ein Mann beobachtet worden war, wie er mit einem Gegenstand in einem Plastiksack aus einem Garten kam. Viel eher würde man einen Beamten auf einem Fahrrad hinschikken.

Vielleicht weil seine Mutter so hilflos war und seine Schwestern oft von irrationalen Ängsten heimgesucht wurden, war Philip zu einem besonnenen jungen Mann herangewachsen. Er war seinem Vater ähnlich, der ein praktisch veranlagter Mann gewesen war, und obwohl er eine reiche Phantasie hatte, hatte er gelernt, sie im Zaum zu halten. Deshalb ließ er auch nicht zu, daß er zur Beute aller möglichen Hirngespinste wurde, und als er Gants

Hill und den großen Kreisel an der A 12 erreichte, war er wieder ganz gelassen.

Flora war auf dem Rücksitz ein bißchen umhergetanzt. Als er den Ausstellungsraum in Ilford erreichte, wo er auf der Rückfahrt zur Zentrale vorbeischauen sollte, verfrachtete er die Statue in den Kofferraum, verstaute sie bequem zwischen dem Reserverad und den Karton mit Tapetenmusterbüchern, die er dabei hatte. Dort, auf dem Parkplatz hinter dem Ausstellungsraum, konnte er der Versuchung nicht widerstehen, sie anzusehen. Er durchbohrte die Plastikfolie mit der Spitze seines Kulis, nachdem seine Fingernägel daran gescheitert waren, und schlitzte sie so weit auf, daß Floras Gesicht frei lag. Noch immer schaute sie entrückt in olympische Fernen, noch immer wahrte sie diesen ernsten, doch gelösten Ausdruck. Nun ja, wenn es nicht so wäre, dachte Philip, könnte einen das glatt um den Verstand bringen.

Während Philip um einiges später als gewöhnlich nach Hause fuhr – Roy hatte ihm eine Liste von zum Teil verärgerten oder empörten Kunden gegeben, die er anrufen und beschwichtigen sollte –, sann er über das nach, was er am Vormittag getan hatte. Warum hatte er die Statue entwendet? Wohl weil sie in seinen Augen von Rechts wegen ihm beziehungsweise seiner Familie gehörte. Es war, als hätte Arnham irgendeinen betrügerischen Trick angewandt, um sie in seinen Besitz zu bringen. Und Betrügern sollte nicht erlaubt werden, an ihr Ziel zu kommen.

Doch was sollte er jetzt mit ihr anfangen, nachdem er sie sich nun einmal wieder angeeignet hatte? An ihre alte Stelle im Garten an der Glenallan Close konnte er sie nicht zurückbringen. Würde er das tun, wären zu viele

Erklärungen nötig. Außerdem mußte er an Christine denken. Er müßte Christine sagen, wo Arnham jetzt wohnte und wie es dazu gekommen war, daß er Flora dort entdeckt hatte. Das war gefährliches Terrain, ein Gebiet, um das er einen Bogen machte. Vielleicht konnte er sagen, es sei gar nicht Flora, sondern eine Doppelgängerin, die er zufällig in einem Gartenzentrum gesehen und gekauft hatte. Aber, nein, das war aussichtslos, wegen der Kerbe an Floras Ohr und des grünen Flecks!

Schon sie ins Haus zu bringen, ohne gesehen und befragt zu werden, würde nicht leicht sein. Sie gehörten nicht zu jenen Familien, deren Mitglieder ihr eigenes geheimes Privatleben führen, von dem die anderen nichts bemerken und das sie auch nicht interessiert. Sie standen einander sehr nahe, sorgten sich umeinander, stellten Fragen, wenn ihnen am Verhalten des anderen etwas auffiel. Jeder wußte ziemlich gut, wo sich die anderen zu einer bestimmten Zeit aufhielten und was sie wahrscheinlich gerade taten. Im Geist sah er sich mit Flora in den Armen auf der Treppe Cheryl begegnen und stellte sich ihre Verblüffung und ihre Fragen vor.

Während ihm diese Gedanken durch den Kopf gingen, wartete er in der Edgware Road in einer Wagenschlange, den Blick auf das Rot der Ampel gerichtet. Als er kurz auf die rechte Straßenseite hinübersah, entdeckte er Cheryl. Ihr Name und eine vage Vorstellung von ihr waren ihm durch den Kopf gegangen, und nun sah er sie tatsächlich. Sie kam gerade aus einem, wie es ihm schien – er sah es nicht sehr deutlich, nur ein glitzerndes Gewimmel von Farben und Formen –, Videogeschäft oder Schallplattenladen. Von wegen, daß man immer wußte, wo die anderen aus der Familie waren und was sie gerade taten.

Cheryl trug wie üblich Jeans und ihre schwarze Lederjacke, und auf dem Kopf hatte sie einen breitrandigen, hochaufragenden Cowgirlhut mit einem ausgefransten Lederband.

Es gab keinen Grund, warum sie nicht hier sein sollte. Sie war für sich selbst verantwortlich, und sie tat nichts, was sie nicht tun sollte, jedenfalls nicht, soweit er sehen konnte. Er mußte weiterfahren, er mußte den Blick von ihr abwenden, da die Ampel gerade auf Rot–Gelb wechselte, und wenn er auch nur einen Moment zögerte, würden sämtliche Fahrer hinter ihm wie verrückt auf die Hupe drücken. Daß sie in dieser Gegend war, daran war für ihn nichts Beunruhigendes, wohl aber an ihrem Aussehen und an ihrer Haltung.

Sie war aus dem Eingang gewankt, als stünde sie unter Drogen oder Alkohol – oder als wäre sie erschöpft oder an die Luft gesetzt worden. Jeder dieser Gründe war denkbar. Und sie hatte geweint, die Tränen waren ihr übers Gesicht geströmt. Er hatte gesehen, wie sie den Kopf senkte und die Fäuste gegen die Augen preßte, und dann hatte er den Blick wieder auf die Straße richten, den Gang einlegen und rasch wegfahren müssen.

4

Die fünf Mädchen nahmen ihre Posen vor den zugezogenen Vorhängen an den Flügeltüren ein. Die Vorhänge stammten noch aus Christines altem Heim, waren aus einem schweren, dunkelbraunen Samt, gefüttert und wattiert, und schlossen das Tageslicht aus. Die Maisonne zeigte sich nur als ein einziger schmaler, heller Streifen am rechten Fensterrand, und auch dieser verschwand, als der Fotograf den Vorhang mit einem Stück Klebefolie am Fensterrahmen festmachte.

Philip, der sich in seinem eleganten Moss-Bros-Cut und den gestreiften Hosen etwas unbehaglich fühlte, steckte zuerst den Kopf um die Tür, kam dann herein und stellte sich auf einen Platz am entgegengesetzten Ende des Zimmers. Die Lampen des Fotografen machten es sehr heiß. Er war ein schon älterer Mann, dessen Kleider Zigarettenrauch ausdünsteten. Das Aussehen der Mädchen bestürzte Philip im ersten Augenblick. Er wußte, er besaß Geschmack, ein Auge für Stil und elegante Farbzusammenstellungen. Andernfalls hätte er vermutlich nicht seinen derzeitigen Job gehabt und ihn auch gar nicht angestrebt. Wer hatte Fee so schlecht beraten, daß sie sich mit weißem Satin ausstaffiert hatte, einem arktischen Weiß mit Blaustich, steif und glänzend wie eine Eisfläche? Aber vielleicht war sie selbst darauf verfallen. Sah sie denn nicht, daß dieses damenhafte Kleid, hochgeschlossen, mit schlanken Trompetenärmeln und mit einem Glockenrock mit schmaler Taille, für eine hochgewachsene, magere Person mit einem flachen Busen gedacht war?

Ihr Hut war ein Gebilde von der Art, wie sie Schauspielerinnen in den vierziger Jahren getragen hatten und wie Philip sie vom Fernsehen her kannte. Eine Art Bowler, mit dem sich Ladys im Damensattel sehen ließen, nur daß Fees Hut weiß und die Länge des Schleiers verkehrt war. Und ihr Brautstrauß bestand aus weißen Gartenlilien. Begräbnisblumen, dachte er und erinnerte sich dabei an einen Lilienkranz auf dem Sarg seines Vaters. Was die Brautjungfern anging, denen gerade befohlen wurde, zu lächeln und nicht in die Kamera, sondern anbetend auf Fee zu blicken, so wäre er über ihre Kostüme – wie anders konnte man sie bezeichnen? – in ein Lachen ausgebrochen, hätte er sie in einem Modejournal gesehen.

Eine Art Tunika, jede in einer anderen Farbe, Rosé, Koralle, Zitrone, Aprikose, weit gebauschte Ärmel aus Tüll mit orangefarbenen Tupfern und unterhalb des Tunikasaums gebauschte Röcke aus dem gleichen gefleckten Tüll. Rosa- und orangefarbene Kränze aus irgendwelchen undefinierbaren Blumen auf ihren Köpfen. Sie waren grotesk anzusehen. Nun ja, dachte er und war von sich selbst überrascht, sie sind alle grotesk – bis auf eine. Cheryl, Stephanie und Fees alte Schulfreundin Janice waren absurde Witzfiguren, doch die andere hob sich von ihnen ab. Sie war... Philip fand keine Worte, während er sie anstarrte.

Es mußte Senta sein. Sie sah nicht so aus, als sei sie mit dieser Familie verbunden, sie machte nicht den Eindruck, als sei sie mit irgend jemandem ihresgleichen verwandt. Sie war etwas ganz Besonderes. Es lag nicht an ihrer Größe oder an irgend etwas Aufregendem an ihrer Figur, denn sie war kleiner als die anderen Mädchen und sehr schlank. Ihre Haut war weiß, aber nicht in dem Sinn, den die Leute meinen, wenn sie von einer weißen Haut sprechen, sehr hell oder bleich oder milchig, sondern weißer als Milch, weiß wie die Innenseite irgendeiner Tiefseemuschel. Ihre Lippen waren kaum weniger bleich. Die Farbe ihrer Haut konnte er nicht bestimmen, doch ihr Haar, das beinahe bis zur Taille reichte und ganz glatt war, war silbern. Nicht blond, nicht grau, sondern silbern und hie und da matt gestreift.

Das vielleicht Erstaunlichste an ihr, das Aufregendste, war indessen ihre Ähnlichkeit mit Flora. Sie hatte Floras Gesicht, das vollkommene Oval, die ebenmäßige, ziemlich lange Nase, die von der Spitze bis zur Wurzel eine ununterbrochene Gerade beschrieb, die weit auseinanderstehenden, gelassen blickenden Augen, die kurze Oberlippe, den lieblichen Mund, der weder voll noch schmallippig war. Hätte sie das silberne Haar hinten hochgekämmt und mit Bändern zusammengebunden gehabt, wäre sie Floras Ebenbild gewesen.

Sie wahrte eine Haltung geduldiger Selbstsicherheit. Während die anderen herumzappelten, sich zwischen den Aufnahmen das Haar glattstrichen, BH-Träger zurechtrückten oder die Sträuße umordneten, stand Senta unbewegt wie ein Standbild da. Sie war ebenso gelassen und unerschütterlich wie das Marmormädchen, das Philip drei Tage vorher ins Haus und die Treppe hinauf hatte schmuggeln können, während Christine in der Küche gerade letzte Hand an die Frisur einer Kundin gelegt hatte. Einzig ihre Figur ähnelte nicht der Floras; ihr Knochenbau war zart, die Taille ließ sich mit zwei Händen umspannen.

Dann, als der Fotograf sie alle anwies, in die Kamera zu blicken und ein letztes Mal zu lächeln, wandte sie Philip ihr Gesicht voll zu und versetzte ihm einen schmerzhaften Schock. Ihr Lächeln war entsetzlich gezwungen und unnatürlich, mehr eine Grimasse. Es war beinahe so, als verulkte oder verspottete sie ganz bewußt dieses Ritual. Aber das konnte nicht sein, das war sicher kein absichtlich häßliches, verächtliches Grinsen, oder? Und wenn es doch so war, dann bemerkte es außer ihm niemand. Der Fotograf rief: »Wunderbar! Bleibt so, *girls,* das ist jetzt wirklich die letzte Aufnahme.« Das Bild wurde geknipst, die Gruppe verewigt. Es würde zweifellos zusammen mit den übrigen seinen Platz in Fees Hochzeitsalbum bekommen. Jetzt blieb nur noch Fee, um für »zwei Exklusivporträts der bezaubernden Braut« zu posieren, wie der Fotograf es ausdrückte. Sie hatte sich kaum in Positur gesetzt, da wurde die Tür aufgestoßen, und Hardy kam herein.

»Oh, ich muß unbedingt eine Aufnahme mit ihm haben!« rief Fee. »Schaut, wie süß er ist! Es tut nichts, wenn ich ihn hochnehme, er ist gerade gebadet worden.«

Zwei der Brautjungfern hatten sich auf dem kleinen Sofa niedergelassen, das an die Wand geschoben worden war, aber Senta mit ihrem weißen Gesicht und ihrem seltsamen, metallischen Haar, das nun die Schultern umhüllte, zögerte nur einen Augenblick und ging dann quer durchs Zimmer zu Philip hin. Ehe sie ihn ansprach, blickte er ihren Mund an – den schönsten Mund, den er je an einem Mädchen gesehen hatte, wie er fand. Wie würde wohl ihre Stimme klingen?

Die Lippen öffneten sich. Sie sprach. »Was für ein merkwürdiger Hund«, sagte sie. »Er hat orangefarbene Flecken. Er sieht aus wie ein Minidalmatiner.«

Philip sagte langsam und lächelnd zu ihr: »Er paßt zu euren Kleidern.« Es war ihm gerade zum erstenmal aufgefallen.

»Habt ihr es absichtlich getan?«

Ihre Ernsthaftigkeit brachte ihn zum Lachen. »Meine Mutter hat ihn ein bißchen bespritzt, als sie jemandem das Haar tönte. Es ist nicht rausgegangen, als sie ihn gebadet hat.«

»Ich dachte, es muß irgendeine seltene Rasse sein.«

Er hatte eine tiefe Stimme erwartet, doch ihre war ziemlich hoch, die Vokale voll und rein, der Ton kühl. Sie hörte sich an, als hätte sie das Sprechen nicht aufgeschnappt, sondern wäre darin unterwiesen worden. Er bemerkte, daß ihre Hände, in denen sie das absurde viktorianische Sträußchen aus orangefarbenen Tulpen und rosa Nelken hielt, sehr klein waren und abgeknabberte Nägel hatten, wie bei einem Kind. Ihre Augen, die sie auf ihn gerichtet hatte, waren beinahe farblos, klar wie Wasser, in dem ein einziger Tropfen Farbstoff sich in Schlieren ausbreitet und sein dunkles Grün spiralig verteilt.

»Bist du Philip? Fees Bruder?«

»Der bin ich.« Er zögerte und sagte dann: »Ich stecke in diesem komischen Aufzug, weil ich ihr Brautführer bin.«

Sie sagte, sehr präzise, als ob jemand ihren Namen notieren wollte: »Senta Pelham.«

»Ich habe noch nie jemanden kennengelernt, der Senta heißt. Es hört sich ausländisch an.«

Ihre Stimme nahm einen kühlen Beiklang an. »Senta heißt das Mädchen aus dem *Fliegenden Holländer*.«

Philip war nicht sicher, was oder wer der Fliegende Holländer war – etwas Musikalisches? eine Oper? –, und froh, als er hörte, wie Christine in dringendem Ton nach ihm rief. »Philip, Philip, wo steckst du denn?«

»Entschuldige mich.«

Sie sagte nichts. Er war es nicht gewohnt, daß Leute ihm direkt in die Augen sahen, ohne zu lächeln. Er schloß die Wohnzimmertür hinter sich und fand Christine in der Küche, übernervös, aber hübscher anzusehen als seit Monaten. Daß ihre Anmut so plötzlich wiedergekehrt war, machte ihn verlegen, und er hätte gern die Augen geschlossen. Sie trug Blau, immer ihre beste Farbe, und dazu einen kleinen, runden Hut, umhüllt mit Seide in den Türkis- und Lavendeltönen eines Pfauengefieders.

»Der Wagen für mich und deine Tanten ist da, und auch der für die Brautjungfern.«

»Schon recht. Alle sind bereit.«

Sie ist netter als Arnhams Frau, dachte er, sie ist fraulicher, liebenswerter und sanfter – und war überrascht, welche Gedanken ihm da durch den Kopf gingen. Christines Schwestern kamen die Treppe herab, die eine mit einem Pilzhut, die andere mit einem Papageienflügel auf dem Kopf. Beide trugen hochhackige Schuhe, dicke Nylonstrümpfe und jeden Ring, jedes Hals- und Armband, das sich in ihren Schmuckschatullen hatte finden lassen. Wolken von Parfüm, Tweed und Fidschi, umgaben sie.

»Du vergißt bitte nicht, Hardy in die Küche zu sperren, ehe du gehst, ja?« sagte Christine zu ihm. »Sonst läßt er sich einfallen, auf dem weißen Läufer Pipi zu machen. Du weißt ja, daß er das immer tut, wenn er aufgeregt ist.«

Er blieb mit Fee allein zurück. Wenn sie nur romantischer, wenn sie nur schön ausgesehen hätte! Doch an ihrer Erscheinung war nichts, was einem Bruder das Herz höher schlagen ließ und bei ihm Erinnerungen an die gemeinsame Kindheit wachrief. Ihr Gesicht war verzogen, verdrossen, von tausend kleinen Ängsten gezeichnet. Sie stand vor einem Spiegel, entdeckte – wirklich oder vermeintlich – kleine Maskaraflecken auf der Haut unter ihrem linken Auge. Sie rieb mit einem Finger daran, an dessen Nagelhaut sie in der Aufregung vor dem Eintreffen des Fotografen gebissen hatte.

»Vergiß nicht, den Verlobungsring an die andere Hand zu stecken.«

Sie zog den Ring ungeduldig ab. »Ich sehe schrecklich aus, nicht?«

»Du siehst gut aus.«

»Wenn es nicht klappt, können wir uns ja scheiden lassen. Die meisten Leute tun das.«

Ich würde nicht heiraten, wenn ich so dächte. Er sprach es nicht laut aus. Er hatte das Gefühl, daß er begonnen hatte, ihr nichts mehr anzuvertrauen, daß er seine Ansichten, Einstellungen, Empfindungen vor ihr verborgen hielt. Sie wußte weder, daß sich Flora oben in seinem Kleiderschrank befand, noch, daß er Cheryl gesehen hatte, wie sie weinend aus einem Geschäft in der Edgware Road gekommen war. Schon bald würde sie jemand anderen haben, dem sie sich anvertrauen, dem sie ihre intimsten Gedanken mitteilen konnte, wer aber blieb ihm selbst?

Sie trat von dem Spiegel zurück und drehte sich um, um den Strauß Gartenlilien vom Tisch zu nehmen. Doch statt dessen hielt sie gleichsam mitten in der Bewegung inne und warf sich an ihn, in seine Arme. Ströme innerer Anspannung schienen durch ihren Körper zu vibrieren, als wäre sie voller Drähte, von Elektrizität durchschauert.

»Jetzt komm«, sagte er. »Jetzt komm. Beruhige dich.« Er hielt sie in einer Umarmung, die nicht so eng war, daß der eisblaue Satin zerdrückt worden wäre. »Du kennst ihn doch seit Jahren. Er ist der Richtige für dich.« Was sonst sollte er sagen. »Ihr habt euch doch schon im Sandkasten gemocht.«

Er hörte den Wagen vorfahren, die Bremsen, eine Tür, die mit einem »Tlack« ins Schloß fiel, dann Schritte auf dem Weg zur Haustür. »Weißt du, was mir immer wieder durch den Kopf geht?« sagte sie, während sie sich von ihm löste, sich aufrichtete und das Kleid an der Taille glättete. »Ich denke immer wieder, wenn dieser verdammte Arnham Mami gegenüber anständig gehandelt hätte, hätten wir eine Doppelhochzeit feiern können.«

Er hatte seine Rede gehalten und, während er die steifen Lobpreisungen auf Fee und Darren von sich gab, gespürt, daß Sentas Augen auf ihm ruhten. Sie schien ihn auf eine kalte, abschätzende Art zu betrachten. Jedesmal, wenn er zu ihr hinblickte – und das war oft –, stellte er fest, daß sie ihn ansah. Er fragte sich, was der Grund sein mochte. Wirkte er, wie er befürchtete, wirklich lächerlich oder unansehnlich in dem grauen Cut, dem weißen Hemd mit der silbernen Krawatte? Andererseits fand er trotz seiner Besorgnis, daß der Cut ihm letztlich recht gut stand. Er wußte – er konnte gar nicht anders –, daß er gut aussah und auf Mädchen attraktiv wirkte. Woher dieses Kurzwüchsigkeit und Plumpheit bewirkende Gen in seiner Familie auch kommen mochte, es hatte ihn und Cheryl verschont. Er sah ziemlich so aus wie Paul McCartney in jungen Jahren. Von einer alten Hülle aus einem Beatles-Album blickte ihm sein eigenes Gesicht lächelnd entgegen.

Die Hochzeitsgäste würden schon bald auseinandergehen. Sie hatten das Gemeindezentrum von St. Mary's Church, einen betagten Schuppen, in dem es nach zu lange gebrühtem Tee und Gesangbüchern roch, nur bis sechs Uhr für sich. Die Gäste, Onkel und Tanten und Cousins und Cousinen und Schulfreunde und ehemalige und gegenwärtige Arbeitskollegen, würden sich verabschieden, sobald Fee und Darren fort waren. Christine unterhielt sich gerade mit einem ziemlich gutaussehenden älteren Mann, einem weiteren von Darrens unzähligen Verwandten. Kichernd und Hochzeitstorte essend, stand Cheryl, die sich zur Abwechslung einmal natürlich benahm, bei zwei jungen Männern mit schulterlangem Haar, das in Verbindung mit ihren festlichen Anzügen sonderbar wirkte. Philip akzeptierte ein Stück Hochzeitstorte, das Stephanie ihm reichte, und als er die Augen hob, begegnete er dem Blick von Senta, Floras Doppelgängerin.

Ihre Augen schienen sich eingedunkelt zu haben, die grüne Verfärbung, die durch ihre wäßrigen Tiefen trieb, hatte sich eigenartig verstärkt. Irgendwann im Laufe des Nachmittags hatte sie den Blumenkranz, der ihren Kopf umrahmt hatte, abgenommen, und ihr Haar hing nun unbehindert wie ein schimmernder Vorhang herab, der die weichen, verführerischen Züge zu beiden Seiten umschloß. Ihre Augen weiteten sich, während sie seinen Blick festhielt, und dabei öffnete sie die Lippen und fuhr mit der Zunge langsam und ganz bewußt erst über die Ober- und dann über die Unterlippe. Der liebliche Mund hatte das blasse Rosa von Obstbaumblüten, doch ihre Zunge war rot. Philip wandte sich brüsk ab, überzeugt, daß sie sich über ihn lustig mache.

Fee und Darren erschienen wieder, bekleidet, wie noch niemand sie gesehen hatte: er in einem dunkelgrauen Anzug, sie in einem weißen Kostüm. Für die Leute, denen sie unterwegs begegnen würden, heute abend in einem Hotel, morgen auf der Fahrt nach Guernsey, wäre es unmöglich, sie für etwas anderes als ein Paar auf Hochzeitsreise zu halten. Dies war die erste Hochzeit, an der Philip seit seiner Kindheit teilgenommen hatte, und er war nicht gefaßt auf das Gefühl der Ernüchterung, das er erlebte, als sie in den Wagen stiegen. Sobald das junge Paar davongefahren war, die adrette Garderobe mit Konfetti bestreut, der Wagen mit Glückwünschen geschmückt und hinten eine Konservendose angebunden, erfaßte ihn augenblicklich ein Gefühl der Leere. Alle brachen auf. Vor ihm gähnte der Abend. Christine beabsichtigte, ihn mit einer ihrer Schwestern zu verbringen. Philip blieb es überlassen, die Brautjungfern in die Glenallan Close zu fahren, wo sie ihre Alltagskleidung zurückgelassen hatten.

Alle, bis auf Senta, die an der Theke im Gespräch mit einem Philip unbekannten Mann stand und ihm durch Janice hochmütig bestellen ließ, sie fände schon selbst zurück, jemand werde sie mitnehmen. Das wird auch nötig sein, dachte er gekränkt, denn nach dem sonnigen Morgen und Nachmittag hatte heftiger Regen eingesetzt. Das machte es zu einer noch düstereren Angelegenheit, zurückzufahren und das leere Haus zu betreten. Die drei Mädchen gingen nach oben in das Zimmer, das Fee und Cheryl geteilt hatten und das jetzt Cheryl allein gehörte, während Philip den Hund aus der Küche ließ. Er zog Jeans und einen Pullover an, und da der Regen kurzzeitig nachgelassen hatte, führte er Hardy um den Block. Bei der Rückkehr begegnete er Stephanie und Janice, die gerade das Haus verließen.

Jetzt bot sich ihm die Chance für einen Versuch, mit Cheryl zu sprechen. Sie mußte noch oben sein. Auf halber Treppe hörte er hinter ihrer geschlossenen Tür Musik und ging in sein eigenes Zimmer. Er wollte ihr ungefähr zehn Minuten Zeit geben. Sein Zimmer war sehr klein, zu klein für mehr als ein Bett, einen Kleiderschrank, einen Schreibtisch und einen schmalen Stuhl. Und obwohl er bei einer Firma war, die unter anderem darauf spezialisiert war, aus winzigen Kämmerchen wie diesem mit raumsparender Einrichtung und Einbaumöbeln das Beste herauszuholen, hatte sich in ihm nie der Wunsch geregt, hier etwas Ähnliches zu versuchen. Zum Teil hatte es seinen Grund darin, daß er das Haus nicht renoviert sehen wollte. Wenn man etwas dafür tat, würde Christine – und damit er selbst – vielleicht in die Versuchung geraten, für alle Zeit hier zu bleiben. Anders allerdings hätte die Sache ausgesehen, wenn Christine jetzt als Mrs. Arnham in Chigwell wohnte und ihm das Haus überlassen hätte. Ja, dann hätte er es ordentlich aufgemöbelt.

Er öffnete den Kleiderschrank und hob Flora heraus. Sie steckte noch immer in dem blauen Plastiksack mit dem Schlitz, aus dem ihr Gesicht herausschaute. Philip löste den Knoten in der Folie und zog sie Flora über den Kopf. Er stellte sie in die Ecke neben dem Fenster. Es war interessant, daß das Zimmer sofort besser aussah, nur weil sie dort stand. Ihre weiße Marmorhaut schien in dem grauen Licht zu schimmern, das durch den Regen hereindrang. Er überlegte, ob es nicht vielleicht doch möglich war, den grünen Fleck zu beseitigen, der ihren Hals und Busen überzog. Ihre Augen blickten an ihm vorbei, und ihr Gesicht schien wie von antiker Weisheit erleuchtet.

Arnham und seine Frau hatten sie sicher vermißt, sobald sie in ihren Garten hinausgeschaut hatten. Vermutlich hatte ihnen der Nachbar gleich nach ihrer Rückkehr von dem Dieb erzählt, den er mit einem rohrförmigen Bündel gesehen hatte, und sie hatten wohl ihre Schlüsse gezogen. Doch Philip nahm nicht an, daß sie Floras Verschwinden mit ihm in Verbindung brachten. Falls Arnham sich seiner überhaupt erinnerte, dann an den Philip, der er damals gewesen war, einen Studenten, der gerade die Universität verlassen hatte, einen neu eingestellten Praktikanten bei Roseberry Lawn Interiors, der sich ganz anders präsentiert hatte als der Mann, den der Nachbar vermutlich als kurzhaarig und mit einem Anzug bekleidet beschrieben hatte. Vielleicht war Arnham über den Verlust Floras sogar erleichtert und nur aus irgendeinem abergläubischen Grund nicht bereit gewesen, sich selbst ihrer zu entledigen. Er überlegte, ob er versuchen sollte, sich diesen grünen Fleck mit einem Farblösemittel vorzunehmen, oder ob er erst mit Cheryl sprechen wollte, als sie durch die Tür etwas zu ihm sagte. Sie klopften nie beieinander an, aber sie gingen auch nicht unaufgefordert in die Zimmer des anderen.

»Phil? Bist du drinnen?«

Er hängte seinen Cut über die Lehne des Stuhls und schob diesen vor Flora, um sie zu verdecken. Als er die Tür öffnete, fand er niemanden davor, und dann kam Cheryl aus ihrem Zimmer. Sie war in ihrer gewohnten Ausgehuniform und hielt den Cowgirlhut in der Hand. Ihr Haar, am Vormittag in weichfallenden Locken mit einem Mittelscheitel frisiert – Brautjungfernfrisur –, wollte mit dem dicken, schwarzen Make-up um die Augen und dem grünen Stern, den sie sich auf eine Wange gemalt hatte, ganz und gar nicht zusammenpassen.

»Tust du mir einen Gefallen?« fragte sie.

Die unvermeidliche Antwort: »Kommt drauf an, worum es sich handelt.«

»Würdest du mir fünf Pfund leihen?«

»Cheryl«, antwortete er, »weißt du, daß ich dich am Mittwoch in der Edgware Road gesehen habe? Es war gegen sechs oder halb sieben. Du hast geweint und bist irgendwie herumgetaumelt.«

Sie starrte ihn an und schob die Unterlippe vor.

»Ich konnte nicht anhalten. Ich saß im Verkehr fest. Du hast ausgesehn, als wärst du betrunken. Ich hab' mir in der letzten Zeit Sorgen gemacht, du könntest Drogen nehmen, aber du hast eher betrunken gewirkt.«

»Ich trinke nicht«, sagte sie. »Hast du denn keine Augen im Kopf? Hast du nicht bemerkt, daß ich nicht mal dieses Sprudelzeug bei der Hochzeit getrunken habe? Ein Glas Wein, und schon kippe ich um.« Sie legte ihm die Hand auf den Arm. »Hilfst du mir mit fünf Pfund aus? Ich geb' sie dir morgen zurück.«

»Es geht nicht ums Geld«, sagte er, obwohl es in gewisser Weise doch darum ging. Es reichte gerade so, und er konnte sich keine großen Sprünge erlauben. »Das Geld ist nicht das Problem. Aber was soll das heißen, ich bekomme es morgen zurück? Morgen ist Sonntag. Wo willst du an einem Sonntag Geld herbekommen?« Sie schaute ihn an, der Blick mit einer Art verzweifelter Intensität erfüllt. »Cheryl, *wie* kommst du an Geld ran. Woher kriegst du es?«

»Du hörst dich an wie ein Bulle«, sagte sie. »Wie ein Bulle, der einen verhört.«

Er sagte bedrückt: »Ich denke, ich habe sozusagen ein Recht, dich zu fragen.«

»Das denke ich nicht. Ich bin über achtzehn. Ich bin genauso erwachsen wie du. Ich darf wählen.«

»Das hat doch damit nichts zu tun.«

»Bitte«, sagte sie. »Bitte, leih mir nur fünf Pfund. Du bekommst sie morgen zurück.«

»Es reicht, wenn du am Mittwoch dein Stempelgeld kriegst.« Er ging in sein Zimmer zurück und holte den letzten Fünfpfundschein, den er besaß, aus seiner Brieftasche in der Moss-Bros-Hose. Damit blieben ihm noch drei Pfund in Münzen und ein paar Pence.

Sie entriß ihm den Schein. Als sie ihn zerdrückt in der Hand gegen einen Aufschlag ihrer Lederjacke preßte, brachte sie ein Lächeln zustande und ein »Danke dir, Phil«.

Philip fiel keine Antwort darauf ein. Er ging in sein Zimmer zurück und setzte sich aufs Bett. Ihre Füße eilten die Treppe hinunter, und er wartete darauf, daß sie die Haustür hinter sich zuschlug. Statt dessen hörte er sie mit jemandem sprechen, ein kurzer Austausch für ihn unverständlicher Worte. Vielleicht war ihre Mutter zurückgekommen, um etwas zu holen, was sie vergessen hatte. Dinge zu vergessen, Geld, Schlüssel, einen Mantel, die richtigen Schuhe, das war bei Christine etwas Alltägliches.

Die Tür schlug weniger heftig zu als sonst. Das Haus

erzitterte nicht von den Grundmauern bis zum Dach. Philip nahm den geliehenen Anzug von der Stuhllehne, leerte die Taschen, hängte ihn auf einen Kleiderbügel und dann in den Schrank. Der Regen hatte wieder eingesetzt und wurde vom auffrischenden Wind gegen die Fensterscheibe getrieben. Jemand klopfte an der Tür.

Aber das tat doch sonst niemand aus der Familie. Er dachte: Gesetzt den Fall, es ist die Polizei, die man mir auf den Hals gehetzt hat, weil ich Flora geklaut habe, nur mal angenommen ... Kalt lief es ihm das Rückgrat hinab. Aber er deckte Flora nicht zu und versteckte sie auch nicht. Er öffnete die Tür.

Es war Senta Pelham.

Er hatte vergessen, daß sie zurückkommen würde.

Sie trug noch immer ihr Brautjungfernkleid und war bis auf die Haut durchnäßt. Ihr Haar war triefendnaß, und der gefleckte Tüll, der bauschig und steif gedacht war, tropfte wie die Blätter einer vom Regen durchtränkten Blume. Der korallenfarbene Satin klebte an ihrem mageren, zerbrechlichen Brustkorb und den üppigen Brüsten, die unverhältnismäßig groß waren für ein so zartes Geschöpf. Die Brustwarzen hatten sich unter der Berührung des nassen, kalten Stoffes aufgerichtet.

»Gibt es irgendwo ein Handtuch?«

»Im Bad«, sagte er. Wußte sie das denn nicht? Sie hatte sich doch hier im Haus mit diesem absurden Kleid ausstaffiert.

»Ich habe doch niemanden gefunden, der mich mitnehmen konnte«, sagte sie, und dann bemerkte er, daß sie außer Atem war. »Ich mußte zu Fuß gehn.« Er hatte mehr den Eindruck, daß sie gerannt war.

»In diesem Aufzug?«

Sie lachte ein kehliges, keuchendes Lachen. Sie wirkte ungemein nervös. Dann ging sie ins Bad, und als sie herauskam, rieb sie sich mit einem Badetuch das Haar trocken. Ein zweites hatte sie sich über die Schulter geworfen. Philip erwartete, daß sie in Cheryls Zimmer gehen würde, aber statt dessen kam sie zu ihm herein und schloß die Tür hinter sich.

»Irgendwo ist ein Fön.«

Sie schüttelte den Kopf, nahm das Handtuch herunter und schüttelte ihn nun erst richtig. Das schimmernde Haar flog durch die Luft, und sie strählte es mit den Fingern. Er hatte kaum begriffen, was sie zu tun im Begriff war, hatte kaum mitbekommen, daß sie die Schuhe von den Füßen stieß, die blasse, nasse, dreckbespritzte Strumpfhose auszog, bis sie sich aufrichtete und das Kleid über den Kopf zerrte. Sie stand da, die Arme zu beiden Seiten herabhängend, und blickte ihn an.

Das Zimmer war zur klein, als daß zwei Leute darin wirklich Abstand voneinander halten konnten. Und so befand er sich nur eine Armeslänge von dem nackten Mädchen entfernt, dessen magerer Körper mit den großen Brüsten marmorweiß war. Das Dreieck am unteren Ende ihres flachen Bauchs war nicht silbern oder blond, sondern flammend rot. Was Philip noch eine halbe Minute vorher gedacht haben mochte, jetzt hatte er keinen Zweifel mehr, was vor sich ging und was sie beabsichtigte. Sie betrachtete ihn mit jenem intensiven, doch geheimnisvollen Blick, mit dem sie ihn bei der Hochzeit so häufig angesehen hatte. Er tat einen Schritt auf sie zu, streckte die Arme aus und faßte sie an den Schultern. Seltsamerweise hatte er Marmorkälte erwartet, doch sie war warm, sogar heiß, ihre Haut seidenweich und trocken.

Philip zog sie langsam in seine Arme und kostete das Gefühl der glatten, weichen, üppigen und doch schlanken Nacktheit an seinem Körper aus. Als sie den Kopf bewegte, um ihren Mund dem seinen zu nähern, schlug das lange, nasse Haar an seine Hände, was ihn frösteln machte. Während ihre Zunge zwischen den Lippen spielte und ihre Hände sein Hemd aufknöpften, flüsterte sie: »Ins Bett. Mich friert. Mir ist kalt.« Aber sie fühlte sich so heiß an wie ein Körper an einem tropischen Strand. Flirrende Hitze ging von ihr aus.

Die Hitze wärmte die kalten Laken. Philip zog das Federbett über sie beide. Eng aneinandergepreßt lagen sie auf dem schmalen Bett. Der Regen prasselte gegen das Fenster.

Plötzlich gruben sich ihre Finger mit gieriger Leidenschaft in seinen Hals und seine Schultern. Sie glitt an seinem Körper hinab, küßte seine Haut, leckte ihn mit einem seltsamen, genußvollen Keuchen. Über ihn gebeugt, unter der Wölbung des Federbetts, strich sie mit dem Vorhang ihres Haars über ihn hin und neckte ihn mit ihrer Zunge. Ihre Lippen waren zärtlich, verzückt und sanft.

Er keuchte ein »Nein« und dann noch einmal ein »Nein!«, weil es zuviel für ihn war, so daß er sich bis zum Bersten anspannte. Hinter seiner Stirn und in seinen Augen rotierte ein rotes Licht. Stöhnend zog er sie auf sich und drang in sie ein. Ihr weißer Körper, nun schweißüberströmt, sank in einem eigenartig bebenden Rhythmus auf ihn herab. Sie umklammerte ihn ganz fest, während sie den Atem anhielt, entspannte sich beim Ausatmen, holte wieder Luft, packte ihn und gab ihn und sich mit einem letzten Stoß und einem schwachen, dünnen Schrei frei.

Ihr Silberhaar hing auf seine Schultern herab wie der Regen, den er hinter der Fensterscheibe senkrecht und glitzernd herabfallen sah. Er empfand eine tiefe, ganz außergewöhnliche Befriedigung, als hätte er etwas gefunden, wonach er schon immer gesucht hatte und das noch schöner als erwartet war. Es gab Dinge, die er eigentlich glaubte sagen zu müssen, doch es fiel ihm nicht mehr ein als ein »Danke, danke«, und er spürte, daß es verkehrt gewesen wäre, es laut auszusprechen. Statt dessen nahm er ihr Gesicht zwischen seine Hände, drehte es zu sich her und küßte lange und sanft ihren Mund.

Sie hatte kein Wort gesprochen, seit sie gesagt hatte, es friere sie und sie sollten ins Bett schlüpfen. Nun aber hob sie den Kopf und legte ihn auf den Arm, der sie umfangen hielt. Sie nahm seine rechte Hand in ihre linke und schob ihre Finger zwischen seine. Mit ihrer hohen, reinen Stimme sagte sie: »Philip...« Sie sprach seinen Namen versonnen aus, als lauschte sie dem Klang nach, als probierte sie ihn aus, um zu sehen, ob er ihr gefiel. »Philip.«

Er lächelte sie an. Ihre Augen waren dicht vor den seinen, ihr Mund seinem Gesicht so nahe, wie es möglich war, ohne daß beider Lippen sich berührten. Er sah jedes Detail der weichen, zart geschwungenen Kurven, die reizend nach innen gebogenen Mundwinkel.

»Sag meinen Namen«, flüsterte sie.

»Senta. Es ist ein wunderbarer Name, Senta.«

»Hör mir zu, Philip. Als ich dich heute vormittag sah,

wußte ich sofort, daß du der eine bist, der mir bestimmt ist, der einzige.« Ihr Ton war feierlich ernst. Sie hatte sich auf einen Ellenbogen aufgerichtet und blickte ihm tief in die Augen. »Ich habe dich auf der anderen Seite des Zimmers gesehen und gewußt, daß du der einzige für mich bist, für immer.«

Er war erstaunt. Das war ganz und gar nicht, was er von ihr erwartet hatte.

»Ich habe lange, lange Zeit nach dir gesucht«, sagte sie, »und jetzt hab' ich dich gefunden, und das ist wundervoll.«

Ihre Intensität begann ihm, ganz leicht, unbehaglich zu werden. Er konnte dieser Befangenheit nur Herr werden, indem er leichthin, beinahe witzelnd sprach. »*So* lange kann es nicht gewesen sein. Wie alt bist du denn, Senta? Nicht älter als zwanzig, oder?«

»Ich bin vierundzwanzig. Siehst du? Ich werde dir alles sagen. Ich werde dir nichts verheimlichen. Du kannst mich fragen, was du willst, alles!« Er war gar nicht so versessen darauf, ihr Fragen zu stellen. Es war ihm genug, sie in den Armen zu halten, sie zu spüren, dieses wunderbare Lustgefühl zu genießen. »Ich habe nach dir gesucht, seit ich sechzehn war. Ich habe nämlich immer gewußt, daß es auf der ganzen Welt nur einen einzigen für mich gibt, und ich wußte, daß ich ihn erkennen würde, sobald ich ihn sähe.«

Ihre Lippen streiften seine Schultern. Sie drehte das Gesicht ein wenig und drückte einen Kuß auf die Stelle unterhalb des Schlüsselbeins, wo der Muskel anschwoll. »Philip, ich glaube, daß immer zwei Seelen zusammengehören, aber wenn wir auf die Welt kommen, werden sie getrennt, und wir verbringen unser ganzes Leben mit der

Suche nach der anderen Hälfte. Aber manchmal machen Leute einen Fehler, und sie kommen an die falsche.«

»Das zwischen uns ist kein Fehler, oder? Für mich war's keiner.«

»Das zwischen uns«, sagte sie leise, »ist für alle Zeit. Spürst du das nicht? Ich habe dich auf der andern Seite des Zimmers gesehen und gewußt, daß du der Zwilling meiner Seele, die andere Hälfte bist. Das war der Grund, warum das erste, was ich zu dir sagte, das erste Wort, das ich sprach, dein Name war.«

Philip glaubte sich zu erinnern, daß sie als erstes gesagt hatte, Hardy sei ein sonderbarer Hund, aber er täuschte sich bestimmt. War es überhaupt von Belang? Sie war in seinem Bett, hatte mit ihm geschlafen, und es war wunderbar gewesen, wie noch bei keiner anderen. Und sie würde es, das war fast sicher, wieder tun.

»Für alle Zeit«, flüsterte sie, und auf ihrem Gesicht breitete sich langsam ein feierliches Lächeln aus. Er war froh um dieses Lächeln, denn er wollte nicht, daß sie zu ernst wurde. »Philip, ich möchte nicht, daß du sagst, du liebst mich. Noch nicht. Ich werde auch zu dir nicht sagen, daß ich dich liebe, obwohl es so ist. Diese Wörter sind so abgedroschen, alle benutzen sie, sie sind nichts für uns. Was wir haben und das, was wir haben werden, ist zu tief dafür, wir empfinden zu tief.« Sie drückte das Gesicht zwischen seine Schulterblätter und fuhr ganz leicht mit den Fingern an seinem Körper hinab, wodurch sie ihn rasch wieder erregte. »Philip, soll ich die Nacht hier bei dir bleiben?«

Es war ein Jammer, aber er mußte nein sagen. Christine würde zwar an diesem Abend nicht in sein Zimmer kommen, wohl aber am Morgen, wie sie es immer tat, wenn sie ihm die Tasse Tee brachte, der in die Untertasse übergeschwappt war, samt der verkrusteten Zuckerschale, in der der feuchte Löffel steckte. Sie würde keine Kritik an ihm üben, vielleicht nicht einmal erwähnen, daß sie ihn mit einem Mädchen im Bett angetroffen hatte. Sie würde vielleicht nur bestürzt und schrecklich verlegen dreinsehen, die Augen aufreißen, die Hand an die geschürzten Lippen heben, aber es wäre unerträglich, es wäre zuviel für ihn.

»Wie gern ich das möchte, mehr als alles andere, aber ich glaube eigentlich nicht, daß es geht.« Da er sie noch nicht sehr gut kannte, machte er sich auf eine Szene gefaßt, Wut vielleicht oder Tränen.

Sie überraschte ihn mit einem strahlenden Lächeln, nahm sein Gesicht in beide Hände und hauchte ihm einen zarten Kuß auf den Mund. Im nächsten Augenblick war sie aus dem Bett, schüttelte das Haar und strählte es mit den Fingern. »Es macht nichts. Wir können zu mir gehn.«

»Hast du denn eine eigene Wohnung?«

»Natürlich. Und ab jetzt ist sie auch deine, Philip. Das ist dir klar, nicht? Sie gehört jetzt auch dir.«

Sie ging kurz hinaus und zog in Cheryls Zimmer die Sachen an, in denen sie am Vormittag erschienen sein mußte, einen langen, weiten, schwarzen Rock, einen langen, locker fallenden Pullover aus silbrigem Garn, von der gleichen Farbe wie ihr Haar. Die Kleidungsstücke verbargen ihre Formen beinahe ebensosehr, wie die Burka die Konturen der islamischen Frau verhüllt. Ihre schlanken Beine mit den dünnen Fesseln steckten in einer schwarzen Strumpfhose, die Füße in flachen, schwarzen Turnschuhen. Sie kam wieder in sein Zimmer und sah zum erstenmal Flora in der Ecke.

»Sie sieht ja aus wie ich!«

Er erinnerte sich, was er in Arnhams Garten gedacht hatte, ehe er Flora mitgehen ließ: Sollte er jemals ein Mädchen wie sie kennenlernen, würde er sich auf der Stelle in sie verlieben. Seine Augen wanderten von Senta zu der Statue, und er sah die Ähnlichkeit. So oft, wenn man glaubt, daß jemand einem anderen oder auch einem Bild ähnlich sehe, passiert es, daß die Ähnlichkeit verschwindet, wenn Bild und Ebenbild beisammen sind. Hier geschah das nicht. Sie waren Zwillinge, in Stein und Fleisch. Es fröstelte ihn ein wenig, so als wäre etwas Erhabenes geschehen. »Ja, sie sieht dir ähnlich.« Er wurde sich bewußt, daß er richtig feierlich gesprochen hatte. »Irgendwann erzähl' ich dir einmal von ihr«, sagte er.

»Ja, das mußt du unbedingt. Ich möchte alles über dich erfahren, Philip. Wir dürfen keine Geheimnisse voreinander haben. Jetzt zieh dich an und komm mit. Ich habe Angst davor, irgend jemand zu begegnen – deiner Mutter, deiner Schwester, ich weiß nicht. Ich möchte jetzt einfach keinen anderen Menschen sehen. Ich finde, unser erster Abend sollte irgendwie etwas Heiliges haben, meinst du nicht auch?«

Kurz bevor sie das Haus verließen, hörte ihnen zuliebe der Regen auf, und als sie hinaus auf die dampfende Straße kamen, trat die untergehende Sonne aus den Wolken hervor. Ihre Strahlen ließen sämtliche Pfützen und Wasserflächen glänzen, als hätte die Straße einen Belag aus Gold. Senta hatte etwas gezögert, ehe sie das Haus verließ, als bedeutete hinauszugehen sich gewissermaßen in etwas zu stürzen. Und vielleicht war es auch so, denn die Straße war wie ein seichtes Flußbett. Als sie im Wagen saßen, atmete sie tief ein und seufzte, wie vor Erleichterung oder vielleicht vor Seligkeit. Er setzte sich neben sie, und sie küßten sich.

5

Diesen Teil Londons, ganz im Westen von West Kilburn und nördlich der Harrow Road, kannte er kaum. Es wurde langsam dunkel, und nach dem Regen waren die Straßen menschenleer. Ein weitläufiges Schulgebäude gegenüber, aus dem Beginn des Jahrhunderts und umgeben von einer hohen Backsteinmauer, diente als Suppenküche für Bedürftige. Auf der Treppe davor standen Männer und eine alte Frau mit einem Korb auf Rädern, in dem ein Hund saß, in einer Schlange an. Philip fuhr an einer Kirche in einem Friedhof, der dunkel und dicht war wie ein Wald, vorbei und bog in die Tarsus Street ein.

Nur die Platanen, an denen gerade die Blätter zu sprießen begannen und die bald in reichem Laub prangen würden, die die Sprünge im Gehsteig und die kaputten Zäune verdeckten, bewahrten die Gegend vor dem Charakter eines Elendsviertels. Ihre zarten, sich eben entfaltenden Blätter wurden vom Licht der Straßenlaternen vergoldet und warfen scharfgeränderte, an Kletterpflanzen erinnernde Schatten. Das Haus, in dem Senta wohnte, war eines von mehreren aus pflaumenfarbenem Backstein. Sämtliche Fenster waren rechteckig und in der Fassade zurückgesetzt. Zehn Stufen führten zum Eingang hinauf, einer massiven, holzgetäfelten Haustür, früher einmal, viele Jahre vorher, dunkelgrün lackiert, jetzt aber mit zahlreichen Schrammen, ja, Löchern übersät, so daß sie wirkte, als hätte sie jemandem beim Übungsschießen als Ziel gedient. Von den Stufen aus konnte man über die vergipste Mauer, die ihnen als Balustrade diente, in den kleinen Vorhof vor dem Souterrain blikken. Er war angefüllt mit Müll: Konservendosen, Papierfetzen und Orangenschalen.

Senta schloß die Haustür auf. Das Haus war geräumig, mit drei Etagen über dem Souterrain, doch als sie eingetreten waren, spürte Philip sofort – ohne sagen zu können, woran –, daß sie hier allein waren. Das bedeutete natürlich nicht, daß Senta das Haus allein gehörte. Die beiden an die Wand gelehnten Fahrräder und der Haufen Reklamekram, der auf einem wackligen Mahagonitisch lag, sprachen dagegen. Sämtliche Türen waren geschlossen. Sie führte ihn durch den Flur und die Treppe hinab zum Souterrain. Der Geruch, der hier herrschte, war für Philip etwas Neues. Er hätte ihn nicht definieren und höchstens sagen können, daß es schwach nach einer Ansammlung allen möglichen uralten Schmutzes roch, der nie beseitigt, ja niemals auch nur von einem Fleck zum anderen verlagert worden war – jahrealte Brotreste, Fasern von abgelegten Kleidern, tote Insekten, Spinnweben, getrockneter Straßendreck, Stückchen von Exkrementen, verschüttete, längst vertrocknete Flüssigkeiten, Haare und Kot von Tieren, Staub und Ruß. Es roch nach Verfall.

Das Souterrain war früher eine abgeschlossene Wohnung gewesen. Jedenfalls schien es so. Alle Zimmer bis auf eines wurden dazu benutzt, Dinge abzustellen, die Gegenstände, die vielleicht zum Teil den Geruch verursachten. Alte Möbelstücke und Kisten voller Flaschen und Gläser, Haufen alter Zeitungen und Berge aus zusammengelegten wollenen Sachen, die einst Decken gewesen, aber von Motten zu einer zerfallenden, grauen, flockigen Masse zerfressen worden waren. Ein altmodisches Klosett mit einem Spülkasten oben an der Wand, das sich bei Benutzung abschirmen ließ, indem man einen provisorisch aufgehängten Duschvorhang vorzog. Es gab eine Badewanne mit Klauenfüßen und einen Kaltwasserhahn aus Messing, mit einem grünen Belag und mit Lappen umwickelt.

Sentas Zimmer war der einzige bewohnbare Raum. Es befand sich an der Vorderseite des Hauses und hatte ein Fenster, das auf den kleinen Vorhof zur Straßenseite ging. Es enthielt vor allem ein großes Bett, gute zwei Meter breit, mit einer durchgelegenen Matratze und mit smaragdgrüner Bettwäsche, die roch, als wäre sie schon seit geraumer Zeit nicht gewechselt worden. Zu sehen war auch ein riesiger Spiegel, dessen Rahmen mit Gipsengeln, -früchten und -blumen verziert war. Viel von der Vergoldung fehlte. Hie und da war ein Bein oder Arm, waren Zweige oder Blütenblätter teilweise abgebrochen oder auch ganz und gar verschwunden.

Auf einem niedrigen Tisch standen eine herabgebrannte Kerze in einer mit Wachs gefüllten Untertasse und daneben eine leere Weinflasche. Ein Korbsessel war mit abgelegten Kleidungsstücken drapiert, und aus einem Messingtopf voller Staub ragte eine sterbende Pflanze. Am Fenster hingen keine Vorhänge, aber es konnte durch zwei hölzerne Innenläden abgedeckt werden. Zwischen diesen Läden drang gräulich-wäßriges Licht herein, das aber zu schwach war, als daß man dabei lesen konnte. Senta hatte die Lampe angeschaltet, die unter einem Pergamentschirm eine schwache Birne hatte. Nachdem Philip sich an diesem ersten Abend erstaunt umgeblickt hatte, betroffen und daher unsicher, fragte er sie, was sie von Beruf sei.

»Ich bin Schauspieler.«

»Du meinst eine Schauspielerin.«

»Nein, meine ich nicht. Man spricht ja auch nicht von einer Chauffeurin oder einer Monteurin, oder?«

Das räumte er ein. »Bist du schon einmal im Fernsehen aufgetreten?« fragte er. »Könnte es sein, daß ich dich in irgendeiner Sendung gesehen habe?«

Sie lachte, aber auf eine freundliche, eine nachsichtige Weise. »Ich war an der RADA. Im Moment warte ich auf eine Rolle, die mir den optimalen Einstieg ermöglicht. Es wäre nicht richtig mir selbst gegenüber, wenn ich einfach irgendwas nähme, findest du nicht auch?«

»Ich weiß es nicht«, antwortete er. »Ich verstehe nicht das geringste davon.«

»Das kommt schon. Du wirst von mir lernen. Ich möchte, daß du dir eine Meinung von mir machst, Philip. Das wird das wichtigste in meiner, in unserer Welt sein – was wir über einander denken. Der geistige Austausch wird die Essenz unseres gemeinsamen Lebens sein.«

Doch dieser Abend war nicht sehr von geistigen Dingen bestimmt. Schon bald danach legten sie sich in ihr Bett. Wenn man darin lag, konnte man die Beine der Leute sehen, die auf dem Gehsteig droben vor dem Fenster vorbeigingen. Das bedeutete, daß sie einen sehen konnten, wenn sie sich bückten. Senta lachte ihn aus, als er aufstand, um die Läden zu schließen, aber er tat es trotzdem. Die Lampe mit ihrem Fransenschirm strahlte ein mattes, bräunliches Licht aus, das einen geheimnisvollen Glanz auf ihr Liebesspiel legte, ihre sich bewegenden Gliedmaßen golden überzog. Unerschöpflich schien

Sentas Eifer, ihr Einfallsreichtum, dem sie sich mit gesammeltem Ernst hingab, bis sie in ein hohes, atemloses Lachen ausbrach. Sie lachte oft, und Philip liebte ihr Lachen bereits jetzt. Schon jetzt liebte er ihre ungewöhnliche Stimme, hoch, doch nicht schrill, glatt und rein und kühl.

Er hatte ursprünglich um Mitternacht nach Hause fahren wollen, doch wieder und wieder kauerte sie sich über ihn, verschlang und kaute und packte zu und sog ein und gab ihn nur mit äußerstem Widerstreben frei. Sie grub sich mit den kleinen, starken Kinderfingern in ihn hinein und rieb ihn mit ihrer Zunge wund, die rauh war wie die einer Katze, bis er seufzte und wimmerte und einschlief. Er behielt in der Erinnerung, daß sie, bevor ihn dieser todesähnliche Schlaf übermannte, noch sagte: »Ich will dich nicht nur haben, Philip, ich will du *sein*.«

Als er am nächsten Vormittag, es war Sonntag, um zehn Uhr nach Hause kam – er war erst um Viertel nach neun aufgewacht –, waren Christine und Cheryl drauf und dran, die Polizei anzurufen. »Ich hab' die ganze Zeit überlegt«, sagte Christine, »wie schrecklich es wäre, nach einer Tochter auch noch einen Sohn zu verlieren.« Sie fragte ihn nicht, wo er gewesen war, und zwar weder aus Takt noch aus Diskretion. Nun, da sie ihn wiederhatte, kam ihr einfach nicht der Gedanke, wo er gewesen sei und was er getan haben könnte.

Er trat ins Wohnzimmer und stellte fest, daß die Ansichtskarte nicht mehr da war. Weil er oder Fee sie darauf angesprochen hatte? Auf dem Läufer vor dem Kamin lag eine winzige, zerdrückte Rosenknospe. Sie mußte von einem der Kränze oder Sträuße der Brautjungfern stammen, vielleicht aus Sentas Strauß? Trotzdem war es komisch, daß man an Senta nicht auf diese Art, eine gefühlvolle, romantische Art denken konnte. Es war unvorstellbar, daß es einer Blume bedurfte, die ihr gehört hatte, um an sie erinnert zu werden. Er hob die Knospe auf und roch daran, und sie sagte ihm nichts. Aber warum auch? Er hatte Senta besessen und würde sie an diesem Abend wieder besitzen, er hatte die Person selbst mit ihrem Silberhaar mit den matten Strähnen.

Cheryl kam ins Zimmer und hielt ihm einen Fünfpfundschein hin. Er fühlte anders als am Vortag, anders als nur vierzehn oder fünfzehn Stunden früher, war ein ganz anderer Mensch, und Cheryls Kümmernisse, wenn es solche gab, waren weit weg, gingen ihn nichts an.

»Danke dir«, sagte er in einem so abwesenden Ton zu ihr, daß sie ihn anstarrte. Zu gerne hätte er ihr von Senta erzählt. Am allerliebsten hätte er Fee davon erzählt, aber Fee war unterwegs nach St. Peter Port. Und außerdem hatte Senta nein gesagt.

»Ich möchte noch nicht, daß irgend jemand von unserer Beziehung erfährt, Philip. Noch nicht. Sie muß noch eine Weile unser heiliges Geheimnis bleiben.«

Das war eine Woche vorher gewesen. Und seither hatte er sie jeden Tag gesehen. Am Dienstag dann erklärte er Christine, er werde die Nacht über wegbleiben, vielleicht auch noch die folgende, weil Roseberry Lawn ihn für ein Projekt in Winchester brauche und er dort ein Hotel nehmen werde. Zum erstenmal ging ihm auf, was für Vorteile es hatte, eine Mutter zu haben wie Christine. Dieses Unbestimmte, Weltfremde an ihrer Art, das ihn früher irritiert, ja, schlimmer, beunruhigt hatte, wenn er an ihre Zukunft dachte, diese offensichtliche Unkenntnis konventioneller Reaktionen irgendwelcher Art erschien ihm nun als ein Geschenk des Himmels.

Senta hatte kein Telefon. Zwar stand auf dem Tisch im Flur ein Telefonapparat, halb begraben unter dem Reklameplunder, aber nur selten war jemand da, um Anrufe entgegenzunehmen. In dem Haus mußten noch andere Leute wohnen, aber Philip hatte sie nie gesehen, obwohl er eines Nachts von Tanzmusik und dem Geräusch walzertanzender Füße in der Etage über ihnen geweckt worden war. Er ging nach Hause, um zu essen, was Christine für ihn vorbereitet hatte, führte Hardy um den Block und fuhr dann nach Kilburn. Er empfand es als eine Erleichterung, als Christine eines Morgens sagte, sie beabsichtige den Abend mit ihrem Bekannten zu verbringen, aber sie würde ein Essen für ihn herrichten. Ob ihm das recht wäre? Den Bekannten hatte sie auf Fees Hochzeit kennengelernt. Wie viele bedeutsame Dinge sich auf Fees Hochzeit zugetragen hatten!

Philip sagte zu ihr, sie solle keine Umstände machen; er werde auswärts essen. Er fuhr nach der Arbeit direkt zu Senta, und zum erstenmal gingen sie zusammen zum Essen aus. Es war eine Abwechslung, es war der Wirklichkeit des Lebens näher. Bis dahin hatte er immer um halb neun oder neun Uhr den Wagen geparkt, ein bißchen besorgt, weil die Gegend nicht den besten Ruf hatte. Dann lief er die Treppe zum Souterrain hinunter, während sein Herz wie wild pochte. Hier im Treppenschacht war der Geruch am stärksten, doch hinter Sentas Tür wurde er schwächer. Dort wurde das feuchte, strenge Odeur des Verfalls vom Duft der Räucherstäbchen überlagert, von denen fast immer eines brannte. Zumeist erwartete sie ihn auf dem Fensterbrett oder mit übergeschlagenen Beinen auf dem Boden sitzend. Einmal lag sie nackt aufs Bett hingestreckt und erinnerte ihn an ein Bild auf einer Kunstkarte, die irgend jemand Fee geschickt hatte: die *Olympia* von Manet.

Mit ihr in ein Restaurant zu gehen war ein Erlebnis neuer Art. Er entdeckte dabei, daß sie nicht nur Vegetarierin, sondern rigorose Vegetarierin war. Glücklicherweise hatte er ein indisches Restaurant ausgesucht. Senta trug ein seltsames altes Kleid, das vielleicht ihrer Großmutter gehört hatte, grau, mit Silberfäden durchwirkt, ohne Gürtel – obwohl man sehen konnte, daß eigentlich ein Gürtel dazu gehörte –, und am Busen eine zerknitterte Rose aus grauer Seide. Ihr Silberhaar hing wie ein passend dazu gekaufter Schleier herab. Sie hatte sich die Augen grün ummalt und den Mund mit einem dunklen Purpurrot geschminkt. Er konnte nicht sagen, ob ihm diese Aufmachung gefiel oder ob sie ihn störte, aber er fand es aufregend, sie so herausgeputzt zu sehen. In dem billigen indischen Lokal mit der Sitarmusik vom Tonband, den Wänden, die mit einem Muster aus turbantragenden Männern und Elefanten tapeziert waren, und dem gedämpften Licht wirkte sie wie eine Göttin des Geheimnisvollen, des Mystischen. Ihr Mund allerdings – mit Widerwillen sah er ihn unter dieser Schicht von fettigem Purpurrot verborgen. Er bat sie vorsichtig, es abzuwischen; ihr Mund sei doch so schön. Warum war er auf Trotz gefaßt gewesen? Sie wischte sich mit einem Stück Toilettenpapier die Lippen ab und sagte in einem demutsvollen Ton zu ihm: »Ich werde alles tun, was du von mir verlangst. Alles, was dir gefällt, ist mir recht.«

»Erzähl mir von dir«, sagte er. »Ich weiß überhaupt nichts über dich, Senta, außer, daß du Schauspielerin –

pardon, Schauspieler – und Darrens Cousine bist. Allerdings fällt es mir schwer, das zu glauben.«

Sie lächelte ein wenig und begann dann zu lachen. Sie konnte tiefernst sein, auf eine Art, die ihm peinlich erschienen wäre, wenn er sie nachzuahmen versucht hätte, und sie konnte freier und lustiger herauslachen als irgend jemand, dem er jemals begegnet war. Er konnte verstehen, daß sie vielleicht nicht zu eng mit der Familie Collier in Verbindung gebracht werden wollte, einem Verein lebenssprühender, fröhlicher Typen, sportnärrischer Männer und bingosüchtiger Frauen. »Meine Mutter war Isländerin«, sagte sie. »Mein Vater war bei der Marine, verstehst du, und lernte sie kennen, als sie Reykjavik anliefen.«

»Was heißt das, ›war‹, Senta? Deine Mutter lebt doch noch, oder?« Sie hatte ihm erzählt, daß ihre Eltern sich getrennt hätten und nun beide mit einem neuen Partner zusammenlebten. »Du hast doch gesagt, daß deine Mutter einen Freund hat, den du nicht besonders magst.«

»Meine Mutter ist bei meiner Geburt gestorben.«

Er starrte sie an, weil es ihm so merkwürdig vorkam. Er hatte – von alten Büchern abgesehen – noch nie von einer Frau gehört, die im Kindbett gestorben wäre.

»Es war in Reykjavik. Ich bin dort zur Welt gekommen. Mein Vater war fort, zur See.« Ihr Gesichtsausdruck war argwöhnisch geworden, leicht verstimmt. »Warum siehst du mich so an? Was geht dir durch den Kopf? Sie waren verheiratet, wenn du das meinst.«

»Senta, ich habe nicht gemeint …«

»Er hat mich hierher gebracht und bald danach Rita geheiratet, die Frau, die ich meine Mutter nenne. Meine richtige Mutter hieß Reidun, Reidun Knudsdatter. Das bedeutet Knuts Tochter. Findest du das nicht erstaunlich? Nicht ›Sohn‹, sondern ›Tochter‹. Es ist ein uraltes matrilineares System.«

An diesem Abend erzählte sie ihm auch, daß sie ein Stipendium für die Schauspielschule gewonnen und als beste Studentin ihres Jahrgangs abgeschnitten habe. In ihrem zweiten Jahr sei sie in den Ferien nach Marokko gefahren und habe sich für zwei Monate in der Medina von Marrakesch ein Zimmer genommen. Weil weibliche Personen aus dem Westen und ohne Begleitung es dort schwer hätten, habe sie die Kleidung einer Mohammedanerin getragen, den Schleier, der nur Augen und Stirn frei läßt, und das knöchellange, schwarze Gewand. Ein anderes Mal sei sie mit Freunden nach Mexico City gefahren und habe dort das Erdbeben erlebt. Auch in Indien sei sie gewesen. Philip sagte sich, daß er im Vergleich zu solch außergewöhnlichen oder exotischen Abenteuern wenig über sich zu erzählen hatte. Der Tod seines Vaters, die Verantwortung für seine Mutter, seine Sorgen um Cheryl, das war ein klägliches Gegenangebot.

Doch als sie wieder in dem Souterrainzimmer waren und gemeinsam die Flasche Wein tranken, die er gekauft hatte, erzählte er ihr immerhin von Christine und Gerard Arnham und Flora. Er schilderte ausführlich, was geschehen war, nachdem er von Mrs. Ripples Schlafzimmerfenster aus die Statue gesehen hatte. Sie lachte, als er ihr erzählte, wie er Flora gestohlen hatte und dabei von einem Nachbarn Arnhams gesehen worden war, und erkundigte sich sogar genau, wo sich das abgespielt hatte, wie die Straße hieß und so fort. Trotzdem hatte er das Gefühl, daß sie seinen Erzählungen nicht so aufmerksam zugehört hatte wie er den ihren. Auf dem breiten Bett liegend, schien sie ganz von ihrem eigenen Bild im Spiegel in Anspruch genommen. Dieses Überbleibsel irgendeines verschwundenen, einst eleganten Salons mit seinen vergoldeten Putten, denen ein Bein oder ein Arm fehlte, mit seinen ihrer Blätter beraubten Blumengirlanden, warf ihr Bild verschwommen zurück, als hinge sie in trübem, grünlichem Wasser. Ihr marmorner Körper war von den blinden Stellen im Glas gefleckt.

Wenn sie mir nicht konzentriert zugehört hat, sagte er sich schließlich, dann nur wegen ihres Verlangens nach mir, das ihm ebenso groß erschien wie sein eigenes nach ihr. Das war für ihn etwas Ungewohntes, denn wenn ihn früher bei einem Mädchen das Verlangen überkommen hatte, war es müde gewesen oder hatte »keine Lust« oder die Regel gehabt oder sich über etwas geärgert, was er gesagt hatte. Sentas Triebe drängten ebenso nach Erfüllung wie seine eigenen. Und – welche Wohltat nach den Mädchen der Vergangenheit – sie war ebenso leicht und rasch befriedigt wie er. Eigenartigerweise war bei ihr kein zeitraubendes Vorspiel, kein geduldiges Eingehen auf die Bedürfnisse der Partnerin notwendig. Seine Bedürfnisse waren auch ihre und umgekehrt.

Am letzten Abend der Woche, dem Abend bevor Fee und Darren aus ihren Flitterwochen zurückerwartet wurden, begann er Senta wirklich kennenzulernen.

Er war ein Durchbruch gewesen, dieser Abend, und er hatte sich darüber gefreut. Sie hatten sich auf dem Bett voneinander gelöst. Er lag erschöpft und glücklich da. Sein Behagen war nur von dem Gedanken getrübt, der sich jetzt wieder lästig meldete: Wie sollte er die Sprache darauf bringen, ob sie nicht die Bettwäsche wechseln wollte? Wie konnte er das aussprechen, ohne sie zu kränken oder scheinbar zu kritisieren? Es war eine solch lächerliche Bagatelle, doch der Geruch der Bettwäsche war ihm äußerst unangenehm.

Ihr silbernes Haar bedeckte das Kopfkissen. Hie und da hatte sie Strähnen zu Zöpfchen geflochten. Sie lag auf dem Rücken. Das Haar zwischen ihren Beinen hatte eine feurige, unnatürliche Farbe, und er sah diesen feuerroten Fleck doppelt, an ihrem weißen Körper wie an ihrem Bild im Spiegel, der in einem weiten Winkel, oben mindestens dreißig Zentimeter in den Raum geneigt, von der Wand hing. Beinahe gedankenlos, einem Impuls folgend, nahm er ihre Hand, legte sie auf das feuerrote, flaumige Dreieck und sagte leichthin, mit einem Lachen in der Stimme: »Warum färbst du dir die Schamhaare?«

Sie sprang auf. Sie schleuderte seine Hand weg, und weil Sentas heftige Bewegung völlig unerwartet gekommen und seine Hand ganz entspannt gewesen war, versetzte sie seiner Brust einen Schlag. Sentas Gesicht war vom Zorn verzerrt. Sie zitterte vor Empörung und kniete sich mit geballten Fäusten über ihn. »Was soll das heißen, färben? Der Teufel soll dich holen, Philip Wardman. Eine Frechheit, so etwas Beschissenes zu mir zu sagen!«

Ein paar Sekunden lang konnte er kaum glauben, was er da zu hören bekam, diese Worte, gesprochen mit einer Stimme, die reine Musik war. Er setzte sich auf, versuchte ihre Hände einzufangen und duckte sich, um dem Schlag auszuweichen, den sie ihm versetzen wollte.

»Senta, Senta, was ist dir denn über die Leber gelaufen?«

»Du, du bist mir über die Leber gelaufen. Wie kannst du es wagen, das zu mir zu sagen – daß ich mir die Schamhaare färbe!«

Er war gut dreißig Zentimeter größer als sie und doppelt so stark. Diesmal erwischte er ihre Arme und konnte sie bändigen. Keuchend wand sie sich in seinem eisernen Griff. Die Anstrengung, sich loszureißen, verzerrte ihr Gesicht. Er lachte sie an.

»Ja, tust du's denn nicht? Du bist aschblond, da kannst du doch da unten nicht diese Farbe haben.«

Sie schrie ihn an: »Ich färbe mein Kopfhaar, du Idiot!«

Er mußte so lachen, daß er seinen Griff lockerte. Auf eine Attacke gefaßt, hob er die Hände, um sein Gesicht abzudecken, und dachte gleichzeitig: Wie schrecklich, wir zanken uns! Was soll jetzt werden? Sie nahm sanft seine Hände weg, umfaßte sein Gesicht, senkte ihre weichen, warmen Lippen auf seine, küßte ihn inniger und ausgiebiger als je zuvor und streichelte sein Gesicht, seine Brust. Dann nahm sie die Hand, die sie auf ihn geschleudert hatte, so daß er sich mit den Fingerknöcheln einen Schlag auf die Brust versetzt hatte, in ihre eigene und legte sie sanft auf die Region ihres Körpers, die den Streit ausgelöst hatte, auf das rote Haar und die weiche, seidigglatte Haut innen an ihren Schenkeln.

Eine halbe Stunde später stand sie auf und sagte: »Die Bettwäsche muffelt ein bißchen. Geh und setz dich eine Minute in den Sessel, bis ich sie gewechselt habe.«

Und das tat sie, vertauschte Smaragdgrün mit Purpurrot und stopfte die schmutzigen Tücher in ihre Tragetasche, um sie später in den Waschsalon zu bringen. Er dachte bei sich: Wir kommen uns nahe. Sie hat meine Gedanken gelesen, das ist schön, ich liebe sie, wenn sie auch ein kleiner Hitzkopf ist. Doch als er sie nach Mitternacht verließ, schlafend und von der Steppdecke in ihrem sauberen, roten Baumwollbezug bedeckt, und die

Treppe hinaufstieg, auf der es übel roch, wurde ihm bewußt, daß er ihr nicht geglaubt hatte, als sie sagte, daß sie sich die Haare färbte. Das war sicher erfunden. Natürlich bleichte sie sie und rieb sie mit etwas ein, um ihnen den silbrigen Ton zu geben, das konnte man sehen, aber niemand mit rotem Haar würde es in einer Metallfarbe färben. Warum denn?

Er spürte einen Stich und erkannte rasch, daß es Furcht war. Der Gedanke ängstigte ihn, daß sie ihn vielleicht belog. Aber andererseits war es ja nur eine ganz kleine Lüge, bedeutungslos, eine Sache, bei der es vielleicht alle Mädchen mit der Wahrheit nicht ganz ernst nahmen, und er erinnerte sich, wie Jenny gesagt hatte, ihre Bräune sei natürlich, während sie in Wirklichkeit jeden Tag unter der Höhensonne lag.

Jenny – es war lange her, daß er viel an sie gedacht hatte. Seit sie damals, im Januar, gestritten hatten, hatte er sie weder gesehen noch ihre Stimme gehört. Sie hatte auf eine Verlobung gedrängt, hatte damit schon angefangen, als sie im Oktober vergangenen Jahres zusammen auf Mallorca Ferien gemacht hatten. Er könne nicht heiraten, hatte er zu ihr gesagt, noch auf Jahre hinaus sei nicht daran zu denken, daß er eine Ehe einging. Wo sollten sie leben? Hier bei seiner Mutter? »Wenn wir verlobt wären«, hatte sie gesagt, »gäbe mir das das Gefühl, daß wir zusammengehören, daß wir ein Paar sind.« Und dann war natürlich der wahre Grund dahinter ans Licht gekommen. »Ich finde, ich sollte nicht mit dir schlafen, wenn es nur etwas Flüchtiges ist. Ich finde es nicht recht, wenn wir nicht fest miteinander gehen.«

Sie hatte ihm zugesetzt, ihr etwas zu versprechen, was er nicht versprechen konnte und dann auch nicht versprechen wollte. Die Trennung von ihr war viel schmerzlicher gewesen, als er erwartet hatte, jetzt aber erschien sie ihm als das Klügste, was er hatte tun können. Seltsam, wenn man sie mit Senta verglich oder vielmehr gegen Senta stellte. Auf der Fahrt nach Hause lachte er laut hinaus bei dem Gedanken, Senta könnte ihn bitten, »fest« mit ihr zu gehen, sich mit ihr zu verloben. Sentas Vorstellung von einer dauerhaften Beziehung, von so etwas hätte Jenny in ihrer farblosen, beschränkten Art nicht einmal geträumt: eine vollkommene Hinwendung zum andern, die alles andere ausschloß, die perfekte, unvergleichliche Vereinigung zweier menschlicher Wesen, die dem Abenteuer des Lebens entgegengingen.

Die Rückkehr Fees und ihres Ehemanns machte Philip etwas Verblüffendes bewußt: daß er Senta ja erst seit zwei Wochen kannte. Fee und Darren waren vierzehn Tage fort, und bei ihrer Abreise war Senta für ihn praktisch eine Unbekannte gewesen, ein Mädchen in einem absurden, orangefarben gefleckten Kleid, das ihn vom anderen Ende eines Zimmers auf eine gewisse geheimnisvolle Weise angeblickt hatte, die er in seiner Schwachköpfigkeit nicht hatte interpretieren können.

Ihr tägliches Beisammensein seither hatte ihn, aller Erfahrung zum Trotz, darauf gebracht, daß Darren, da er ihr Cousin war, viel interessanter und intelligenter sein müsse, als er ihn in Erinnerung hatte. Er mußte sich in Darren getäuscht haben. Vielleicht war es natürlich, daß man für die eigene Schwester keinen Mann wirklich gut genug fand. Doch nun, da er mit seinem neuen Schwager wieder zusammen war, erkannte er, daß er sich doch nicht getäuscht hatte. Stämmig und trotz seiner vierundzwanzig Jahre schon mit einem beträchtlichen Bauchansatz, saß Darren da und lachte schallend über irgendeine Fernsehserie, die er anscheinend unbedingt sehen mußte, niemals versäumen durfte, selbst wenn er bei anderen Leuten zu Besuch war. Auch an den beiden Sonntagen, an denen sie fort gewesen waren, habe er darauf bestanden, sie sich anzusehen, sagte Fee im stolzen Ton einer Mutter, die vom Nahrungsbedarf ihres Säuglings spricht.

Am Tage vorher nach Hause zurückgekehrt, waren sie zum Tee erschienen. Christine hatte eine ihrer kulinarischen Meisterleistungen in Gestalt von aufgeschnittener Schinkenwurst und Spaghettiringen aus der Dose aufgetischt. Danach wollte sie Fee das Haar richten und war selig wie ein Kind, weil Fee ihr das zur Abwechslung einmal erlaubte. Philip fand, daß Christine recht nett aussah. Kein Zweifel, sie sah seit der Hochzeit besser, jünger und irgendwie glücklicher aus. Es konnte nicht von der Erleichterung kommen, daß die Hochzeit vorbei und Fee unter die Haube gebracht worden war, denn Christine hatte zuweilen angedeutet – sie beließ es bei ein, zwei Andeutungen –, daß Fee es sich in ihrem Alter ohne weiteres leisten könnte, noch ein paar Jahre zu warten, ehe sie sich in den Hafen der Ehe begab. Es mußte an dem neuen Bekannten liegen, daran, daß sie einen Gefährten ihres Alters hatte. Sie trug rosa Lippenstift, recht gekonnt aufgetragen und an den Mundwinkeln nicht verschmiert, und hatte ihrem Haar einen Goldton gegeben, der bis dahin für ihre Kundinnen reserviert gewesen war.

Sie verschwanden in die Küche. Philip hörte, wie seine

Mutter Fee ein Kompliment zu dem marineblauen Pullover machte, den sie anhatte, und wie sie sagte, es sei doch komisch, sich einen »Guernsey« ausgerechnet in Guernsey zu kaufen. Fees geduldige Erklärung, der Pullover sei nach der Insel benannt, genau wie ein Jersey nach Jersey, löste staunende Ausrufe aus.

Cheryl war, wie gewohnt, irgendwo unterwegs. Philip war allein mit seinem Schwager. Da es für Darren im Fernsehen nichts mehr zu sehen gab, plauderte er über internationale Sportereignisse, den neuen Fiat, die Staus auf den Straßen und berichtete des langen und breiten über den Ort, wo sie ihre Flitterwochen verbracht hatten. Die Klippen von Guernsey seien die höchsten, die er in seinem Leben gesehen habe, sie seien bestimmt die höchsten auf den Britischen Inseln, ihre Höhe könne er unmöglich schätzen. Und die Strömungen im Ärmelkanal seien besonders tückisch. Er frage sich, wie viele Schwimmer ihnen wohl schon zum Opfer gefallen seien. Philip, der mehrmals Pauschalreisen ins Ausland unternommen hatte, hatte den Eindruck, daß Darren vermutlich zu jenen Touristen gehörte, die ihre Führer mit Fragen löcherten, wie alt oder neu etwas war, wie tief dieses Gewässer, wie hoch jener Berg, wie viele Ziegelsteine für den Bau dieser Kirche, wie viele Männer für die Bemalung jener Decke gebraucht worden seien.

Fotos wurden gezeigt, allerdings, gottlob, keine Dias. Philip hätte zu gerne mit Darren über Senta gesprochen. Jetzt, dachte er, solange die Frauen nicht da sind, ist die Gelegenheit dazu. Natürlich beabsichtigte er nicht, sein Wort zu brechen, das er Senta gegeben hatte, und ihre Beziehung preiszugeben. Irgendwie hätte es seinen

Reiz, von ihr zu sprechen und dabei geheimzuhalten, daß sie mehr als nur eine Bekanntschaft war. Doch vorläufig gab ihm Darren, der, ganz im Bann seines Themas, pausenlos redete, keine Chance. Philip mußte abwarten. Er hatte bereits entdeckt, welche Freude es ihm machte, vor anderen Leuten ihren Namen auszusprechen, und sie auf eine leichthin-beiläufige Weise gegenüber seiner Mutter und Cheryl erwähnt. »Senta, dieses Mädchen mit dem silberblonden Haar, das Fees Brautjungfer war, kommt auf den Fotos bestimmt gut raus«, und, etwas kühner: »Man sollte nicht denken, daß diese Senta, die Fees Brautjungfer war, mit Darren verwandt ist, oder?«

Ihr Vater war der Bruder von Darrens Mutter. Es war schwer zu glauben. Sie hatten nichts gemeinsam, was Gesichtsbildung, Farbe der Haut, Haare, Augen betraf. Beide hatten eine ganz andere Statur und hätten unterschiedlichen Rassen angehören können. Darrens Haar war gelb und dicht und ziemlich grob, ähnlich wie frisches Dachstroh. Er hatte blaue Augen und kräftige, attraktive Züge und eine rosige Haut. Vielleicht hingen ihm eines Tages weinfarbene Hängebacken über den Hemdkragen, vielleicht würde sich seine Nase zu einer übergroßen Erdbeere auswachsen. Er war ein stämmiger Kerl, der Bube auf der Spielkarte.

Das kurze Schweigen, das eintrat, während Darren die Fotos wieder in den gelben Umschlag steckte, füllte Philip plötzlich mit der Bemerkung aus: »Ich habe deine Cousine Senta erst auf eurer Hochzeit kennengelernt.«

Darren blickte hoch. Er schwieg einen Augenblick und schien, so Philips Eindruck, vor Staunen zu gaffen. Philip hatte das sonderbare, mit einer beginnenden Panik verbundene Gefühl, Darren werde bestreiten, eine Cousine zu haben, oder sogar sagen: »Wen? Du meinst Jane, nicht? Sie nennt sich nur so.«

Aber es war kein Staunen, keine Verblüffung oder sonst etwas Ähnliches, nur Darrens übliche Begriffsstutzigkeit. Langsam breitete sich ein schlaues Lächeln auf seinem Gesicht aus.

»Sie hat's dir also angetan, was, Philip?«

»Ich kenne sie nicht«, antwortete dieser. »Ich bin ihr nur das eine Mal begegnet.« Er wurde sich bewußt, daß er zum erstenmal Senta zuliebe gelogen hatte, und fragte sich, warum. Aber er wagte sich weiter vor. »Sie ist eine Cousine ersten Grades von dir?«

Das war zuviel für Darren. Einigermaßen verdattert sagte er: »Erster Grad, zweiter Grad, ich hab' mich damit nicht so befaßt. Ich weiß nur, daß meine Mutter ihre Tante ist und ihr Vater mein Onkel, und deswegen sind wir Cousin und Cousine, wie ich es verstehe. Richtig?« Er kehrte auf sichereres Gelände zurück, auf dem er sich besser auskannte. »Jetzt gib's zu, Phil, sie hat's dir angetan.«

Der sprechende Blick und das weltkundige Lächeln, mehr brauchte Darren nicht, und beides lieferte ihm Philip, ohne daß es ihn zuviel Anstrengung kostete. Darren reagierte mit einem Zwinkern. »Sie ist eine komische Nummer. Du solltest sehen, wo sie haust, ein richtiges Rattenloch, eine Müllkippe. Fee hat sich geweigert, einen Fuß hineinzusetzen, als sie das mit den Kleidern und all dem Krimskrams abgemacht haben, und ich kann's ihr nicht verdenken. Und dabei könnte Senta ein nettes Zuhause bei Onkel Tom in Finchley haben. Sie muß nicht ganz richtig im Kopf sein.«

Obwohl Philip sich sagte, daß er sich mit jedem Wort

mehr verriet, konnte er noch nicht aufhören. »Fee kennt sie also nicht sehr gut?«

»Mach dir darüber keine Gedanken, alter Junge. Ich kenne sie. Ich kann für dich was deichseln, wenn du's darauf abgesehen hast.«

Darren verschwendete keine weiteren Worte mehr an Senta, sondern kehrte zurück zu Guernsey und zu seiner Leidenschaft für Höhen und Tiefen, Gewichte, Maße und Temperaturextreme. Philip ließ ihn weiterquasseln und entschuldigte sich dann. Er hatte sich bei Senta für neun Uhr angesagt. Ehe er das Haus verließ, mußte er oben noch etwas erledigen. Es war ihm eingefallen, daß Fee vielleicht in sein Zimmer gehen würde, wenn sie noch im Haus war, nachdem er sich verabschiedet hatte. Sie war zwar früher, als sie noch hier gewohnt hatte, nie hineingegangen, und es gab keinen Grund, warum sie es jetzt tun sollte. Aber irgendeine Vorahnung oder einfach nur Besorgnis hatte sich gemeldet. Die Statue stand noch immer unabgedeckt in der Ecke zwischen dem Kleiderschrank und der Fensterwand.

Es war zehn vor neun, doch noch nicht dunkel, und das schwache Licht bewirkte, daß von Flora ein Strahlen ausging, perlenähnlich, doch auch menschlich, als wäre Leben in ihr. Sie war Senta wie aus dem Gesicht geschnitten. Hatte nicht sie allein diesen gelassenen, doch strahlenden Blick hin zu fernen Horizonten? Diese geschürzten Lippen, in exquisiter Proportion zu der geraden, zart gebildeten Nase? Sie hatte sogar, als sie zusammen ausgingen, ihr Haar dicht um den Kopf gebunden, gewellt an den Stellen, wo sie es zu Zöpfchen geflochten hatte. Plötzlich überkam ihn ein Verlangen – das er als absurd erkannte und das rasch unterdrückt werden mußte –, diesen Marmormund zu küssen, seine eigenen Lippen an diese Lippen zu drücken, die so weich wirkten. Er hüllte die Statue wieder ein, nicht in die kalte, schlüpfrige Plastikfolie, sondern in einen alten Pullover mit Schottenmuster, und schob sie an die Rückwand des Schranks.

Daß er von Senta gesprochen, ihre Aussagen bestätigt gefunden hatte – es war nicht recht von ihm gewesen, aber er hatte einfach gewisse Zweifel gehabt, gewisse Befürchtungen gehegt –, daß er den Wohlklang ihres Namens auf den Lippen gekostet und ihn von anderen so beiläufig hatte aussprechen hören, all das entflammte eine noch heftigere Glut in ihm. Er konnte es kaum erwarten, bei ihr zu sein, und saß in höchster Ungeduld im Auto, die roten Ampeln verwünschend. Er rannte die schmutzigen Stufen hinab, der Körper angespannt vor Verlangen nach ihr. Seine Finger stocherten mit dem Schlüssel im Schloß herum, und dann empfing ihn der Duft des Räucherstäbchens, als die Tür aufging und ihn in ihr staubgeschwängertes, geheimnisvolles Reich einließ.

6

Unter dem Weißdornbaum, der längst all seine Blüten verloren hatte und nun ein ganz gewöhnlicher grüner Baum war, stand ein Cupido mit seinem Bogen und Köcher. Philip konnte ihn nicht sehr deutlich sehen, denn der Feldstecher war noch immer verschwunden. Auch alles andere war aus dem Zimmer verschwunden. Mrs. Ripple hatte erledigen lassen, worum Roseberry Lawn ersucht hatte: Die Kochbücher, der Kamin, alles überflüssige Holz und der Fußbodenbelag waren entfernt worden. Der Raum war jetzt ganz leer.

Der Cupido amüsierte Philip. Er wußte, daß es sich um den Gott der Liebe handelte. Ob Arnham ihn aus diesem Grund gewählt hatte oder einfach deswegen, weil ihm die Statue gefiel? Noch einen Monat vorher hätte ihn dieser Ersatz für Flora beleidigt, erzürnt. Doch in den Wochen seither war er ein anderer geworden. Er konnte sich kaum mehr erinnern, warum er Flora gestohlen hatte, und stellte fest, daß ihn die Sache mit Arnham nicht mehr beschwerte. Arnham war ihm gleichgültig geworden, er dachte sogar freundlich über ihn. Sein Zorn hatte sich verflüchtigt. Ja, sollte er Arnham jetzt begegnen, würde er ihm guten Tag sagen und sich nach seinem Befinden erkundigen.

Seine Mission an diesem Samstag, der ja allgemein als arbeitsfreier Tag galt, hatte einfach darin bestanden, hierher zu fahren, Mrs. Ripples Haus zu inspizieren und sich zu vergewissern, ob das Zimmer auch ausgeräumt war, wie sie am Telefon gesagt hatte – Kunden konnte man nie trauen. Die Handwerker von Roseberry Lawn sollten am Montag anrücken. Philip schloß die Tür hinter sich und ging nach unten. Am Fuß der Treppe wartete Mrs. Ripple auf ihn.

»Ich kann den Leuten keinen Tee machen.«

»Schon gut, Mrs. Ripple, sie werden es nicht erwarten.« Sie würden es sehr wohl erwarten, aber wozu einen Streit anfangen? Es hatte ja keinen Sinn, Ärger herbeizureden, indem er ihr sagte, daß sich die Handwerker, sollten sie von Mrs. Ripple keinen Tee bekommen, um elf Uhr vormittags und um drei Uhr nachmittags je eine halbe Stunde freinehmen und hinunter ins Café gehen würden. »Sie werden feststellen, daß es sehr umgängliche Leute sind, und angenehm berührt sein, wie sie hinter sich aufräumen.«

»Ich werde nicht erlauben, daß geraucht wird oder jemand ein Transistorradio laufen läßt.«

»Natürlich nicht«, sagte Philip und dachte dabei, das könne sie mit den Handwerkern ausfechten. Er wußte ohnehin, wer aus diesem Kampf als Sieger hervorgehen würde.

Die Tür schlug laut hinter ihm zu. Kein Wunder, daß sie Risse in ihren Zimmerdecken hatte. Er ging durch den Vorgarten zu seinem Wagen, in dem ihn Senta auf dem Beifahrersitz erwartete.

Zum erstenmal seit jenem Essen in dem indischen Lokal, das nie wiederholt wurde, war sie mit ihm weggefahren. Er war jeden Abend bei ihr gewesen, abgesehen von einem pro Woche, den er höchst ungern zu Hause mit Christine verbrachte. Es habe keinen Sinn, zum Essen auszugehen, hatte sie zu ihm gesagt, und er wußte bereits, daß sie sich nicht viel aus Essen machte, außer, daß sie gerne Pralinen knabberte – und gerne Wein trank. Ebensowenig hatte sie irgendwann einmal für ihn gekocht. Er erinnerte sich oft an Fees Bemerkung, als er sie, noch bevor er Senta kennengelernt hatte, gefragt hatte, warum Senta ihr Kleid nicht selbst nähen konnte. Das, hatte Fee gesagt, hätte er nicht gefragt, wenn er Senta kennen würde. Nun, jetzt kannte er sie, und er würde die Frage nicht mehr stellen. Das gleiche galt fürs Kochen, für jegliche häusliche Tätigkeit. Vormittags, hatte sie ihm gesagt, lag sie meistens im Bett, bis mittags oder noch später. Was sie tat, wenn er sich nicht bei ihr aufhielt, war ihm ein Geheimnis. Wenn er sie, was selten genug vorkam, telefonisch zu erreichen versucht hatte, war sie nicht an den Apparat gegangen, obwohl er ihn eine halbe Ewigkeit hatte klingeln lassen, um ihr Zeit zu lassen, nach oben zu kommen.

Ihr gemeinsames zurückgezogenes Leben, bei dem sie die Hälfte der Nacht im Bett verbrachten, war wunderbar, das Herrlichste, was er je erlebt hatte, aber irgendwie spürte er, daß es nicht das richtige, daß es irgendwie *unwirklich* war. Sie sollten eigentlich mehr miteinander sprechen, mehr miteinander unternehmen; ihr Leben zusammen sollte sich nicht nur aufs Bett beschränken. Gleichwohl hatte er mit einer Ablehnung gerechnet, als er sie aufforderte, ihn nach Chigwell hinauf zu begleiten und nach seinem kurzen Besuch bei Mrs. Ripple irgendwo zu Mittag zu essen, vielleicht hinaus aufs Land zu fahren. Er war überrascht gewesen, als sie einwilligte. Noch mehr hatte es ihn gefreut, als er hörte, wie sie seine eigenen Gedanken aussprach: Sie sollten ihre ganze freie

Zeit, die ganze Zeit, in der sie nicht arbeiteten, zusammen verbringen.

»Aber du arbeitest doch nie, Senta«, hatte er in einem halb neckenden Ton zu ihr gesagt.

»Ich habe gestern vorgesprochen«, hatte sie geantwortet. »Für eine recht ordentliche Rolle in einem Spielfilm. Ich habe sie nicht bekommen. Miranda Richardson bekam sie. Aber ich habe dem Regisseur gefallen. Er hat gesagt, ich sei ungewöhnlich begabt.«

»Miranda Richardson!«

Philip war beeindruckt gewesen. Daß Senta auch nur sozusagen im selben Atemzug mit Miranda Richardson in Erwägung gezogen worden war, sagte viel über ihre Begabung aus. Er hatte sich auch ein bißchen über die RADA orientiert, seit sie ihm gesagt hatte, daß sie dort gewesen sei. Es war *die* Schauspielschule; es war, als wenn man sagte, man habe in Oxford studiert.

Doch seitdem waren ihm Zweifel gekommen. Es war schrecklich, so zu denken, wenn man zu jemandem so stand wie er zu Senta. Trotzdem, er hegte insgeheim Zweifel. Den Anlaß dazu lieferte ihre Behauptung, daß sie nachmittags meistens in einen Klub in der Floral Street ginge, wo sie trainiere und Ballettübungen mache, um fit zu bleiben. Sie treffe dort alle möglichen Berühmtheiten, Schauspieler und Schauspielerinnen und Tänzer. Eines Nachmittags, so erzählte sie ihm, hätten sie und ein paar Bekannte von ihr mit Wayne Sleep Tee getrunken.

Er konnte es nicht recht glauben. Sie schmückte einfach die Wahrheit aus. Vermutlich war sie durch Covent Garden spaziert und hatte auf der andern Straßenseite Wayne Sleep gesehen. Vielleicht war sie einmal in einem Fitneßklub gewesen und hatte es mit dem Aerobic-Kurs probiert. Es gab ja solche Leute, für die die Wahrheit zu nüchtern und zu alltäglich war, so daß sie sie aufmöbeln mußten. Man konnte es nicht Lügen nennen, das nicht. Wahrscheinlich erzählte sie auch ihren Freunden, was für Leute das auch waren, von ihm. Aber man konnte darauf wetten, daß sie nicht sagte, er sei ein kleiner Angestellter bei einer Firma, die neue Bäder und Küchen einbaute, und lebe bei seiner Mutter in Cricklewood. In ihrer Darstellung verwandelte er sich sicher in einen Innenarchitekten aus Hampstead.

Er lächelte bei diesen Gedanken, und Senta, die ihn anblickte, als er in den Wagen stieg, fragte ihn, was ihn so belustige.

»Ich bin einfach glücklich. Es ist toll, mit dir wegzufahren.«

Statt einer Antwort schmiegte sie sich an ihn und drückte ihre weichen, warmen, rosigen Lippen auf seinen Mund. Dabei ging ihm der Gedanke durch den Kopf, ob Mrs. Ripple sie vielleicht vom Fenster aus beobachtete.

»Wir werden schon bald für immer vereint sein, Philip«, sagte sie. »Ich bin überzeugt. Es ist unsere geheime Bestimmung, unser Karma.«

Ein paar Tage vorher hatte sie sein Horoskop gezeichnet, und an diesem Vormittag hatte sie ihm erklärt, die Schlüsselzahl seines Namens sei die Acht. Jetzt begann sie über Zahlenmystik zu sprechen und ihm zu erklären, wie seine Schlüsselzahl mit dem Planeten Saturn schwinge und daß sie Weisheit, Wissen durch Erfahrung, Standfestigkeit, Geduld und Zuverlässigkeit symbolisiere. Philip bog um die Ecke in die Straße, wo Arnhams Haus stand, und machte sie darauf aufmerksam.

Sie achtete nicht weiter darauf, sondern wandte sich ihm mit einem ärgerlichen Blick zu. Er hatte ein schlechtes Gewissen, denn sie hatte recht damit, daß er ihr nicht gerade aufmerksam zugehört hatte.

»Ihr Achterleute«, sagte sie, »wirkt oft kalt und zugeknöpft auf diejenigen, denen ihr Liebe und Vertrauen schenken solltet.«

»Kalt?« sagte er. »Zugeknöpft? Das kann doch nicht dein Ernst sein. Du machst Witze, Senta, oder?«

»Es kommt davon, weil ihr Angst habt, als schwach zu gelten. Als schwach zu gelten, das ist das Schlimmste, was ihr euch vorstellen könnt.«

Sie aßen zu Mittag in einem Lokal auf dem Land und vergaßen, was Senta die Geheimcodes des Universums nannte. Hinterher parkte er den Wagen irgendwo in einem Winkel von Essex, wo die Landsträßchen schmal waren und nur wenige Touristen hinkamen, und Senta führte ihn zwischen die Bäume, und sie liebten sich auf dem Gras.

Er fragte sich, ob er sie liebte, ob er in sie verliebt war. Damals, beim erstenmal, hatte sie zu ihm gesagt, er solle nicht aussprechen, daß er sie liebe, solle keine solchen Wörter verwenden. Sie sollten immer beisammen bleiben, sie sollten miteinander verschmelzen, sie hätten einander gefunden. Aber empfand er Liebe für sie? Wußte er überhaupt, was dieser so oft verwendete, so alltägliche, so platte und abgedroschene Ausdruck wirklich bedeutete?

Verlangen, Begierde, Leidenschaft, ein überwältigendes Bedürfnis, sie zu besitzen und wieder zu besitzen, all das empfand er schon. Und er dachte immerfort an sie.

Sie beschäftigte seine Gedanken auf den langen Fahrten im Auto, bei seinen Besuchen in Häusern, die Roseberry Lawn umbaute, wenn er sich mit Roy unterhielt, zu Hause mit Christine und Cheryl, sogar in seinem eigenen Bett in der Glenallan Close, obwohl er zu dieser Zeit, nachdem er tief in der Nacht aus Kilburn zurückgekommen war, meist so müde war, daß er in einen bleiernen Schlaf sank. Manchmal sprach er im Geist mit ihr. Dann erzählte er ihr seine Gedanken und Ängste, wie er sie aus irgendeinem Grund der wirklichen Senta nicht erzählen konnte. So wie die wirkliche Senta zwar schwieg, wenn er sprach, ihm aber nicht zuzuhören schien. Und wenn sie irgend etwas darauf sagen mußte, dann kam wahrscheinlich eine Bemerkung über Polaritätspunkte und ihre mystischen Bedeutungen oder die sonderbare Beteuerung, daß er und sie vereinte Seelen seien, die zur Kommunikation keiner Worte bedürften.

Aber wie konnte er ihre andere Hälfte, eine verschwisterte Seele sein, wenn er sich nicht sicher war, daß er sie liebte?

Ende Juni fuhren Christine und Cheryl weg, um zusammen Urlaub zu machen. Philip war jetzt froh, daß er nicht auf die Idee gekommen war, sich seiner Mutter und seiner Schwester anzuschließen, als er mit Jenny Schluß gemacht und ihre gemeinsame Pauschalreise nach Griechenland storniert hatte. So blieben ihm zwei Wochen allein mit Senta.

Es war zwar bedauerlich, daß er in der Glenallan Close bleiben mußte. Aber irgend jemand mußte sich um Hardy kümmern. Und obwohl er jeden Abend in die Tarsus Street fuhr, überaus gern hinfuhr, weil Senta dort war, und obwohl er sich mit einer Heftigkeit nach dem Haus sehnte, die ihm den Atem nahm, hatte er sich trotzdem nicht daran gewöhnt, sich nie damit abgefunden. Der Dreck und der Gestank störten ihn noch immer. Auch hatte es etwas Unheimliches; nie sah man andere Leute, nie war ein Ton zu hören, außer hin und wieder diese Walzerklänge und die tanzenden Füße. Er hätte sich eigentlich Sorgen machen müssen, daß Senta dort wohnte. Wenn er wirklich einer dieser »Achter«-Leute war – er mußte lächeln, als er daran dachte –, dann mußte es ihn doch eigentlich beunruhigen, daß seine Freundin, seine verschwisterte Seele, wie sie sagen würde, in dieser Gegend Londons, in diesem verkommenen Haus lebte. Nachts torkelten Betrunkene durch die Tarsus Street, an den Straßenecken lungerten Banden von Jugendlichen herum, Penner lagen auf dem Gehsteig oder hockten in Hauseingängen. Warum beunruhigte ihn das nicht? Vielleicht, weil sie – schrecklicher Gedanke! – dort hinzugehören, in diese Gegend ebenso zu passen schien wie diese Elemente?

Als er eines Abends in ihre Straße einbog, hatte er eine seltsame junge Person gesehen, die ihm auf dem Gehsteig entgegenkam. Sie eilte in einem bodenlangen, schwarzen Kleid dahin, und ihr Kopf war wie der einer afrikanischen Frau mit einem rotgestreiften Tuch umwickelt. Sie hatte ihn am Arm berührt, als er ausstieg und ihm ins Gesicht gelächelt, und erst dann hatte er erkannt, daß es Senta war. Einen unguten Augenblick lang hatte er sie für eine Prostituierte gehalten, die ihn ansprechen wollte.

Christines und Cheryls Urlaubsziel war Cornwall. Philip hatte in der letzten Zeit nicht viel über Cheryl nachgedacht – von wegen klug und verantwortungsbewußt! –, doch jetzt ging ihm der Gedanke durch den Kopf, wie sie wohl ihrem heimlichen Laster frönen wollte, während sie mit Christine in Cornwall war. Alkohol oder Drogen – na ja, dachte er, an die kommt man überall ran. Eingedenk seiner Begegnung mit der verkleideten Senta in dieser verkommenen Straße fragte er sich, ob seine unbestimmten Besorgnisse um Cheryl nicht vielleicht doch berechtigt waren und Cheryl sich das Geld für ihre Sucht durch Prostitution beschaffte. Beklommen dachte er an den Fünfpfundschein, den sie ihm schon am nächsten Vormittag so prompt zurückgegeben hatte.

Er fuhr die beiden zum Bahnhof Paddington Station. Christine trug ein geblümtes Baumwollkleid und eine weiße Strickjacke, die sie selbst während der langen Winterabende gestrickt hatte. Aus einiger Entfernung ließen sich die Fehler im Muster übersehen. Er sagte zu ihr, sie sehe – ihr Wort – nett aus, und der Kontrast zwischen ihr und Cheryl, in Jeans, Mickymaus-T-Shirt und schwarzem Leder, war ja auch beinahe zum Lachen. Cheryl sah nicht mehr jung, nicht einmal sehr mädchenhaft oder sogar wie eine menschliche Person aus. Die Gesichtshaut wirkte scharf angespannt und grob, die Augen blickten bitter. Sie hatte sich das Haar fast bis zur Schädelmitte abgeschoren.

»Du hast dir einen Bürstenhaarschnitt machen lassen.« Mehr sagte Christine nicht.

»Keine Ahnung, was ein Bürstenhaarschnitt ist. Das ist ein Velourkopf.«

»Ich nehme an, es ist sehr nett, sofern einem so etwas gefällt« – die größte Annäherung an Kritik, die Christine sich jemals gestattete.

Da es aussichtslos war, einen Platz zum Parken zu

finden, setzte er sie mit ihrem Gepäck an der Rampe ab und fuhr nach Cricklewood zurück. Unterwegs dachte er darüber nach, was aus seiner Schwester werden sollte. Sie hatte keinerlei Ausbildung, keinen Job und keine Aussichten, einen zu bekommen, war schrecklich unwissend, hatte keinen festen Freund, überhaupt keine Freunde, und schien irgendeiner Sucht verfallen, über die er gar nichts Näheres wissen wollte. Doch wie es ihm jetzt immer ging – diese Gedanken wurden schon bald durch Senta verdrängt. Sobald er Hardy spazierengeführt hatte, wollte er nach Kilburn fahren, um den Rest des Tages mit ihr zu verbringen. Er wollte sie überreden, mit ihm in die Glenallan Close zu fahren und dort die Nacht über zu bleiben.

Hardy kam zur Abwechslung in den Genuß eines anständigen Spaziergangs, den er verdient hatte. Der arme Hund hatte sich in letzter Zeit zu oft damit begnügen müssen, eben einmal rasch um den Block geführt zu werden. Philip fuhr mit ihm zur Hampstead Heath, wo sie durch die Gehölze zwischen der Spaniards Road und dem Vale of Health spazierten. Der Juni war in diesem Jahr kühl und trocken, der Himmel grau verhangen. Das helle Grün des Grases, die dunklere, üppigere Färbung des Laubs wirkten beruhigend, seltsam besänftigend auf die Augen. Vor ihm lief der kleine Hund dahin, blieb manchmal stehen und steckte aufgeregt die Schnauze in ein Kaninchenloch. Philip dachte über Senta nach, dachte an ihren marmorweißen Körper, die großen Brüste, die Brustwarzen, die weder braun noch rosig, sondern von einem ganz blassen Perlrosa waren, und an das rosigbronzefarbene Dreieck zwischen ihren Beinen, wie rote Blumen ...

Er schaltete seine Gedanken von den Bildern, die sie hervorbrachten, auf ihr Gesicht mit Floras heidnischen Augen um. Auf ihre Stimme und die Dinge, die sie sagte. Er war jetzt imstande, ganz zärtlich über die albernen, kleinen Unwahrheiten zu denken, die sie ihm aufgetischt hatte, zum Beispiel, daß sie sich das Haar färbe, daß sie für eine Filmrolle vorgesprochen habe und Wayne Sleep begegnet sei. Auch diese Geschichte, daß ihre Mutter Isländerin gewesen und gestorben sei, als sie selbst geboren wurde, war vermutlich erfunden. Hatte nicht Fee einmal erwähnt, daß Sentas Mutter einen jungen Liebhaber habe? Von wegen im Kindbett gestorben.

Sie hatte Phantasien, so sah die Sache aus. Nichts Schlimmes daran. Manche von den Dingen, die sie ihm erzählt hatte, hatte sie erfunden, um ihm zu imponieren, und das war sehr, sehr schmeichelhaft. Daß ein Mädchen wie Senta ihn beeindrucken wollte, war ein enormes Kompliment. Phantasien, so hatte er irgendwo gelesen, haben Leute, deren Leben ziemlich leer ist, für die die Realität nicht genug hergibt. Bei diesem Gedanken empfand er zärtliche, beschützende Gefühle für sie. Wenn er sie in diesem Licht betrachtete, hatte er keinen Zweifel, daß er sie liebte.

Daß er durch ganz rationale Erwägungen zu diesen Erkenntnissen gelangt war, verschaffte Philip ein weltkluges Gefühl. Es schien ihm beinahe so, daß dieses Zeug mit der Zahlenmystik etwas für sich haben könnte, denn möglicherweise gehörte er ja zu den Leuten, die durch Erfahrung lernen und klug werden. Er wäre nicht gern längere Zeit auf Phantasien hereingefallen, aber wie die Dinge lagen, hatte er sich weder etwas vormachen lassen, noch war er desillusioniert, und so war er zufrieden. Sie konnte ihn nicht hinters Licht führen, und das war, um fair zu sein, vielleicht auch nicht ihre Absicht. Vielleicht wollte sie sich nur mehr Glamour zulegen, aufregender auf ihn wirken, als sie es in Wirklichkeit war. Dabei, dachte er, könnte sie unmöglich aufregender sein, und was den Glamour betraf – er stellte sie sich am liebsten als das junge Mädchen mit seinem reizenden, liebevollen Wesen vor, das sie in Wirklichkeit unter alledem war, als die leidenschaftlich Liebende, die in Wirklichkeit von denselben weiblichen Zweifeln und Unsicherheiten geplagt wurde wie alle anderen, gewöhnlichen Frauen auch.

Auf der Fahrt zur Tarsus Street hielt er an, um einzukaufen. Aus einem chinesischen Lokal nahm er ein warmes Gericht mit. Wenn sie es nicht aß, würde er es essen. Er kaufte Kekse, Obst, zwei Flaschen Wein und eine große Schachtel Terry's-Moonlight-Pralinen. Senta kostete ihn nicht so viel wie Jenny, weil sie so selten ausgingen. Es gefiel ihm, für die Dinge, die er ihr brachte, Geld hinauszuwerfen.

Vor ihrem Haus war ein alter Mann in einem – wie es schien – Damenregenmantel, den er mit einer Schnur um den Bauch gebunden hatte, gerade damit beschäftigt, einen der auf dem Gehsteig aufgestapelten Plastiksäcke zu durchwühlen. Trotz der an Laternenpfosten klebenden Mahnungen, daß man der Umwelt zuliebe keinen Abfall auf die Straßen werfen sollte, stapelten die Leute hier vor den gebrochenen Gittern ihrer Zäune Müllsäcke zu übelriechenden Haufen auf. Der alte Mann hatte einen halben Laib geschnittenes Weißbrot in einer Zellophanhülle herausgeholt und fuhr gerade wieder mit der Hand in den Müllsack, vielleicht auf der Suche nach einem Brocken Magermilchkäse oder den Überresten eines Bratenstücks. Philip sah ihn die dunkelroten, klebrigen Knochen betasten, die vom Flügel eines Tandoori-Huhns übriggeblieben waren. Die Delikatessen, die er mitgebracht hatte, gaben ihm ein noch schlechteres Gewissen gegenüber dem Alten, als es sonst schon der Fall gewesen wäre. Er tastete in einer Hosentasche nach einer Pfundmünze und hielt sie ihm hin.

»Vielen Dank, *governor.* Gottes Segen.«

Der Besitz der Münze hielt ihn mitnichten von weiteren Ausgrabungen in dem Stapel der Abfallsäcke ab. Hätte ich ihm fünf Pfund geben sollen? fragte sich Philip. Er rannte die Eingangsstufen hinauf und schloß auf. Das Haus war wie immer stumm und schmutzig. In der Nacht vorher hatte es stark geregnet, und es war deutlich zu sehen, daß irgend jemand über den gefliesten Boden auf die Treppe zugegangen war, mit nassen Schuhen, deren Profilsohlen ein Muster im Staub hinterlassen hatten.

Der Duft ihres brennenden Räucherstäbchens war heute sehr stark. Er roch ihn schon auf der Treppe ins Souterrain, wo das Aroma gegen den permanenten, alles durchdringenden strengen Geruch in dem dunklen Schacht ankämpfte. Sie wartete gleich hinter der Tür auf ihn. Manchmal und so auch heute trug sie einen alten Kimono in verblichenen Blau- und Rosatönen, der hinten mit einem rosenfarbigen Vogel mit einem langen, geschwungenen Schweif bestickt war. Ihr Haar war hochgesteckt und oben mit einem silbernen Kamm befestigt. Sie streckte die Arme nach ihm aus und zog ihn langsam in ihre weiche, sinnliche Umarmung, küßte ihn erst leicht und sanft und drückte dann einen verzehrenden, ausdauernden Kuß auf seine Lippen.

Die ursprünglich bemalten Innenläden hatte sie vor die Scheibe geklappt. Das ungewisse Junilicht, die wäßrige Sonne waren ausgeschlossen. Die Lampe brannte, der Schirm war schief, so daß gelbes Licht auf das Bett fiel, das zerknautscht war, als wäre sie soeben erst aufgestanden. Neben dem Sandelholzstäbchen, das in einer Untertasse schwelte, brannte eine Kerze. Im Spiegel war der ganze Raum zu sehen, in einem grauen, staubüberzogenen Purpurgold, und es hätte Mitternacht, hätte weiß Gott welche Stunde sein können. Von draußen drang gedämpft das Geräusch des Verkehrs herein, und hin und wieder vom Gehsteig droben das Klack-Klack hoher Absätze, das Geräusch eines vorbeirollenden Kinderwagens oder von Fahrrädern.

Er machte eine Weinflasche auf. Sie wollte nichts essen, sie aß kein Fleisch. Sie saß mit untergeschlagenen Beinen auf dem Bett, suchte sich aus der Schachtel die Pralinen heraus, die ihr am besten schmeckten, und trank Wein aus einem der zwei trüben, flaschengrünen Gläser, die sie besaß. Philip machte sich nichts aus Wein. Er konnte weder dem Geschmack etwas abgewinnen, noch schätzte er die Wirkung; Wein stieg ihm zu Kopf und hinterließ im Mund einen üblen Geschmack. Alkohol in jeglicher Form war ihm eher zuwider, ausgenommen hin und wieder ein Glas Bitter. Doch Senta hatte es gern, wenn er den Wein mit ihr teilte, und er spürte, daß sie es nicht richtig gefunden hätte, wenn sie alleine trank. Doch mit dem farbigen Glas fiel es ihm leicht. Man konnte nicht sehen, ob es mit Wein oder mit Wasser gefüllt war. Und wenn es sich nicht vermeiden ließ, daß er sich ein Schlückchen eingoß, gelang es ihm zumeist, es in den Topf zu schütten, der ihre einzige

Zimmerpflanze, eine verkümmerte, aber anscheinend unverwüstliche Schildblume, beherbergte. Die Pflanze, die so lange Dunkelheit, Wasserarmut und Vernachlässigung überstanden hatte, begann allmählich durch ihre Weindiät zu gedeihen.

Sie willigte ein, mit ihm zum Essen auszugehen, obwohl sie sich anscheinend wie immer überwinden mußte, das Zimmer zu verlassen. Es war gegen zehn Uhr, als sie in die Tarsus Street zurückkehrten. Sie waren nicht mit dem Wagen zu dem Restaurant gefahren, einem Italiener in der Fernhead Road, sondern zu Fuß hin- und zurückgegangen, jeder einen Arm um die Taille des andern gelegt. Auf dem Rückweg wurde Senta sehr zärtlich und blieb manchmal stehen, um ihn an sich zu ziehen und zu küssen. Er spürte ihr dringendes Verlangen, wie eine Strahlung, wie Vibrationen. Er hatte früher oft Paare gesehen, die sich auf der Straße umarmten, offensichtlich unbekümmert um alles ringsum, die einander hingerissen küßten, liebkosten, anscheinend in einem Zustand der Verzückung, die alles andere vollkommen ausschloß. Er selbst hatte so etwas nie getan und manchmal einen prüden Widerwillen dagegen empfunden. Doch nun stellte er fest, daß er bereitwillig, ja, leidenschaftlich mittat, beseelt vom Vergnügen, sich auf der Straße zu küssen, im Lampenlicht, in der Dämmerung, vor einer Mauer, in der schattigen Wölbung eines Hauseingangs.

Als sie wieder in Sentas Souterrainzimmer waren, kannte sie kein Halten mehr. Sie war voller Begierde nach ihm, nach Liebe. Schweiß glänzte auf ihrer Oberlippe, ihrer Stirn, ihre marmorne Haut war hektisch gerötet. Doch als sie zusammen im Bett lagen, war sie zärtlicher, ging sie mehr auf ihn ein als jemals zuvor. Ihre

Bewegungen schienen alle für sein Entzücken gedacht, ihre Hände und Lippen, ihre Zunge waren nur für ihn da, sie war nicht erdrückend, sondern gefügig, mehr gebend als nehmend, ihre eigene Lust gebändigt und verzögert, bis er soweit war. Zuerst mit kleinen, zarten Wellen ans Ufer schlagend, erfaßte ihn eine Flutwelle rauschhaften Glücks, steigerte sich und brach dann wie stürzende Türme über ihn und das Zimmer herab, daß der Spiegel erzitterte und der Boden wankte. Er stöhnte auf, so herrlich war alles, ein Stöhnen, das zu einem Triumphschrei wurde, während sie ihn umklammerte und drückte und sich mit raschen Bewegungen wand und ihm schließlich ihre eigene Seligkeit entwand.

Er lag da und dachte: Nächstes Mal schenke ich ihr, was sie mir geschenkt hat, erst soll es um sie gehen, aus der Fülle meines Glücks werde ich für sie tun, was sie für mich getan hat. Er konnte nicht ahnen, daß er sich ein paar Augenblicke später durch eine Bagatelle, ein unbedachtes Wort die Chance dazu verderben sollte.

Ihr Haar breitete sich auf dem Kopfkissen neben ihm in silbernen Spitzen aus. Es glitzerte wie lange Glassplitter. Die Rötung war aus ihrem Gesicht gewichen, das wieder weiß, rein und glatt war, wie die Innenseite eines elfenbeinfarbenen Blütenblatts aus Wachs. Ihre weit geöffneten Augen waren Kristalle, und die grünen Schlieren darin tönten sie wie Pflanzen das Wasser. Er fuhr mit den Fingern durch ihr Haar, hielt die Strähnen in den Händen, spürte ihre gesunde Härte.

Er hatte die Lampe umgedreht und den Schirm so gekippt, daß das Licht auf ihre beiden Gesichter, auf ihre Augen fiel, aus denen die Leidenschaft sprach. Das Licht strahlte jetzt auf Sentas Scheitel herab. Er schaute genauer hin, hob eine silbrig schimmernde Strähne hoch und sagte sofort, ohne überhaupt nachzudenken: »Dein Haar ist ja an den Wurzeln rot.«

»Natürlich ist es rot. Ich hab' dir doch gesagt, daß ich es bleiche. Vielmehr, ich lasse es bleichen.« Ihr Ton war nicht ärgerlich, nur leicht ungeduldig. »Es muß wieder gebleicht werden. Ich hätte es schon letzte Woche machen lassen sollen.«

»Du läßt es tatsächlich bleichen? Damit es diese silberne Farbe bekommt?«

»Das hab' ich dir doch gesagt, Philip. Weißt du das nicht mehr?«

Was als nächstes geschah, geschah sehr rasch.

Senta sprang hoch. Sie kauerte sich mit allen vieren aufs Bett. Sie sah aus wie ein Tier, mit gefletschten Zähnen und herabhängender Mähne. Ihre Augen waren rund und funkelten, und zwischen ihren zusammengebissenen Zähnen kam ein Zischen heraus. Er hatte sich aufgesetzt, war zurückgewichen, von ihr weg.

»Was ist denn in dich gefahren?«

Ihre Stimme war verändert, tief, heiser, bebend vor Zorn. »Du vertraust mir nicht! Du glaubst mir nicht!«

»Senta ...«

»Du hast kein Vertrauen zu mir. Wie können wir miteinander verschmelzen, wie können wir eins werden, wenn du kein Vertrauen zu mir hast? Wenn du mir nicht glaubst?« Ihre Stimme hob sich; sie hörte sich an wie eine heulende Sirene. »Ich habe dir meine Seele gegeben, ich habe dir mein ganzes Inneres entblößt, und du ... du hast darauf geschissen, du hast es versaut, du hast mich vernichtet!«

Dann fiel sie ihn mit hämmernden Fäusten an, wobei sie auf sein Gesicht, seine Augen zielte. Er war ein kräftiger Mann, überragte sie beinahe um dreißig Zentimeter und wog anderthalbmal soviel wie sie. Doch alledem zum Trotz brauchte er eine Zeitlang, bis er sie zu bändigen vermochte. Sie wand sich in seinem Griff, warf sich hierhin und dorthin, fauchte und verrenkte sich, um ihn in die Hand zu beißen. Er spürte, wie ihre scharfen Zähne ihm in die Haut eindrangen und Blut austrat. Er war überrascht, wie kräftig sie war. Ihre Kraft hatte etwas Drahtiges und Geladenes, als ob sie unter Strom stünde. Und wie bei einem Draht, dem die Stromzufuhr entzogen wird, versagte diese Kraft ganz plötzlich.

Sie ermattete und fiel zusammen wie ein sterbendes Geschöpf, wie ein Tier, dem der Hals abgedreht worden ist. Und während sie unter Zuckungen kapitulierte, begann sie zu weinen, entrangen sich ihr laute Schluchzer. Wie eine Asthmatikerin schnappte sie keuchend nach Luft und brach dann neuerlich in ein verzweifeltes, jammerndes Schluchzen aus. Entsetzt und tief beunruhigt hielt er sie in den Armen.

7

Er konnte sie in dieser Nacht nicht allein lassen und blieb. Es war noch etwas Wein übrig, und er gab ihr den Rest in einem der grünen Gläser zu trinken. Sie sprach kaum ein Wort, weinte nur und klammerte sich an ihn. Doch zu seiner Überraschung schlief sie sofort ein, nachdem sie den Wein getrunken und das Federbett über sich gezogen hatte.

Er fand nicht so leicht Schlaf. Während er wach dalag, hörte er, wie über ihm die Füße zu tanzen begannen. Eins-zwei-drei, eins-zwei-drei ging es im Takt, der *Tennessee Waltz* vielleicht, etwas von Léhar? Er wußte nur selten die Namen der Stücke, aber Christine hatte Platten davon. Das Zimmer wurde in der Nacht immer kalt. Es war Sommer, und draußen war es ihm wie ein warmer, schwüler Abend vorgekommen, doch hier kroch feuchte Kälte aus den Wänden. Natürlich, das Zimmer befand sich unterhalb des Straßenniveaus. Nach einer Weile stand er auf, klappte die Läden zurück und öffnete das Fenster oben. Wenn das Räucherstäbchen erloschen war, kehrte jedesmal der strenge Geruch im Haus zurück.

Ihre Gesichter, die zusammengekuschelten Körper, ihre Formen unter dem massigen Federbett in seinem dunkelroten Baumwollüberzug waren schwach im Spiegel zu sehen, der nicht wie eine reflektierende Scheibe, sondern wie ein altes, verschmutztes, dunkles Ölgemälde wirkte. Über der Zimmerdecke tanzten die Füße weiter, eins-zwei-drei, eins-zwei-drei, pim-pom-pom, pim-pom-pom, von der Fensterwand durch den Raum, was den Spiegel erzittern ließ, dann hinüber zur Tür und wieder zurück zum Fenster. Ihr Rhythmus und die Musik lullten ihn schließlich ein.

Am Morgen mußte er nach Hause fahren und sich um Hardy kümmern. Morgens war immer alles so ganz anders. Durch das geöffnete Fenster war Frische hereingeströmt, ein leichter Pflanzenduft, vielleicht aus einem der hinteren Gärten, die nicht als Deponien für ausgeschlachtete Fahrzeuge und Gerümpel dienten. Philip brühte Pulverkaffee auf und verteilte Brot, Butter und Orangen auf einen Teller. Senta war grämlich und wortkarg. Ihre Lider waren geschwollen. Er befürchtete, daß er dort, wo er von einer ihrer wirbelnden Fäuste erwischt worden war, ein blaues Auge abbekommen hatte, und der trübe, fleckige Spiegel zeigte ihm blutunterlaufenes Weiß im einen Auge und einen Fleck, der gerade blau anzulaufen begann. An der Stelle, wo sie ihn gebissen hatte, war das Handgelenk angeschwollen, mit dunkelroten Abdrücken der Zähne.

»Ich bin in ein paar Stunden wieder da.«

»Willst du denn überhaupt wiederkommen?«

»Natürlich will ich, Senta. Du weißt das. Schau, es tut mir leid, daß ich das gesagt habe – daß ich dir nicht glaube. Es war taktlos und dumm von mir.«

»Es war nicht taktlos. Aber es hat mir gezeigt, daß du mich überhaupt nicht verstehst. Du fühlst nicht im Einklang mit mir. Ich habe mein ganzes Leben nach dir gesucht, und als ich dich fand, wußte ich, es ist mein Karma. Aber für dich ist es nicht so, für dich bin ich einfach eine Freundin.«

»Ich werde dich überzeugen, und wenn ich den ganzen Tag dafür brauche. Warum kommst du nicht mit zu mir? Ist das nicht eine gute Idee? Wir wollen doch nicht den ganzen Tag in diesem Zimmer hocken. Komm mit!«

Sie wollte nicht. Als er die Treppe hinaufstieg, dachte er grollend, daß er schließlich eine Verletzung abbekommen hatte, nicht sie. Ein Zahnarzt, der ihm einmal eine Füllung für einen Backenzahn machte, hatte erzählt, daß der Biß eines Menschen gefährlicher sei als der eines Tieres. Natürlich war das ein lächerlicher Gedanke, daß der Biß irgendwelche schlimmen Folgen haben könnte. Er überlegte nur, wie er die Stelle verbergen könnte, bis sie geheilt war.

Hardy bekam seinen Spaziergang und, weil Philip ihm gegenüber ein schlechtes Gewissen hatte, um etliches mehr Futter, als für einen Hund seiner Größe eigentlich zuträglich war. Er nahm ein Bad, klebte ein Stück Heftpflaster über die Bißwunde und zog es wieder ab. Wenn Senta das sähe, würde sie sicher denken, daß er ein unnötiges Getue darum mache oder die Aufmerksamkeit darauf lenken wolle, was sie ihm angetan hatte. Auf das Auge konnte er ohnehin kein Pflaster kleben. Roy würde später bestimmt ein paar anzügliche Bemerkungen von sich geben, aber darüber konnte er sich jetzt keine Gedanken machen.

Er überlegte, ob er nochmals Wein kaufen sollte. Vielleicht würde Senta sich freuen. Andererseits hätten sie einen Anlaß, das Haus zu verlassen, wenn er nichts mitbrächte. Es war ein herrlicher Tag, der Himmel wolkenlos, die Sonne brannte bereits heiß herab. Die Aussicht, den ganzen Tag in diesem unterirdischen Zimmer zuzubringen, schreckte ihn. Zum erstenmal, seit sie beisammen waren, empfand er kein Verlangen nach ihr, konnte er an sie denken, ohne daß sich ihr Bild mit dem Verlangen verband, mit ihr zu schlafen. Aber vielleicht war das nach den Exzessen des Abends vorher nur natürlich.

Als er vor dem Haus eintraf, blieb er stehen, ehe er die Stufen hinaufging, und schaute hinab zum Souterrainfenster. Sie hatte die Läden wieder geschlossen. Er schloß auf und ging die Treppe hinunter. An diesem Tag brannte in ihrem Zimmer kein Räucherstäbchen. Sie lag wieder im Bett und schlief fest. Er war enttäuscht und sogar etwas ärgerlich. Wenn er das gewußt hätte, hätte er länger wegbleiben, irgendeine »Sonntagssache« unternehmen, mit Geoff und Ted Tennis spielen oder zum Schwimmen nach Swiss Cottage fahren können. Zumindest hätte er eine Sonntagszeitung mitbringen können.

Er setzte sich in den einzigen Sessel, den das Zimmer aufzuweisen hatte. Ein zärtliches Gefühl für sie, eine Art Mitleid ließ allmählich das Verlangen entstehen, sie zu berühren. Er zog sich aus, legte sich neben sie und einen Arm um ihren zusammengekuschelten Körper.

Es war halb zwei, als sie erwachte. Sie zogen sich an und verließen das Haus. Senta war still und in sich gekehrt, mit irgend etwas beschäftigt, ohne Aufmerksamkeit für das, was er sagte. Sein Verlangen nach ihr hatte sich noch immer nicht ganz durchgesetzt, doch es schien ihm wieder mehr Freude zu bereiten, bei ihr zu sein. Immer wieder überraschte es ihn, daß er sie anfangs nicht schön gefunden hatte. Dabei begegneten sie keiner anderen Frau, die ihr das Wasser hätte reichen können, während sie unterwegs waren. Sie hatte das silbergraue Kleid mit der herabhängenden Rose am Busen angezogen und trug dazu silberne Schuhe mit enorm hohen Absätzen, die sie plötzlich sehr groß machten. Das Haar war hinter die Ohren geschoben, an denen Ringe mit Kristalltropfen wie Lüster hingen. Männer drehten sich um und blickten verstohlen auf ihre nackten, weißen Beine, die schmale Taille und die üppigen Brüste in dem hautengen Kleid. Philip war stolz, mit ihr zusammen zu sein, und, ohne daß er den Grund wußte, ziemlich nervös.

Auf dem Rückweg sprach sie über die sonderbaren okkulten und astrologischen Dinge, denen ihr Interesse galt, über Harmonien und vielschichtige, schwingende Frequenzen, über den wunderbaren Zusammenklang im Universum und unharmonische Strukturen. Er hörte mehr auf den Klang ihrer Stimme als auf das, was sie sagte. Sicher hatte sie auf der Schauspielschule gelernt, mit diesem Akzent und diesem Timbre zu sprechen, mit ihrer Sprache, die klang, wie ein Sopran singt. Dann fiel ihm ein, daß er ihr die Behauptung, auf der Schauspielschule gewesen zu sein, eigentlich nicht abnehmen konnte. Ach, wie schwierig das alles war, wie kompliziert, wenn man nicht wußte, was man glauben sollte und was nicht!

Als sie ins Haus traten, überkam ihn eine leichte Bangigkeit: Wie würden sie den Rest des Tages verbringen? Konnte man mit ihr normal umgehen, nicht nur ins Bett gehen, sondern einfach dasitzen, zusammen sein und irgendwelche Dinge tun, so wie es beispielsweise seine Eltern getan hatten? Sie würde vermutlich wollen, daß sie miteinander schliefen, und dazu, dachte er besorgt, bin ich vielleicht nicht imstande. Es war beinahe eine Erleichterung, als sie sich aufs Bett setzte, ihm bedeutete, sich in den alten Korbsessel zu setzen, und sagte, sie wolle mit ihm sprechen, sie habe ihm etwas zu sagen.

»Was bedeute ich dir, Philip?«

Er sagte schlicht und wahrheitsgemäß: »Alles.«

»Ich liebe dich«, sagte sie.

Sie sagte es so einfach und sanft, so natürlich, so kindlich, daß es ihm ans Herz rührte. Sie hatte gesagt, er solle diese Worte nicht aussprechen, sie werde es auch nicht tun, und deshalb wußte er, nun war die Zeit gekommen, es doch zu tun. Er beugte sich zu ihr hin und streckte die Arme aus. Sie schüttelte den Kopf und blickte, wie es schien, an ihm vorbei und hinter ihn, mit Floras schauendem Blick. Sie berührte seine Hand und fuhr mit dem Finger sanft zu dem verletzten Gelenk.

»Ich habe gesagt, wir dürfen es erst dann aussprechen, wenn wir uns sicher sind. Und jetzt bin ich mir sicher. Ich liebe dich. Du bist die andere Hälfte von mir, ich war unvollkommen, bis ich dich gefunden habe. Es tut mir leid, Philip, daß ich dir gestern abend weh getan habe, ich war verrückt vor Elend. Ich habe dich nur geschlagen und gebissen, weil ich damit mein Elend herauslassen konnte, meinen Jammer. Kannst du das verstehen?«

»Natürlich.«

»Und liebst du mich so, wie ich dich liebe?«

Anscheinend war es ein feierlicher Augenblick. Tiefer Ernst war geboten. Er sagte in einem gemessenen, wohlüberlegten Ton, als legte er einen Eid ab: »Ich liebe dich.«

»Ich wollte, es wäre damit getan, daß man es ausspricht. Aber es ist nicht genug, Philip. Du mußt deine Liebe zu mir und ich muß meine zu dir beweisen. Ich habe heute vormittag, während du nicht hier warst, die ganze Zeit darüber nachgedacht. Ich bin hier gelegen und habe darüber nachgedacht, daß wir beide irgend etwas Gewaltiges tun müssen, um unsere Liebe zu beweisen.«

»Schon recht«, sagte er. »Ich werde es tun. Was hättest du gern von mir?«

Sie schwieg. Die kristallnen, grünlichen Augen hatten ihren Blick von einem unbekannten Horizont zurück auf ihn verlagert. Sie sah ihm in die Augen. Jetzt kommt nicht Jennys Verlobungsmasche, dachte er, das ist nicht Sentas Stil. Und es handelte sich sicher auch nicht darum, daß sie irgend etwas gekauft haben wollte. Er hoffte nur inständig, sie werde ihn nicht auffordern, sich eine Ader aufzuritzen und sein Blut mit ihrem zu vermischen. Es hätte ihr ähnlich gesehen, und er hätte es auch getan, aber er empfand Widerwillen dagegen.

»Für mich ist das Leben ein großes Abenteuer, für dich nicht auch?« sagte sie. »Wir fühlen in diesen Dingen wie der andere, also weiß ich, daß du auch so denkst. Das Leben ist schrecklich und herrlich und tragisch, aber die meisten Menschen machen einfach etwas Gewöhnliches daraus. Wenn wir beide miteinander schlafen, erleben wir eine Steigerung des Bewußtseins, einen Augenblick, in dem alles klar und strahlend hell erscheint, wir empfinden eine solche Intensität des Fühlens, daß es ist, als erlebten wir alles frisch und neu und vollkommen. Nun, und so sollte es immer sein. Wir können die Fähigkeit erwerben, es so zu gestalten, aber nicht mit Hilfe von Wein oder Drogen, sondern indem wir bis an die Grenze unseres Bewußtseins, jeden Tag mit jeder Faser unseres Bewußtseins leben.«

Er nickte. Etwas Ähnliches hatte sie schon auf dem Weg hierher gesagt. Das Schlimme war nur, daß er allmählich schläfrig wurde. Er hatte ein üppiges Mittagessen vertilgt und einen halben Liter Bier getrunken. Am liebsten hätte er sich mit ihr aufs Bett gelegt, um zu schmusen, bis sie einschliefen. Daß sie gesagt hatte, sie liebe ihn, hatte ihn sehr glücklich gemacht, und damit kehrte nun ein sanft-schläfriges Verlangen zurück, von jener Art, die man bereitwillig hinausschiebt, bis der Schlaf gekommen und wieder gegangen ist und der Körper warm und behaglich daliegt. Er lächelte sie an und griff nach ihrer Hand.

Sie zog sie zurück und sah ihn mit erhobenem Zeigefinger an. »Manche sagen, wenn man das Leben wirklich auskosten will, muß man vier Dinge tun. Kennst du sie? Ich werde sie dir sagen. Einen Baum pflanzen, ein Gedicht schreiben, mit einem Menschen vom eigenen Geschlecht schlafen und jemanden umbringen.«

»Die ersten beiden – na schön, die ersten drei – scheinen mit dem letzten nicht viel gemeinsam zu haben.«

»Bitte, lach nicht, Philip. Du lachst zuviel. Es gibt Dinge, über die man nicht lachen sollte.«

»Ich habe nicht gelacht. Ich werde wohl nie eins von diesen Dingen tun, die du genannt hast, und ich hoffe, daß das nicht bedeuten wird, ich hätte nicht gelebt.« Er blickte sie an, mit tiefer Freude an ihrem Gesicht, den großen, klaren Augen, dem Mund, den anzusehen er nie müde wurde. »Wenn ich bei dir bin, dann, Senta, denke ich, daß ich wirklich lebe.«

Es war eine Einladung zum Zärtlichwerden, doch sie ignorierte sie. Sie sagte ganz ruhig, mit einer intensiven, dramatischen Konzentration: »Ich werde meine Liebe zu dir dadurch beweisen, daß ich jemanden für dich töte, und du mußt das gleiche für mich tun.«

Zum erstenmal, seit sie zurückgekommen waren, wurde ihm der Mief hier bewußt, der vergammelte Geruch des Bettes und der Plastiktüte, aus der schmutzige Wäsche quoll. Er erhob sich, um das Fenster zu öffnen. Er stand da, die Hände auf das Fensterbrett gestützt, atmete die frische Luft ein, soweit frische Luft in die Tarsus Street eindrang, und sagte über die Schulter zu ihr: »Klar. An wen denkst du denn?«

»Es muß keine bestimmte Person sein. Ja, es ist sogar besser, wenn es kein bestimmter Mensch ist. Irgend jemand nachts auf der Straße. Die dort zum Beispiel.« Sie deutete an Philip vorbei nach oben, wo eine Stadtstreicherin sich auf dem Gehsteig mit dem Rücken an das Gitter über dem kleinen Vorhof gesetzt hatte. »So jemand, irgend jemand. Nicht die betreffende Person ist wichtig. Daß man es tut, daß man diese schreckliche Tat begeht, das stellt einen außerhalb der bürgerlichen Gesellschaft.«

»Aha.«

Die alte Frau sah von hinten aus wie ein Sack Lumpen, den dort irgend jemand für die Müllabfuhr deponiert hatte. Es war schwer, sich vorzustellen, daß darin ein Mensch steckte, ein Wesen mit Gefühlen, das Freude und Schmerz empfinden konnte. Philip ging langsam vom Fenster weg, setzte sich aber nicht. Er lehnte sich an den kaputten Rahmen des Spiegels. Auf Sentas Gesicht lag jener intensive Ausdruck, abwesend, doch konzentriert. Er fand, daß sie wie jemand sprach, der – ohne viel Talent dafür – Zeilen aufsagte, die er für ein Theaterstück gelernt hatte.

»Dann wüßte ich, was du für mich auf dich genommen hast, und du wüßtest es von mir, aber außer uns wüßte es niemand. Wir würden gemeinsam diese schrecklichen Geheimnisse hüten. Wir wüßten wirklich, daß jeder von uns dem andern mehr bedeutet als die ganze Welt, wenn wir das füreinander tun könnten.«

»Senta«, sagte er, um Geduld bemüht, »ich weiß, du meinst das nicht ernst. Ich weiß, diese Dinge sind Ausgeburten deiner Phantasie. Du denkst vielleicht, daß du mich täuschen kannst, aber du täuschst mich nicht.«

Ihr Gesicht wechselte den Ausdruck. Ihre Augen schweiften weg und kehrten zurück, um wieder in die seinen zu blicken. Sie sprach in einem ruhigen, kalten Ton, aber argwöhnisch: »Welche Dinge?«

»Ach, laß schon. Ich weiß es, und du weißt es auch.«

»Ich weiß nichts. Welche Dinge?«

Er hatte es nicht sagen wollen, er wollte keine Auseinandersetzung, aber vielleicht ließ sie sich nicht umgehen. »Schön, wenn du es unbedingt hören willst, diese Geschichten über deine Mutter und deine Reisen in ferne Länder und daß du für Rollen neben Miranda Richardson vorgesprochen hast. Ich weiß, das sind Tagträumereien. Ich wollte es nicht sagen, aber was bleibt mir denn anderes übrig, wenn du davon redest, wir sollten Menschen umbringen, um uns unsere Liebe zu beweisen?«

Während er sprach, war er jeden Augenblick darauf gefaßt, eine Attacke der gleichen Art wie am Abend vorher abwehren zu müssen. Aber sie blieb gelassen, stand wie eine Statue da, hatte die Hände gefaltet und die Augen darauf gerichtet – eine feierliche Haltung. Sie hob die Augen und sah ihn an. »Du glaubst also nicht, was ich dir sage, Philip?«

»Wie kann ich denn, wenn du solche Dinge sagst? Einiges davon glaube ich schon.«

»Schön. Und was glaubst du nicht?«

Er antwortete ihr nicht direkt. »Schau, Senta, ich habe *nichts* dagegen, daß du Phantasien ausspinnst, viele Leute tun das. Man möchte damit einfach das Leben interessanter machen. Ich nehme es dir nicht übel, daß du Dinge über deine Familie und deine Schauspielerei erfindest, aber daß du jetzt davon redest, Menschen umzubringen – das ist so widerlich und so sinnlos und außerdem verschwendete Zeit. Heute ist Sonntag, wir könnten uns ein paar schöne Stunden machen, irgendwo hinausfahren. Der Tag ist herrlich, und wir sitzen hier in diesem – ach was, ich will mal offen sein –, in diesem gräßlichen Loch, und du quasselst davon, dieses arme, alte Geschöpf umzubringen, das dort oben sitzt.«

Sie wurde zu einer Tragödin, feierlich-düster. Es war, als brächte sie ihm eine furchtbare Nachricht über seine Angehörigen bei oder als teilte sie ihm mit, alle seine Lieben seien umgekommen. «Es ist mir völlig, absolut und zutiefst ernst damit«, sagte sie.

Er spürte, daß sich sein Gesicht verzog. Er kniff die Augen zusammen und runzelte die Stirn, während er sich anstrengte, sie zu verstehen. »Das *kann* nicht sein!«

»Meinst du es ernst, daß du mich liebst, daß du alles für mich tun willst?«

»Im Rahmen des Vernünftigen, ja«, sagte er trübe.

»Im Rahmen des Vernünftigen! Wie mich das ankotzt! Siehst du denn nicht, daß das, was zwischen uns ist, keine Vernunft kennen kann, daß es die Vernunft übersteigen muß! Und um das zu beweisen, müssen wir die Tat begehen, die außerhalb des Gesetzes steht und die Vernunft übersteigt.«

»Dir ist es wirklich ernst damit«, sagte er bitter. »Oder

du glaubst es jedenfalls, was in unserer jetzigen Stimmung auf das gleiche hinausläuft.«

»Ich bin bereit, einen Menschen zu töten, um meine Liebe zu dir zu beweisen, und du mußt das gleiche für mich tun.«

»Du bist verrückt, Senta, ja, das bist du.«

Ihre Stimme war jetzt eisig, fern. »Sag das niemals wieder!«

»Ich sag's nicht mehr, ich meine es eigentlich nicht ernst. O Gott, Senta, sprechen wir bitte über etwas anderes. Tun wir irgendwas. Können wir nicht das Ganze vergessen? Ich weiß nicht mal, was uns drauf gebracht hat.«

Sie stand auf und näherte sich ihm. Zu seiner eigenen Demütigung schirmte er sein Gesicht ab. »Ich tu' dir schon nichts.« Sie sprach in einem verächtlichen Ton. Mit ihren kleinen Händen, den Händen eines Kindes, faßte sie ihn an den Oberarmen und schaute ihm ins Gesicht. Die hohen Absätze machten sie so groß, daß sie nur noch ein bißchen zu ihm aufblicken mußte. »Weigerst du dich, es zu tun, Philip? Sag, weigerst du dich?«

»Selbstverständlich. Du weißt es vielleicht nicht, da du mich ja noch nicht richtig kennst, daß mir die Vorstellung, jemanden umzubringen, oder überhaupt jede Art physischer Gewalt verhaßt ist. Mir wird nicht einfach übel davon, sie *langweilt* mich. Ich kann mir nicht mal im Fernsehen einen Film mit Gewaltszenen ansehen, und ich will es auch nicht, es interessiert mich nicht. Und jetzt willst du von mir, daß ich jemanden umbringe. Hältst du mich denn für einen Verbrecher?«

»Ich dachte, du wärst die andere Hälfte unserer vereinten Seelen.«

»Ach, rede doch keinen solchen Mumpitz! Es ist nichts als ein Haufen Scheiße, dieses ganze Gelaber über Seelen und Karmas und Bestimmungen und der ganze Schrott! Warum kannst du denn nicht erwachsen werden und in der Wirklichkeit leben? Du redest von leben – glaubst du denn, du lebst, wenn du dich hier, in dieser Müllkippe, vergräbst und den halben Tag verschläfst? Geschichten erfindest, wie schlau und toll du bist? Ich dachte, ich hätte das alles hinter mir, all diese Märchen, wie du in Mexiko und Indien und weiß Gott wo warst, die Geschichten über deine isländische Mutter und den Fliegenden Holländer, aber jetzt bekomm' ich zu hören, ich muß irgendeine arme, alte, elende Pennerin umbringen, um dir meine Liebe zu beweisen!«

Sie gab dieses katzenhafte Fauchen von sich und versetzte ihm mit beiden Händen einen solchen Stoß, daß er ins Wanken geriet. Er packte den Rand des vergoldeten Rahmens, um Halt zu finden, und dachte im ersten Augenblick schon, die große, schwingende, gefährliche Spiegelscheibe werde herunterkrachen. Aber sie zitterte nur an der Kette, mit der sie an der Wand befestigt war, und auch das hörte auf, als er sich dagegen lehnte und mit beiden Händen den Rahmen stabilisierte. Als er sich umdrehte, hatte sie sich mit dem Gesicht nach unten aufs Bett geworfen, und ihr ganzer Körper wurde von eigenartigen Konvulsionen geschüttelt. Er berührte sie vorsichtig, worauf sie sich auf den Rücken wälzte, sich aufsetzte und zu kreischen begann. Es hörte sich furchtbar an, scheinbar mechanische, kurze, schrille Stakkato-Schreie, die sich ihrem aufgerissenen Mund entrangen, den Lippen, die sie gefletscht hatte wie eine fauchende Tigerin.

Er tat, wovon er irgendwann gehört und gelesen hatte: Er verpaßte ihr eine Ohrfeige. Die Schreie hörten sofort auf. Sie wurde kalkweiß, würgte, rang nach Luft und hob die Hände, um die Wangen abzuschirmen. Einen Augenblick später wisperte sie zwischen den Fingern durch: »Hol mir Wasser!«

Sie hörte sich schwach und schwer atmend an, als wäre sie krank. Einen Augenblick lang hatte er um sie Angst. Er ging aus dem Zimmer und durch den Flur an den anderen Souterrainräumen vorbei dorthin, wo sich die Toilette und daneben die jämmerlichen Reste des Badezimmers befanden. Hier ragte aus der grünen, schimmelbedeckten Wand über der Wanne der mit Lumpen umwickelte Messinghahn. Er ließ die Tasse vollaufen, trank sie leer und füllte sie wieder. Das Wasser hatte einen abgestandenen, metallischen Geschmack. Er ging zurück. Sie saß auf dem Bett und hatte das dunkelrote Plumeau um sich gewickelt, als wäre es ein Wintertag. Hinter und über ihr, draußen vor dem Fenster, war noch immer der Rücken der alten Frau zu sehen, die am Gitter saß und sich inzwischen eine khakifarbene Jacke übergezogen hatte. Sie hatte sich nichts davon anmerken lassen, daß sie die Schreie von unten gehört hatte. Vielleicht hatte sie in ihrem Leben schon soviel gehört, daß sie abgestumpft war.

Philip hielt Senta die Tasse an die Lippen und half ihr trinken, als wäre sie wirklich eine Kranke. Er legte den anderen Arm um sie und die Hand zärtlich auf ihren Nacken. Er spürte, daß es zuckend durch ihren Körper lief und ihre Haut fiebrig heiß war. Sie trank das Wasser stumm und in kleinen Schlucken bis auf den letzten Tropfen. Ihr Hals entzog sich seiner liebkosenden Hand, ihr Kopf duckte sich von ihm weg, und sie nahm ihm die leere Tasse aus der Hand. Das alles geschah sehr ruhig und sanft, was das Nächste um so bestürzender machte, weil es so unerwartet kam. Sie schleuderte die Tasse durch das Zimmer, daß sie gegen die Wand prallte.

»Hau ab!« kreischte sie ihn an. »Verschwinde aus meinem Leben! Du hast mein Leben ruiniert, ich hasse dich, ich will dich nie wieder sehen!«

8

Darrens Wagen, ein hochbetagter Klapperkasten, der schon fast Oldtimerwert hatte, war am Gehsteig geparkt, und die Haustür stand offen. Auf der oberen Stufe lag Hardy im Sonnenschein und schlief, aber er wurde wach, als Philip erschien, und begrüßte ihn überschwenglich. Jetzt fiel Philip ein, daß Fee ja am Sonntagnachmittag hatte kommen wollen, um ihre übrigen Sachen abzuholen, und als er ins Haus trat, ging sie gerade mit einem Stapel Kleidungsstücken über einem Arm und einem Teddybären unter dem andern die Treppe herab.

»Was ist denn mit deinem Auge passiert? Bist du in eine Schlägerei geraten?«

»Jemand hat mir einen Hieb versetzt«, sagte er, um Aufrichtigkeit bemüht. Und dann, unaufrichtig: »Sie haben mich mit einem andern verwechselt.«

»Ich habe seit gestern vormittag ungefähr fünfzigmal angerufen.«

»Ich war weg«, sagte er. »Ich war ziemlich oft weg.«

»Das ist mir klar. Ich dachte mir, du mußt weggegangen sein. Das schaut ja böse aus, dein Auge. Ist es in einem Pub passiert?«

Seine Mutter fragte ihn nicht aus und kontrollierte ihn nicht, und so sah er nicht ein, warum er es sich von seiner Schwester bieten lassen sollte. Sie ging hinaus zum Wagen, kam zurück und sagte ziemlich schrill: »Wie lange ist der arme Hund allein gelassen worden?«

Er gab ihr keine Antwort. »Soll ich dir bei deinen Sachen helfen?«

»In Ordnung. Ich wollte sagen, danke.«

Sie ging ihm voran die Treppe hinauf. In dem Zimmer, das jetzt Cheryl allein gehörte, standen die Türen des Kleiderschranks offen, und auf einem der beiden Betten stapelten sich Kleider, Mäntel und Röcke. Doch das erste, was er sah, was er wirklich wahrnahm, war das Kleidungsstück, das zerknautscht auf dem Boden des Schranks lag. Es war das Brautjungfernkleid, das Senta damals, als sie zum erstenmal miteinander ins Bett gegangen waren, ausgezogen hatte.

»Das Kleid muß ihr wirklich gefallen haben, nicht?« sagte Fee. »Sie muß es wirklich schön gefunden haben. Wie man sieht, hat sie es ausgezogen und einfach da hineingeworfen. So, wie es ausschaut, ist es vorher irgendwann patschnaß geworden.«

Er sagte nichts, in Erinnerungen verloren. Fee hob das ruinierte Kleid auf. Der Satin war von Wasserflecken verdorben, der Tüll zerknittert und der Rock am Rand aufgerissen. »Ich verstehe ja, wenn es ihr nicht gefallen hat. Es war mein Geschmack, nicht ihrer. Aber man sollte doch meinen, sie hätte ein bißchen Rücksicht auf meine Gefühle nehmen können, findest du nicht auch? Daß ich es hier finden muß, so einfach weggeschmissen! Und die arme, brave Stephanie. Nächte hat sie sich um die Ohren geschlagen, damit es ja rechtzeitig fertig wurde.«

»Sie hat sich vermutlich nichts dabei gedacht.«

Fee zog einen Koffer vom Schrank. Sie begann Sachen zusammenzulegen und darin zu verstauen. »Ich sag' dir, sie ist sehr eigenartig. Ich hab' sie nur deswegen gebeten, eine meiner Brautjungfern zu machen, weil Darrens Mutter mich eigens darum gebeten hat. Sie sagte, Senta würde sich übergangen fühlen. Ich bin überzeugt, sie hätte sich nichts daraus gemacht. Die haben sich ja von der übrigen Familie ganz abgesetzt. Wir haben nämlich Sentas Eltern eingeladen, aber sie sind nicht erschienen, sie haben die Einladungen nicht einmal beantwortet.«

Scheinbar beiläufig, ohne viel Interesse sagte er: »Irgend jemand hat erzählt, daß Senta eine ausländische Mutter hat, die aber schon gestorben sein soll. Ich nehme an, sie haben das verwechselt.«

Er empfand einen seltsamen kleinen Kitzel, als er ihren Namen so en passant aussprach. Er erwartete, daß Fee sagen würde, nein, das sei nicht richtig, beobachtete sie, erwartete, daß sie sich zu ihm umdrehen würde, die Oberlippe hochgezogen, die Nase gerunzelt, mit dem Gesicht, das sie machte, wenn sie etwas zu hören bekam, was ihr ganz unwahrscheinlich vorkam. Sie legte das Brautjungfernkleid zusammen und sagte: »Ich nehm's trotzdem mal mit. Vermutlich kann ich es reinigen lassen. Vielleicht will es jemand haben. Für mich ist es ja viel zu klein.« Sie schloß den Koffer. »Ja, irgend so was war«, sagte sie. »Ihre Mutter ist gestorben, als Senta auf die Welt kam. Sie war aus irgendeiner komischen Gegend. Grönland? Nein, aus Island. Darrens Onkel war bei der Handelsmarine, und sie sind dort eingelaufen, oder wie man das nennt, und er hat sie kennengelernt, aber ihre Familie hat Zicken gemacht, weil er kein Offizier war und so. Trotzdem, sie haben geheiratet, und er mußte wieder zur See, und sie hat das Baby bekommen – Senta meine ich – und ist an irgendeiner schrecklichen Komplikation gestorben oder weiß Gott was sonst.«

Also stimmte alles. Er war zugleich betroffen und schrecklich froh, erleichtert und entsetzt. Er hatte noch mehr Fragen auf dem Herzen, doch ehe er damit anfangen konnte, sagte Fee: »Onkel Tom – ich muß ihn jetzt wohl Onkel nennen – ist wieder hingefahren und hat das Baby geholt. Ihre Leute waren außer sich, sagt Darrens Mutter, weil sie dachten, sie könnten das Kind behalten. Onkel Tom hat es mit nach Hause gebracht und bald darauf Tante Rita geheiratet. Das ist die, die mit dem jungen Typen zusammenlebt. Trägst du mir den Koffer, Philip? Ich nehme den Wintermantel und die Puppen.«

Sie luden den Wagen voll. Dann machte Philip ihnen Tee. Es war so warm und sonnig, daß sie sich mit den Tassen in den Garten setzten. Fee sagte: »Wenn Mami nur Flora nicht verschenkt hätte. Es hört sich sicher albern an, aber irgendwie hat sie dem Garten ein bißchen Klasse gegeben.«

»Was er nötig hat«, sagte Philip.

Er spielte mit der Idee, Flora irgendwo hier aufzustellen. Warum nicht einen Steingarten für sie anlegen? Seit sie hierhergezogen waren, hatte niemand etwas an dem Garten getan, außer das Gras zu mähen. Und daraus bestand er ja nur, aus Gras mit Zäunen darum herum auf drei Seiten, und mitten hinein war das Vogelbad aus Beton geknallt. Er versuchte sich Flora vorzustellen, wie sie in einem Steingarten stand, mit Blumen zu ihren Füßen und ein paar kleinen Zypressen dahinter, aber wie wollte er es Christine erklären?

»Schau doch mal zum Abendessen bei uns vorbei«, sagte Fee. »Ich will ja nicht sagen, daß Mamis Kost dir fehlen muß, aber zumindest mußt du dir nicht selbst was kochen.«

Er sagte zu und vereinbarte mit ihr den Donnerstag. Bis dahin würde er dreimal bei Senta gewesen sein, und es wäre einzusehen, wenn er einen Abend wegblieb, was er ja auch tat, wenn Christine zu Hause war. Nachdem Fee weggefahren war, machte er mit Hardy einen ausgedehnten Spaziergang zum Brent Reservoir, wobei er das Haus durch die hintere Tür verließ, deren Schlüssel er einsteckte.

Daß Senta ihm gesagt hatte, er solle verschwinden, er habe ihr Leben ruiniert, nahm er nicht allzu ernst. Sicher, das sah er jetzt, war er schuld daran gewesen. Sie war begreiflicherweise wütend geworden, weil ihr nicht geglaubt wurde, wenn sie die Wahrheit sprach. Denn es *war* die Wahrheit, das war das Verblüffende. Alle diese Dinge mußten wahr sein, denn wenn das, was sie über die Herkunft ihrer Mutter und über ihre eigene Geburt erzählt hatte, keine Phantasien waren, dann waren sicher auch ihre Reisen, die Ausbildung an der Schauspielschule und ihre Begegnungen mit prominenten Leuten keine Hirngespinste. Natürlich war sie gekränkt und betroffen gewesen, als er an ihr gezweifelt und ihr seine Zweifel ungeschminkt ins Gesicht gesagt hatte.

Es war eine recht mißliche Situation. Er konnte ihr schlecht sagen, daß er ihr nun glaubte, weil er seine Schwester nach ihr ausgefragt hatte. Er mußte sich etwas ausdenken. Angesichts dessen, was Fee gesagt hatte, war Sentas Wutausbruch leicht zu verstehen. Er hatte sich wie ein Spießer benommen, hatte sie in ihrem Urteil bestätigt, daß die Menschen gewöhnlich seien und unbedingt in einer gewöhnlichen Welt leben wollten. War es vielleicht Hysterie gewesen, eine gewisse unbeherrschbare zornige Enttäuschung darüber, daß ihr nicht geglaubt wurde, die sie überhaupt zu dem Gefasel veranlaßt hatte, er müsse seine Liebe zu ihr beweisen? Dummerweise wußte er im Augenblick nicht mehr, was zuerst gekommen war, seine Erklärung, daß er ihr nicht glaube, oder ihr Verlangen, er müsse einen Menschen für sie umbringen. Er würde die Sache klären, keine Zeit mehr verlieren, Hardy nach Hause bringen und sofort zurück zur Tarsus Street fahren.

Daß er einschlafen und erst tief in der Nacht wieder aufwachen würde, darauf war er nicht gefaßt gewesen. Aber er hatte in der Nacht vorher beinahe kein Auge zugetan und auch in der Freitagnacht nicht mehr als zwei, drei Stunden geschlafen. Nach der Rückkehr von dem Spaziergang hatte er Hardy zu fressen gegeben, selbst einen Kanten Brot und etwas Käse zu sich genommen, war nach oben gegangen, um sich umzuziehen, und hatte sich aufs Bett gelegt, um ein Nickerchen von zehn Minuten zu machen. Es war dunkel, als er erwachte, schon seit langem dunkel. Die grünen Leuchtziffern auf seiner Digitaluhr zeigten ihm, daß es null Uhr einunddreißig war.

Ihre Aussprache, seine demütige Bitte um Verzeihung mußten bis zum nächsten Tag warten. Oder vielmehr bis heute abend, dachte er, während er wieder in den Schlaf glitt. Hardy, diesmal nicht die Nacht über in der Küche eingeschlossen, lag zusammengerollt zu Philips Füßen am Ende des Bettes.

Es war der Hund, der ihn weckte, als er zu ihm hinaufkroch und ihn am Ohr leckte. Philip hatte vergessen, den Wecker zu stellen. Weiches, dunstiges Sonnenlicht füllte das Zimmer. Bereits zu dieser Stunde war in der Luft die Verheißung eines heißen, vollkommenen Tages zu spüren, jene gewissermaßen erwartungsvolle, lächelnde Heiterkeit, die von einem Himmel herabströmt, der wolkenlos, doch von einem feinen Dunst verschleiert ist. Das Wetter war, was die älteren Leute »beständig« nannten. Regen und Kälte schienen einem anderen Land vorbehalten.

Er badete und rasierte sich, führte Hardy hinaus in den Garten, was an diesem Vormittag als Auslauf für ihn genügen mußte. Er zog ein frisches Hemd und den Anzug an, den das Personal von Roseberry Lawn gemäß dem Wunsch der Firma bei Kundenbesuchen zu tragen hatte. Er sollte ein Auge auf einen Küchenumbau in Wembley werfen und einen Kostenvoranschlag für einen geplanten Badezimmereinbau in Croydon erstellen. Wembley war zwar nicht weit weg, aber die Handwerker würden um halb neun anfangen. Er tastete die Taschen der Jeans, die er am Tag vorher angehabt hatte, nach seinen Schlüsseln ab.

Er besaß zwei Garnituren, die Schlüssel für den Opel Kadett und einen zweiten Ring mit dem Hausschlüssel, dem für den Eingang zur Firmenzentrale und, seit einem Monat, den Schlüsseln für das Haus in der Tarsus Street. Und diese, stellte er mit Bestürzung fest, fehlten.

Es handelte sich um einen einfachen Ring ohne Anhänger. Die fehlenden Schlüssel konnten unmöglich herausgerutscht sein. War es möglich, daß Senta sie ihm weggenommen hatte? Er setzte sich aufs Bett. Obwohl es ein warmer Tag war, war ihm ziemlich kalt, doch die Hände, die den Ring mit den beiden verbliebenen Schlüsseln hielten, waren feucht. Es ist klar, was passiert ist, dachte er. Sie hatte ihn gebeten, ihr Wasser zu holen, und, während er fort war, ihre eigenen Schlüssel von dem Ring abgezogen.

Mittags, während seiner Essenspause, versuchte er sie von einer öffentlichen Telefonzelle aus anzurufen. Es war ihm noch nie gelungen, jemanden an den Apparat in der Tarsus Street zu bekommen, und es gelang ihm auch jetzt nicht. Er tat etwas, was eigentlich gegen die Firmenregeln verstieß, und fragte Mrs. Finnegan, die Besitzerin des Hauses in Croydon, ob er ihren Apparat benutzen dürfe. Eine Frau von der Art Mrs. Ripples hätte ein Theater daraus gemacht und schroff abgelehnt, doch Mrs. Finnegan machte nur zur Bedingung, daß er über die Vermittlung anrief und bezahlte, was der Anruf kostete. Aber es war ohnehin einerlei, denn niemand hob ab.

Er hatte das winzige Schlafzimmer ausgemessen, das sie in ein Bad mit großer Wanne, Toilettenschüssel, Waschtisch und Bidet umgestaltet haben wollte, hatte ihr gesagt, daß er an der Durchführbarkeit zweifle, sich ihre Proteste angehört, sehr höflich Einwände dagegen erhoben und zugestimmt, als sie sagte, er sei ja noch sehr jung, nicht wahr, und ob er ihr nicht einen zweiten Gutachter verschaffen könne. Sie schaute ihm dabei forschend in die Augen. Mittlerweile war es Viertel nach fünf. Es gab kaum eine schlechtere Zeit, quer durch London zu fahren.

Um zwanzig vor sieben erreichte er schließlich die Harrow Road und bog in eine Seitenstraße ab. In der Cairo Street hielt er vor einem Weingeschäft an, kaufte Wein und Chips und Schokoladenplättchen, die einzige Art Pralinen, die es hier gab. Nun, da er beinahe am Ziel war, spürte er, wie ihm vor Aufregung flau im Magen wurde.

Der alte Mann in dem Damenregenmantel saß auf dem Gehsteig, mit dem Rücken zum Gitter oberhalb von

Sentas Souterrainzimmer. Er hatte den Regenmantel an, obwohl es sehr heiß war, die Gehsteige im gleißenden Licht glühten und auf der Fahrbahn der Teer schmolz. Der alte Mann, dessen Gesicht ein gelblich-weißer Stoppelbart bedeckte, war eingeschlafen. Sein Kopf hing schief auf einem Haufen Lumpen, der ihm als Polsterung gegen das Gitter diente. In seinem Schoß lag ein Sortiment von Essensresten, eine verbrannte Toastscheibe, ein Croissant in Zellophan, ein Marmeladenglas mit einem Rest Marmelade, zwei Finger breit. Philip dachte, daß er dem Mann wieder eine Pfundmünze geben würde, wenn er gerade aufwachen sollte. Er konnte nicht sagen, warum dieser alte Penner, abgerissen und heruntergekommen, wie er war, ihn so rührte. Schließlich sah man ja viele seinesgleichen, Männer und Frauen; er war kein Einzelfall. Sie versammelten sich hier und in den benachbarten Straßen, weil in der Nähe das Mother Teresa Centre war.

Die Eingangstüren von Häusern wie diesem, in denen viele Mietsparteien wohnten, standen häufig offen. Doch diese Tür hatte er nie offen vorgefunden, und sie war es auch jetzt nicht. Eine Klingel gab es nicht. Dieses Haus war himmelweit entfernt von jener Art Behausung, wo sich neben der Haustür eine Reihe von Klingelknöpfen mit den Namen der Mieter auf ordentlich beschriebenen Kärtchen darüber findet. Der Türklopfer war aus Messing, das schon vor langer Zeit schwarz geworden war. Wenn man ihn anfaßte, behielt man etwas Klebriges an den Fingern. Er betätigte ihn wieder und wieder.

Sie hatte die Schlüssel von dem Ring abgezogen, weil sie ihn nicht sehen wollte. Sie wollte nicht, daß er zurückkam. Das mußte die Wahrheit sein, aber dieser

Wahrheit wollte er sich nicht stellen. Er bückte sich und lugte durch den Briefschlitz. Alles, was er sehen konnte, waren das Telefon auf dem Tisch und der düstere Flur, der zu der Treppe ins Souterrain führte. Er ging die Eingangsstufen wieder hinab und schaute hinunter in den kleinen Vorhof. Die Läden waren trotz der großen Hitze zugeklappt. Er hatte den Eindruck, daß sie das Haus verlassen haben mußte. Die Anhörproben, zu denen sie ging, die berühmten Leute, die sie kannte – es war alles wahr.

Er trat an den Gehsteigrand und blickte an dem Haus hinauf. Es war das erste Mal, daß er dies tat. Bisher war er immer zu ungeduldig gewesen, um sich die Zeit dafür zu nehmen, hatte es ihm zu sehr geeilt, ins Haus zu kommen und bei ihr zu sein.

Das Dach war flach, mit grauen Schieferplatten gedeckt, und hatte ein niedriges Gitter. Das war das einzige Schmückende an der abweisenden Fassade aus rotbraunen Backsteinen, die von drei Fensterreihen unterbrochen wurde, jedes Fenster auf einem schlichten, flachen Rechteck und tief eingelassen. Auf einem der Fenstersimse in der mittleren Etage stand ein geborstener Blumenkasten, der einst vergoldet gewesen war und an dem noch Stücke der Vergoldung hingen. Darin befanden sich ein paar abgestorbene Pflanzen, an Stecken gebunden.

Philip bemerkte, daß der alte Mann aufgewacht war und ihn beobachtete. Der Alte vermittelte ihm ein sonderbares, abergläubisches Gefühl. Wenn er ihn ignorierte, wenn er ihn abwies, würde er Senta nie mehr sehen. Doch wenn er ihm einen ansehnlichen Schein gab, würde das bei jener geheimnisvollen wohltätigen Instanz, wo man nach dem Maß seiner Nächstenliebe belohnt wurde, zu seinen Gunsten zählen. Irgend jemand – Philip hatte damals insgeheim über ihn gespottet – hatte einst zu ihm gesagt, was wir den Armen gäben, das nähmen wir mit uns, wenn es ans Sterben ginge. Obwohl er es sich kaum leisten konnte, entnahm er seiner Brieftasche einen Fünfpfundschein und legte ihn in die Hand, die bereits ausgestreckt war.

»Leisten Sie sich damit eine ordentliche Mahlzeit«, sagte er, inzwischen verlegen geworden.

»Sie sind ein edler Mensch, *governor*. Gott segne Sie und Ihre Lieben.«

Ein komischer Ausdruck, dieses *governor*, dachte Philip, als er wieder in seinen Wagen stieg. Woher mochte er kommen? Stammte er vom *governor*, Direktor, eines Gefängnisses – oder dem eines Armenhauses? Es fröstelte ihn ein wenig, obwohl es im Wagen stickig-heiß war. Der Alte hockte noch immer auf dem Gehsteig und betrachtete mit großer Genugtuung den Fünfpfundschein. Philip fuhr nach Hause, machte sich Kaffee, gebackene Bohnen auf Toast, aß einen Apfel und führte Hardy um den Block. Viel später, gegen halb zehn Uhr, versuchte er es wieder mit dem Anschluß in der Tarsus Street, aber niemand hob ab.

Am nächsten Vormittag kam eine Ansichtskarte von Christine. Sie zeigte den St. Michael's Mount vor der Südküste von Cornwall. Christine schrieb: »Wir waren bisher noch nicht dort und werden wohl auch nicht hinkommen, weil der Bus nicht hinfährt. Aber es war die hübscheste Karte im Laden. Ich wollte, Du wärst hier und könntest mit uns die Hitzewelle genießen. Alles Liebe, Mami und Cheryl.« Cheryl hatte allerdings nicht unterschrieben. Alles war in Christines Handschrift.

Philip fiel plötzlich ein, wer das gesagt hatte – das Geld, das wir den Armen geben, sei alles, was wir mitnähmen, wenn es ans Sterben ginge. Arnham hatte das gesagt, damals, als Philip ihm begegnet war, dieses einzige Mal. Vielleicht als sie zu dem Steakhouse gefahren waren und Cheryl über ihren Vater gesprochen und ihn mit den Worten zitiert hatte: »Ach was, mitnehmen kann man es ja auch nicht…«

Als Christine von Arnham nichts mehr gehört hatte, hatte es da in ihr so ausgesehen wie jetzt in ihm selbst? Aber das war ja Unsinn. Senta war nur verärgert, sie schmollte, wollte ihn bestrafen. Sie würde das Spiel vielleicht ein paar Tage durchhalten, darauf mußte er sich einstellen. Möglicherweise wäre es das beste, keinen weiteren Versuch zu machen, in das Haus zu kommen, es für heute sein zu lassen. Doch als er an diesem Abend nach einem Kundenbesuch in Uxbridge heimfuhr, fand er es unmöglich, dem Sog der Tarsus Street zu widerstehen. Die Hitze war stärker als am Abend vorher, feuchter, schwüler. Er ließ die Fenster des Wagens offen. Er ließ sie offen und dachte: Murphys Gesetz – wenn etwas schiefgehen kann, dann geht es auch schief. Wenn ich die Fenster hochdrehe und den Wagen abschließe, läßt sie mich nicht hinein, und wenn ich die Fenster offen lasse, läßt sie mich ein, dann muß ich zurückkommen und die Fenster hochkurbeln.

Der alte Mann war fort und hatte nur einen Fetzen Stoff hinterlassen, der auf Bodenniveau um einen der Gitterstäbe gebunden war. Philip ging die Stufen zur Haustür hinauf, betätigte den Türklopfer, klopfte ein Dutzendmal. Als er zurückging, schaute er hinunter in den kleinen Vorhof vor dem Souterrain und glaubte zu sehen, daß sich innen die Läden bewegten. Einen Augenblick lang dachte er, die Läden seien geöffnet gewesen und sie oder sonst jemand da drinnen habe sie beim Geräusch seiner Füße auf den Stufen geschlossen. Er hatte es sich wahrscheinlich eingebildet, gab sich wahrscheinlich einer Täuschung hin. Jedenfalls waren sie jetzt geschlossen.

Am Mittwoch blieb er weg. Noch nie war ihm etwas so schwergefallen. Sehnsucht nach ihr hatte ihn gepackt. Es war nicht nur sexuelles Verlangen, aber auch das. Die anhaltende Hitze machte die Sache noch schlimmer. Er lag nackt auf seinem Bett, halb mit dem Laken zugedeckt, und dachte an das erste Mal, als sie hier zu ihm ins Bett gekommen war. Er rollte sich auf den Bauch und preßte stöhnend das Kopfkissen an sich. Als er eingeschlafen war, hatte er den ersten »feuchten Traum« seit Jahren. Er lag mit ihr im Souterrain in der Tarsus Street im Bett, und im Unterschied zu den meisten Träumen dieser Art schlief er wirklich mit ihr. Er war tief in ihr und bewegte sich einem ihrer triumphalen gemeinsamen Höhepunkte entgegen, erlebte ihn und schrie auf vor Glück und Lustgefühl. Er wurde sofort wach, gab wimmernde Laute von sich, drehte sich um und spürte klebrige Nässe an seinen Oberschenkeln.

Das war nicht das Schlimmste. Das Schlimmste bestand darin, daß er diese Freude erlebt hatte und wußte, sie war nicht real, es war nicht geschehen. Er stand sehr früh auf und wechselte die Bettwäsche. Er dachte: Ich muß sie sehen, so kann es mit mir nicht weitergehen, noch einen solchen Tag kann ich mir nicht vorstellen. Sie hat mich genug gestraft, ich weiß, ich habe unrecht gehandelt, ich weiß, ich war lieblos und gefühllos und sogar grausam, aber es kann nicht ihr Wille sein, mich noch länger zu strafen, sie muß mir die Chance geben, mich zu rechtfertigen, mich zu entschuldigen.

Das war doch ein Witz – ein gewöhnliches Haus in einer gewöhnlichen, heruntergekommenen Londoner Straße, und niemand kam hinein! Das Haus war nicht mit Brettern vernagelt, es hatte ganz normale Türen und Fenster. Auf der Fahrt durch London, zu einer weiteren Verhandlung mit Mrs. Finnegan in Croydon, kam ihm die sonderbar unangenehme Vorstellung, daß außer Senta niemand dort lebte. Diese ganze graue Kaserne von einem Haus sei leer bis auf Senta, die einen einzigen Raum im Souterrain bewohnte. Ich könnte hineinkommen, dachte er, ich könnte das Souterrainfenster einschlagen.

Der von Roy skizzierte vorläufige Plan für Mrs. Finnegan sah einen Duschraum von der Größe eines mittleren Schranks vor.

»Ich will ein Bad haben«, sagte Mrs. Finnegan.

»Dann müssen Sie die Hälfte des Schlafzimmers opfern, nicht nur ein Viertel.«

»Ich brauche ein Gästeschlafzimmer, das groß genug ist, daß ich zwei gleiche Einzelbetten oder wenigstens ein Doppelbett hineinbekomme.«

»Haben Sie schon an Etagenbetten gedacht?« fragte Philip.

»Für jemanden Ihres Alters ist so was ja in Ordnung. Aber die meisten meiner Freunde sind über sechzig.«

Philip fragte, ob er telefonieren dürfe. Sie sagte, ja, wenn es ein R-Gespräch wäre. Er rief Roy an, um seinen Rat einzuholen. Roy, der in diesen Tagen ungewöhnlich freundlich und aufgekratzt war, sagte zu ihm, er solle der blöden, alten Kuh empfehlen, in ein größeres Haus umzuziehen.

»Nein, lieber doch nicht. Schlagen Sie ihr ein Sitzbad vor. Die sind wirklich gut, großartig, besonders wenn man mit einem Fuß im Grab und mit dem andern ...« er lachte ausgiebig über seinen Witz – »... auf einem Stück Seife steht.«

Über die Vermittlung versuchte Philip, den Anschluß in der Tarsus Street zu erreichen. Irgendwann mußte sie doch ans Telefon gehen, sie mußte einfach! Was war denn, wenn ihr Agent sie erreichen wollte? Wenn eine ihrer Anhörproben erfolgreich verlaufen war? Sie kam nicht an den Apparat. Er machte Mrs. Finnegan den Vorschlag mit dem Sitzbad, worauf sie sagte, sie müsse es sich erst durch den Kopf gehen lassen. Irgendwie mußte man doch in das Haus kommen! Ging sie denn nie an die Tür, wenn jemand klopfte? Wenn der Gasmann kam, der Mann, der den Zählerstand ablas, der Briefträger mit einem Päckchen? Oder ging sie nur deswegen nicht an die Tür, weil sie wußte, daß er es sein mußte, wenn jemand um diese Zeit kam?

Er machte früh Schluß. Es war zu spät, zur Zentrale zurückzufahren, aber eigentlich noch zu früh, um mit der Arbeit aufzuhören. Aber wie stand es schließlich mit all den Samstagen, an denen er gearbeitet hatte, ohne Überstunden aufzuschreiben? Es war zwanzig vor fünf, und er befand sich in West Hampstead, auch bei dichtem Verkehr nur zehn Minuten Fahrt bis zu ihr. Um zehn vor fünf würde sie ihn nicht erwarten.

Von Hampstead Heath her kam Donnergrollen. Mrs. Finnegan hatte gesagt, es wäre Zeit für ein Gewitter, damit die Luft wieder gereinigt würde. Ein Baum aus strahlenden Blitzen schleuderte Äste über den purpurroten Himmel. Regentropfen, so groß wie alte Pennymünzen, an die er sich gerade noch erinnern konnte, lagen auf den weißen Gehsteigen der Tarsus Street. Der Alte war wieder da, aber mit dem Innern einer Mülltonne beschäftigt, aus der mit Abfällen vollgestopfte rote Tesco-Tüten quollen. Philip stand da und blickte an dem Haus hinauf. Diesmal fiel ihm auf, daß keines der Fenster Vorhänge hatte, doch hinter dem, vor dem der Blumenkasten mit den abgestorbenen Pflanzen stand, waren zwei Läden wie die an Sentas Fenster vorgeklappt.

Es war möglich, daß sie schon beim letztenmal, als er hinaufgeblickt hatte, geschlossen gewesen waren. Er glaubte es zwar nicht, konnte sich aber nicht mehr genau erinnern. Lebte sie wirklich allein hier? War sie vielleicht eine Hausbesetzerin? Er hatte nicht vor, heute wieder mit dem Türklopfer Lärm zu schlagen. Er beugte sich hinab in den kleinen Vorhof vor dem Souterrain und klopfte leicht an die Scheibe ihres Fensters. Die Läden waren natürlich geschlossen. Er klopfte stärker, rüttelte am Rahmen des hochschiebbaren Fensterteils. Ein Mann und eine Frau spazierten auf dem Gehsteig vorüber. Sie beachteten ihn nicht. Er hätte ein Einbrecher sein können, der etwas stehlen oder das Haus verwüsten wollte, aber sie blieben gleichgültig und ignorierten ihn.

Er stieg die Stufen hinauf, vergaß seinen Vorsatz und klopfte an die Haustür. Er stand da, klopfte und klopfte. Ein gewaltiger Donnerschlag schien die ganze Häuserreihe zu erschüttern. Jemand im Haus nebenan schob ein Fenster im Erdgeschoß hoch. Der Regen schoß plötzlich in einer Kaskade aus senkrecht fallenden, silbernen Ruten aus Wasser herab. Er stellte sich ein gutes Stück weit unter das Vordach, wo ihn noch immer kleine Spitzer mit scharfen, kalten Stichen trafen. Mechanisch setzte er das Klopfen fort, war aber mittlerweile überzeugt, daß sich niemand im Haus befand. Weil er selbst die Nerven nicht gehabt hätte, war er sicher, daß niemand da drinnen das Lärmen des Türklopfers ausgehalten hätte, ohne etwas dagegen zu unternehmen.

Als der Regen ein bißchen nachließ, spurtete er los und auf den Wagen zu. Er sah, daß der alte Mann oben auf einer noch höheren Eingangstreppe als der vor Sentas Haus saß, geschützt durch ein Vordach auf hölzernen Säulen, und gerade ein Hühnerbein abzunagen begann. Senta war nie lange aus dem Haus. Er wollte auf sie warten, bis sie zurückkam. Es war nicht zu glauben, daß er sich noch eine Woche zuvor gefragt hatte, ob er in sie verliebt sei. War er denn total blind gewesen? Hatte er völlig den Kontakt zu seinen tiefsten Gefühlen verloren? Verliebt in sie! Wenn sie jetzt die Straße entlang käme, wie wollte er sich davon abhalten, sich ihr zu Füßen zu werfen? Wie sollte er sich daran hindern, sich ihr zu Füßen zu legen, ihre Beine zu umarmen und ihre Füße zu küssen, vor Freude zu weinen, nur weil er sie sah, wieder bei ihr war, selbst wenn sie sich weigerte, mit ihm zu sprechen?

Nachdem zwei Stunden vergangen waren und er nur dagesessen, an sie gedacht und sich ausgemalt hatte, wie sie ankam, erst ganz weit weg und allmählich näher kommend, nach zwei so verbrachten Stunden stieg er aus dem Wagen, ging noch einmal zu ihrer Haustür und klopfte wieder. Während er bei Mrs. Finnegan gewesen war, hatte er mit dem Gedanken gespielt, Sentas Fenster einzuschlagen. Auf dem betonierten Rand zwischen dem Gitter und dem kleinen Vorhof lag ein großer Stein. Philip stieg über das Gitter und hob ihn auf. In diesem Augenblick schaute er zufällig die Straße hinunter. Er wollte sehen, ob der alte Stadtstreicher ihn beobachtete, und bemerkte dabei, daß ein uniformierter Polizist langsam daherkam. Er ließ den Stein in den Vorhof fallen, ging zum Wagen zurück und fuhr zur Kilburn High Road.

Dort aß er in einem McDonald's einen Hamburger, und danach trank er in einer Kneipe, Biddy Mulligan's, zwei Halbe Bitter. Es ging auf halb neun zu, war aber noch immer taghell. Der Regen hatte aufgehört, wenn auch noch immer der Donner grollte. Mrs. Finnegan hatte sich getäuscht; das Gewitter hatte die Luft nicht gereinigt.

In die Tarsus Street zurückgekehrt, klopfte er wieder an der Haustür und hämmerte gegen das Souterrainfenster. Als er dann, diesmal vom Gehsteig auf der anderen Straßenseite aus, an dem Haus hinaufblickte, sah er, daß die Läden an dem Fenster in der mittleren Etage nach wie vor geschlossen waren.

Vielleicht waren sie schon die ganze Zeit geschlossen gewesen, und er hatte sich nur eingebildet, daß sie bis zu diesem Nachmittag zurückgeklappt gewesen seien. Er kam sich allmählich nicht mehr ganz richtig im Kopf vor. Vielleicht war das alles eine Illusion, daß sie hier wohnte, daß irgend jemand hier wohnte, daß er sie überhaupt jemals kennengelernt und mit ihr geschlafen hatte, daß er sie liebte. Ja, vielleicht war er verrückt und alles zusammen nur eine Wahnvorstellung. Es könnte Schizophrenie sein. Schließlich, wer wollte sagen, wie das ist, wenn man schizophren ist, solange man es selbst nicht ist?

Zu Hause angekommen, fand er den armen Hund unter dem Tisch im Eßzimmer, wo er vor dem Gewitter Zuflucht gesucht hatte, am ganzen Leib zitternd und winselnd. Seine Wasserschüssel war leer. Philip füllte den Napf und holte Futter aus dem Kühlschrank, und als Hardy nicht fressen wollte, nahm er ihn auf den Schoß und versuchte ihn zu beruhigen. Es war offensichtlich, daß Hardy nur Christine wollte. Als der Donner aus der Ferne grollte, zitterte er, bis sein Fell flatterte. Philip dachte: So kann es mit mir nicht weitergehen. Ohne sie ist das Leben für mich sinnlos. Was soll ich tun, wenn ich sie nie wiedersehe, wenn ich sie nie mehr berühren kann, nie mehr ihre Stimme höre? Er klemmte sich den Hund unter einen Arm, ging hinaus zum Telefon und wählte ihre Nummer.

Der Anschluß war besetzt.

Das war noch nie vorgekommen. Jemand hatte also abgehoben. Im schlimmsten Fall hatte jemand den Hörer danebengelegt, damit Anrufer, die durchkommen wollten, das Besetztzeichen hörten. Er spürte, wie eine Woge absurder Hoffnung in ihm hochstieg. Der letzte Donnerschlag war mindestens zehn Minuten vorher verhallt. Am Himmel, der langsam dunkel wurde, bildeten sich zwischen den wogenden Wolkenbergen freie Stellen. Er trug Hardy in die Küche und setzte ihn vor seinem Napf ab. Als das Hündchen vorsichtig zu fressen begann, klingelte das Telefon.

Philip ging hin, schloß die Augen, ballte die Hände zu Fäusten und betete stumm: Hoffentlich ist sie es, hoffentlich ist sie es! Er nahm ab, sagte »hallo« und hörte

Fees Stimme. Sofort, sie hatte noch keine zwei Worte gesprochen, fiel es ihm ein: »Mein Gott, ich hätte ja zu euch zum Essen kommen sollen.«

»Was ist mit dir passiert?«

»Die Arbeit hat uns schrecklich auf Trab gehalten. Ich bin erst spät nach Hause gekommen.« Wie gut er in letzter Zeit das Lügen gelernt hatte! »Ich hab's verschwitzt. Tut mir leid, Fee.«

»Dazu hast du auch verdammt Anlaß. Ich muß schließlich auch arbeiten. Ich bin in der Mittagspause eigens einkaufen gegangen und habe eine Pastete gebakken.«

»Laß mich morgen zu euch kommen. Ich kann sie morgen essen.«

»Darren und ich gehen morgen zu seiner Mama. Wo warst du denn überhaupt? Was ist los mit dir! Schon am Sonntag warst du so komisch, und dann das Auge und so. Was hast du denn getrieben, kaum daß Mami aus dem Haus war? Ich bin beinahe aus der Haut gefahren, während ich hier saß und wartete.«

Genau wie ich, Fee! »Ich hab' ja gesagt, es tut mir leid. Wirklich. Kann ich am Samstag kommen?«

»Ich denke schon.«

Zum erstenmal in seinem Leben hatte er eine ganz bestimmte, geliebte, ersehnte Stimme zu hören erwartet, als das Telefon klingelte, und dann eine andere vernommen. Es war ein sehr bitteres Erlebnis für ihn. Zu seiner Beschämung – obwohl außer Hardy niemand da war – spürte er, daß ihm Tränen in die Augen stiegen. Aber angenommen, sie ließ ihn gar nicht zappeln, angenommen, es war ihr etwas zugestoßen? Gegen seinen Willen fiel ihm Rebecca Neave ein, die verschwunden, die nicht dagewesen war, um ans Telefon zu gehen, wenn sie angerufen wurde. Die Tarsus Street war ein Slum im Vergleich zu der Gegend, in der Rebecca Neave gewohnt hatte. Er dachte an die Straße bei Nacht und an das große, leere Haus.

Doch der Anschluß *war* besetzt gewesen. Er würde es noch einmal versuchen, und wenn dann noch immer das Besetztzeichen zu hören war, das Fernsprechamt anrufen und sich erkundigen, ob über die Leitung gesprochen wurde. Der Gedanke, daß er in ein paar Minuten vielleicht ihre Stimme hören werde, war beinahe zuviel für ihn. Er setzte sich hin, über den Apparat gebeugt, und atmete mit einem langen Seufzer aus. Sich vorzustellen, er würde mit ihr sprechen und in fünf Minuten, in weniger als fünf Minuten, wieder im Wagen sitzen und die Straße, die Shoot-up Hill hieß, nach Cricklewood entlangfahren, unterwegs zur Tarsus Street! Er wählte die Nummer.

Sie war nicht mehr besetzt. Er hörte das vertraute Rufzeichen, wie er es bei Mrs. Finnegan, wie er es in den vergangenen Tagen dreißig-, vierzigmal gehört hatte. Es kam viermal und dann nicht mehr. Eine Männerstimme meldete sich.

»Hallo. Hier spricht Mike Jacopo. Wir können zwar im Augenblick leider nicht mit Ihnen sprechen, aber wenn Sie eine Nachricht und Ihren Namen mit Telefonnummer hinterlassen möchten, werden wir Sie sobald wie möglich zurückrufen. Sprechen Sie bitte nach dem Pfeifton.«

Beinahe schon beim ersten Wort hatte Philip an der geschraubten Art und Aussprache erkannt, daß diese Sätze auf einen Anrufbeantworter gesprochen worden waren. Dann folgte ein schrilles Pfeifen. Er legte den Hörer auf die Gabel, und während er das tat, ging ihm der Gedanke durch den Kopf, ob sein langer, keuchender Atemzug aufgenommen worden war, so daß Jacopo ihn hören konnte.

9

Fee und Darren zahlten ihre Wohnung mit einer riesigen Hypothek ab, die auf vierzig Jahre lief. Sie hatten sie nur bekommen, weil sie so jung waren. Philip, der in ihrem kleinen, hellen Wohnzimmer mit Aussicht auf den Eingang eines neuen Einkaufszentrums saß, fragte sich, wie sie es nur aushalten konnten, diese vierzig Jahre vor sich zu haben wie vierzig Glieder einer Eisenkette.

Die Wohnung war in West Hendon, einer Neubausiedlung, wo es eine große indische Kolonie gab und die meisten Lebensmittelgeschäfte Pappadoms, indische Gewürze und Kichererbsenmehl führten. Das Gebäude war zum größten Teil noch ziemlich neu, aber auch schon schäbig. In einer anderen Gegend hätten sie sich die Wohnung nicht leisten können, selbst wenn sie das Darlehen mehr als ihr halbes Leben lang zurückzahlen würden. In den ersten paar Jahren, sagte Darren, würden sie sowieso noch nichts davon abstottern, sondern nur den Zins zahlen. Das Domizil bestand aus diesem Raum, einem Schlafzimmer und der Küche, in der Fee wirtschaftete wie eine richtige Hausfrau, Kartoffeln kochte und ihre Pastete durch die Glastür des neuen Herds inspizierte, sowie einem Duschraum ungefähr von der Größe, die Philip Mrs. Finnegan vorgeschlagen hatte. Darren sagte, er habe schon seit einem Monat kein Bad mehr genommen. Er lachte dabei, und Philip konnte sich gut vorstellen, wie sein Schwager mit diesem Ausspruch in der Arbeit hausieren ging, ganz hingerissen von seinem Witzchen.

»Nein, im Ernst. Ich steh' aufs Duschen. Ich würde heute für ein Bad nicht einmal dankeschön sagen. Inder baden nie, wußtest du das schon? Fee, was hat dir dieser Typ in dem Laden erzählt, wie heißt er gleich wieder? Einer dieser komischen indischen Namen.«

»Dschalal. Er heißt Dschalal. Er sagt, seine Landsleute lachen über uns, weil wir unser eigenes, dreckiges Wasser reinschlürfen.«

»Wenn man es sich recht überlegt«, sagte Darren, »tun wir ja genau das. Das heißt, diejenigen von uns, die eine Wanne haben.« Er spulte statistische Angaben über die Zahl der englischen Haushalte mit Bad, die mit zwei Bädern und die ohne Bad ab. »Möchtest du duschen, weil du schon mal hier bist, Philip?«

Philip war nicht wieder in der Tarsus Street gewesen, seit er die Stimme auf dem Anrufbeantworter gehört hatte. Am Donnerstag hatte er in der Nacht nicht schlafen können. Er war überzeugt, Mike Jacopo müsse Sentas Liebhaber sein. Sie lebten dort zusammen; das bedeutete das »wir«, das Jacopo auf den Anrufbeantworter gesprochen hatte. Jacopo war weggefahren, oder sie hatten sich gestritten, und um es ihm zu zeigen oder zu demonstrieren, daß er ihr egal war oder sonst was, hatte sie sich ihm, Philip, zugewandt und ihn in den geheimen Raum dort unten im Souterrain geführt. Drei Wochen ging das. Dann war Jacopo zurückgekommen, und sie hatte einen Streit mit Philip vom Zaun gebrochen, um ihn loszuwerden. Diese Theorie hatte zwar Schwachstellen, aber den ganzen Freitag und Samstag hindurch hielt er, mit Variationen, daran fest, bis ihm spät am Samstagnachmittag der Gedanke kam, Jacopo könnte ja einfach ein anderer Mieter sein, vielleicht der aus dem Erdgeschoß. »Wir« mußte nicht unbedingt ihn und Senta bedeuten. Damit konnten er und weiß Gott jemand gemeint sein.

Hier, in Darrens und Fees Wohnung, hätte er vermutlich Antworten darauf bekommen können. Er brauchte sie nur ohne Umschweife zu fragen. Doch wenn er noch weitere Fragen nach Senta stellte, selbst nur eine einzige, würden sie ihm draufkommen. Er dachte: In Wahrheit will ich ja gar nichts über diesen Jacopo wissen. Ich will sie nur wiederhaben. Ich will sie nur sehen und mit ihr sprechen. Darren sprach über den neuen Rover, über Fußball und Fußballrowdys in Deutschland. Sie aßen die Pastete und einen sehr sättigenden Creme-Biskuit-Auflauf, und dann holte Darren seine Dias, mindestens hundert, die Philip sich anzusehen verpflichtet fühlte.

Die Hochzeitsfotos waren dran, die der ältliche, nach Tabak riechende Fotograf geknipst hatte, und Philip sah Senta in ihrem Brautjungfernkleid vor sich. Würde er ihr nie näherkommen – eine Porträtaufnahme, auf der sie mit vier anderen zusammen war und die er mit zwei anderen teilen mußte? Darren saß neben ihm, und Fee blickte ihm über die Schulter. Er merkte, daß ihm das Herz pochte, und fragte sich, ob die beiden es auch hören könnten.

»Man sieht, daß sie schon auf der Bühne gestanden hat«, sagte Darren.

Philip hatte den Eindruck, daß sein Herz rascher und lauter schlug. »Hat sie das?« brachte er heraus, und seine Stimme klang heiser.

»Das merkt man doch. Nach ihrem Schulabschluß ist

sie auf die Schauspielschule gegangen. Sie spielt sich gern ein bißchen auf, nicht? Schaut, wie sie dasteht.«

Fee forderte ihn auf, am Sonntag wiederzukommen, zum Mittagessen; sie wolle einen Lammbraten machen. Philip sagte sich, er könne es nicht noch einmal aushalten. Er sagte, er habe zu Hause zu tun, Arbeit, die liegengeblieben sei. Am nächsten Morgen bedauerte er seine Ablehnung, denn der leere Tag dehnte sich in Einsamkeit vor ihm hin. Aber er rief Fee nicht an. Er führte Hardy nach Hampstead Heath, und während er dort umherspazierte, versuchte er sich irgendeine Möglichkeit auszudenken, in das Haus in der Tarsus Street zu kommen, ohne einzubrechen. Später, an dem langen, hellen Abend, wählte er ihre Nummer und hörte wieder, was Jacopo auf den Anrufbeantworter gesprochen hatte. Philip legte auf, ohne etwas gesagt zu haben, und versuchte verzweifelt, einen Gedanken zu fassen. Ein paar Augenblicke später nahm er den Hörer wieder ab, wählte noch einmal die Nummer, und als der Pfeifton vorüber war, sagte er: »Hier spricht Philip Wardman. Wären Sie so freundlich, Senta zu bitten, daß sie mich anruft? Senta Pelham ist die Mieterin, die im Souterrain wohnt. Bitte, ersuchen Sie sie, mich anzurufen. Es handelt sich um etwas Dringendes.«

Christine und Cheryl sollten am Mittwoch nach Hause zurückkehren. Die Vorstellung, mit anderen Leuten zusammen zu sein, sich mit ihnen unterhalten zu müssen, war ihm unerträglich. Während er im Dunkeln dalag und lauschte, wie der leichte Regen die Fensterscheiben streifte, dachte er an Sentas Aufrichtigkeit und Ehrlichkeit und an seinen Irrtum, ihre Erzählungen für Phantasiegespinste zu halten. Im Laufe der Nacht wurde der

Regen zusehends stärker, und am Morgen goß es noch immer in Strömen. Er fuhr durch teilweise überflutete Straßen nach Chigwell, um nachzusehen, ob die Handwerker irgendwelche Schwierigkeiten mit Mrs. Ripples Badezimmer hatten.

Diesmal warf er nicht einmal einen kurzen Blick hinüber zu Arnhams Garten. Er hatte das Interesse an Arnham verloren. Er hatte das Interesse an allen anderen Menschen bis auf Senta verloren. Sie hatte ihn ganz mit Beschlag belegt, hatte sein Denken okkupiert, lag in seinem Geist auf dem Bett und starrte ihm unentwegt in die Augen. Er bewegte sich schwerfällig, er war wie ein Zombie. Mrs. Ripples harte, bellende Stimme, die nur schimpfte, war nichts als ein lästiges Geräusch. Sie beschwerte sich über die Marmorplatte ihres Waschtischs. Die Maserung hatte einen winzigen Fehler, nicht mehr als ein Kratzer, und dazu noch an der Unterseite, aber sie wollte die ganze Marmorplatte ausgetauscht haben. Er zuckte die Achseln und sagte, er werde sehen, was er tun könne. Der Handwerker zwinkerte ihm zu, und Philip brachte es fertig zurückzuzwinkern.

Das letzte Mal war er zusammen mit Senta hier in Chigwell gewesen. Sie hatte ihn im Wagen draußen vor dem Haus geküßt, und später, auf dem Land, hatten sie sich, geschützt von Bäumen, im Gras geliebt. Er war verzweifelt; er mußte sie wiederhaben. Wieder ging ihm durch den Kopf, ob er nicht die Fensterscheibe eindrükken und die Läden auseinanderzwingen, notfalls durchsägen könnte. So sah er sich in der Phantasie in ihr Zimmer eindringen und sie dort auf ihn warten, auf dem Ende des Bettes kauernd, ihr Bild von dem großen Spiegel zurückgeworfen. Aber in seiner Phantasie sah er auch, wie er ganz ähnlich in den Raum eindrang, durch geborstenes Glas und zersplittertes Holz – und das Zimmer war leer.

Schon bei Sonnenschein war die Tarsus Street schlimm genug, bei Regen aber sah sie schlicht scheußlich aus. Einer der allgegenwärtigen Müllsäcke war aufgeplatzt, und sein Inhalt, zumeist Papier, war über Gehsteig und Fahrbahn gestoben. Fetzen schwebten zu Boden und boten einen surrealen Anblick. Der Regen hatte eine leere Kekspackung nach Art einer öffentlichen Mitteilung um einen Laternenpfahl geklebt. Die Eisenspitzen eines Gitters hatten die losen Blätter eines Taschenbuchs aufgespießt. Aufgeweichtes Zeitungspapier lag zusammen mit Zündholzschachteln und klebrigen Saftkartons in Ecken. Philip stieg aus dem Wagen und machte einen langen Schritt über die Pfütze, in der ein Joghurtbecher schwamm. Die Fassade des Hauses war unverändert, außer daß sich der Blumenkasten mit Wasser gefüllt hatte, das in einem kleinen Bach an den dunklen, nassen Backsteinen herabströmte. Die Läden oben wie die im Souterrain waren geschlossen.

Er starrte im Regen an dem Haus hoch. Es gab nichts anderes zu tun. Er hatte alle möglichen Dinge daran zu registrieren begonnen, die ihm zunächst entgangen waren. In der linken Ecke des linken Fensters ganz oben befand sich ein Greenpeace-Aufkleber. Auf den bemalten Rahmen der Läden in der mittleren Etage stand neben einer Bleistiftzeichnung etwas in Bleistiftschrift. Er war zu weit weg, um die Worte oder die Zeichnung erkennen zu können. Hinter dem mittleren Fenster im obersten Stockwerk stand eine grüne Weinflasche, ein bißchen rechts von der Mitte. Noch immer fiel stetig der Regen von einem Himmel, der genau den gleichen Farbton hatte wie die grauen Schieferplatten des Dachs. Philip bemerkte, daß vom Giebel des Vorbaus ein Ziegel fehlte.

Er stieg die Stufen hinauf, umging den Haufen Hundekot auf der zweiten und betätigte den Türklopfer. Nach einer Weile schaute er durch den Briefschlitz. Diesmal sah er neben dem Telefon und dem Flur, der zur Treppe ins Souterrain führte, etwas Neues. Auf dem Tisch lagen neben dem Apparat zwei Kuverts.

Zu Hause zog er seinen Anzug aus und hängte ihn zum Trocknen auf, rieb sich das Haar mit einem Handtuch trocken, und dabei fiel ihm ein, wie Senta an jenem ersten Tag um ein Handtuch gebeten hatte, um ihres zu trocknen. Er briet ein Ei mit Speck, aber als es mit einem Stück Brot und Butter auf dem Teller lag, brachte er es nicht hinunter. Das Telefon klingelte, und das Herz schlug ihm gegen die Rippen. Wenn er den Hörer abhob, dessen war er sich sicher, würde er kein Wort herausbekommen. Er stieß eine Art Krächzen aus.

»Bist du okay?« fragte Fee. »Du hörst dich so sonderbar an.«

»Mir geht's gut.«

»Ich möchte wissen, ob ich am Mittwoch vielleicht für Mami etwas besorgen soll. Brot und ein bißchen Schinken oder sonstwas.«

Die Frage, die er so gern, die er so brennend gern gestellt hätte, wurde von einer anderen, scheinbar weniger wichtigen, verdrängt. »War es die RADA, auf der Senta war? Die Royal Academy of Dramatic Art?«

»Wie?«

Er wiederholte die Frage. Langsam wurde ihm flau im

Magen. »Keine Ahnung«, sagte sie. »Woher soll ich das wissen?«

»Würdest du bitte Darren fragen?«

»Warum willst du es wissen?«

»Frag ihn doch bitte, Fee.«

Er hörte, wie die Frage in einem vor Sarkasmus triefenden Ton an Darren weitergegeben wurde. Sie schienen zu streiten. Hatte es die Heirat gebraucht, um Fee zu zeigen, daß ihr Schatz aus der Sandkiste etwas schwer von Begriff war? Sie kam wieder an den Apparat.

»Er sagt, er war mal mit seinem Bruder dort, um sich ein Stück anzusehn, bei dem sie mitgemacht hat. Es war nicht wie ein Gebäude, du weißt schon, nur einfach ein großes Haus. Irgendwo draußen im Westen, Ealing, Acton.«

»Die RADA ist in der Nähe des Britischen Museums. Ist er sich sicher, daß es nicht dort war?«

»Er ist sich sicher, es war in Ealing. Was soll denn das alles, Phil? Was geht da vor sich? Du stellst immerzu Fragen über Senta.«

»Aber nein.«

»Darren läßt fragen, ob du ihre Telefonnummer möchtest.«

Diese Ironie! Er kannte die Nummer besser als seine eigene, besser als sein Geburtsdatum, seine Adresse. Er sagte: »Nein zu dieser und ja zu deiner ersten Frage. Wenn du einen Laib Brot und etwas für ihr Abendessen besorgen könntest, das wäre gut, Fee.«

Sie lachte, als sie sich verabschiedete.

Er saß grübelnd da. Das war etwas Neues, diese Enthüllung, daß jemand sowohl die Wahrheit sagen als auch phantasieren konnte, denn darauf lief es ja hinaus. Sie hatte ihm Dinge erzählt, die wahr waren, und sie hatte die Wahrheit ausgeschmückt. Wo ihr die Wahrheit genügte, hatte sie Wahrheit geboten, wo es ihr an Glamour oder Dramatik fehlte, hatte sie nachgeholfen und dazuerfunden. Tu' ich das auch? fragte er sich. Tun wir es alle? Und wo in diesem Nebeneinander hatte ihr Verlangen, er solle seine Liebe zu ihr beweisen, seinen Platz? War es eine Ausgeburt der Phantasie, oder forderte sie ein reales Handeln von ihm?

Nach einiger Zeit wählte er ihre Nummer. Diesmal war der Anrufbeantworter nicht eingeschaltet, und das Telefon klingelte und klingelte. Niemand hob ab.

Es war spät am Abend. Der Himmel war düster, ohne Sterne, ohne Mond, leicht dunstig. Ein rauchiges Rot zeigte sich dort, wo der Horizont aus Dächern zu sehen war. Die Feuchtigkeit in der kühlen, unbewegten Luft war spürbar. An der Ecke, wo die Tarsus Street auf die Caesarea Road stieß, standen drei Männer ungefähr im gleichen Alter wie Philip, einer von ihnen ein Rastafari, die anderen beiden Weiße und schwer zu beschreiben. Einer hatte mehrere Ringe im rechten Ohrläppchen. Philip bemerkte die Ringe, als sie im Scheinwerferlicht seines Wagens auffunkelten. Die Männer drehten sich um, starrten zu ihm her und beobachteten den Wagen, beobachteten ihn beim Aussteigen. Sonst taten sie nichts.

Der alte Stadtstreicher war nirgends zu sehen. Philip hatte ihn nicht gesehen, seit das Wetter umgeschlagen war. Die Straße war noch immer übersät mit Papierfetzen, Pappschachteln, würfelförmigen Saftpackungen, aus denen noch die Strohhalme ragten. Das grünliche Laternenlicht überzog die feuchten, glitschigen Gehsteige, die Gitter und die glänzenden Buckel der geparkten Autos wie mit einer Glasur. Ein Hund kam auf dem narbigen Beton von der Samaria Street daher, eifrig irgendeinem Ziel zustrebend. Vielleicht war es der gleiche, der auf der Stufe den Kothaufen hinterlassen hatte. Er verschwand in dem Vorhof zum Souterrain nebenan. Hin und wieder fiel ein Wassertropfen von den Blättern der Platanen.

Philip hatte einen Augenblick lang ein sonderbares, höchst unwillkommenes Gefühl. Es war, als fragte ihn eine Stimme in ihm, was das sollte, Liebe, Leidenschaft, vielleicht eine Partnerin fürs Leben in dieser schrecklichen Gegend zu suchen? Denn welche Frau, die überhaupt die Wahl, die irgendeine Alternative hatte, würde in diesem schmutzigen Spülbecken Nordwest-Londons, in diesem widerlichen Loch leben wollen? Dieser ungebetene Gedanke verschwand ebenso rasch, wie er gekommen war, denn als Philip, inzwischen müde geworden, an dem Haus hinaufblickte, sah er, daß am mittleren Erdgeschoßfenster die Läden geschlossen worden waren und zwischen ihren Holzleisten, dort, wo sie sich verzogen hatten, Licht herausdrang.

Er lief die Stufen hinauf. Die Haustür war offen. Das heißt, sie war nicht abgeschlossen, nur eingeklinkt. Er konnte es kaum glauben. Von irgendwoher im Haus kam Musik im Walzertakt, die gleichen Töne, die er manchmal in der Nacht gehört hatte, wenn er neben Senta lag. *An der schönen blauen Donau.* Während er dastand, hörte die Musik auf, und er vernahm Lachen und Händeklatschen. Er drückte die Tür auf und ging hinein. Die Musik, die aus dem Zimmer gekommen war, aus dem Licht durch die Läden drang, setzte wieder ein, diesmal ein Tango, *Jealousy*. Bei all seinen Besuchen hier hatte er gar nicht richtig mitbekommen, daß von dem Flur Türen wegführten, war er nie auf die Idee gekommen, daß dahinter Zimmer sein mußten. Er hatte an nichts anderes als an Senta gedacht. Dieser Raum befand sich natürlich direkt über ihrem Zimmer.

Er mußte ein Geräusch gemacht haben, obwohl er nichts davon bemerkt hatte. Vielleicht hatte er laut eingeatmet, oder seine Schritte hatten eine Diele knarren lassen, denn plötzlich wurde die Tür aufgerissen, und ein Mann rief: »Sie Scheißkerl, was fällt Ihnen denn ein?«

Angesichts der beiden Menschen, die gleich hinter der Tür standen, und des ausfallenden Tons, in dem der Mann gesprochen hatte, brachte Philip kein Wort heraus. Ja, er war gleichsam zu einer Salzsäule erstarrt. Die beiden trugen Abendkleidung. Sie erinnerten ihn an Fred Astaire und Ginger Rogers in einem der Filme aus den dreißiger Jahren, die man manchmal im Fernsehen sehen konnte, aber dann bemerkte er, daß sie eigentlich ganz anders aussahen. Die Frau war in den Fünfzigern, mit einer Mähne aus langem, grauem Haar, einem groben, faltigen, doch lebhaften Gesicht und einer biegsamen, geschmeidigen Figur, die in einem schäbigen, hautengen roten Seidenkleid steckte. Ein Sträußchen zerknautschter künstlicher Blumen am Oberteil ihres Kleides, rot und rosa, zitterte, wenn sie einatmete. Ihr Partner war durchaus elegant gekleidet, allerdings unrasiert und mit strubbeligem Haar. Sein Gesicht war weiß und schmal, das Haar gelbblond, und er war höchstens vier, fünf Jahre älter als Philip selbst.

Als Philip seine Stimme wiederfand, sagte er: »Entschuldigung, ich habe nach Senta gesucht – Senta Pelham. Sie wohnt unten. Die Haustür war offen.«

»Herrgott, sie muß sie wieder offen gelassen haben«, sagte die Frau. »Das tut sie immer. Verdammt leichtsinnig von ihr.«

Ihr Partner ging zum Tonbandgerät und stellte es leiser. »Sie ist auf eine Party gegangen«, sagte er. »Und wer sind eigentlich Sie?«

»Philip Wardman. Ich bin ein Freund von ihr.«

Aus irgendeinem Grund lachte die Frau. »Sie sind derjenige, der auf unseren Anrufbeantworter gesprochen hat.«

Das war also Mike Jacopo. Philip sagte, ein bißchen stotternd: »Sind Sie... Sie... Sie wohnen hier?«

Die Frau sagte: »Ich bin Rita Pelham, und das hier ist mein Haus. Wir waren in letzter Zeit wegen der Wettbewerbe oben im Norden ziemlich viel weg.«

Er hatte keine Ahnung, was sie meinte, begriff aber, daß sie Sentas Mutter beziehungsweise die Frau war, die Senta ihre Mutter nannte, und daß Jacopo der junge Liebhaber sein mußte, den Fee erwähnt hatte. Aber von Belang war nur, daß Senta nicht hier, daß sie fort, auf eine Party gegangen war.

Jacopo hatte das Gerät wieder aufgedreht. Der Tango erklang wieder. Sie faßten einander an den Armen, mit steifen Händen und erhobenen Köpfen. Rita beugte sich, von Jacopo gehalten, nach hinten, so daß ihr graues Haar die Dielen des Fußbodens streifte. Jacopo begann mit den stilisierten Schritten des Tanzes. Als sie an der Tür vorbeikamen, schloß er sie mit einem Tritt. Sie hatten Philip vergessen. Er ging durch die Haustür und schloß sie hinter sich.

Die Tarsus Street war menschenleer. Der Rastafari und die beiden weißen Männer waren verschwunden. Verschwunden waren auch das Radio aus Philips Wagen, den er nicht abgeschlossen hatte, sowie vom Rücksitz der Regenmantel.

Erst als er zu Hause war und im Bett lag, fiel ihm ein, daß er hätte dort bleiben, im Wagen warten sollen, bis sie zurückkam, notfalls die ganze Nacht. Der Gedanke war ihm nicht gekommen, weil ihn der Diebstahl des Radios und des Regenmantels – eines Burberry, den er mit seiner Visakarte gekauft und noch nicht ganz abbezahlt hatte – ziemlich mitgenommen hatte. Vielleicht hätte er Rita Pelham oder Jacopo überreden können, ihn in ihr Zimmer zu lassen und zu erlauben, daß er die Nacht über dort blieb. Aber natürlich wären sie darauf nicht eingegangen, natürlich nicht.

Daß Rita Pelham die Besitzerin des Hauses war und dort wohnte, gab den Dingen irgendwie ein anderes Gesicht. Es bedeutete, daß Senta, wie er selbst, bei ihrer Mutter zu Hause lebte. Es war zwar nicht ganz das gleiche, das sah er schon, aber doch ein ähnlich gelagerter Fall. Die Situation wurde, in diesem Licht betrachtet, irgendwie weniger unerquicklich. Senta war nicht verantwortlich für die Verkommenheit des Hauses, für den Dreck und den Gestank.

Er schlief ein und träumte von ihr. In dem Traum war er in ihrem Zimmer oder vielmehr hinter dem Spiegel, beobachtete durch die Scheibe den Raum, das Bett, auf dem sich die dunkelroten Kissen und die Steppdecke stapelten, den Korbsessel mit ihren abgelegten Kleidern darauf, die geschlossenen Läden, die Tür, die zu diesen

Korridoren und Höhlen voller Abfälle führte, verschlossen und ein Stuhl davorgestellt. Er saß in dem Spiegel, und es war, als säße er in einem Becken voll grünlichen Wassers, in dem winzige Organismen schwammen und schmale, grüne Farnwedel leicht hin und her schwankten, während eine kriechende Schnecke auf der anderen Seite des Glases eine silbrige Schleimspur zurückließ. Senta drückte die Tür auf, warf den Stuhl um und kam ins Zimmer. Sie kam dicht vor das Glas und schaute in das durchscheinende, gesprenkelte Grün, ohne ihn zu sehen. Sie sah ihn nicht einmal, als ihre Gesichter mit dem nassen Glas dazwischen gegeneinander gepreßt waren.

Auf dem Morgenspaziergang mit Hardy, die Glenallan Close entlang, zum Kintail Way und zurück durch die Lochleven Gardens, begegnete er dem Briefträger, der ihm die Post gab. Sie bestand aus einer weiteren Ansichtskarte von Christine, obwohl sie an diesem Tag zurückkommen sollte, und einem Brief an sie, von einer ihrer Schwestern. Die Karte zeigte diesmal eine Straße in Newquay. Darauf stand: »Ich bin vielleicht schon zu Hause, wenn sie ankommt, darum keine Neuigkeiten. Das X soll unser Zimmer markieren, aber Cheryl sagt, es ist verkehrt, weil wir im dritten Stock sind. Alles Liebe, Mami.«

Philip legte den Brief für Christine auf den Kaminsims. Sie alle bekamen nur selten Post. Die Leute, die sie kannten, und ihre Verwandten riefen an, wenn sie sich melden wollten. Aber, fiel ihm dabei ein, warum nicht an Senta schreiben? Er konnte den Umschlag im Büro adressieren, so daß sie nicht wüßte, von wem er kam. Noch einen Tag vorher hätte er so etwas nicht einmal erwogen, aber die

Dinge sahen inzwischen anders aus. Rita Pelham und Jacopo waren da, und sie bekamen Briefe. Er hatte zwei Kuverts neben dem Telefon gesehen, als er durch den Briefschlitz spähte. Wenn für Senta ein Brief kam, würde vermutlich einer der beiden ihn zu ihr hinunterbringen, und sie würde ihn wenigstens öffnen. Aber wenn sie sah, daß er von ihm war, würde sie ihn dann wegwerfen?

Da ihm sein Radio gestohlen worden war, wurde er auf seine eigenen Gedanken zurückgeworfen, während er zur Zentrale im West End hinunterfuhr. Die Schwierigkeit würde darin liegen, sich auszudenken, was er ihr schreiben sollte, damit sie den Brief nicht gleich wegwarf.

Philip schrieb kaum je persönliche Briefe. Er konnte sich nicht erinnern, wann er es zum letztenmal getan hatte, und er hatte noch nie einen Liebesbrief geschrieben. Wenn er etwas Schriftliches verfaßte oder, häufiger, Lucy diktierte, der Stenotypistin, die er mit Roy und zwei anderen Kollegen teilte, fiel das Resultat normalerweise etwa folgendermaßen aus: »Sehr geehrte Mrs. Finnegan, hiermit wird der Eingang Ihres Schecks in Höhe von tausend Pfund als Anzahlung für die vereinbarten Arbeiten bestätigt. Sollten Sie irgendwelche Fragen haben, zögern Sie bitte nicht, sich jederzeit mit mir in dem oben angegebenen Ausstellungsraum in Verbindung zu setzen...« Trotzdem konnte er einen Liebesbrief schreiben, dessen war er sich sicher. Aus der Fülle seiner Gefühle und Sehnsucht flogen ihm bereits jetzt Sätze zu. Er konnte auch um Verzeihung bitten. Das würde ihm nichts ausmachen, er würde es nicht als demütigend empfinden. Aber sie hatte ihn aufgefordert, seine Liebe zu ihr zu beweisen...

Roy, noch immer gut aufgelegt, ertappte ihn dabei, wie er auf Lucys Schreibmaschine den Umschlag adressierte. »Aha, jetzt schreiben Sie Ihre Liebesbriefe schon während der Arbeitszeit.«

Es war unheimlich, wie nahe die Leute manchmal an die Wahrheit herankamen, und das ganz ahnungslos. Philip zog das Kuvert von der Walze. Zweifellos dachte Roy, der Brief sei für Mrs. Ripple bestimmt, denn er sagte: »Dieses neue Stück Marmor, das wir bestellt haben, ist eingetroffen. Können Sie die alte Vettel anrufen und ihr sagen, daß es bis Mittag dort ist?«

Philip versuchte es von Lucys Apparat aus. Bei den ersten paar Versuchen war die Leitung besetzt. Während er wartete, sah er sich kurz Lucys *Daily Mail* an, las eine Meldung über die IRA, eine über einen Hund, der seinen Besitzer aus dem Grand Union Canal gerettet hatte, und einen Bericht über die Ermordung einer alten Frau in Southall. Er hob wieder den Hörer ab und wählte Mrs. Ripples Nummer.

»Hallo! Wer spricht?«

Ihre Stimme knallte aus dem Hörer, der Satz hörte sich an wie ein einziges mehrsilbiges Wort, nicht wie drei Wörter. Er sagte seinen Namen und richtete aus, was Roy ihm aufgetragen hatte.

»Wird auch langsam Zeit«, sagte sie. Und dann: »Am Mittag bin ich nicht da. Ich gehe jetzt aus dem Haus.«

Er sagte, er werde sie später wieder anrufen. Wie aus dem Nichts war ihm ein Gedanke gekommen, eine wirklich enorme Idee, die ideale Lösung. Sie traf ihn mit solcher Wucht, daß er zu Mrs. Ripple in einem vagen, zögernden Ton sprach, unfähig, gewöhnliche, einfache Wörter zu finden.

»Was haben Sie gesagt?«

Er riß sich zusammen und sagte: »Ich muß erst mit meinem Kollegen sprechen, Mrs. Ripple. Wenn Sie erlauben, melde ich mich in fünf Minuten wieder.«

Er schloß die Tür, als ob ein Beobachter oder Lauscher seine Gedanken lesen könnte, nahm wieder die Zeitung zur Hand und las noch einmal die Meldung über den Mord an der alten Frau in Southall. Warum war ihm dieser Ausweg nicht schon früher eingefallen? Es war so einfach, nur ein weiterer Zug in dem Spiel. Denn das war alles ja für Senta, ein Spiel, allerdings eines, bei dem er mitspielen mußte. Die Vorstellung gefiel ihm sogar: ein geheimes Spiel, das sie beide spielten, auch wenn keiner ganz die Wahrheit über die Strategie des andern wußte. Das machte die Sache nur noch aufregender.

Sie spann Phantasien, aber sie sagte auch die Wahrheit über ihre Vergangenheit. Es fiel ihm noch immer schwer, sich daran zu gewöhnen, aber er wußte, die Analyse traf auf sie genau zu. Nun enthüllte sich ihm eine andere Seite ihres Charakters. Sie wollte vermutlich, daß ihr Liebhaber – vielleicht ihr *Ehemann?* – ein ebenso phantasieerfülltes Traumleben führte wie sie selbst. Möglicherweise hatte er sie in der kurzen Zeit, seit sie einander kennengelernt hatten, bereits enttäuscht, weil er ihr nichts Abenteuerliches, keine großen Taten aus seiner eigenen Vergangenheit geboten hatte. Es verhielt sich so, daß *sie es merken würde, wenn er Dinge erfand, und daß sie von ihm erwartete, daß er es tat.* Sie tat es ja selbst, es gehörte zu ihrem Leben. Er empfand sich plötzlich als dumm und gefühllos. Weil er zu dumm gewesen war, auf ihre Aufforderung einzugehen, eine schlichte, unschuldige Einladung, gemeinsam an einer Phantasie zu weben, hatte er all diesen Jammer heraufbeschworen, die schlimmsten zehn Tage seines Lebens.

Die Tür ging auf, und Lucy kam herein. Nicht Philip, sondern sie nahm den Hörer ab, als das Telefon klingelte, und hielt ihn auf Armeslänge von sich weg, um sich vor Mrs. Ripples ohrenbetäubendem Gekeife zu schützen.

Den Brief schrieb er am Tisch im Wohnzimmer, wobei er wiederholt unterbrochen wurde. Zuerst wollte Hardy spazierengeführt werden. Philip ging mit ihm bis zum Ende des Kintail Way, kam zurück und begann wieder von vorne: »Liebe Senta...«

Es wirkte kalt. Er schrieb: »Darling Senta«, und obwohl er noch nie in seinem Leben irgend jemanden mit »Darling« angeredet hatte, gefiel ihm das besser. »Darling Senta, Du hast mir ganz schrecklich gefehlt. Ich hatte nicht gewußt, was es bedeutet, wenn einem jemand fehlt. Bitte, laß uns nie mehr so auseinandergehen.« Er hätte gern über den Sex zwischen ihnen geschrieben, darüber, wie er mit ihr geschlafen hatte, wie schrecklich es für ihn war, darauf verzichten zu müssen, aber irgendeine tiefe innere Scheu hielt ihn zurück. Die Sache selbst war wunderbar, frei von Hemmungen, aber darüber zu schreiben war ihm peinlich. Als er das Geräusch eines Schlüssels im Schloß hörte, dachte er, das müsse Christine sein, obwohl es noch zu früh für sie war. Er hatte vergessen, daß Fee mit dem Brot und dem Schinken vorbeikommen wollte. Sie hatte auch dänisches Gebäck, ein Körbchen Erdbeeren und Crème double mitgebracht.

»An wen schreibst du da?«

Er hatte den Briefbogen rasch mit der *TV Times* zugedeckt, die er als Unterlage benutzt hatte, aber eine Ecke des Blattes schaute heraus. Die Wahrheit würde ihm auf keinen Fall abgenommen werden, also antwortete er ihr in lässigem Ton wahrheitsgemäß.

»An Senta Pelham natürlich.«

»Ach, was! Wer's glaubt. Da fällt mir ein, ich habe das Brautjungfernkleid, das sie netterweise auf den Boden geschmissen hat, reinigen lassen, und es sieht wieder ganz super aus. Bestellst du bitte Mami, daß ich dabei gleich ihren Wintermantel mitgenommen und ihn in ihren Kleiderschrank gehängt hab'?«

Er wartete, bis sich die Haustür hinter ihr geschlossen hatte.

»Darling Senta, ich habe versucht, Dich zu besuchen. Ich weiß nicht mehr, wie oft ich vor Deinem Haus war. Natürlich kann ich jetzt verstehen, warum Du mich nicht einlassen und sehen wolltest. Bitte, mach das nicht wieder, denn es tut mir zu weh!

Ich habe lange über das nachgedacht, worum Du mich gebeten hast. Die ganze Zeit habe ich an Dich gedacht. Ich glaube nicht, daß ich für andere Dinge, andere Menschen einen Gedanken hatte, und natürlich habe ich auch darüber nachgedacht, was ich tun soll, um Dir meine Liebe zu beweisen. Nach meiner Meinung liegt der Beweis schon in dem, was ich durchgemacht habe, seit ich damals gegangen bin und Du mir die Schlüssel zu Deinem Haus weggenommen hast...«

Vielleicht sollte er das doch lieber weglassen. Es las sich zu sehr wie ein Vorwurf, klang zu larmoyant. Das Geräusch eines Dieselmotors vor dem Haus sagte ihm, daß Christine angekommen war. Er legte die *TV Times* wieder über den Briefbogen und ging an die Tür. Sie war allein, ohne Cheryl. Ihre Haut war gebräunt, das Gesicht golden, mit rosigen Wangen, das Haar von der Sonne gebleicht. Sie sah jung und hübsch aus, und er kannte das Kleid noch nicht, das sie trug, ein naturfarbenes Mantelkleid aus Leinen, das schlichter und eleganter war als die Sachen, die sie sonst trug. Hardy flitzte an ihm vorbei und stürzte kläffend Christine entgegen.

Sie kam mit dem Hund auf den Armen die Stufen herauf und küßte Philip auf die Wange. »Du hast gesagt, ich soll ein Taxi nehmen, und es war wirklich nett, aber er hat über fünf Pfund verlangt. Ich habe zu ihm gesagt, daß das nicht fair ist, daß diese Uhr, dieses Meßgerät oder wie es heißt, immer weiterzählt, auch wenn man im Verkehr festsitzt. Sie sollte stehenbleiben, wenn das Taxi nicht fährt, hab' ich gesagt, aber er hat nur gelacht.«

»Wo steckt denn Cheryl?«

»Komisch, daß du fragst, denn sie war mit mir in dem Taxi, bis wir durch diese Straßen mit den vielen Geschäften gefahren sind und sie plötzlich zu dem Fahrer gesagt hat, er soll anhalten und sie rauslassen, was er auch getan hat. Sie hat ›Auf Wiedersehen!‹ gesagt und ist ausgestiegen, und ich muß sagen, mir kam das komisch vor, weil ja sämtliche Geschäfte geschlossen hatten.«

Die Edgware Road, dachte er. »Hat es dir in Cornwall gefallen?«

»Ruhig war's«, sagte sie, »sehr ruhig.« Das gleiche sagte sie, wenn sie gefragt wurde, ob sie Weihnachten genossen habe. »Ich war viel allein.« Sie beklagte sich nicht, sondern konstatierte nur ein Faktum. »Cheryl wollte allein losziehen. Nun ja, weißt du, ein junges Mädchen möchte nicht, daß ihr eine alte Glucke nachflattert. Wie Hardy sich freut, mich zu sehen! Er sieht wirklich wohl aus, lieber Philip, du hast dich gut um ihn gekümmert.« Sie beguckte das verzückte Gesicht des Hundes und sah dann auf ihre sanfte, etwas ängstliche Art Philip an. »Von dir läßt sich das gleiche nicht behaupten, Philip. Du siehst recht spitz im Gesicht aus.«

»Mit mir ist alles in Ordnung.«

Da sich Cheryl abgesetzt hatte, mußte er nun bei Christine bleiben und konnte den Brief nicht zu Ende schreiben. Er konnte nicht nach oben in sein Zimmer gehen und sie an ihrem ersten Abend zu Hause allein herumsitzen lassen. Mit den Gedanken bei diesen schrecklichen zehn Tagen dachte er: Was für eine Verschwendung, was für eine furchtbare Verschwendung! Wir hätten jede Nacht bis zum Morgen zusammen sein können, wenn ich nicht so ein Idiot gewesen wäre ...

Es war halb elf vorbei, als er sich seinen Brief wieder vornahm. Christine wollte früh schlafen gehen. Sie hatten ihren »Terminkalender« überflogen und festgestellt, daß sie am nächsten Vormittag um neun einer Kundin die Haare waschen, schneiden und fönen mußte. Philip setzte sich auf sein Bett, legte den Briefbogen auf die *TV Times* und diese auf seinen alten Schulatlas, den er auf den Knien hatte.

»Darling Senta, ich kann Dir nicht sagen, wie sehr Du mir gefehlt hast ...« Er las durch, was er geschrieben hatte, und war leidlich zufrieden damit. Jedenfalls wußte er, daß er nichts Besseres zustande bringen würde. »Ich weiß nicht, warum ich mich so angestellt habe, als Du sagtest, was wir tun sollten, um uns unsere Liebe zu beweisen. Du weißt, daß ich für Dich alles tun würde. Natürlich werde ich es tun. Fünfzigmal würde ich das für Dich tun, nur um Dich wiederzusehen, würde ich es tun.

Ich liebe Dich. Das muß Dir inzwischen klar sein, aber ich will es Dir noch einmal sagen, denn ich möchte, daß Du es weißt, und ich werde Dir den Beweis dafür liefern. Ich liebe Dich. Mit meinem ganzen Herzen auf immer und ewig, Dein Philip.«

10

Sie antwortete nicht.

Er wußte, daß sie den Brief bekommen haben mußte. Er hatte ihn nicht der Post anvertrauen wollen und ihn auf dem Weg zur Arbeit selbst in die Tarsus Street gebracht und durch den Briefschlitz geschoben. Dann hatte er durchgespäht und ihn daliegen sehen, nicht auf der Türmatte – eine solche gab es nicht –, sondern auf den schmutzigen weißen und roten Fliesen. Im Haus war kein Geräusch zu hören, die Läden an dem Fenster im Souterrain und an den beiden Fenstern darüber waren geschlossen gewesen. Das Telefon auf dem Tisch im Flur war hinter einem Haufen Prospekte, kostenlosen Zeitschriften und Reklamepost verschwunden.

Als ihm die Idee, ihr zu schreiben, oder vielmehr die Idee, was er ihr schreiben wollte, gekommen war, war sofort seine Traurigkeit verschwunden, und Hoffnung in sein Herz gezogen. Dabei hatte seine Euphorie keinerlei Basis. Einen Brief zu schreiben und einzuwerfen, das allein würde sie ihm nicht zurückbringen. Auf einer Bewußtseinsebene wußte er, daß es so war, aber auf einer anderen, die seine Gefühle am meisten zu beeinflussen schien, hatte er seine Probleme gelöst, seinem Elend ein Ende bereitet, Senta zurückgewonnen. In der Arbeit war er gut aufgelegt. Er war beinahe wieder wie vor jenem Sonntag, als er diese Dinge zu ihr gesagt und sie ihn hinausgeworfen hatte.

Wie sie wohl wieder Kontakt mit ihm aufnehmen würde, das hatte er sich nicht überlegt. Ein Telefonanruf sicher. Doch sie hatte ihn auch früher nie angerufen, nicht ein einziges Mal. Aber er konnte sich auch nicht vorstellen, daß sie ihm schreiben würde. Sollte er zu ihrem Haus fahren wie in den alten Zeiten? Es war noch keine zwei Wochen her, aber trotzdem waren es die »alten Zeiten«. Der Donnerstag verging, ohne daß er zur Tarsus Street fuhr. Am Freitag rief er aus der Arbeit bei ihr an, und es meldete sich Jacopo auf seinem Anrufbeantworter. Er hinterließ die gleiche Nachricht wie beim letzten Mal: Jacopo möge Senta bitten, ihn anzurufen. Doch diesmal fügte er hinzu, das solle an diesem Abend geschehen, und gab seine Telefonnummer an. Der Gedanke war ihm gekommen, daß Senta, so sonderbar es auch schien, vielleicht seine Telefonnummer nicht wußte. Es war unwahrscheinlich, daß es in diesem Haus die Londoner Telefonbücher gab.

Christine führte Hardy auf seinen abendlichen Spaziergang. Philip wollte nicht aus dem Haus gehen. Er sagte zu ihr, er erwarte einen Anruf des Art-director aus der Firmenzentrale. Christine glaubte alles, was er ihr erzählte, sogar daß eine Firma wie Roseberry Lawn einen Art-director habe und daß diese mystische Persönlichkeit noch spät an einem Freitagabend arbeitete und es nötig hatte, einen kleinen Angestellten wie Philip zu Rate zu ziehen. Während sie mit dem Hund unterwegs war, machte er eine der schlimmsten emotionalen Torturen durch, die einem passieren können: Man wartet darauf, daß jemand, nach dem man verrückt ist, anruft, endlich kommt ein Anruf – und es ist die eigene Schwester.

Fee wollte wissen, ob Christine ihr das Haar richten würde, wenn sie am Sonntag zum Abendessen in die Glenallan Close kämen. Sie hatte plötzlich eine Vorliebe für »Highlights«, aschblond getönte Strähnen. Üblicherweise hätte Philip nichts über Christines Termine und Pläne gewußt, aber er hatte mitgehört, wie sie zu einer Freundin am Telefon gesagt hatte, daß sie am Sonntagabend um sechs weggehen wollte, um einer alten, von Arthritis ans Haus gefesselten Dame Dauerwellen zu machen. Fee sagte, okay, sie werde ein bißchen später wieder anrufen, wenn Christine zurück sei, und Philip mußte sagen, das gehe in Ordnung, obwohl er dachte: Wenn sich Senta bis dahin nicht gemeldet hat, werde ich immer noch hoffen, daß sie anruft. Ich werde wieder zum Apparat stürzen und den Hörer von der Gabel reißen.

Und so geschah es tatsächlich, denn Senta rief nicht an, wohl aber Fee. Wieder erfaßte ihn die gleiche Hoffnung, und wieder wurde sie zunichte. Als er um Mitternacht schließlich schlafen ging, hatte sie sich noch immer nicht gemeldet.

Am Sonntagnachmittag fuhr er zur Tarsus Street. Der alte Mann in dem Damenregenmantel hatte sich irgendwo einen hölzernen Hand- oder Sackkarren beschafft, auf dem seine in Plastiktüten verstauten Habseligkeiten lagen. Die Tüten waren wie Kissen aufgestapelt und hatten bunte Kissenfarben: das Rot der Tesco-Supermarktkette, das Gelb von Selfridges, das Grün von Marks and Spencer, das Blau-Weiß der Drogeriekette Boots. Der alte Mann ruhte darauf wie ein Imperator auf einem Streitwagen und aß ein Sandwich mit irgend etwas Fettigem darauf. Seine Finger preßten schwarze Abdrücke in das weiße Brot.

Er winkte Philip mit dem Sandwich zu. So fröhlich hatte er noch nie ausgesehen. Sein grinsend geöffneter Mund zeigte grünliche, kariöse Zähne. »Sehn Sie, was ich mir mit Ihrem mehr als noblen Geschenk geleistet habe, *governor.*« Er schlug mit einem Fuß an die Seite des Karrens. »Ich hab' jetzt mein eignes Vehikel, und außerdem fährt es auf seinen eignen Rädern.«

Danach kam Philip nicht darum herum, ihm eine Pfundmünze zu geben. Vielleicht verschaffte ihm das Anspruch auf eine Gegenleistung. »Wie heißen Sie?«

Die Antwort kam ein bißchen zurückhaltend und ausweichend. »Bei den Leuten heiß' ich Joley.«

»Sind Sie immer hier in der Gegend?«

»Hier und in der Caesarea« – er sprach es Si-saria aus – »und drüben in der Ilbert.«

»Sehen Sie manchmal ein Mädchen aus diesem Haus rauskommen?«

»Ein junges Ding mit grauem Haar?«

Philip fand es bizarr, Senta so zu beschreiben, nickte aber.

Der Alte hörte auf zu kauen. »Sie sind nicht von der Polente, oder?«

»Ich? Aber keine Spur.«

»Ich verrat' Ihnen was, *governor.* Sie ist jetzt drinnen. Vor zehn Minuten ist sie nach Hause gekommen und hineingegangen.«

Er streckte ungeniert die Hand aus. Philip wußte nicht, ob er ihm glauben konnte oder nicht, gab ihm aber noch eine Pfundmünze. Die aufkeimende Hoffnung, die Haustür könne offen sein, verlosch zwar rasch, aber als er in den kleinen Vorhof hinabschaute, sah er, daß die Läden ein wenig zurückgeklappt worden waren. Wenn man über das vergipste Mäuerchen neben den Stufen stieg und sich auf den Boden kauerte, konnte man in ihr Zimmer spähen. Als er nach zwei Wochen Entbehrung – von Träumen, nur von Träumen abgesehen – hineinblickte, schlug ihm das Herz rascher, und er spürte, wie das Blut in seinen Adern pochte. Das Zimmer war leer. Über dem Korbsessel hingen ihr silbernes Kleid und eine fliederfarbene Strumpfhose, getragen und abgelegt. Leicht zeichneten sich daran noch die Konturen ihrer Beine und Füße ab. Bettdecke und Kissen waren noch immer dunkelrot bezogen.

Diesmal klopfte er nicht an die Haustür. Der Alte beobachtete ihn grinsend, allerdings nicht ohne Teilnahme. Philip sagte »Auf Wiedersehen« und »Bis bald« zu ihm, obwohl er mittlerweile bezweifelte, daß er ihn jemals wiedersehen werde. Er fuhr nach Hause, nahm sich vor, nicht mehr hinzufahren, den Verlust zu ertragen, ein Leben ohne sie ins Auge zu fassen, ohne sie weiterzumachen. Doch obwohl er es eigentlich nicht wollte, schleppte er sich hinauf zu seinem Zimmer und hob dort, nachdem er den Stuhl vor die Tür geschoben hatte, Flora aus dem Schrank. Ihr Gesicht, ihr gewelltes Haar, ihr entrücktes Lächeln und die wie gebannt blikkenden Augen erinnerten ihn nicht mehr an Senta. Und dabei spürte er ein neues, ihm fremdes Gefühl. Er hätte Flora am liebsten mit einem Hammer in Stücke zerschlagen, wäre am liebsten auf ihren Trümmern herumgetrampelt, bis sie zu Staub zertreten war. Für jemanden, dem Gewalt in jeglicher Form verhaßt war, war das ein schändliches Verlangen. Er stellte Flora einfach wieder in ihr Versteck. Dann legte er sich mit dem Gesicht nach unten aufs Bett und mußte zu seiner peinlichen Überraschung erleben, daß er mit trockenen Augen zu schluchzen begann. Er weinte tränenlos ins Kopfkissen und preßte es gegen seinen Mund, damit Christine ihn nicht hörte, sollte sie nach oben kommen.

Der Sonntag war zur Hälfte vorbei, als er die Hoffnung aufgab. Fee war gekommen, nachdem Christine mit ihr verabredet hatte, ihr am Nachmittag die »Highlights« zu machen. Und auch Cheryl war zu Hause, womit Philip sie seit ihrer Rückkehr aus Cornwall zum erstenmal zu sehen bekam. Aber sie blieb nicht lange. Nachdem sie gegessen beziehungsweise in Christines Mittagessen, das etwas besser als üblich gewesen war – gebratene Hähnchen mit Paxofüllung, Kartoffelpüree aus der Pakkung und echte, frische Stangenbohnen –, herumgestochert hatte, stand sie vom Tisch auf und verließ fünf Minuten später das Haus. Als sie kurz mit Philip allein gewesen war, hatte sie ihn gebeten, ihr mit fünf Pfund auszuhelfen. Er hatte nein sagen müssen, er habe keine fünf Pfund, und, vielleicht sinnlos, hinzugefügt, sie könne doch am Sonntag kein Geld brauchen. Nun saß er am Tisch, in einem Glasschüsselchen zwei Pfirsichhälften aus der Dose vor sich, und dachte: Ich werde Senta nicht mehr sehen, so steht es, alles ist vorbei, zu Ende, es ist aus. Das Beangstigende daran war, daß er sich nicht vorstellen konnte, wie er das noch eine Woche durchstehen sollte. Würde er den nächsten Sonntag noch erleben, noch bei Verstand erleben? Ja, würde er die Qual noch einer solchen Woche wirklich überstehen?

Als das Geschirr abgespült war, übernahmen Christine und Fee die Küche. Christine verlangte von ihren Töchtern nie etwas dafür, daß sie ihnen das Haar richtete, ließ sich aber immerhin die Präparate bezahlen, die sie dazu brauchte. Jetzt kam es zwischen ihr und Fee zu einer Diskussion, wieviel von diesen Ausgaben Fee zahlen durfte.

»Ja, aber, liebes Kind, du hast uns doch diesen netten Schinken und die Erdbeeren und die Sahne besorgt, und ich habe dir nur das Brot bezahlt«, sagte Christine gerade.

»Die Erdbeeren, das hab' ich gern getan, Mami, du weißt das.«

»Und ich mach' dir eben gern die ›Highlights‹.«

»Dann hör mir mal zu: Du sagst mir, was das Färbemittel gekostet hat und dann noch die Spülung, die ich brauchen werde, die kannst du dazurechnen und das bißchen Schaum auch, das du nimmst, und dann zieh meinetwegen davon ab, was der Schinken gekostet hat, einszweiundzwanzig, und ich gebe dir den Rest.«

Philip saß im Wohnzimmer, Hardy auf seinem Schoß, und tat so, als läse er im *Sunday Express*. Christine kam mit der Teedose herein, in der sie ihr Kleingeld aufbewahrte.

»Weißt du, ich hätte schwören können, daß hier mindestens sieben Pfund fünfzig drin waren, ehe ich wegfuhr, und jetzt sind es nur noch dreißig Pence.«

»Ich bin nicht darüber hergefallen«, sagte er.

»Wenn ich nur am Mittwoch nachgesehen hätte. Ich frage mich dauernd, ob es vielleicht gestern nachmittag passiert ist, als ich schnell mit Hardy um den Block gegangen bin und die Haustür nicht abgeschlossen habe. Ich weiß, ich hätte sie abschließen sollen, aber ich halte die Gegend hier immer noch für ein nettes Viertel. Ich war ja auch nur zehn Minuten weg, obwohl das wahrscheinlich durchaus reicht, daß jemand reingeht und sich rasch umschaut und sich nimmt, was so da ist.

Irgendein armer Teufel, nehme ich an, total abgebrannt und verzweifelt. Ich kann's ja verstehn, man kann von Glück sagen, daß man nicht so dran ist, sag' ich immer.«

Philip dachte: Mir ist schon klar, wer die arme, total abgebrannte und verzweifelte Teufelin gewesen sein dürfte. Der Diebstahl war kurz vor dem Mittagessen passiert, nicht am Tag zuvor. Früher wäre es für ihn selbstverständlich gewesen, daß er etwas tun mußte, früher hätte er zumindest Christine über das aufgeklärt, was er wußte. Jetzt aber war er nur noch mit sich selbst beschäftigt. Dennoch leerte er seine Taschen und gab seiner Mutter das wenige Kleingeld, das er besaß. Er fragte sich kurz, wo Cheryl sein mochte und was sie mit den sieben Pfund wohl anstellte. Was konnte man mit einer so kläglichen Summe schon kaufen? Kein Heroin, kein Gras, kein Crack. Er konnte sich nicht vorstellen, daß seine Schwester aufs Schnüffeln von Klebstoff abgefahren war.

Fees Haare waren nach dem Ende der Prozedur ein Helm aus aufgeblasenem, glänzendem Honig mit cremefarbenen Streifen. Sogar Philip, der von diesen Dingen kaum etwas verstand, wußte, daß Christine noch immer Frisuren fabrizierte, die in ihrer frühen Jugend in Mode gewesen waren. Sie nannte sie sogar manchmal bei ihren damaligen Namen, »Die Italienerin« und »Der Bienenkorb«, als ob diese Benennungen Ewigkeitscharakter hätten und für alle folgenden Generationen verständlich wären, nicht nur für Leute, die anno 1960 jung gewesen waren. Fee schien zufrieden zu sein. Wenn sie gleichfalls Cheryl im Verdacht hatte, die Münzen aus der Teedose geklaut zu haben, so sagte sie jedenfalls zu Philip nichts davon.

Als Fee gegangen war, begann Christine die Dinge zusammenzupacken, die sie brauchte, um der ans Haus gefesselten alten Dame Dauerwellen zu machen. Währenddessen schilderte sie Philip, wie ihre Mutter in den zwanziger Jahren Dauerwellen bekommen hatte, als die Haare noch an einem elektrischen Gerät festgemacht und zu Locken gebacken wurden, wie man den ganzen Tag dasaß, an dieses sonderbare Backgerät gefesselt. Er sah es nicht gern, daß sie wegging, er wollte nicht mit sich und seinen Gedanken allein gelassen werde. Es war absurd – wie damals, als er noch ein kleiner Junge war und nicht wollte, daß seine Mami das Haus verließ, obwohl immer jemand da war, der sich um ihn kümmerte.

Noch vier Wochen vorher hatte er einen Seufzer der Erleichterung ausgestoßen, wenn sie sagte, daß sie weggehen werde. Noch vor einem knappen Jahr war es sein inniger Wunsch gewesen, sie möge Arnhams Frau werden. Zu seiner eigenen Überraschung gebrauchte er jetzt eine Wendung, die sie mit dem Takt, den sie hin und wieder zeigte, ihm gegenüber nie aussprach: »Wann kommst du zurück?«

Sie sah ihn erstaunt an, wozu sie ja Anlaß hatte. »Ich weiß es nicht, Philip. Es wird ungefähr drei Stunden dauern. Ich will versuchen, der lieben alten Person eine nette Frisur zu machen.«

Er sagte nichts weiter und ging nach oben. Es klingelte an der Haustür, während er sein Zimmer betrat. Christine öffnete beinahe augenblicklich. Sie mußte davor gestanden haben, zum Gehen bereit. Er hörte sie sagen: »Oh, guten Tag. Wie geht's? Kommen Sie, um Cheryl zu besuchen?«

Sie mußte eine Antwort bekommen haben, aber er

hörte sie nicht. Da er nichts hörte – wieso kam ihm dennoch eine Ahnung? Was trieb ihn auf den Treppenabsatz zurück, was ließ ihn den Atem anhalten, die Hände zusammenpressen?

Seine Mutter sagte: »Cheryl ist weggegangen, aber sie kommt sicher bald zurück. Ich muß selber weg und bin schon spät dran, o je! Möchten Sie hereinkommen und auf Cheryl warten?«

Philip ging die Treppe hinab. Inzwischen war Senta ins Haus getreten und stand im Flur, nach oben blickend. Beide sprachen kein Wort, und beide hatten für nichts anderes Augen als füreinander. Wenn Christine das sonderbar fand, ließ sie sich jedenfalls nichts davon anmerken. Statt dessen ging sie zur Haustür hinaus und schloß sie hinter sich. Noch immer stumm näherte Philip sich Senta, Senta trat einen Schritt auf ihn zu, und sie fielen einander in die Arme.

Während er sie an sich drückte, ihren Duft einatmete, ihre weich geschwungenen, feuchten, salzigen Lippen schmeckte und den Druck ihres Busens gegen seine Brust spürte, glaubte er einen Augenblick lang, ohnmächtig zu werden, so berauschend war das alles. Statt dessen stieg eine Woge von Kraft und Macht in ihm empor, ein jähes, überwältigendes Wohlgefühl, und er hob sie mit beiden Armen auf. Doch auf halber Höhe der Treppe zappelte sie sich frei, sprang herab und lief ihm voran hinauf zu seinem Zimmer.

Sie lagen auf seinem Bett wie damals beim ersten Mal. Noch nie war es so herrlich, so unendlich beglückend gewesen, sicher nicht bei jenem ersten Mal und nicht einmal bei den schwelgerischen, enthemmten Wiederholungen in ihrem Bett im Souterrain in der Tarsus Street. Nun, da sie nebeneinander lagen, sein Arm erschlafft unter ihren Schultern, fühlte er sich wie in einer warmen, tiefen Zärtlichkeit für sie gebadet. Ihr irgendwelche Vorhaltungen zu machen, wäre ihm undenkbar erschienen. Jene schrecklichen Fahrten zur Tarsus Street, als er gegen die Haustür gehämmert und durchs Fenster gespäht hatte, die vergeblichen Anrufe, das alles nahm nun den Charakter eines Traums an, eines Traums von jener Art, der, solange er währt, durchaus lebensecht und wirklich ist, nach dem Erwachen noch eine Weile beunruhigend fortlebt und dann rasch ins Vergessen gleitet.

»Ich liebe dich, Senta«, sagte er. »Ich liebe dich, oh, wie ich dich liebe!«

Sie wandte ihm ihr Gesicht zu und lächelte. Mit einem ihrer kleinen, milchfarbenen Fingernägel fuhr sie an seiner Wange entlang bis zum Mundwinkel. »Ich liebe dich, Philip.«

»Es war wunderbar von dir, daß du einfach so hierhergekommen bist. Es war das Wunderbarste, was du tun konntest.«

»Es war das einzige.«

»Denke dir, ich habe Rita und Mike Jacopo kennengelernt.«

Sie nahm es gelassen auf. »Sie haben mir deinen Brief gegeben.« Sie kuschelte sich, wie es ihre Art war, ganz dicht an ihn, damit ihr Körper möglichst viel von seinem berührte. Es war in gewisser Weise ebenfalls ein sexueller Akt, und zugleich ein Versuch, mit ihm zu verschmelzen. »Ich habe ihnen nichts erzählt. Wozu auch? Sie sind unwichtig. Außerdem sind sie schon wieder fort.«

»Fort?«

»Sie fahren zu diesen Wettbewerben in Gesellschaftstänzen. Dabei haben sie sich kennengelernt. Sie haben Silberpokale gewonnen.« Ihr leises Kichern entlockte ihm ein Lachen.

»O Senta, o Senta! Ich habe nur den einen Wunsch, deinen Namen immer wieder zu sagen. Es ist komisch, es ist, als wärst du nie fort gewesen und als würde mir gleichzeitig bewußt, daß du wieder da bist, daß ich dich wiederhabe, und ich würde am liebsten lachen und schreien und brüllen vor Glück.«

Als sie sprach, spürte er die Bewegung ihrer Lippen an seiner Haut. »Es tut mir leid, Philip. Kannst du mir verzeihen?«

»Es gibt nichts zu verzeihen.«

Ihr Kopf lag an seine Brust geschmiegt. Er schaute auf sie hinab und sah, daß die roten Haarwurzeln silbern nachgebleicht worden waren. Einen Moment lang berührte ein kalter Finger sein Glück, und ungebeten und höchst unwillkommen stellte sich der Gedanke ein: Sie ist ohne mich zurechtgekommen, sie hat ihr Leben geführt, sie hat sich das Haar bleichen lassen. Sie ist auf eine Party gegangen...

Sie hob den Kopf und sah ihn an. »Wir wollen heute nacht nicht darüber sprechen, was wir füreinander tun werden. Wir werden morgen über all das reden.«

Phantasien auszuspinnen war nicht Philips Sache. Er hatte sich nie, wenn er mit einem Mädchen im Bett lag, eine andere vorgestellt, die schöner und verführerischer war, hatte nie nachts im Bett Bilder von phantasievoll entblätterten Frauen, die in erfundenen pornografischen

Situationen hingerekelt waren, herbeigerufen. Er hatte sich nie Träumereien hingegeben, in denen er erfolgreich, reich oder mächtig war, Besitzer einer Prunkvilla oder Bankier oder Industriemagnat. Seine Phantasie führte ihn nicht einmal bis zum Teppich vor dem Schreibtisch des Direktors von Roseberry Lawn, wo er Glückwünsche empfing und ihm eine alsbaldige Beförderung in Aussicht gestellt wurde. Er war ein Mensch der Gegenwart und der Realität.

Sich ein Phantasiegebilde auszudenken, mit dem Senta zufrieden war – denn darauf lief es hinaus –, war eine beängstigende Aufgabe für ihn. Während dieser ersten Woche nach ihrer Wiedervereinigung stand der Zwang, so etwas zu erfinden, geradezu dräuend vor ihm. Diese düstere Aussicht belastete ihn sogar dann, wenn er am glücklichsten war, zum Beispiel bei Senta in der Tarsus Street, und selbst in den tiefen Frieden nach dem Liebesakt, wenn er eigentlich am unbeschwertesten hätte sein sollen, drang die dunkle, starrende Drohung ein. Ja, sie schien ihn wirklich anzustarren, erschien beinahe als ein lebendes Wesen, das sich in sein Bewußtsein drängte, wenn es am wenigsten willkommen war, mit verschränkten Armen dastand und seine Bedrohlichkeit wirken ließ.

Die Tat, die er ausführen mußte – auch wenn es sich nur um einen verbalen Akt handelte –, ließ sich nicht mehr lange hinausschieben. Er mußte sie angehen, ihr eine Gestalt geben, ein Szenario mit Akteuren konstruieren. Oder vielmehr mit zwei Akteuren, ihm selbst und dem Opfer. Mehr als einmal erinnerte ihn Senta daran.

»Wir brauchen wirklich einen Beweis unserer gegenseitigen Liebe, Philip. Es genügt nicht, daß wir unglücklich waren, als wir uns getrennt hatten. Das passiert allen, auch gewöhnlichen Leuten.« Immer wieder betonte sie, daß er und sie keine gewöhnlichen Menschen, sondern mehr wie Götter seien. »Wir müssen um deinet- und um meinetwillen beweisen, daß wir bereit sind, uns über die gewöhnlichen menschlichen Gesetze hinwegzusetzen, mehr noch: sie zu durchkreuzen, zu zeigen, daß sie für uns einfach nicht wichtig sind.«

Sie hatte lange darüber nachgedacht, während sie getrennt waren, und war zu dem Schluß gekommen, daß er und sie Reinkarnationen eines berühmten Liebespaars aus der Geschichte waren. Auf die genaue Identität dieser historischen Figuren hatte sie sich noch nicht festgelegt, beziehungsweise sie war ihr, wie sie es ausdrückte, noch nicht geoffenbart worden. Während ihrer Trennung habe sie auch für eine Rolle an einer kleinen Bühne vorgesprochen und sie bekommen. Es handle sich zwar nur um eine Nebenrolle mit weniger als zwanzig Zeilen Text, aber andererseits sei sie auch wieder nicht so unbedeutend, da die Frau, die sie spielen solle, sich zuletzt als die Geheimagentin entpuppe, die das gesamte Ensemble durch fünfzehn surrealistische Szenen hindurch gesucht habe.

All dies verursachte Philip ein Unbehagen, das ihm in dieser Phase ihrer Beziehung höchst lästig war. Er hätte sich so gern dem Jubel über ihre neuerblühte Liebe hingegeben, vielleicht vernünftige, realisierbare Zukunftspläne geschmiedet, an eine mögliche Heirat vorausgedacht. Ob er sich tatsächlich auf ziemlich lange Zeit ehelich binden wollte, dessen war er sich nicht ganz sicher, aber er wußte, es gab keine andere Frau, bei der er sich vorstellen konnte, sie zu heiraten. Statt dessen sah er sich mit der peinlichen Aufforderung konfrontiert, in den Tiefen seiner Erinnerung danach zu fahnden, ob er in einem früheren Leben Alexander oder Antonius oder Dante gewesen sei. Und außerdem mußte er sich schlüssig werden, ob die Rolle an dem Kleintheater ihrer Phantasie entsprungen oder Faktum war.

Ein Phantasiegespinst, dessen war er sich ziemlich sicher. Daß sie so oft die Wahrheit gesagt hatte, wenn es um ihre Vergangenheit ging, bedeutete nicht, daß sie in allen Dingen aufrichtig war, zu dieser Erkenntnis war er bereits gelangt. Ihr ärgstes Hirngespinst, das war die Geschichte, die er nun irgendwie anpacken mußte, und er schob seine Züge in diesem recht unerquicklichen und absurden Spiel von Tag zu Tag weiter hinaus. Je länger er sie vor sich herschob, um so mehr beschäftigte sie indessen seine Gedanken und um so stärker wurde sein Widerwillen gegen sie. Jemanden umzubringen, das war eine solche Ungeheuerlichkeit, war gewiß das Schlimmste, was man tun konnte – deshalb sprach sie ja auch davon, daß sie es tun sollten –, daß selbst die wahrheitswidrige Behauptung, man habe die Tat verübt, irgendwie unrecht und sogar verderblich schien. Philip wußte kaum, was er mit dem Ausdruck »verderblich« meinte, doch seines Gefühls war er sich sicher.

War es vorstellbar, daß ein geistig gesunder und normaler Mann einer Frau erzählte, er habe einen Menschen getötet, daß er sich einen Mord zuschrieb, wenn er in Wahrheit unschuldig war? Und wenn schon von Unschuld die Rede war – konnte jemand, der so etwas von sich gab, unschuldig *sein*? Er wußte, er müßte es eigentlich fertigbringen, sie zu überzeugen, daß all das verrückt war und daß es für sie beide nicht gut war, darüber auch nur nachzudenken. Wenn sie einander so uneingeschränkt liebten, wie es für ihn Gewißheit war, müßten sie eigentlich fähig sein, über alles offen zu sprechen, einander alles zu erklären. Es liegt, dachte er, ebenso an mir wie an ihr. Natürlich war ihm klar, daß er kein Gott war, aber als er das aussprach, sagte sie lediglich, er könne nicht wissen, ob er einer sei oder nicht, doch die Augen würden ihm zur rechten Zeit geöffnet werden.

»Wir sind Ares und Aphrodite«, erklärte sie ihm. »Diese alten Götter sind nicht gestorben, als das Christentum kam. Sie haben sich nur verborgen und werden von Zeit zu Zeit in bestimmten, eigens dafür auserwählten Menschen wiedergeboren. Wir beide, Philip, sind zwei von diesen Menschen. Letzte Nacht hatte ich einen Traum, in dem mir das alles enthüllt wurde. Wir standen an der Krümmung der Weltkugel in gleißendem Licht und trugen weiße Gewänder.«

Er war sich keineswegs im klaren darüber, wer Ares und Aphrodite gewesen waren, hatte aber die deutliche Vorstellung, daß sie nur in den Köpfen von Männern existiert hatten. Und vielleicht in den Köpfen von Frauen wie Senta. Sie erzählte ihm, Ares und Aphrodite (die auch Mars und Venus genannt würden, was ihm mehr sagte) hätten viele Sterbliche töten lassen und sich wenig dabei gedacht, gegen alle, die sie beleidigt oder ihnen auch nur im Wege gestanden hätten, todbringende Blitze zu schleudern. Philip konnte sich schlechterdings niemanden denken, der ihn beleidigt hätte, geschweige denn ihm durch seine bloße Existenz lästig gewesen wäre. Einmal, vor nicht allzu langer Zeit, wäre Arnham in diese Kategorie gefallen. Inzwischen aber war es absurd, auch nur daran zu denken, ihm etwas anzutun.

Am Montag, mehr als eine Woche nachdem Senta zu ihm zurückgekommen war, faßte er den Entschluß, diesen wichtigen Schritt nicht länger hinauszuschieben, welche Konsequenzen es auch für sein moralisches Urteil über sich selbst haben mochte. Sobald der Schritt getan war, würden seine Probleme ein Ende haben. Senta würde ihn als Beweis seiner Liebe nehmen, würde irgendein ähnliches Spiel spielen, um ihre Liebe zu beweisen, und sobald sie das hinter sich hatten, konnten sie sich gelassen den Freuden ihrer Beziehung hingeben, die sich dahin entwickeln mußte, daß sie zusammenlebten, sich verlobten, schließlich sogar heirateten. Er tröstete sich mit dem Gedanken – einer wunderbaren Idee, die ihm spontan gekommen war –, daß die Realität ihrer Liebe Senta über kurz oder lang von ihrem Drang, Phantasien zu spinnen, heilen werde.

Dies war zur Abwechslung einmal kein sehr arbeitsreicher Tag. Unterwegs kaufte er mehrere Morgenzeitungen. Als er von Wembley zurückfuhr, wo er die umgebauten Wohnungen inspiziert hatte, kaufte er ein Abendblatt. Der erste Packen hatte sich nicht gelohnt. Die Zeitungen hatten, beinahe ein Jahr später, den Fall der verschwundenen Rebecca Neave wieder ausgegraben. Ihre Leiche war nie gefunden worden. Jetzt wollten ihr Vater und ihre Schwester gemeinsam eine Stiftung, die Rebecca Neave Foundation, ins Leben rufen. Sie baten um Spenden zur Finanzierung von Kursen, in denen Frauen zur Selbstverteidigung asiatische Kampfsportarten lernen konnten. Ein Foto zeigte Rebecca Neave in dem grünsamtenen Trainingsanzug, den sie getragen hatte, als sie verschwand. Eine stilisierte Darstellung der Aufnahme sollte als Stiftungsemblem dienen.

Der *Evening Standard* brachte einen Nachklapp über Rebecca Neave und zwei andere Frauen, die im vergangenen Jahr spurlos verschwunden waren. Philip fand in dem Blatt auch einen Absatz, der ihm anscheinend genau das bot, wonach er Ausschau hielt. Er las ihn im Wagen auf einem der Parkplätze des Cross-Einkaufszentrums, wo er für Senta Wein, Erdbeeren und Pralinen gekauft hatte.

Die Leiche, die auf dem Grundstück eines abgebrochenen Hauses in Kensal Rise, Nordwestlondon, gefunden wurde, ist als John Sidney Crucifer, 62, sogenannter Stadtstreicher und ohne festen Wohnsitz, identifiziert worden. Die Polizei behandelt den Fall als Mordsache.

Senta hatte gemeint, ein Opfer dieser Art würde genügen und ihn auf die ältere Pennerin aufmerksam gemacht, die mit dem Rücken am Gitter gesessen war. Problematisch würde es nur werden, wenn die Polizei den Mörder von John Crucifer fand und die Presse darüber berichtete. Es war kein schöner Gedanke, daß es Senta vielleicht einerlei wäre, wenn ein anderer für ein Verbrechen, das angeblich er, Philip, begangen hatte, ins Gefängnis käme. Aber das ist doch albern, sagte er zu sich. Was soll das heißen, es wäre ihr einerlei? Für sie war ja dies alles nur eine Phantasie. Sie würde vielleicht nicht ausdrücklich sagen, sie wisse ja, daß er in Wirklichkeit niemanden umgebracht habe, aber sie wüßte gleichwohl, daß er es nicht getan hatte. Sie wußte bereits, mußte es wissen, daß sein Versprechen, die Tat zu begehen, einer der Züge in ihrem gemeinsamen Spiel war. Außerdem las sie niemals Zeitungen; er hatte noch nie erlebt, daß sie eine Zeitung in den Händen hielt oder auch nur einen Blick darauf warf.

Dieser John Crucifer würde für seinen Zweck genügen. Über Details brauchte er sich nicht den Kopf zu zerbrechen, nicht einmal über den unwahrscheinlichen Fall, daß sich die Sache zu einem Fall auswuchs, der ganz England interessierte, denn Senta wollte ja nicht mehr als vage Beschreibungen. Sie wollte Träume, und dies eine Mal sollte sie sie auch bekommen. Ein leichtes Schamgefühl meldete sich, während er da in seinem Wagen auf dem Parkplatz des Einkaufszentrums saß, als er an das bevorstehende Gespräch mit Senta dachte, in dem er ihr die Sache darlegen und ihre Zufriedenheit erleben würde. Er würde lügen, und sie würde seine Lüge als Wahrheit akzeptieren, und beide würden sie Bescheid wissen.

Es war dann schlimmer, als er es sich vorgestellt hatte.

Er fuhr zuerst zum Abendessen nach Hause und kam gegen halb acht Uhr in der Tarsus Street an. Keineswegs zum erstenmal an diesem Tag probte er unterwegs sorgfältig die Geschichte durch, die er sich für Senta zurechtgelegt hatte. Er hatte auch den Text aus dem *Standard* dabei, ausgeschnitten mit der Schere, mit der Christine ihren Kundinnen das Haar schnitt, und in der Tasche eine Pfundnote für den alten Mann, der Joley hieß.

Seine Gefühle hatten, was Joley betraf, nach wie vor etwas Abergläubisches. Es war, als wäre der Alte zum Hüter Sentas und ihrer gemeinsamen Liebe bestellt worden, und doch war es eigentlich nicht so. Es war mehr so, als müßte der alte Mann mit Geschenken versöhnlich gestimmt werden, damit Philips Beziehung zu Senta nichts geschah. Irgendein böser Einfluß würde wirksam werden, wenn er die Pfundmünzen nicht hergab, ein Übelwollen, das ihm und Senta wirklich Schaden zufügen konnte. Er hatte am Abend vorher behutsam das Thema angeschnitten – in dem Versuch, ihren Phantasiegespinsten ein eigenes zur Seite zu stellen –, und sie hatte vom Lohn für einen Fährmann und Knochen für einen Hund gesprochen, der den Eingang zur Unterwelt bewacht. Dies war für Philip zwar weitgehend unverständlich, aber es freute ihn zu sehen, daß Senta davon angetan war.

Aber Joley war an diesem Abend nicht da. Weder von ihm noch von seinem mit den bunten Kissen beladenen Karren war etwas zu sehen. Irgendwie erschien es Philip als ein schlechtes Omen. Eine schreckliche Versuchung überkam ihn, das, was er Senta berichten mußte, noch einen Tag hinauszuschieben. Aber wann würde sich die Gelegenheit wieder ergeben? Eine solche Chance kam vielleicht wochenlang nicht mehr. Er mußte es tun, er mußte aufhören damit, mit dieser Selbsterforschung, dieser quälenden analytischen Art, die Sache zu betrachten. Er mußte es einfach tun.

In einem kalten Ton, ganz unähnlich dem, in dem er sonst mit ihr sprach, sagte er unvermittelt, er habe getan, was sie von ihm wollte. Ihr Ausdruck wurde gespannt-erwartungsvoll; ihre Augen, grünwäßrig wie Meereswellen, funkelten auf. Sie faßte ihn an den Handgelenken. Er brachte es nicht fertig, ohne Umschweife zu berichten, und gab ihr den Zeitungsausschnitt.

»Was ist das?«

Er sprach, als prüfte er, wie gut er eine Fremdsprache beherrschte, lauschte jedem Wort nach. »Da steht, was ich getan habe.«

»Aaah!« Sie holte tief, mit Befriedigung, Luft, las den Absatz zwei- oder dreimal, und auf ihrem Gesicht breitete sich ein Lächeln aus. »Wann hast du es getan?«

Er hatte nicht angenommen, daß er zu sehr in Details werde gehen müssen. »Vergangene Nacht.«

»Nachdem du weggefahren bist?«

»Ja.«

»Du hast also getan, was ich vorgeschlagen hatte«, sagte sie. »Was ist geschehen? Du bist hier weggegangen und zur Harrow Road gefahren, nicht? Ich nehme an, du hast Glück gehabt und bist auf ihn gestoßen, wie er sich dort herumgetrieben hat.«

Ein ungeheurer Abscheu erfaßte ihn, nicht vor ihr, sondern vor dem Thema selbst, ein körperlicher Widerwille, ebenso stark wie vor Hundekot auf einer Stufe, einer wimmelnden Masse von Maden. »Lassen wir's dabei bewenden, daß ich es getan habe«, brachte er heraus. Seine Kehle war wie zugeschnürt.

»Wie hast du es getan?«

Er hätte es von sich ferngehalten, wenn es ihm möglich gewesen wäre. Er hätte nur zu gerne die absolute und unbestreitbare Erkenntnis abgewehrt, daß sie erregt war, daß sie in einer lüsternen, genüßlichen, lasziven Neugier schwelgte. Sie befeuchtete sich mit der Zunge die Lippen und öffnete sie, als wäre sie ein bißchen außer Atem. Die Hände, die seine Handgelenke gepackt hatten, fuhren an seinen Armen hinauf und zogen ihn zu ihr hin. »Wie hast du ihn umgebracht?«

»Ich möchte nicht darüber sprechen, Senta. Ich kann nicht.« Und er erschauerte, als hätte er tatsächlich irgendeine Greueltat begangen, als erinnerte er sich, wie ein Messer hineinfuhr, Blut herausschoß, als hörte er noch den Schmerzensschrei des Opfers, das sich aufbäumte und schließlich wehrlos dem Tod ergab. Er haßte diese Dinge, und er haßte Menschen, die sich fasziniert daran ergötzten. »Frag mich nicht. Ich kann nicht.«

Sie nahm seine Hände und zog sie von ihm weg, die Handflächen nach oben gekehrt. »Ich weiß, mit den Händen hast du ihn erdrosselt.«

Es war nicht besser als die Vorstellung des Messers und des herausspritzenden Bluts. Er bildete sich ein zu spüren, wie seine Hände in ihren zitterten. Er zwang sich, zu nicken, zu antworten. »Ich habe ihn erdrosselt, ja.«

»Es war dunkel, nicht?«

»Natürlich. Es war ein Uhr nachts. Aber frag mich nicht weiter.«

Er merkte ihr an, daß sie nicht verstand, warum er keine Details erzählen wollte. Sie erwartete, daß er ihr eine Beschreibung der Nacht lieferte, der menschenleeren, stillen Straße, des hilflosen Vertrauens, das ihm das Opfer entgegenbrachte – und wie er selbst raubtierartig seine Chance nutzte. Ihr Gesicht bekam einen leeren Ausdruck, wie es manchmal geschah, wenn sie enttäuscht war. Alles Leben, alles Gefühl wich daraus, und es war, als wendeten sich die Augen nach innen, um die Mechanik ihres Denkens zu beobachten. Mit ihren Kleinmädchenhänden zog sie zwei dicke Strähnen des silbernen Haars über ihre Schultern herab. Dann schienen sich ihre Augen nach außen zu wenden und mit Licht zu füllen.

»Du hast es für mich getan?«

»Das weißt du. So haben wir es ja abgemacht.«

Ein langes Erschauern, das echt, aber ebensogut gespielt sein konnte, schüttelte ihren Körper von Kopf bis

Fuß. Dabei fiel ihm ein, daß sie ja eine Schauspielerin war. Dergleichen brauchte sie, und er würde lernen müssen, damit zu leben. Sie legte den Kopf an seine Brust, als wollte sie seinem Herzschlag lauschen, und flüsterte: »Jetzt werde ich das gleiche für dich tun.«

11

Es war keineswegs seine Absicht gewesen, Cheryl zu verfolgen, als sie losfuhren. Zum erstenmal, seit sie mit Christine und Fee Arnham besucht hatten, verließ er zusammen mit Cheryl das Haus. Seit dem Tod ihres Vaters waren sie nie allein weggewesen.

Es war Samstagabend, und er wollte in die Tarsus Street fahren. Einer Mutter, die nie Fragen stellte, zu sagen, man werde erst am nächsten Morgen wiederkommen, war irgendwie schwerer, als wenn sie gebohrt und einem nachspioniert hätte. Aber er hatte es ihr, in einem beiläufigen Ton, gesagt, und sie hatte ihm ihr argloses, von jedem Mißtrauen freies Lächeln geschenkt.

»Mach dir einen schönen Abend, Philip.«

Schon bald würde das Geheimnis gelüftet werden. War er erst einmal verlobt, war nichts mehr dabei, wenn er sagte, er werde bei Senta über Nacht bleiben. Er stieg gerade in den Wagen, als Cheryl herausgelaufen kam und ihn bat, sie mitzunehmen.

»Ich fahr' die Edgware Road hinunter.«

»Ach, mach doch einen Umweg und bring mich nach Golders Green.«

Das war ein ordentlicher Umweg, aber er fand sich dazu bereit, da er neugierig war. Es hatte etwas Beunruhigendes, daß sie vor ihm und auch er vor ihr ein Geheimnis hatte. Kaum waren sie um die Ecke in die Lochleven Gardens eingebogen, versuchte sie ihn anzupumpen.

»Nur einen Fünfer, Phil, dann könntest du mich gleich in die Edgware Road mitnehmen.«

»Ich leihe dir kein Geld, Cheryl, die Zeiten sind vorbei.«

Er wartete einen Augenblick, und als sie nichts sagte, fragte er: »Und was passiert dort in Golders Green? Was gibt's denn dort Großartiges?«

»Eine Freundin, bei der ich Geld borgen kann.« Sie sagte es ziemlich lässig.

»Cheryl, was geht eigentlich vor? Ich muß das fragen. Du treibst doch irgendwelche Sachen. Du bist nie zu Hause, außer zum Schlafen. Du hast überhaupt keine Freunde, du bist immer allein, und du versuchst immer wieder, an Geld ranzukommen. Du sitzt in irgendeinem bösen Schlamassel, hab' ich recht?«

»Das geht dich nichts an.« Der alte, mürrische Ton lag wieder in ihrer Stimme, aber auch Gleichgültigkeit, ein Unterton von »Ach was«, der ihm sagte, daß es sie nicht störte, ausgefragt zu werden. Einmischungen waren ihr egal, solange sie sie damit abwehren konnte, daß sie nichts zugab.

»Es geht mich etwas an, wenn ich dir Geld leihe, das muß dir doch klar sein.«

»Aber du willst ja nicht, oder? Du hast gesagt, du tust's nicht, also kannst du gleich die Klappe halten.«

»Du kannst mir wenigstens erzählen, was du heute abend vorhast.«

»Okay, dann erzählt erst mal du mir, was du vorhast. Ach, laß sein. Ich weiß es ja auch so. Du besuchst Stephanie, stimmt's?«

Da sie, wenn auch völlig irrig, zu wissen glaubte, was er getan hatte und jetzt vorhatte, kam ihm der flüchtige

Gedanke, ob er sich mit seiner Gewißheit, daß sie Drogen oder dem Alkohol verfallen sei, nicht vielleicht ebenfalls irrte. Wenn sie sich täuschen konnte, und sie *täuschte* sich, war es bei ihm auch möglich. Er machte sich nicht einmal die Mühe, ihre Behauptung zu bestreiten, und merkte, daß sie triumphierend nickte. An der U-Bahn-Station Golders Green, an der Busschleife, setzte er sie ab. Eigentlich hatte er die Finchley Road hinunterfahren wollen, als er aber sah, daß Cheryl in Richtung High Road davonging, kam er auf die Idee, hinter ihr her zu fahren und zu beobachten, was sie tat. Es kam ihm nämlich höchst seltsam vor, daß sie einen Regenschirm mitgenommen hatte.

Es hatte geregnet und sah so aus, als würde es wieder zu regnen beginnen. Die paar Leute, die unterwegs waren, hatten Regenschirme dabei, aber daß Cheryl einen mitgenommen hatte, erschien ihm als etwas noch nicht Dagewesenes. Was konnte sie vor dem Regen schützen wollen? Doch sicher nicht ihre Igelfrisur. Oder auch die Jeans und die glänzende Plastikjacke? Cheryl mit einem Regenschirm war so sonderbar, als hätte Christine sich einfallen lassen, Jeans anzuziehen. Er parkte den Wagen am Anfang einer Seitenstraße. Als er wieder auf der Hauptstraße war, glaubte er schon, sie verloren zu haben, doch dann entdeckte er sie ein gutes Stück weit weg in der Biegung der High Road, auf dem ziemlich breiten Gehsteig.

Als das grüne Männchen an der Fußgängerampel aufleuchtete, lief er über die Finchley Road. Es war Mittsommer und würde noch zwei Stunden hell bleiben, aber die Stimmung war düster, weil Regenwolken am Himmel drohten. Die Gegend hier war sicher sehr belebt, wenn die Geschäfte geöffnet hatten, die Autos in einer Doppelreihe auf der Fahrbahn geparkt waren und die Busse dazwischen nur langsam vorankamen. Es war nur ein Geschäftsviertel, und da es hier keine Kinos oder Pubs gab, war die Straße jetzt menschenleer bis auf Cheryl, die dicht an den Schaufenstern entlangging. Nein, doch nicht ganz menschenleer. Er registrierte nicht gerade erfreut, daß nur keine anständigen, konventionellen, ordentlichen Bürger unterwegs waren. Drei Punker schauten sich Motorradzubehör in einem Schaufenster an. Ein einzelner Mann ging auf der anderen, Cheryls, Seite, ein hochgewachsener, magerer Mann in Leder, das Haar zu einem Zopf gebunden. Er ging in dieselbe Richtung, aber viel dichter am Bordstein, und als er näher herankam, schien sie sich aus dem Schutz der Schaufenster auf ihn zuzubewegen. Einen Augenblick lang dachte Philip, sie würde den Mann ansprechen.

Inzwischen hatte er auf der gleichen Seite wie die Punker im Eingang einer Bausparkassenfiliale Position bezogen. Von Zeit zu Zeit war ihm der Gedanke durch den Kopf gegangen, ob Cheryl sich vielleicht durch Prostitution irgendwelcher Art Geld beschaffte. Die Idee war bedrückend und widerwärtig. Es hätte erklärt, warum sie plötzlich zu Geld kam, nicht aber, warum sie so oft kleine, kurzfristige Kredite brauchte. Und nun sah er, daß er sich getäuscht hatte – zumindest in diesem Fall –, denn Cheryl ging mit abgewandtem Kopf neben dem Mann in Leder. Nachdem er sie überholt hatte, blieb sie stehen und blickte argwöhnisch um sich. Kein Zweifel, sie wollte sich vergewissern, ob die Straße wirklich so leer war, wie es den Anschein hatte.

Ihn selbst, dessen war Philip sich sicher, konnte sie

nicht entdecken. Sie starrte zu den Punkern hin, die von dem Schaufenster weggegangen waren und zu ihr hinüberblickten – aber ohne Interesse, ohne die Absicht, sie anzusprechen. Bevor Cheryl die Tat ausführte – die alle seine Vermutungen über den Haufen werfen sollte, weshalb sie wohl hierhergekommen war –, wurde ihm klar, daß es ihr egal war, ob sie von den Punkern beobachtet wurde. Diese Jungen und sie waren von der gleichen Sorte. Nicht nur ließen die Gesetze sie kalt, sondern sie waren auch in einer stummen, nicht besiegelten Verschwörung gegen die gesetzliche Ordnung verbunden. Sie würden Cheryl bestimmt nicht hinhängen.

Nachdem Cheryl sich vergewissert hatte, daß sie nicht beobachtet wurde, drückte sie sich in die Eingangsnische eines der Geschäfte. Es war eine Boutique mit einer Spiegelglastür. Er sah, wie sie vor dieser Tür in die Hocke ging und anscheinend irgend etwas durch den breiten Briefschlitz aus silberfarbenem Metall steckte.

Aus dieser Entfernung und bei dieser Beleuchtung war es unmöglich zu sehen, was sie tat. Er sah nur ihren Rücken und den gebeugten Kopf. Die Straße war noch immer leer bis auf ein Auto, das in Richtung U-Bahn-Station vorbeifuhr. Er nahm ein leises Summen wahr, das Geräusch des fernen, unaufhörlich und gleichmäßig pulsierenden Verkehrs. Plötzlich zog Cheryl heftig den rechten Arm zurück, fuhr nach hinten, noch immer in der Hocke, sprang auf und zerrte irgend etwas durch den Briefschlitz. Dann sah Philip alles und begriff alles.

Der Regenschirmgriff, als Greifhaken benutzt, hatte von einem Ständer oder einem Ladentisch in dem Geschäft ein Kleidungsstück weggezogen. Es konnte sich um einen Pullover oder eine Bluse oder einen Rock handeln. Genaues ließ sich nicht sagen. Sie gab ihm keine Chance, ihre Beute zu erkennen, rollte sie rasch zusammen und steckte sie unter ihre Plastikjacke. Er war wie betäubt von dem, was er gesehen hatte, alles Gefühl vorübergehend abgetötet. Doch er war auch fasziniert. Nicht, daß er wollte, daß sie es noch einmal tat, aber er hätte es gern noch einmal gesehen.

Einen Augenblick lang dachte er schon, es würde dazu kommen, denn sie näherte sich einer anderen Boutique, ein paar Läden weiter, und blieb davor stehen, die Nase gegen das Glas gepreßt. Doch dann wirbelte sie herum – so plötzlich, daß er zusammenfuhr – und begann zu laufen. Sie rannte nicht in die Richtung, die er erwartet hatte, das heißt, zurück zur Finchley Road, sondern in die Gegenrichtung, überquerte die Straße und stürmte eine Seitenstraße entlang, nahe einer Eisenbahnbrücke. Er überlegte, ob er ihr folgen sollte, verwarf aber die Idee sofort wieder und ging zu seinem Wagen zurück.

Das war es also? War das also alles, eine Art verrückter Sucht, Dinge aus Läden zu klauen? Er hatte irgendwo gelesen, daß es Unsinn sei, von Kleptomanie zu sprechen, daß es so etwas eigentlich gar nicht gebe. Und überhaupt, was tat sie mit den Sachen, die sie klaute?

Er überlegte zuerst, ob er Senta davon erzählen sollte, kam aber sofort wieder davon ab. Doch auf der Fahrt durch Nord-London und die West End Lane hinab befaßte er sich noch einmal mit dieser Überlegung. Gehörte es nicht zu einer Beziehung wie der ihren, daß man den anderen zu seinem Vertrauten machte, ihm seine Ängste und Zweifel anvertraute? Wenn sie für immer beisammen bleiben wollten, in einer Partnerschaft fürs Leben, mußten sie auch miteinander teilen, was sie beschwerte.

Er fuhr durch die Caesarea Grove zur Tarsus Street und kam dabei an der großen, düsteren Kirche aus grobbehauenen, grauen Steinen vorbei, unter deren westlichem Vordach Joley manchmal sein Nachtquartier aufschlug. Doch der Vorbau war leer und das auf den Friedhof führende Tor mit Ketten und einem Schloß versperrt. Als Kind hatte sich Philip gefürchtet, wenn er an solchen Gebäuden vorbeikam, Kirchen oder Häusern, die gebaut waren wie wehrhafte mittelalterliche Bauwerke, und lieber einen Umweg gemacht, oder er war mit geschlossenen Augen daran vorbeigerannt. Das fiel ihm jetzt wieder ein; er erinnerte sich, wie sehr er sich gefürchtet hatte, doch die Furcht selbst war verblaßt. Ein Dutzend Grabsteine, nicht mehr, standen noch unter den Bäumen mit ihren geschwärzten Stämmen und spitzen, lederartigen Blättern. Er war langsam gefahren, um aus irgendeinem Grund hineinzuschauen, gab jetzt aber Gas, bog um die Ecke und parkte vor Sentas Haus.

An den oberen Etagen waren mehr Läden geschlossen, als er je zuvor gesehen hatte. Das einzige Licht kam aus dem Souterrain, und beim Anblick dieses Lichts schlug ihm das Herz schon rascher. Wieder war das Gefühl der Atemlosigkeit da. Er rannte die Stufen hinauf und schloß die Tür auf. Musik wehte ihm entgegen, doch nicht von der Art, zu der Rita und Jacopo tanzten. Die Töne kamen die Treppe zum Souterrain herauf. Dies war so ungewöhnlich, daß er kurz fürchtete, sie könnte jemanden bei sich haben, und einen Augenblick vor ihrer Tür zögerte, unschlüssig den Busukiklängen lauschend. Sie mußte seine Schritte auf den Stufen gehört haben, denn sie machte selbst die Tür auf und warf sich ihm sofort in die Arme.

Natürlich war sonst niemand da. Zärtlich bewegt registrierte er, was sie getan hatte und was sie mit Stolz zu erfüllen schien. Essen und Wein standen auf dem Bambustisch, das Tonbandgerät spielte, und der Raum wirkte etwas sauberer und frischer. Die dunkelrote Bettwäsche war gegen braune vertauscht worden. Sie trug ein Kleid, das er noch nie an ihr gesehen hatte, schwarz, kurz, aus einem dünnen Stoff und hauteng, mit einem tiefen, ovalen Ausschnitt, der ihre weißen Brüste sehen ließ. Er hielt sie in den Armen, küßte sie sanft und langsam. Ihre kleinen Hände, warm mit kalten Ringen an den Fingern, streichelten sein Haar, seinen Nacken.

Er flüsterte: »Sind wir allein im Haus?«

»Sie sind irgendwohin in den Norden gefahren.«

»Ich habe es lieber, wenn wir allein sind«, sagte er.

Sie goß Wein in die Gläser, und er erzählte ihr von Cheryl.

Er hatte einen unguten Zug an sich, fand er manchmal, ein grundloses Mißtrauen, wenn er meinte, sie sei nicht interessiert an den Dingen, die er ihr erzählte: was es in seiner Familie gab, was er gemacht hatte. Er war darauf eingestellt, daß sie zerstreut, daß es ihr nur darum zu tun sein werde, zu den Dingen zurückzukehren, die sie selbst betrafen. Doch sie *war* interessiert, schenkte ihm ihre ganze Aufmerksamkeit, saß mit verklammerten Händen da und blickte ihm in die Augen. Als er dazu kam, wie Cheryl den Regenschirm durch den Briefschlitz geschoben hatte, leuchtete auf ihrem Gesicht ein Lächeln auf, das er, hätte er nicht gewußt, daß das unmöglich war, als Bewunderung hätte deuten können.

»Was, meinst du, soll ich jetzt tun? Soll ich irgend jemandem etwas davon sagen, Senta? Soll ich nicht wenigstens mit *ihr* sprechen?«

»Möchtest du wirklich wissen, was ich denke, Philip?«

»Natürlich. Deswegen erzähle ich es dir ja. Ich möchte deine Meinung hören.«

»Wenn du mich fragst, machst du dir zuviel Gedanken über die Gesetze und die bürgerliche Gesellschaft und solche Dinge. Leute wie du und ich, Ausnahmemenschen, stehen über dem Gesetz, findest du nicht? Oder sagen wir, außerhalb davon.«

Zeit seines Lebens hatte er gepredigt bekommen, die Gesetze zu achten, Autoritätspersonen, den Staat zu respektieren. Sein Vater hatte, obwohl er ein Spieler gewesen war, in seinen Beziehungen zu anderen Leuten eisern auf Ehrlichkeit und strikte Integrität gehalten. Sich seine eigenen Regeln auszudenken, das schmeckte für Philip nach Anarchie.

»Cheryl wird nicht außerhalb des Gesetzes stehen, wenn sie erwischt wird«, sagte er.

»Wir beide sehn die Welt nicht ganz mit den gleichen Augen, Philip. Ich bin sicher, du wirst lernen, sie so zu sehen wie ich, aber soweit ist es noch nicht. Ich will damit sagen, daß du sie als einen Ort des Mystischen und Magischen sehen wirst, wie auf einer anderen Ebene, abgehoben von den öden alltäglichen Dingen, an die die meisten Menschen ihr Leben vergeuden. Wenn du mit mir diese Ebene erreichst, wirst du eine Welt voll wunderbarer, okkulter Dinge erschauen, wo alles möglich und nichts verboten ist. Dort gibt es keine Polizei und auch keine Gesetze. Du wirst anfangen, Dinge zu sehen, die du noch nie gesehen hast, Formen und Wunder und Visionen und Geister. Du hast einen Schritt in Richtung auf diese Ebene getan, als du um meinetwillen den alten Mann umgebracht hast. Wußtest du das?«

Philip erwiderte ihren eindringlichen Blick, doch verwirrt, nicht so glücklich, wie er noch kurz vorher gewesen war. Er war sich im klaren darüber, daß sie keineswegs eine Meinung von sich gegeben hatte, die ihn vielleicht befriedigt hätte, daß sie eigentlich gar nicht auf ihn eingegangen war. Ihre Ausdrucksweise war vage, für jegliche Definition offen, hatte keinerlei Bezug zu konkreten Dingen, zu Regeln und Begrenzungen, Anstand, gesellschaftlich akzeptablem Verhalten, Respekt vor dem Gesetz. Sie spricht gut, dachte er, sie kann sich wunderbar artikulieren, und die Dinge, die sie gesagt hat, können kein Unsinn sein. Dieses Gefühl kam daher, daß er vorläufig noch nicht imstande war zu verstehen. Er lernte etwas, wenn sie sprach, freilich nicht, was er aus ihrer Sicht lernen sollte. Es war interessant, aber zugleich beunruhigend. Er lernte nämlich: Wenn man sich wahrheitswidrig eine Tat zuschreibt, wie in seinem Fall den angeblichen Mord an dem Stadtstreicher, vergißt man sehr rasch alles daran, irgend etwas in der Erinnerung streicht es aus. Hätte sie nicht gesprochen, als nähme sie seine Tat für erwiesen, sondern ihn arglos gefragt, was er in der vorhergehenden Sonntagnacht getan habe, hätte er geantwortet, er sei von ihr direkt nach Hause gefahren und schlafen gegangen. Er hätte das Natürliche getan und die Wahrheit gesprochen.

Die Sonne kroch durch die Ritzen in den alten Läden, malte goldene Streifen an die Zimmerdecke und legte goldene Stäbe auf die braune Steppdecke. Das sah Philip als erstes, als er am Sonntagvormittag sehr spät erwachte: eine Schnur aus Sonnenlicht, quer über seine Hand gespannt, die schlaff neben der Steppdecke lag. Er zog die Hand weg, drehte sich um und griff nach Senta. Sie war nicht neben ihm. Sie war fort.

Wieder einmal überraschte sie ihn. Er richtete sich im Bett auf, bereits von der Angst erfüllt, sie könnte ihn verlassen haben, er werde sie nie mehr wiedersehen, da sah er den Zettel auf ihrem Kopfkissen: »Bin bald wieder da. Mußte weggehen. Es ist etwas Wichtiges. Warte auf mich, Senta.« Warum hatte sie nicht geschrieben »Deine Senta«? Es war gleichgültig. Sie hatte ihm den Zettel hinterlassen. Auf sie warten? Er hätte ewig auf sie gewartet.

Ein Blick auf seine Uhr zeigte ihm, daß es nach elf war. In den meisten Nächten bekam er einfach nicht genug Schlaf, wohl nie mehr als fünf oder sechs Stunden. Kein Wunder also, daß er hundemüde gewesen war, daß er so lange geschlafen hatte. Jetzt ganz wach, aber noch immer entspannt, lag er da und dachte über Senta nach, erleichtert und glücklich, weil er in jener Region seiner Gedankenwelt, die Senta und ihm selbst vorbehalten war, in diesem Augenblick keine Sorgen hatte, keine Ängste empfand. Doch da sein Bewußtsein nicht zulassen wollte, daß er ganz ohne Kümmernisse war, erlaubte es, daß Cheryl sich einschlich. Zum erstenmal, seit er Zeuge ihrer Tat geworden war, wurde ihm das Ungeheuerliche daran voll bewußt. Er hatte sich in einem Schockzustand befunden, doch der war mittlerweile abgeklungen. Er sagte sich sofort, daß er die Sache nicht einfach auf sich beruhen lassen, nicht vorgeben konnte, er habe nicht gesehen, was er gesehen hatte, daß er sich Cheryl vornehmen mußte. Die unvermeidliche Alternative würde darin bestehen, daß eines Tages die Polizei bei ihnen anrief und ihnen mitteilte, Cheryl sei wegen Diebstahls verhaftet worden. War es besser, zuerst Christine ins Bild zu setzen, oder sollte er das lieber bleibenlassen?

Danach hielt es ihn nicht mehr im Bett, er mußte aufstehen. In der schmutzigen Ecke, wo sich das Klo und der tropfende, umwickelte Wasserhahn über der Wanne befanden, brachte er eine Katzenwäsche zustande. In Sentas Zimmer zurückgekehrt, klappte er die Läden zurück und öffnete das Fenster. Senta hatte gesagt, wenn man das Fenster öffne, kämen Fliegen herein, und als er den beweglichen Teil hochschob, summte tatsächlich eine dicke Schmeißfliege an seiner Wange vorbei, aber der Raum schien manchmal förmlich nach Luft zu ringen. Es war ein leuchtender Sommertag, ein Wetter, wie man es nach der öden, grauen Vorwoche ganz und gar nicht erwartet hätte. Die kurzen Schatten droben auf dem Beton waren schwarz, das Sonnenlicht ein gleißendes, blendendes Weiß.

Dann geschah etwas, was noch nie geschehen war und was ihm eine innige, prickelnde Freude bereitete. Er sah Senta auf das Haus zukommen. Er sah ihre Beine in Jeans und ihre Füße in Turnschuhen – etwas noch nicht Dagewesenes, da er sie noch nie in Hosen erlebt hatte. Hätte er sie überhaupt erkannt, wenn sie sich nicht zum Gitter herabgebeugt und zwischen den Stäben hindurch zu ihm hergeschaut hätte? Sie schob den Kopf dazwischen durch, dann einen Arm und streckte ihn mit einer sehnsüchtigen Gebärde zu ihm hin. Ihre Hand war geöffnet, mit der Innenfläche nach oben, als wollte sie seine Hände fassen. Dann zog sie sie zurück und ging die Stufen hinauf. Angestrengt lauschend, hörte er jeden ihrer Schritte, durch die Diele, den Korridor entlang, die Treppe herab.

Sie trat gemächlich ein und schloß mit äußerster Behutsamkeit die Tür hinter sich, als wäre das Haus voll schlafender Menschen. Er fragte sich, wieso er von einer Person mit weißer Haut, mit Wangen, die nie Farbe hatten, überhaupt sagen konnte, daß sie sehr blaß war. Ihre Haut hatte diesen grünlich-silbernen Ton. Zu den Jeans und den Turnschuhen trug sie eine Art locker fallenden Kasack aus dunkelrotem Baumwollstoff und einen schwarzen Ledergürtel um die Taille. Das Haar war hochgekämmt oder oben auf dem Kopf zusammengebunden und unter einer flachen Mütze aus Baumwollkord, die wie eine Jungenmütze aussah, versteckt. Sie nahm die Mütze ab, warf sie aufs Bett und schüttelte das Haar locker. Philip sah, daß sie ihn mit dem Ansatz eines Lächelns anblickte, sah in dem fleckigen Spiegel verschwommen ihren Rücken, das Haar wie ein großer, silberner Fächer über die Schultern gebreitet.

Sie streckte eine Hand aus, und er nahm sie. Er zog sie zu sich her, aufs Ende des Bettes, wo er saß. Mit beiden Händen strich er ihr das Haar aus dem Gesicht, drehte es, zog es an sich und küßte die Lippen, die sich an diesem warmen Tag kalt anfühlten.

»Wo kommst du her, Senta?«

»Du hast dir doch keine Sorgen gemacht, Philip? Hast du meinen Zettel gesehn?«

»Natürlich, danke dir dafür. Aber du hast nicht geschrieben, wohin du wolltest, nur, daß es wichtig ist.«

»Oh, das war es. Es war sehr wichtig. Errätst du es nicht?«

Warum dachte er wie selbstverständlich an Cheryl? Warum nahm er an, sie sei bei Cheryl gewesen und habe zu ihr etwas gesagt, was er lieber ungesagt ließe? Aber er antwortete ihr nicht, faßte seinen Gedanken nicht in Worte. Sie sprach leise, die Lippen ganz dicht an seiner Haut.

»Ich bin fortgegangen, um für dich zu tun, was du für mich getan hast. Ich bin weggegangen, um meine Liebe zu dir zu beweisen.«

Es war sonderbar, wie jede Erwähnung dieser reziproken Akte ihm Unbehagen verursachte, ja mehr: ein reflexhaftes Zurückschaudern. In diesen wenigen Sekunden dachte er: Sie wird vielleicht versuchen, mir ihre Lebenseinstellung beizubringen, aber ich werde ihr dafür beibringen, daß diese Phantasiererei ein Ende haben muß. Doch dann sagte er nur: »Hast du das getan? Du brauchst mir nichts zu beweisen.«

Sie hörte nie, was er sagte, wenn sie es nicht hören wollte. »Ich habe getan, was du getan hast. Ich habe jemanden umgebracht. Deswegen bin ich so früh weggegangen. Ich habe mich nämlich dazu abgerichtet aufzuwachen, wann ich will. Ich bin um sechs wach geworden und weggegangen. Ich mußte so früh aufbrechen, weil es ein weiter Weg war. Philip wird sich Sorgen machen, hab' ich zu mir gesagt, und deswegen lasse ich einen Zettel für ihn da.«

Trotz seines wachsenden Unbehagens wurde ihm warm ums Herz, weil sie so liebevoll besorgt um ihn gewesen war. Er spürte etwas Wunderbares, doch auch Beängstigendes: Sie liebte ihn jetzt mehr als vor ihrer

Trennung, ihre Liebe zu ihm wurde von Tag zu Tag stärker. Er umfaßte sanft ihr Gesicht, um sie wieder zu küssen, aber sie entwand sich ihm.

»Nein, Philip, du mußt mir zuhören. Es ist sehr wichtig, was ich dir jetzt sage. Ich wollte nach Chigwell, verstehst du, mit der U-Bahn, und es ist ein sehr langer Weg.«

»Nach Chigwell?«

»Nun eigentlich nach Grange Hill, das ist die nächste Station. Von dort ist es am kürzesten zu Gerard Arnhams Haus. Du hast es also nicht erraten? Gerard Arnham, ihn habe ich für dich getötet. Heute morgen um acht Uhr habe ich ihn umgebracht.«

12

Vielleicht eine halbe Minute lang glaubte er ihr tatsächlich. Es kam ihm unendlich viel länger, wie Stunden, vor. Der Schock wirkte sich seltsam auf seinen Kopf aus, bewirkte gewissermaßen eine singende Vibration, vor seinen Augen erschien ein dunkles Rot, er hatte das Gefühl, als rollten und drehten sich Räder hinter seinen Augen. Dann vertrieb die Vernunft all das. Du Narr, sagte er zu sich, du Narr! Ist dir denn inzwischen nicht klargeworden, daß sie in einer Traumwelt lebt?

Er befeuchtete trockene Lippen mit einer trockenen Zunge und schüttelte sich ein bißchen. Das Herz pochte ihm dumpf und erschütterte die Rippen. Sonderbarerweise schien sie nichts zu bemerken von diesem Erdbeben in ihm, diesem Drunter und Drüber, seinen Versuchen, nach der Realität zu greifen, sich zu beruhigen, von den Rissen, die sich auftaten und durch die Nachtmahre hervorgrinsten.

»Ich habe ihn beobachtet«, sagte sie. »Ich war vergangene Woche zweimal vor diesem Haus, das du mir gezeigt hast, und habe herausgebracht, daß er jeden Morgen, ehe er zur Arbeit fährt, seinen Hund in dieses Wäldchen dort führt. Ich habe angenommen, daß er es auch am Sonntag tun würde, nur ein bißchen später – und so war es auch. Ich habe dort gewartet, hinter den Bäumen versteckt, und sah ihn mit seinem Hund kommen.«

Wären ihm noch irgendwelche Zweifel an der Unwahrheit ihrer Erzählung geblieben, dies hätte sie zerstreut. Gerard Arnham mit einem Hund! Er erinnerte sich, daß Christine zu ihm gesagt hatte, Arnham habe für Hunde nichts übrig, und daß sie das als Grund angeführt hatte, Hardy zu Hause zu lassen. Das lieferte ihm das Stichwort für eine Fangfrage, wie sie Polizisten stellen, die genau jene Information ans Licht bringen wollen, an die der Lügner vielleicht nicht gedacht hat.

»Was war das für ein Hund?«

Sie hatte sich ihre Details zurechtgelegt und antwortete ohne Zögern. »Ein ziemlich kleiner, schwarz. Ein Scottie – heißen sie so? Wenn es ein großer, scharfer Dobermann gewesen wäre, Philip, hätte ich wahrscheinlich nicht tun können, was ich getan habe. Weißt du, ich habe Arnham ausgewählt, weil er dein Feind war. Du hast zu mir gesagt, er sei dein Feind, darum hab' ich ihn mir ausgesucht.«

Philip hätte gern gefragt, wie Arnham ausgesehen habe, aber er dachte daran, was beim letztenmal geschehen war, als er ihre Erzählungen zu bezweifeln schien. Er suchte nach einer Möglichkeit, die Frage anders zu formulieren.

»Es ist interessant, daß Mädchen es mit der Angst zu tun bekommen, wenn sie im Wald einem fremden Mann begegnen«, sagte sie. »Männer dagegen haben keine Angst, wenn ein Mädchen auf sie zukommt. Ich habe mir das Auge zugehalten, als ich auf ihn zuging. Ich habe zu ihm gesagt, mir wäre was ins Auge geflogen und es täte weh, ich könne damit nichts mehr sehen und hätte Angst. Das war schlau, findest du nicht?«

»Er ist sehr groß, nicht?« Philip war stolz auf sich. Das hatte er bei einer Kriminalserie im Fernsehen mitbekommen. »Er mußte sich sicher zu dir hinunterbeugen, um sich dein Auge anzusehen.«

»O ja, das hat er getan. Er hat sich herabgebeugt, und ich habe das Gesicht hochgehalten, damit er sich mein Auge ansehen konnte.« Sie nickte mit einer gewissen Genugtuung. Und Philip spürte, daß er angesichts dieser zweiten und sicher endgültigen Bestätigung lächelte; mehr brauchte es nicht. Arnham war nicht größer als ein Meter fünfundsiebzig, höchstens. »Er stand so dicht bei mir wie du jetzt. Ich wußte, wo ich hineinstoßen mußte. Ich habe ihm einen Glasdolch ins Herz gestoßen.«

»Du hast was?« fragte Philip, inzwischen leicht belustigt über ihren Erfindungsreichtum.

»Hab' ich dir nie meine venezianischen Dolche gezeigt? Sie sind aus Muranoglas, scharf wie Rasierklingen, diese Dolche. Wenn man sie in etwas hineinstößt, brechen sie am Griff ab, und hinterher ist nur ein Kratzer zu sehen. Das Opfer blutet nicht einmal. Ich hatte ursprünglich zwei davon, aber den einen habe ich für etwas anderes gebraucht, und jetzt sind beide weg. Ich habe sie in Venedig, auf einer meiner Reisen, gekauft. Aber das Hündchen hat mir leid getan. Es ist zu seinem toten Herrn hingerannt und hat schrecklich zu winseln angefangen.«

Er wußte nicht viel über Venedig, da er nie dort gewesen war, und noch weniger über venezianisches Glas. Aber er hätte sie gerne gefragt, was er sich allerdings verkniff, ob sie eine der venezianischen Vogelmasken und einen schwarzen Umhang getragen habe.

»Morgen wird es in sämtlichen Zeitungen stehen«, sagte sie. »Ich sehe mir sonst nie Zeitungen an, aber morgen werde ich eine kaufen, um es zu lesen. Nein, ich weiß was Besseres! Ich gehe später nach oben und schau' es mir im Fernsehen an.«

Zuerst aber wolle sie oben im Badezimmer ein Bad nehmen. Sie glaube zwar nicht, daß sie irgendwo Blut an sich hatte, aber gleichviel, sie fühle sich nach ihrer Tat nun einmal nicht gerade sauber. Sie habe den dunkelroten Kasack angezogen, sagte sie, damit man keine eventuellen Blutspritzer an ihr sehen könne. Sollte sie doch welche abbekommen haben, müßten es winzige sein. Sie habe in der U-Bahn ihre Kleidung gründlich untersucht.

Philip folgte ihr nach oben, erst in das erste, dann ins zweite Stockwerk. Er war noch nie in den oberen Regionen des Hauses gewesen. Alles war heruntergekommen, mit einer dicken Staubschicht bedeckt, in einem Zustand trübseliger Verwahrlosung. Er warf einen Blick in ein Zimmer, in dem sich auf einem ungemachten Bett Plastiktüten stapelten, aus denen Kleidungsstücke quollen. An den Wänden waren Kartons aufgestapelt, die einst Konservendosen enthalten hatten. Eine große Menge Fliegen summte um Glühbirnen herum, die ohne Schirme von der Decke hingen, Senta ging in ein Badezimmer, dessen Wände und Decke in einem glänzenden Hellgrün gestrichen waren. Den Fußboden bedeckte ein Flickenteppich aus verschiedenfarbigen Linoleumstükken. Sie streifte die Kleider ab und ließ sie in einem Haufen auf dem Boden liegen.

Etwas Unerwartetes war geschehen. Er empfand kein Verlangen nach ihr. Er sah sie an, nackt und unbestreitbar schön, ohne etwas zu fühlen. Sie wirkte auf ihn weniger als ein Bild, viel weniger als ein Foto, so unerotisch wie die steinerne Flora. Er schloß die Augen und rieb sie sich mit den Fäusten, öffnete sie wieder, sah zu, wie Senta ins Wasser stieg – und kein Gefühl regte sich in ihm. Als sie in der Wanne lag, erzählte sie ihm von ihrer Rückfahrt in der U-Bahn, ihrer anfänglichen Furcht, vielleicht verfolgt zu werden, dann ihrer hektischen Suche nach einem Blutfleck irgendwo und wie sie ihre Finger und Fingernägel inspiziert hatte. Er empfand eine Angst, die er nicht beherrschen konnte. Was er hier zu hören bekam, war ihm einfach verhaßt – Verbrechen, der Stoff für Thriller, die Faszination gräßlicher, gewalttätiger Dinge.

Er konnte nicht mehr bei ihr im Badezimmer bleiben und wanderte ziellos umher, in Zimmer hinein und wieder heraus. Sie rief mit ihrer süßen, ziemlich hohen Stimme hinter ihm her, als wäre nichts geschehen, als wäre er ein zufälliger Besucher.

»Geh und schau dir das oberste Stockwerk an. Ich habe früher dort oben gewohnt.«

Er ging hinauf. Die Räume waren kleiner und schmaler, die Decke unter dem Dach geneigt. Es gab drei Zimmer, kein Bad, aber eine Toilette und eine kleine Küche mit einem uralten Herd in einer Ecke und einer freien Stelle, wo früher einmal vielleicht ein Kühlschrank gestanden hatte. Sämtliche Fenster waren geschlossen, und auf einem der Fensterbretter stand die grüne Weinflasche, die er von der Straße aus gesehen hatte. Die Wohnung wirkte und roch, als sei seit Monaten, ja, Jahren nicht mehr gelüftet worden. Draußen schien die Sonne, aber so, als wäre sie weit entfernt – Barrieren aus schmutzigem Glas hingen wie Nebelschwaden zwischen den Zimmern und dem fernen Sonnenlicht. Durch die schmutzverkrusteten Scheiben sahen die Dächer von Queens Park und Kensal wie ein überbelichtetes oder verblichenes Foto aus.

Er war mit einer bestimmten Absicht hier heraufgekommen. Er war gekommen, um allein zu sein mit seiner Furcht. Doch nun lenkte ihn ewas von diesem Gefühl ab. In einer gewissen Verzauberung ging er umher. Die Zimmer waren schmutzig, voller Schmutz von jener Art, an die er sich in diesem Haus allmählich gewöhnte, und der Geruch war schwer. An manchen Stellen roch es wie nach brennendem Gummi, an anderen süßlich und nach Fisch, im Klosett mit der dunkelbraunen Toilettenschüssel stank es scharf und säuerlich wie nach verfaulenden Zwiebeln. Aber es waren immerhin Zimmer, es waren Räume zum *Wohnen*. Er wurde sich bewußt, daß er die Dinge registrierte, die er von Berufs wegen registrieren mußte, die großen Schränke mit ihren paneelierten Türen, das Spülbecken aus rostfreiem Stahl, die Vorhangschienen, die wenigen Sitzmöbel.

Sie rief nach ihm. Er ging hinunter und fragte: »Warum bist du ins Souterrain gezogen?«

Sie brach in ein Lachen aus, einen langen, wohlklingenden Triller. »Oh, Philip, dein Gesicht! Was für ein mißbilligendes Gesicht du machst!« Er versuchte zu lächeln. »Ich hatte es satt, die vielen Stufen zu steigen«, sagte sie. »Und außerdem, was sollte ich mit all diesen Zimmern anfangen?«

Sie trocknete sich ab, zog das silberne Kleid mit der grauen Blume an, und dann verließen sie das Haus, um in einem Pub etwas zu essen. Er fuhr mit ihr nach Hampstead. Dort setzten sie sich in den Garten eines Lokals, aßen Brötchen und Käse mit Salat und tranken dazu einen Lambrusco frizzante. Danach machten sie einen Spaziergang in den Anlagen von Hampstead Heath, wobei Philip absichtlich trödelte, um die Rückfahrt zur

Tarsus Street hinauszuzögern. So, wie es in ihm aussah, würde er kaum imstande sein, mit ihr zu schlafen. Ein schreckliches, trostloses Gefühl hatte sich seiner bemächtigt. Was er für seine Liebe zu ihr gehalten hatte, war fort, war verschwunden. Je mehr sie plauderte – und sie plauderte über alles, über Götter und Menschen und Magie und Mord, darüber, was die Gesellschaft Verbrechen nannte, über sich selbst und ihn und ihre gemeinsame Zukunft, über ihre Vergangenheit und ihre Schauspielerei –, um so schlimmer wurde es. Sie nahm seine Hand, und seine kalte Hand lag schlaff in der ihren, die warm war.

Er schlug ihr vor, ins Kino zu gehen, ins *Everyman* oder ins *Screen on the Hill*, aber sie wollte nach Hause. Sie wollte immer nach Hause. Sie hielt sich gern im Haus, im Untergrund, auf. Das brachte ihn auf den Gedanken, ob sie vielleicht aus der obersten Etage nach unten gezogen war, weil sie sich dort oben zu exponiert, zu verwundbar gefühlt hatte. Sie legten sich nebeneinander aufs Bett, und zu seiner Erleichterung – einer sehr kurzfristigen, traurigen Erleichterung – schlief sie ein. Dann legte er den Arm um sie und spürte das warme Leben in ihr, das Heben und Sinken ihrer Brust beim Atmen. Doch in ihm war nicht mehr Verlangen, wie wenn hier neben ihm ein Mädchen aus Stein, ein Marmormädchen in Lebensgröße gelegen hätte.

Sie hatte ihm einen Zettel geschrieben, und nun würde er ihr einen schreiben – »Ich sehe dich morgen wieder. Gute Nacht.« Sie hatte nicht geschrieben »Alles Liebe«, aber er würde es tun. »Alles Liebe, Dein Philip.« Er stand behutsam auf, um sie nicht im Schlaf zu stören, schloß das Fenster und klappte die Läden zu. Sie sah sehr schön aus, wie sie dalag, mit geschlossenen Lidern und den langen, kupferfarbenen Wimpern, die wie Nachtfalter auf der weißen Haut ruhten. Die geschlossenen Lippen waren Floras Lippen, aus Marmor gemeißelt, an den Winkeln eingekerbt. Er küßte sie leicht und glaubte einen Augenblick mit einem Erschauern, daß er eine Todkranke oder sogar eine Leiche küßte.

Ehe er ging, überzeugte er sich noch, daß die Schlüssel auch in seiner Tasche waren. Trotzdem schien dem hohlen Geräusch, mit dem hinter ihm die Haustür ins Schloß fiel, etwas Endgültiges anzuhaften, obwohl er natürlich wußte, daß es nicht endgültig, daß er noch immer erst am Anfang war.

Arnham war eigentlich kein kleiner Mann. Einen Meter fünfundsiebzig konnte man nicht als klein bezeichnen. Nur er selbst sah es so, weil er so hochgewachsen war. Arnham hatte sich nicht mit Hunden abgegeben, aber er war ja jetzt verheiratet. Angenommen, es war der Hund seiner Frau? Es war möglich, daß seine Frau Hunde liebte, bereits einen Hund, diesen Scottie, gehabt hatte, ehe sie heirateten. Wenn Arnham Christines Ehemann geworden wäre, hätten sie Hardy behalten, aber natürlich. Über all das dachte Philip auf der Fahrt nach Hause nach. Als er ins Wohnzimmer trat, traf er dort Fee und Darren an, die zusammen mit Christine vor dem Fernsehgerät saßen.

Eben begannen die Nachrichten, in geraffter Form, wie an einem Sonntagabend üblich. Philip fühlte sich ein bißchen unwohl. Er selbst hätte die Nachrichten nicht eingeschaltet, er wollte nichts wissen, doch da sie begonnen hatten, mußte er bleiben und abwarten, ob etwas kam. Seine Gespanntheit wurde noch schlimmer, weil Darren ständig dazwischenredete und den Nachrichtensprecher gewissermaßen drängte, voranzumachen und zum Sport zu kommen. Aber es kam keine Meldung über einen Mord dieser oder jener Art, und Philip fühlte sich wohler. Er hatte sich zu fragen begonnen, wie er auch nur einen einzigen Augenblick hatte so dumm sein und glauben können, Senta habe jemanden umgebracht, seine winzige, schwache Senta mit ihren kindlichen Fingern.

»Cheryl sagt, du gehst in letzter Zeit oft mit Stephanie weg«, sagte Fee und zündete sich eine Zigarette an. Der Rauch bewirkte, daß ihm wieder leicht übel wurde. »Stimmt das?«

»Das saugt sich Cheryl alles aus den Fingern«, sagte er. »Du hast also Cheryl gesehen?«

»Warum hätte ich sie nicht sehen sollen? Sie wohnt ja hier.«

Er mußte mit Fee über Cheryl sprechen. Fee wäre genau die Richtige dafür. Aber nicht jetzt, nicht heute abend. Er holte sich etwas zu essen, ein Sandwich mit Wurst und dazu eine Tasse Pulverkaffee, und erbot sich, Hardy um den Block zu führen. Während er mit dem Hund an der Leine dahinspazierte, fiel ihm Arnham wieder ein. Arnham, wie er tot dalag, und das Hündchen winselnd über der Leiche. Das Schlimme war, daß Senta alles zu anschaulich geschildert und kein Ende damit gefunden hatte. Und jetzt konnte er selbst nicht damit aufhören, sein Bewußtsein war ganz davon beherrscht. Er war unfähig, seinen Gedanken eine andere Richtung zu geben, und in dieser Nacht träumte er von gläsernen Dolchen. Er war in Venedig, jedenfalls ging er in einer Stadt an einem Kai entlang, und als er um die Ecke bog, sah er, wie ein Mann von einem anderen in Maske und Umhang angefallen wurde. Ein Dolch von vollkommener, bösartiger Durchsichtigkeit blitzte im Mondschein auf. Der Meuchelmörder floh. Philip eilte zu dem Opfer hin, das auf dem Rücken lag, eine Hand im Wasser hängend. Er suchte nach der Wunde, fand aber die Stelle nicht, wo der Dolch eingedrungen war, nur einen kleinen Kratzer, wie ihn eine Katzenkralle verursachen könnte. Aber der Mann war tot, und die Leiche erkaltete rasch.

Während der vergangenen Woche hatte Philip es vermieden, Zeitungen anzusehen. Er hatte nicht wissen wollen, ob die Polizei den Mörder des Stadtstreichers John Sidney Crucifer gefunden hatte. Er hatte die ganze Geschichte von sich weggeschoben, war allem ausgewichen, was damit zusammenhängen, hatte jedes Medium gemieden, das möglicherweise weitere Details darüber enthüllen konnte. Vor dem Fernsehgerät war er seit seiner Wiedervereinigung mit Senta ohnedies kaum gesessen. Jetzt kam ihm zu Bewußtsein, daß er nichts unternommen hatte, um sein gestohlenes Autoradio zu ersetzen, weil er die Nachrichtensendungen nicht hören wollte.

Diese Vogel-Strauß-Politik war nur möglich, solange es um eine Sache von wenig Gewicht ging. Heute aber konnte er es sich nicht leisten, die Zeitungen zu ignorieren. Er mußte Gewißheit haben. Unterwegs nach Highgate, wo Roseberry Lawn im Haus einer Schauspielerin zwei neue Badezimmer einrichtete, machte er kurz halt und kaufte bei einem Zeitungshändler drei Morgenblätter. Sein Wagen stand in der den Bussen vorbehaltenen Spur, aber Philip konnte nicht länger warten. Man mußte nur aufpassen, daß nicht eine Politesse daherkam.

Im Laufe des Sonntags hatten sich zwei Mordfälle ereignet, einer in Wolverhampton, der andere in einem Wäldchen namens Hainault Forest in der Grafschaft Essex. Alle drei Zeitungen brachten Details, die Berichte allerdings nicht als Aufmacher. Das wäre anders gewesen, hätte es sich bei den Opfern um Frauen, zumal junge Frauen, gehandelt, aber die beiden Ermordeten waren Männer, und Morde an Männern geben für die Presse weniger her. Der Name des im Hainault Forest ermordeten Mannes war nicht angegeben, in den Berichten stand nur, daß er in den Fünfzigern war. Ein Forstaufseher hatte die Leiche entdeckt. In keinem der drei Blätter stand etwas über die Todesursache oder die Todesart.

Philip fuhr weiter, zum Haus der Schauspielerin. Sie war eine junge Frau namens Olivia Brett, die in einer Fernsehserie einen phänomenalen Erfolg gehabt hatte. Jetzt riß man sich um sie. Sie war sehr mager, sogar dürr, und ihr Haar war im gleichen Ton wie Sentas Haar gebleicht, aber kürzer und längst nicht so dicht und glänzend. Sie war zehn Jahre älter als Senta, und eine dicke Puderschicht auf dem Gesicht ließ sie älter erscheinen, als sie war. Sie wollte den Vornamen ihres Besuchers wissen, redete ihn mit »Philip« an, nannte ihn außerdem auch »Darling« und forderte ihn auf, »Ollie« zu ihr zu sagen, wie es alle Leute täten. Sie schwärme für Badezimmer von Roseberry Lawn, sagte sie, sie seien schöner als alles, was sie in Beverly Hills gesehen habe. Farbe sei etwas Himmlisches, die Farbe mache das Leben erst lebenswert. Ob er einen Drink möchte? Sie habe leider nichts im Haus außer Perrier, weil sie dermaßen dick werde, daß sie schon bald nur noch verfettete Großmütter werde spielen können.

Philip, dem von alledem etwas schwindlig wurde, lehnte dankend einen Drink ab und ging die Treppe hinauf, um sich die beiden als Bäder vorgesehenen Zimmer anzusehen. Es handelte sich nur darum, sich einen vorläufigen Überblick zu verschaffen, noch nicht mal ums Ausmessen. Philip stand im ersten dieser Räume, der bereits als Bad benutzt wurde, mit einer sehr altmodischen, schäbigen Ausstattung, und blickte zum Fenster hinaus. London lag unter ihm, ausgebreitet am Fuß der nördlichen Hügel. Chigwell war ein Teil von London, nicht, gehörte nicht zu Essex? Jetzt fiel ihm ein, daß es an der Central Line der U-Bahn eine Haltestelle gab, die Hainault hieß. In ihrem »Geständnis« hatte Senta von einem Wald gesprochen. Hatte sie den gemeint – Hainault Forest? War das das bewaldete Umland, in dessen Nähe Arnham wohnte?

Der Mann hatte das richtige Alter. Ein Mann von einem Meter fünfundsiebzig konnte Senta, die selbst so klein war, groß vorkommen. Oh, hör auf, sagte er zu sich, hör auf damit! Da könntest du ja gleich sagen, der Traum, den du in der vergangenen Nacht von dem mit einem Glasdolch ermordeten Mann geträumt hast, sei real gewesen. Woher hätte sich ein Mädchen wie Senta überhaupt einen Glasdolch beschaffen sollen? So etwas wurde doch nicht über den Ladentisch verkauft. Eine schwache Stimme wisperte ihm zu: Schon, aber sie erfindet manches davon, und einiges ist Wirklichkeit, das weißt du doch. Sie war ja wirklich auf eine Schauspielschule gegangen, nur daß es nicht die RADA war. Sie *hatte* Reisen gemacht, nur nicht in so ferne Länder, wie sie behauptet hatte.

Olivia Brett war verschwunden, und unten wartete

eine Haushälterin mit strenger Miene, um ihn hinauszuführen. Philip sagte stumm zu sich: Es ist offensichtlich nicht Arnham, du weißt das, du wirst allmählich neurotisch wegen nichts und wieder nichts. Jetzt ist nur eines wichtig – das ganze Zeug aus deinem Kopf hinauszuschaffen, so wie du es mit der Sache mit Crucifer getan hast. Kaufe keine Abendzeitung, sieh dir die Fernsehnachrichten nicht an. Wenn du eure Beziehung zu einem Erfolg machen willst, mußt du ihr zeigen, daß ihre Phantastereien nichts bringen, daß sie kindisch sind, und das wirst du nicht schaffen, wenn du bei ihren Hirngespinsten mitspielst, so wie jetzt. Du hättest überhaupt nicht zulassen sollen, daß so etwas anfängt.

Aber was war denn gewesen, als er protestiert, sich dagegen gestemmt hatte? Sie hatte ihn nicht mehr sehen wollen. Aber würde es ihm jetzt wirklich etwas ausmachen, wenn sie ihn nicht mehr sehen wollte? Der Gedanke in seiner Ungeheuerlichkeit ließ ihn erschauern. Man konnte nicht jemanden lieben, so wie er sie geliebt hatte, und dann wegen nichts als Lügen und Tagträumereien innerhalb von fünf Minuten die Lust daran verlieren. Konnte man das? Konnte man das?

Er kam nicht auf die Idee, an diesem Abend der Tarsus Street fernzubleiben. Während er die Shoot-up Hill genannte Straße hinabfuhr, sagte er sich, er wisse jetzt, warum Lügen und Phantastereien schädlich seien. Weil sie soviel Unruhe und Elend und Schmerz stifteten. Er kaufte Wein und Pralinen für sie. Es waren Bestechungen, darin machte er sich nichts vor.

Als er aus der Caesarea Grove in die Straße einbog, packte ihn plötzlich ein banges Gefühl, was Joley betraf. Seit er ihn zum erstenmal gesehen hatte, war Joley noch nie seinem gewohnten Revier so lange ferngeblieben. Wieder war das Friedhofstor verschlossen und der Vorbau vor dem Kircheneingang leer. Noch eine Woche vorher hätte nichts Philip davon abgehalten, auf dem raschesten Weg zu Senta zu gelangen. Doch die Dinge hatten sich verändert. Er war durchaus bereit, sogar sehr gerne bereit, das Wiedersehen mit ihr eine halbe Stunde hinauszuschieben, während er Joley suchen ging.

Sein zweites Standquartier, so hatte er Philip erzählt, sei die Ilbert Street, die lange Straße, die die Third Avenue mit der Kilburn Lane verbindet. Er fuhr sie zwischen den geparkten Autos bis zum anderen Ende ab. Es war ein schwüler, windloser Abend, der eine warme Nacht verhieß, eine Nacht, in der Joley zufrieden im Freien schlafen würde, mit nicht mehr Komfort als der Schwelle eines Hauseingangs oder einem Fleck nackter Erde. Philip konnte vom Gehsteig nur wenig sehen, weil die Autos Stoßstange an Stoßstange geparkt waren. Es gelang ihm, eine Lücke für seinen eigenen Wagen zu finden, und dann machte er sich auf, um die Straße abzugehen. Joley war nirgendwo. Philip verließ die Ilbert Street und unternahm einen Streifzug in ihr Hinterland mit seinen ärmlichen, kleinen Häusern. Inzwischen war die Sonne untergegangen, und überall an dem rauchgrauen Himmel glätteten sich rote, federartige Gebilde. Wieder meldete sich das Gefühl, daß sein Glück von Joley abhing, und nun war Joley verschwunden.

Sein Zögern, Senta aufzusuchen, wurde stärker, als er zur Tarsus Street zurückfuhr. Warum nur hatte er ihr aufgebunden, einen Menschen umgebracht zu haben? Warum war er so verblödet gewesen? Sicher, er hatte es ihr so ganz nebenbei, ganz beiläufig erzählt, so daß fast jeder andere gemerkt hätte, daß er sich die ganze Geschichte aus den Fingern gesogen hatte. Sicher hatte sie ihm nicht wirklich geglaubt. Langsam und beinahe matt schloß er die Haustür auf. Er war wie ein unglücklicher Ehemann, der zu lärmenden Kindern und einer nörglerischen Ehefrau zurückkehrt.

Ihr brennendes Räucherstäbchen erfüllte den Treppenschacht im Souterrain mit Wohlgeruch. Er trat in ihr Zimmer. Die Läden waren geschlossen, die Bettlampe brannte. Es war unerträglich stickig, und das berauschende, würzige Aroma nahm ihm fast den Atem. Sie lag mit dem Gesicht nach unten auf dem Bett, die Arme unter dem Kopf. Als er hereinkam, machte sie eine konvulsivische Bewegung. Er berührte sie an der Schulter, sprach ihren Namen. Sie drehte sich langsam auf den Rücken und schaute zu ihm hinauf. Ihr Gesicht war vom Weinen zerknittert, rosig und naß. Das Kissen, in das sie den Kopf vergraben hatte, war naß, von ihren Tränen oder vom Schweiß.

»Ich dachte, du würdest nicht kommen. Ich dachte, du würdest nie mehr kommen.«

»O Senta, natürlich bin ich wiedergekommen, natürlich.«

»Ich dachte, ich würde dich nie wiedersehen.«

Er nahm sie in die Arme und drückte sie an sich wie ein weinendes Kind, das sich fürchtet. Was ist mit uns geschehen? dachte er. Was haben wir getan? Wir waren doch so glücklich. Warum haben wir uns mit all diesen Lügen, all diesen Spielen um unser Glück gebracht?

Philip ging in ein Postamt und sah in dem Telefonbuch nach, das Chigwell einschloß, fand aber Gerard Arnhams

Namen nicht. Das Telefonbuch war ein Jahr alt, und deshalb war sein Name natürlich noch nicht eingetragen. Es konnte nicht mehr als ein halbes Jahr her sein, daß Arnham umgezogen war. Eine andere Möglichkeit wäre gewesen, die Nummer bei der Auskunft zu erfragen, doch was sollte er sagen, wenn sich jemand anders, zum Beispiel Arnhams Frau, meldete? Er konnte ja nicht gut fragen, ob ihr Mann noch am Leben sei.

Drei Tage war es her, seit Senta ihm gesagt hatte, sie habe Arnham getötet. In dieser Zeit war sie eine andere, war er ein anderer geworden. Die Situation hatte sich in ihr Gegenteil verkehrt. Jetzt war er derjenige Teil, der sich zurückzog, und sie klammerte sich an ihn und weinte. Sie sagte, sie habe ihm zuliebe seinen Feind getötet, und statt ihr dankbar zu sein, verabscheue er sie wegen ihrer Tat. So war es auch beinahe, nur wußte er sehr gut, daß sie Arnham nicht umgebracht hatte und es nur behauptete. Als er seine Gefühle prüfte, entdeckte er, sein Widerwille rührte daher, daß Senta stolz darauf war, jemanden auf eine besonders brutale Art getötet zu haben. Oder vielleicht doch nicht? Kam er nicht eher davon, daß er sich nicht ganz sicher war, ob sie die Tat nicht doch begangen hatte, daß irgendwo die Furcht keimte, sie könnte es doch getan haben?

Inzwischen hatte er in einer Zeitung gelesen, daß der im Hainault Forest ermordete Mann als Harold Myerson, ein achtundfünfzigjähriger Ingenieur aus Chigwell, identifiziert worden sei. Es war sicher Zufall, daß er aus Chigwell war, und Philip konnte jetzt wenigstens sicher sein, daß es sich bei dem Toten im Wald unmöglich um Gerard Arnham handelte. Der Tote hieß anders, und außerdem war Arnham nicht so alt. Der einzige andere

Mord, der am vergangenen Wochenende auf den Britischen Inseln begangen worden war, war die Tat in Wolverhampton: Ein Zwanzigjähriger war bei einer Rauferei vor einem Pub erstochen worden. Philip war sich seiner Sache sicher, weil er drei der Morgenzeitungen vom Montag und die Abendausgabe durchgesehen, drei weitere am Dienstag gekauft und genau kontrolliert hatte. Das bedeutete, daß Senta an diesem Sonntag keinen Mord begangen hatte, daß Arnham am Leben sein mußte und daß er, Philip, bescheuert war und Hirngespinste produzierte. Leute, die man persönlich kennt, bringen niemanden um. Ein Mord kam im eigenen Bekanntenkreis nicht vor, geschah in einer anderen Welt.

Um seine veränderte Haltung ihr gegenüber zu erklären, hatte er versucht, sie glauben zu machen, dahinter stehe seine Besorgnis um sie. Er ließ sich von ihr die ganze Geschichte mit genauen Details noch einmal erzählen, in der Hoffnung, sie zerpflücken zu können, Widersprüche zwischen ihrer ursprünglichen Darstellung und dieser zweiten zu entdecken.

»An welchem Vormittag bist du hinausgefahren? Du hast doch gesagt, du seist nach Chigwell gefahren und hättest in der Frühe sein Haus beobachtet.«

»Ich bin am Dienstag und am Freitag hinausgefahren, Philip.«

Er zwang sich, es zu sagen, obwohl es ihn bei den Worten fast im Hals würgte. »Dieser Dienstag, das war nur einen Tag nachdem ich dir erzählt hatte, daß ich John Crucifer getötet habe.«

»Genau«, sagte sie. »So war es. Ich habe mir gesagt, jetzt mußt du die Sache angehen. Nachdem du das für mich getan hattest, war mir klar, daß ich meinen eigenen

Schritt planen mußte. Ich bin in aller Frühe aufgestanden, ich hatte nicht viel geschlafen, fuhr mit der U-Bahn hinaus und beobachtete das Haus. Ich sah, wie die Frau im Morgenmantel die Tür öffnete und eine Flasche Milch hereinholte. Sie hat eine große Nase und einen breiten Mund und einen dunklen Wuschelkopf.«

Bei diesen Enthüllungen überlief es Philip kalt. Er erinnerte sich an das erste Mal, als er durch die Scheiben des runden Buntglasfensters Arnhams Frau gesehen hatte. Senta, die neben ihm auf dem Bett saß, die Beine untergeschlagen, ihre Arme locker um seinen Hals geschlungen, kuschelte sich an ihn.

»Es war super, daß ich sie sah. Ich dachte, das ist die Frau, die er geheiratet hat, wo er doch Philips Mutter hätte heiraten sollen. Es wird ihr recht geschehen, wenn er stirbt und sie als Witwe dasteht. Es gehört sich nicht, anderen Frauen die Männer wegzunehmen. Wenn irgendeine Frau versuchen würde, dich mir wegzunehmen, Philip, würde ich sie umbringen, ohne mit der Wimper zu zucken. Ich werde dir dazu noch ein Geheimnis erzählen, aber später, nicht jetzt. Ich werde keine Geheimnisse vor dir haben, und du nicht vor mir – nie!

Es war acht Uhr, als Arnham mit dem kleinen Hund rauskam. Er führte ihn zu der kleinen Grünfläche, wo die Bäume standen, und zwischen die Bäume und ging dann mit ihm zurück. Es hat ungefähr zwanzig Minuten gedauert. Ich bin aber nicht weggegangen, sondern auf meinem Posten geblieben. Nach einer Weile kam er wieder heraus, in einem Anzug und mit einer Aktentasche, und sie mit ihm, noch immer im Morgenmantel. Er hat ihr einen Kuß gegeben, und sie hat ihm die Arme um den Hals gelegt, wie ich jetzt dir.«

»Und am Freitag bist du wieder hingefahren?«

»Ich bin am Freitag wieder hingefahren, Philip, um zu kontrollieren, ob er es immer tut. Ich habe überlegt, vielleicht übernimmt sie es manchmal, die Diebin. Ich mußte mir Namen für sie ausdenken. Findest du das komisch? Ich habe ihn Gerry und sie Thiefie* und den kleinen Hund Ebony** genannt, weil er schwarz war. Ich dachte mir, angenommen, Thiefie führt sonntags Ebony spazieren, dann hab' ich mir den ganzen Weg umsonst gemacht, aber dann hätte ich eben am Montag wieder hinfahren müssen, nicht?«

Philip hätte es nicht ausgehalten, sich den Mord mit dem Dolch noch einmal anzuhören. Als sie den Punkt erreicht hatte, wie sie zwischen den Bäumen auf Arnham zugegangen sei und zu ihm gesagt habe, es sei ihr etwas ins Auge geflogen, stoppte er sie mit der Frage, warum sie geglaubt habe, daß ihr auf dem Rückweg zu der U-Bahn-Station jemand gefolgt sein könnte.

»Nur, weil da eine alte Frau auf dem Bahnsteig war. Ich mußte furchtbar lange auf den Zug warten, und sie hat mich immerfort angesehen. Ich fragte mich: Hast du Blut an dir? Aber ich konnte keines sehen. Und wie hätte sie es sehen können, da ich ja den dunkelroten Kasack anhatte. Und als dann der Zug endlich kam, setzte ich mich auf einen Platz und nahm die Mütze ab, und das Haar fiel mir ins Gesicht. Die alte Frau war nicht da, sie war nicht im selben Waggon, aber andere Leute, und seitdem, Philip, geht mir der Gedanke durch den Kopf: Angenommen, die Alte hat mich für einen Jungen gehalten, aber

* verächtl.: kleine Diebin, Anm. d. Ü.

** Ebenholz, Anm. d. Ü.

die Leute im Zug haben erkannt, daß ich ein Mädchen war, und sie alle haben irgendwie die Verbindung hergestellt und Verdacht geschöpft! Meinst du nicht, die Polizei wäre inzwischen hier gewesen. So wär's doch, oder?«

»Du brauchst keine Angst vor der Polizei zu haben, Senta.«

»Ach, *Angst* hab' ich nicht. Ich weiß, die Polizisten sind nur Handlanger einer Gesellschaft, deren Regeln für Leute wie uns nichts bedeuten. Ich habe keine Angst, aber ich muß auf der Hut sein, ich muß mir meine Geschichte zurechtlegen.«

Wenn die Sache nicht so gräßlich gewesen wäre, hätte er über die Vorstellung gelacht, wie die Polizei Senta aufspürte, die so winzig war und so unschuldig aussah mit den großen, seelenvollen Augen, der weichen, makellosen Haut und den Händen und Füßen eines Kindes. Philip nahm sie in die Arme und begann sie zu küssen. Er verscheuchte die bösen Gedanken. Er fragte sich, ob vielleicht nicht sie, sondern vielmehr er verrückt sei, weil er, wenn auch nur einen Augenblick lang, bereit gewesen war, diese ausgeklügelten Erfindungen für bare Münze zu nehmen. Doch schon bald darauf, als er ihre zweite Flasche Wein entkorkte und für sie eine Kirschpraline aus rotsilbernem Papier auswickelte, fragte er sie nach weiteren Einzelheiten, bat er sie, ihm noch einmal zu schildern, wie sie Arnham von seinem Haus zu der freien Stelle mit dem Gras und den Bäumen gefolgt sei.

Im Souterrain kam die Dämmerung früher als zu ebener Erde. Es war düster und stickig hier unten, wo sich der Staubgeruch mit dem Duft von brennendem Patschuli vermengte. Zu dieser Stunde, im Zwielicht, wirkte der große Wandspiegel wie eine grünliche Wasserfläche, in der ihre Spiegelbilder nur vage zu erkennen waren. Darüber lag ein Schimmer wie Perlmutt, dick und durchscheinend. Das Bett mit den Kopfkissen und der Steppdecke, zerknittertes Braun, ähnelte einem Terrain aus aufgefalteten Hügeln und tiefen Tälern. Philip hielt sie zurück, als sie nach der Bettlampe greifen wollte, um sie anzuknipsen. Er zog sie an sich und schob die Hände unter den dünnen, schwarzen Rock und das lockere Oberteil aus Gaze. Ihre Haut war wie warme Seide, glatt und nachgiebig. Hier im Dunkeln – die Läden waren halb geschlossen, und über dem Gehsteig droben zeigte sich nur ein wenig diesiges Licht – konnte er sich vorstellen, wie sie gewesen war, bevor sie ihm diese Dinge enthüllt hatte. Er stellte sich vor, wie sie bei jenen beiden Malen in seinem eigenen Bett gewesen war.

Dann, erst dann und mit geschlossenen Augen war es ihm möglich, mit ihr zu schlafen. Er lernte allmählich das Phantasieren.

Mitten in der Nacht wachte er auf. Er hatte schon lange vorher beschlossen, in dieser Nacht nicht nach Hause zu fahren. Mindestens einmal pro Woche fuhr er nicht nach Hause, und er hatte den Abend vorher mit Christine verbracht und war auch die Nacht über dort geblieben. Es war ihm zur Gewohnheit geworden, aufzuwachen, sich anzuziehen und leise das Zimmer und das Haus zu verlassen. Er wachte noch immer auf, auch wenn es gar nicht notwendig war.

Senta lag schlafend neben ihm. Gelbes Laternenlicht von der Straße her lag über ihrem Gesicht und verwandelte das Silber ihres Haars in den Goldton von Messing. Das Schiebefenster war ein wenig geöffnet, und die Läden standen einen Spalt offen. Früher hatte oft zu dieser

Stunde über ihnen die Musik gespielt, zu der zwei Paar Füße tanzten, doch nun waren Rita und Jacopo irgendwo anders. Das alte Haus, das auf ihnen lastete, mit seinen schmutzigen Zimmern voller Plunder, eine mit Müll angefüllte Deponie, in langsamem Verfall begriffen, war bis auf sie beide leer. Senta atmete in einem ganz leisen, regelmäßigen Rhythmus, und ihre leicht geöffneten Lippen waren bleich wie eine Muschel.

Doch als er die Läden geschlossen und sich dann aus dem mit Lumpen umwickelten Messinghahn ein Glas Wasser geholt hatte, war sie aufgewacht und saß auf dem Bett. Auf ihren Schultern lag ein weißes, fransengesäumtes Umschlagtuch. Das Licht brannte grell und gnadenlos. Die Löcher im Pergament des Schirms warfen ein getupftes Muster an die Decke. Sie mußte eine leistungsfähigere Birne in die Fassung geschraubt haben, denn das stärkere Licht enthüllte jeden Aspekt des verwahrlosten Zimmers, den Staub auf den Dielen, der sich in Gestalt verfilzter Flocken längs der Fußbodenleisten zeigte, die Spinnweben und die dunklen, sandigen Ablagerungen auf den Wandleisten, den Sessel, dessen Rohrbespannung sich auflöste, die dunklen, alten Flecken auf dem Läufer und den Kissen. Philip dachte: Ich muß sie aus diesem Loch herausholen, so können wir nicht leben. Nun, da das Licht brannte, erwachte eine Schmeißfliege und umschwirrte den klebrigen Hals einer der leeren Weinflaschen.

Senta sagte: »Ich bin hellwach. Ich möchte dir was erzählen. Erinnerst du dich, daß ich gesagt habe, ich hätte dir ein Geheimnis anzuvertrauen und würde das später einmal tun? Es geht dabei um Frauen, die Männer stehlen.«

Er legte sich wieder aufs Bett, neben sie. Er wollte nichts als schlafen, da ihm nur noch fünf Stunden blieben, bis er aufstehen, bis er aus diesem Bett steigen und sich notdürftig waschen, anziehen und zur Arbeit fahren mußte. Lächerlicherweise fiel ihm jetzt ein, daß er vergessen hatte, eine saubere Unterhose und ein frisches Hemd mitzubringen, unwichtige Bagatellen, doppelt lächerlich angesichts dessen, was sie ihm jetzt erzählte:

»Du weißt, daß du nicht der erste für mich warst, Philip? Ich wollte, ich hätte mich für dich aufbewahrt, aber ich hab' es nicht getan, und an der Vergangenheit kann niemand etwas ändern. Nicht einmal Gott kann die Geschichte verändern – wußtest du das? Nicht einmal Gott ist dazu imstande. Ich war einmal in einen andern verliebt – jedenfalls glaubte ich es. Ich weiß, ich war es genau genommen nicht, da ich ja jetzt weiß, was Liebe wirklich ist.

Dieser Mann – eigentlich war es ein Junge, nur ein Junge, und dieses Mädchen hatte sich vorgenommen, ihn mir wegzunehmen, was ihr auch eine Zeitlang gelungen ist. Vielleicht wäre er schließlich wiedergekommen, aber ich hätte nichts mehr von ihm wissen wollen, nicht nachdem er mit ihr was gehabt hatte. Und weißt du, was ich getan habe, Philip? Ich habe sie umgebracht. Das war mein erster Mord. Ich habe sie mit dem ersten Dolch aus Muranoglas erledigt.«

Er dachte: Ist sie verrückt? Oder nimmt sie mich nur auf den Arm? Was geht in ihrem Kopf vor, wenn sie solche Fabeln erfinden muß? Was hat sie davon? Er sagte: »Dreh jetzt das Licht ab, Senta. Ich brauche wenigstens ein bißchen Schlaf.«

13

Ein Gestank nach faulen Eiern kroch die Treppe herauf. Das bedeutete, daß Christine schon zu dieser frühen Stunde Dauerwellen legte. Hunde, so hatte Philip irgendwo gelesen, haben einen millionenfach feineren Geruchssinn als Menschen. Wenn es so in seiner Nase stank, was mußte Hardy da erst durchmachen? Der Hund lag auf dem Treppenabsatz und wedelte mit dem Schwanz, als Philip auf dem Weg zum Bad an ihm vorbeikam. Jedesmal, wenn er Hardy sah, wurde er an den Hund erinnert, von dem Senta sagte, er habe Arnham gehört, und den sie Ebony nannte.

Er war müde. Wäre es ihm möglich gewesen, hätte er sich wieder ins Bett gelegt und stundenlang weitergeschlafen. TGIF, wie sein Vater oft gesagt hatte, Thank God It's Friday: Gott sei Dank ist Freitag. Cheryl war bereits im Bad gewesen und hatte nicht nur ihr eigenes, sondern auch sein Handtuch benutzt. Seine Gedanken wanderten in ihre Richtung, zurück zu jenem Abend, als er sie beobachtet hatte, wie sie aus der Boutique in Golders Green irgend etwas gestohlen hatte. Er hatte in dieser Sache keine Schritte unternommen. Seine Gedanken waren zu sehr mit Senta beschäftigt gewesen. Senta hatte ihn ganz mit Beschlag belegt, hatte ihn erschöpft.

Am Abend vorher hatte er mit dem Gedanken gespielt, nicht zur Tarsus Street zu fahren, aber schließlich hatte er es doch getan. Er hatte sich in ihre Lage versetzt, sich erinnert, wie es in ihm ausgesehen hatte, als er von ihr vor die Tür gesetzt worden war. Er könnte ihre Tränen, ihren Jammer nicht ertragen. Ihr Zimmer deprimierte ihn, und er hatte sie ausgeführt, vorgehabt, ihr einen Abschiedskuß zu geben und sie allein ins Haus zurückgehen zu lassen. Aber dann hatte das Weinen und das Bitten begonnen, und so war er mit ihr hineingegangen und hatte zugehört, während sie redete. Es war wieder einmal um Ares und Aphrodite und darum gegangen, daß sie zu einer Elite gehörten, um Macht und um die Bedeutungslosigkeit von Gesetzen. Sie hatten nicht miteinander geschlafen.

Nun, da er allein war, stellte er sich immer wieder die Frage, was er tun solle. Er mußte seinen Kopf von diesen ganzen Obsessionen freimachen, diesen Wurzeln seiner Ängste: dem Anblick eines Hundes, eines Messers, sogar einer U-Bahn-Station. All das mußte er aus seinen Gedanken verbannen und statt dessen an ihrer beider Zukunft denken. Hatten sie denn eine gemeinsame Zukunft? Schmerzlich wurde ihm bewußt, daß er nie seine Absicht verwirklicht hatte, Christine und seinen Schwestern von Senta zu erzählen. Dabei war es sein dringender Wunsch gewesen, bis sie begonnen hatte, mit diesen angeblich von ihr begangenen Morden ihre Beziehung zu erschüttern. Es war sein inniges Verlangen gewesen, daß alle davon erfahren sollten, daß seine Liebe und seine Bindung allgemein bekannt wurden.

Er ging nach unten. Obwohl die Küchentür geschlossen war, stank das Haus nach dem schwefelhaltigen Zeug, das Christine verwendete. Niemand konnte daran denken, in dieser Atmosphäre zu frühstücken. Er öffnete die Tür und begrüßte eine ältere Frau, deren schneeweißes Haar Christine gerade um blaue Lockenwickler aus Kunststoff wickelte.

»Es ist kein sehr netter Geruch, ich weiß, aber in zehn Minuten ist er verschwunden.«

»Und ich auch«, sagte Philip.

Er fand die Kaffeekanne zwischen riesigen Haarfestigerdosen und zwei Tuben Entkrausungsgel. Wozu brauchte sie das? Sie hatte doch keine schwarzen Kundinnen. Die Herstellerfirma hieß, wie er bemerkte – wie er natürlich bemerkte –, Ebony. Die alte Frau, die beinahe pausenlos gesprochen hatte, seit er eingetreten war, setzte nun zu einer Anekdote über ihre Enkelin an. Diese sei als Austauschschülerin Gast in einer französischen Familie gewesen, die nicht sprechen konnte. Weder der Vater noch die Mutter hätten sprechen können. Selbstredend hätten die Großeltern es auch nicht gekonnt, und selbst die Kinder hätten nur ein paar Worte geschafft.

»Waren sie auch taub, die Ärmsten?« erkundigte sich Christine.

»Nein, sie waren nicht taub, Christine. Ich habe ja nicht gesagt, daß sie taub waren. Ich habe gesagt, sie konnten nicht sprechen.«

Philip, der noch eine halbe Stunde vorher gedacht hatte, er werde nie wieder lachen, verbrühte sich beinahe an dem kochend heißen Kaffee. »Das sollte heißen, sie konnten nicht englisch sprechen, Mutter. Wach doch auf!«

Christine begann zu kichern. Sie sah so hübsch aus, wenn sie lachte, daß Philip an Arnham erinnert wurde und verstand, warum sie anziehend auf ihn gewirkt hatte. Er trank seinen Kaffee aus, verabschiedete sich und verließ das Haus. Die Erinnerung an Arnham hatte ihn wieder in den Abgrund von Bangigkeit und Zweifeln gestürzt. Er registrierte kaum den Sonnenschein, den Duft aus hundert kleinen, blühenden Gärten, eine Erleichterung nach dem Schwefelgestank. Er setzte sich in den Wagen, fuhr an, betätigte mechanisch Steuer und Pedale. Zur Zentrale als erstes heute, und das bedeutete, sich in den trägen Strom der Autos einzureihen, die die Hügel hinab in Richtung aufs Stadtzentrum fuhren.

Wie kann man behaupten, Leute, die man kennt, brächten niemanden um! Mörder sind wie du und ich, bis sie morden, oder nicht? Sie sind nicht alle Gangster oder Verrückte. Und wenn sie es doch sind, dann verbergen sich ihre Verrücktheit oder Gleichgültigkeit gegenüber dem Gesetz hinter einer Fassade von Normalität. In Gegenwart anderer sind sie schlicht wie alle anderen auch.

Wie oft hatte er in Büchern und Zeitschriften von der Frau oder der Freundin eines Mörders gelesen, die erklärte, sie habe keine Ahnung gehabt, was in ihm vorging, habe nicht im Traum daran gedacht, daß er solche Dinge tat, wenn er nicht bei ihr war? Aber Senta war so klein, so lieb, so kindlich. Manchmal, wenn sie ihm keine Vorträge über Macht und Magie hielt, sprach sie wie ein sieben- oder achtjähriges Kind. Ihre Hand schmiegte sich in seine wie die eines kleinen Mädchens. Er stellte sich vor, wie sie auf einen Mann zuging, wimmernd vor Schmerz, ihr Gesicht zu ihm aufhob und ihn bat nachzusehen, warum ihr das Auge weh tat. Es war ein Bild, das er vor sich sah, sobald er die Augen schloß. Schlug er eine Zeitung auf, schob sich dieses Bild über die Fotos und den Text. Er erinnerte sich, wie sie mit der Mütze und in dem roten Kasack in das Zimmer gekommen war, und jetzt glaubte er sich auch zu entsinnen,

Flecken auf dem Kasack gesehen zu haben. Kein Zweifel, oben an ihrer Schulter war ein Blutfleck gewesen.

Der Mann mit dem gütigen Gesicht beugte den Kopf hinab und schaute in ihr Auge. Vielleicht fragte er Senta, ob er ihr Gesicht berühren, das Unterlid herunterziehen dürfe. Als er dicht vor ihr war und nach dem Körnchen suchte, zog sie den Glasdolch aus der Tasche ihres Kasacks und stieß ihn mit ihrer ganzen kindlichen Kraft in sein Herz...

Hatte er aufgeschrien? Oder hatte er nur aufgestöhnt, war zusammengebrochen, auf die Knie gesunken und hatte sie mit einem letzten Blick schreckerfüllter Verblüffung, schmerzlichen Fragens angesehen, ehe er aufs Gras stürzte? Das aus der Wunde spritzende Blut hatte sie an der Schulter getroffen. Und dann war das Hündchen, der kleine, schwarze Scottie, herbeigerannt und hatte gebellt, bis sein Bellen in ein Winseln überging.

Hör auf damit, hör auf! sagte Philip zu sich, wie er es jedesmal, wenn seine Phantasie sich in diese Richtung wandte, vergeblich sagte. Harold Myerson hieß er, Harold Myerson. Er war achtundfünfzig. Er wohnte in Chigwell, ja, aber das war Zufall. Tausende lebten in Chigwell. Philip überlegte, wie er es anstellen könnte, zur Polizei zu gehen und sich nach Harold Myerson zu erkundigen. Beispielsweise nach seiner Adresse. In den Zeitungen stand so etwas nie. Aber es würde einen höchst eigenartigen Eindruck machen, wenn er zur Polizei ging und um eine solche Auskunft bat. Man würde den Grund seiner Frage wissen wollen. Man würde seinen Namen notieren, sich an ihn erinnern. Und das konnte sie schließlich zu Senta führen.

Du glaubst, daß sie ihn umgebracht hat, sagte seine

innere Stimme. Doch, du glaubst es! Du bringst es nur nicht fertig, dich der Tatsache zu stellen. Es gibt keine Regel, nach der Mörder groß und stark und abgebrüht sein müssen. Mörder können klein und zart gebaut sein. Kinder haben schon gemordet. Wie bei bestimmten Techniken asiatischer Kampfsportarten nutzt der Täter seine eigene Schwäche, um die Kraft des Opfers für sich einzuspannen. Sensibilität und Mitleid lenken das Opfer ab, lassen seine Wachsamkeit erlahmen, wenn an seine Hilfsbereitschaft appelliert, eine Wunde vorgezeigt, um seine Hilfe gebeten wird.

Noch etwas anderes war ihm bisher nicht eingefallen. Angenommen, Gerard Arnham hatte in Wirklichkeit gar nicht so geheißen? Angenommen, er hatte in Wahrheit Harold Myerson geheißen, aber Christine einen falschen Namen angegeben, um sich leichter aus dem Staub machen zu können, wenn er es angebracht fand? Skrupellose Typen handelten so, und Arnham war skrupellos gewesen, als er Christine über die Dauer seines Aufenthalts in Amerika belog und dann nach seiner Rückkehr nichts mehr von sich hören ließ.

Je länger Philip darüber nachsann, um so wahrscheinlicher erschien es ihm. Schließlich war er der Sache nie nachgegangen. Er hatte Arnhams Namen nie in einem der Londoner Telefonbücher gesehen, hatte nie gehört, daß jemand, von Christine abgesehen, ihn bei diesem Namen nannte. Langsam wurde ihm übel. Er verspürte den Drang, aus dem Auto zu springen, es einfach dort stehen zu lassen, wo es stand, auf halber Länge der Edgware Road, und davonzulaufen. Aber wohin? Wohin er auch lief, er mußte zurückkommen. Es gab nichts, wo er sich verstecken und sich von Senta lösen konnte.

Vielleicht war Arnham achtundfünfzig. Manche Leute sehen für ihr Alter jung aus, und daß Arnham zu Christine gesagt hatte, er sei einundfünfzig, hatte nichts zu besagen. Schließlich hatte er sie ja belogen. Er hatte gelogen, als er sagte, er werde sich nach seiner Rückkehr aus Amerika bei ihr melden. Ein Mann von einem Meter fünfundsiebzig mußte auf die winzige Senta groß wirken. Er, Philip, mit seinen einssechsundachtzig überragte sie um einen ganzen Kopf. Und der Hund? Diesen Punkt hatte er sich bereits durch den Kopf gehen lassen. Es war Mrs. Arnhams Hund. Mrs. Myersons Hund.

Es war Ebony, Thiefies Eigentum.

Roy war wieder einmal gut aufgelegt. Dies schien seinen Grund hauptsächlich darin zu haben, daß Olivia Brett zweimal angerufen und nach Philip gefragt hatte.

»Nicht beim Namen, selbstverständlich«, sagte Roy. »›Dieser entzückende, zauberhafte Junge mit dem blonden Lockenhaar‹, das hat sie gesagt. Junge, so ein Schwein müßt' man auch mal haben.«

»Was wollte sie denn?«

»Das fragen Sie mich? In Ihrem Alter sollten Sie sich eigentlich auskennen. Ich nehme an, sie wird's Ihnen zeigen, falls Sie abends mal nach Highgate flitzen.«

Philip sagte geduldig. »Was hat sie denn gewollt?«

»Kurz gesagt, ob sie Sie haben kann, damit Sie die Dinge im Auge behalten, wenn die Handwerker anfangen. Nicht ich oder sonst ein Kerl, der nicht so nett aussieht, das ist es, was das kleine Schätzchen meint.«

Es kam selten vor, daß Philip sich in das Gewühl stürzte, das um die Mittagszeit in den Pubs und Cafés dieses Teils von Zentral-London herrschte. Normalerweise hielt er irgendwo in den Vorstädten auf dem Weg zu einem Kunden an und aß etwas. Doch an diesem Tag – er hatte nicht gefrühstückt – war er sehr hungrig. Er brauchte etwas Ordentliches im Magen, ehe er die lange Fahrt nach Croydon antrat, ein, zwei Hamburger oder einen Teller mit Würstchen und Pommes. Zwei Handtuchstangen in Pappkartons, Ersatz für ein schadhaftes Paar, wurden in Croydon gebraucht. Er konnte sie ja gleich mitnehmen, im Kofferraum seines Wagens verstaut.

Er befand sich in einer Gegend mit hohen Bürohäusern. Durchgänge und Gassen führten dazwischen zu Parkplätzen und Lagerhäusern. Nur eine einzige Straße war noch in vielem, wie sie es von jeher gewesen war, Überbleibsel einer georgianischen Häuserreihe mit drei kleinen Geschäften, die am Ende hinzugebaut worden waren. Die Geschäfte selbst waren nicht altmodisch, sondern moderne Touristenfallen, für Leute gedacht, die auf ihrem Weg zur U-Bahn-Station Baker Street hier möglicherweise vorbeikamen. Auf dem Rückweg vom Parkplatz und zu einem Café unterwegs, wo der ärgste Andrang inzwischen wohl vorbei war, kam Philip aus einem der Durchgänge in diese alte Straße, die von nirgendwo nach nirgendwo zu führen schien.

Er war schon oft hier vorbeigekommen, hatte aber noch nie auch nur einen kurzen Blick auf die Läden geworfen. Er hätte nicht sagen können, welche Dinge in den Schaufenstern ausgestellt waren. Doch jetzt zog das Funkeln von rotem und blauem Glas seine Aufmerksamkeit auf sich, und er blieb stehen, um sich die Gläser, Krüge und Vasen anzusehen, die in den Regalen standen.

Die meisten Gegenstände waren venezianische Glaswaren. Ganz vorne lagen zwei gläserne Ohrringe und Ketten aus Glasperlen, dahinter standen Tiere aus Glas, galoppierende Pferde, tanzende Hunde und Katzen mit langen Hälsen. Doch was seinen beinahe ungläubigen Blick auf sich zog – vielleicht hatte es, ohne daß es ihm bewußt wurde, überhaupt als erstes seine Aufmerksamkeit erregt –, war ein gläserner Dolch. Er war links im Schaufenster ausgestellt und befand sich, sicherheitshalber oder gesetzlichen Vorschriften entsprechend, nicht in einem Behälter aus Glas, sondern in einem glasähnlichen Plastiketui. Das Glas des Dolchs war durchscheinend und leicht mattiert. Die Klinge war etwa fünfundzwanzig Zentimeter lang, das Querstück des Griffs siebeneinhalb Zentimeter breit. Philip starrte den Gegenstand an, ungläubig zuerst, und dann wurde ihm beinahe übel, als ihm aufging, was er hier sah. Wie war es möglich, daß er bis vor fünf Tagen nichts von der Existenz gläserner Dolche gewußt, seither aber immer wieder davon hatte sprechen hören und nun tatsächlich in diesem Schaufenster einen liegen sah?

Es ist, dachte er, als wenn man in der Zeitung ein Wort liest, das man noch nie gehört hat, und am selben Tag verwendet es jemand im Gespräch, oder man liest es in einem Buch. Solche Dinge ließen sich rational nicht erklären. Es konnte sich nicht einfach so verhalten, daß man das Wort tatsächlich schon viele Male gesehen (seit Jahren unbewußt von Glasdolchen gewußt) hatte und nur irgendeine emotive Kraft einen darauf stieß. Irgend etwas Okkultes mußte am Werk sein, irgendeine Kraft, die bislang noch der Kenntnis des Menschen entzogen war. Senta würde es so erklären, und wer konnte beweisen, daß sie sich täuschte? Schlimmer als diese Koinzidenz war für ihn die Entdeckung, daß es tatsächlich Glasdolche gab. Senta hatte nicht gelogen. Sie hatte nicht gelogen, als sie sagte, daß ihre Mutter Isländerin und im Kindbett gestorben oder daß sie auf die Schauspielschule gegangen sei. Habe ich sie, fragte er sich, überhaupt schon einmal bei einer richtigen Lüge ertappt?

Der Gedanke war zu entsetzlich, um sich länger damit zu beschäftigen: daß ihre Lügen möglicherweise nur in seiner Phantasie existierten. Er trat in das Geschäft. Eine junge Frau kam auf ihn zu und fragte mit einem leicht ausländischen, vielleicht italienischen, Akzent, ob sie etwas für ihn tun könne.

»Der Glasdolch in der Auslage«, sagte er, »woher kommt der?«

»Aus Murano. Er ist aus venezianischem Glas. Alle unsere Glaswaren sind venezianisch, in Murano hergestellt.«

Das war der Name, den Senta ihm genannt hatte. Er hatte versucht, sich daran zu erinnern. »Ist er nicht ziemlich gefährlich?«

Er hatte es ohne Vorwurf sagen wollen, aber sie ging sofort in die Defensive. »Sie könnten sich damit nicht weh tun. Er ist – wie sagt man bei Ihnen? – ganz stumpf. Hier, ich zeige es Ihnen.«

Sie hatte Dutzende von den Dingern in einer Schublade, alle in Plexiglasetuis. Er mußte sich überwinden, den Dolch zu berühren, und spürte, wie ihm auf der Oberlippe der Schweiß ausbrach. Sein Finger berührte nur ganz leicht den Rand der Klinge. Er war gerundet. Die Spitze endete in einer Glasperle.

»Wozu«, sagte er, beinahe als wäre die Verkäuferin

nicht da, als spräche er mit sich selbst, »eine Schneide, die nicht schneidet?«

Sie zog die Achseln hoch, sagte nichts, sah ihn nur zunehmend mißtrauisch an. Er fragte nicht nach dem Preis, sondern gab ihr das Etui und den Dolch zurück und verließ das Geschäft. Die Antwort auf seine Frage war einfach genug – das Glas ließ sich nachträglich schleifen, nicht schwieriger, als Metall zu schleifen. Allmählich glaubte er zu verstehen, wie Senta Wahrheit und Phantasie vermengte. Es konnte sein, daß sie die Dolche gekauft hatte, nur nicht in Venedig. Sie konnte sie hier in London gekauft haben.

Er ging fast blind aus der alten Straße. Hier fuhren keine Busse, und es gab keine Geschäfte, nur die Rückseiten weiterer Bürogebäude. Vor einer fensterlosen Mauer, vier Stockwerke hoch, war ein Parkplatz. Auf dem Schild am Tor stand, daß er ausnahmslos Firmenangehörigen vorbehalten sei.

Ein Wagen war gerade hineingefahren. Weil es ein schwarzer Jaguar war, wurde Philip aufmerksam und von seinen schrecklichen Gedanken abgelenkt. Halb betäubt beobachtete er, wie der Wagen auf eine freie Stelle fuhr und dort stehenblieb. Die Tür öffnete sich, und der Fahrer stieg aus.

Es war Gerard Arnham.

14

Früher hatten seine Gefühle geschwankt – einmal hatte er Arnham nie mehr sehen, dann wieder hatte er ihn sehen wollen, um die Sache zu bereinigen, und schließlich war seine Einstellung zu ihm zur Gleichgültigkeit verblaßt. Doch lange Zeit war ihm bewußt geblieben, daß er jedesmal, wenn er die Zentrale aufsuchte, durch einen Zufall Arnham begegnen konnte. Diese vage Möglichkeit war ihm ebenso wie das Gedränge Anlaß gewesen, nicht irgendeines der Lokale in der Gegend zum Lunch aufzusuchen. Jetzt aber hätte er sich niemanden vorstellen können, den er lieber gesehen hätte. Es war beinahe so wunderbar wie die Wiedervereinigung mit einem geliebten Menschen nach einer Trennung. Philip konnte sich kaum zurückhalten, Arnham einen freudigen Gruß zuzurufen, als dieser aus dem Parkplatz herauskam.

Arnham, der Philip ein paar Sekunden später sah, zögerte einen Augenblick auf dem Gehsteig gegenüber. Es war, als genierte er sich. Aber er mußte Philips Freude gespürt haben, denn auf seinem Gesicht erschien langsam ein Lächeln und breitete sich aus, während er grüßend die Hand hob. Nachdem er ein paar Autos hatte vorbeifahren lassen, kam er mit raschem Schritt über die Straße.

Philip ging mit ausgestreckter Hand auf ihn zu. »Wie geht es Ihnen? Schön, Sie zu sehen.«

Hinterher, als sich die Euphorie etwas gelegt hatte, dachte er, wie erstaunt Arnham über diese allzu überschwengliche Begrüßung gewesen sein mußte. Schließlich war er Philip ja nur einmal vorher begegnet, hatte ihn und seine Schwestern nicht allzu herzlich behandelt und Christine bedenkenlos sitzengelassen. Vielleicht war er in Wirklichkeit einfach erleichtert, weil er, Philip, bereit war, die Vergangenheit ruhen zu lassen, oder weil er ihn für unsensibel hielt. Aber was Arnham auch dachte, er ließ es sich nicht anmerken, sondern schüttelte Philip herzlich die Hand und fragte ihn seinerseits, wie es ihm so gehe.

»Ich hatte keine Ahnung, daß Sie hier in der Gegend arbeiten.«

»Ich habe noch nicht hier gearbeitet, als wir uns kennenlernten«, sagte Philip. »Damals war ich noch in der Ausbildung.«

»Es ist ein Wunder, daß wir uns nicht schon früher begegnet sind.«

Philip erklärte ihm, daß er die Firmenzentrale nicht sehr oft aufsuche, behielt aber für sich, daß er wußte, wo Arnham arbeitete. Merklich zögernd fragte Arnham: »Wie geht's Ihrer Mutter?«

»Oh, gut, sehr gut.« Warum sollte er nicht ein bißchen hochstapeln? Sosehr es ihn auch freute, Arnham zu sehen, brauchte er doch nicht aus den Augen zu verlieren, daß dieser Mann Christine sitzengelassen, daß er mit ihr geschlafen – das konnte Philip inzwischen ganz gelassen nehmen – und sie im Stich gelassen hatte. »Sie hat übrigens geschäftlich recht viel Erfolg«, sagte er und, zu blanker Erfindung übergehend, »einen Verehrer, dem sehr viel an ihr liegt.«

Bildete er es sich nur ein, oder wirkte Arnham wirklich ein bißchen betroffen? »Meine Schwester Fee hat geheiratet.« Während er die Worte sprach, war ihm, als sähe er Senta in ihrem Brautjungfernkleid, das Silberhaar über den korallenfarbenen Satin gebreitet, und eine Woge von Liebe zu ihr stieg in ihm hoch und erstickte, was er noch hatte sagen wollen.

Arnham schien nichts davon zu bemerken. »Haben Sie Zeit für einen raschen Drink? Gleich um die Ecke ist ein Pub, in das ich manchmal gehe.«

Hätte er nicht die Fahrt vor sich gehabt, hätte er vielleicht zugesagt. Aber er hatte ohnedies kein besonderes Verlangen, noch mehr Zeit mit Arnham zu verbringen. Der Mann hatte seine Schuldigkeit getan, seine Existenz bewiesen, hatte Philip den wunderbaren Seelenfrieden beschert, den er nie wieder zu erlangen geglaubt hatte.

»Ich hab' es leider ein bißchen eilig.« Es war komisch, daß sein Appetit ganz verschwunden war. Hätte er etwas gegessen, es wäre ihm im Hals steckengeblieben. Von Alkohol wäre ihm übel geworden. »Ich bin ohnehin schon spät dran.«

»Dann ein andres Mal.« Arnham wirkte enttäuscht. Er zögerte und sagte beinahe schüchtern: »Es wäre ... wäre es in Ordnung, wenn ich irgendwann mal Ihre Mutter anriefe? Einfach wegen der alten Zeiten?«

Philip sagte, jetzt ziemlich kalt: »Sie hat noch immer dieselbe Adresse.«

»Ja. Ich habe ihre Nummer. Ich selber bin ja umgezogen.«

Philip behielt für sich, daß er das bereits wußte. »Rufen Sie sie an, wenn Sie wollen.« Er fügte hinzu: »Sie ist oft weg, aber vielleicht erwischen Sie sie.« Ein Drang erfaßte ihn, zu rennen, zu tanzen, seinen Jubel zum Himmel hinauf-, in die Welt hinauszuschreien. Er hätte Arnham packen und mit ihm die Straße entlangtanzen, mit ihm einen Walzer drehen wie Rita und Jacopo, voll Seligkeit die Trällerweisen aus der *Lustigen Witwe* und *Wiener Blut* singen können. Statt dessen streckte er Arnham die Hand hin und verabschiedete sich.

»Auf Wiedersehen, Philip, es war schön, Sie wiederzusehen.«

Philip hielt sich im Zaum, begann nicht loszurennen. Wie ein Soldat mit einer Fahne, wie ein Trompeter marschierte er dahin und hatte das Gefühl, daß Arnham dort auf dem Gehsteig stehen geblieben war und der beschwingt davongehenden Gestalt mit einem langen, enttäuschten Blick nachschaute. Doch als er sich an der Ecke umdrehte, um zu winken, war Arnham verschwunden.

Philip stieg in seinen Wagen und fuhr sofort zu der Werkstätte, bei der seine Firma arbeiten ließ, um das gestohlene Autoradio ersetzen zu lassen.

Zu seinem Glück fehlte nur noch, daß Joley in der Tarsus Street war, auf seinem Karren thronend und mampfend, was er aus einer Abfalltonne zutage gefördert hatte. Er war sich sicher, daß Joley da sein werde, und hielt sogar einen Fünfpfundschein parat, den er ihm spendieren wollte. Doch als er aus der Caesarea Grove in die Straße einbog, sah er im klaren Abendlicht, hell wie zu Mittag, daß Joley nicht zurückgekommen war. Trotz seines Verlangens nach Senta – den ganzen Nachmittag war er überzeugt gewesen, das Wiedersehen keine Sekunde länger als nötig hinausschieben zu können – parkte er den

Wagen und ging zurück, um in der Umgebung der Kirche nach Joley zu suchen.

Das Tor war nicht abgeschlossen, und die Kirchentür selbst stand halb offen. Philip ging um die Rückseite herum, über ausgebleichtes Gras, auf das nie ein Lichtstrahl fiel, zwischen moosbedeckten, halb eingesunkenen Grabsteinen, im tiefen Schatten einer Stecheiche und zweier großer, zerzauster Zypressen. Hier roch es modrig, wie nach fauligen, feuchten Pilzen. Wenn man Phantasie besaß, konnte man sich leicht vorstellen, dies sei der Geruch der Toten. Aus der Kirche hörte er die Orgel traurig die Melodie eines Kirchenlieds spielen. Nirgends war eine Spur von Joley oder auch nur von den Hinterlassenschaften zu sehen, die er manchmal als Zeugnis seines Aufenthalts in irgendeinem geschützten Winkel zurückließ, zerknitterte Papierfetzen und ein paar abgenagte Knochen.

Philip ging nach vorne und trat in die Kirche. Niemand war hier bis auf den unsichtbaren Organisten. Die Fenster waren aus Buntglas, dunkler als die venezianischen Glaswaren in dem Laden, und die einzige Lichtquelle eine Glühbirne in einer Art Weihrauchfaß, das in der Apsis hing. Der Sommerabend war warm, hier drinnen aber herrschte eisige Kälte. Es war eine wahre Wohltat, wieder in den milden, dunstigen Sonnenschein hinauszutreten. Als er sich dem Haus näherte, sah er Rita Pelham die Eingangsstufen herabkommen. Sie war sehr auffällig gekleidet, in einem kurzen Kleid aus geblümter Seide. Dazu trug sie weiße Spitzenstrümpfe und scharlachrote, hochhackige Schuhe. Jacopo folgte ihr und schlug die Haustür zu. Er nahm ihren Arm, und sie gingen in die entgegengesetzte Richtung davon. Heute nacht, dachte Philip, in den frühen Morgenstunden, werden sie über meinem Kopf Walzer und Tango tanzen, *La vie en rose* und *Jealousy*. Es war ihm gleichgültig. Es wäre ihm einerlei, wenn zweihundert Leute zu einem Ball dort oben erschienen.

Er schloß auf und rannte die Treppe ins Souterrain hinab. Wie sie es schon ein-, zweimal zu seiner unbeschreiblichen Freude getan hatte, öffnete sie die Tür, ehe sich sein Schlüssel im Schloß umdrehte. Sie trug etwas Neues – beziehungsweise für ihn Neues. Es war ein beinahe knöchellanges Kleid aus einem seidigen, halbdurchsichtigen, meergrünen plissierten Stoff, in den silbriggrüne Perlen eingenäht waren. Das dünne, geschmeidige Material schmiegte sich hauteng an die üppigen Rundungen ihrer Brüste, schien von ihnen herabzuströmen wie langsam fließendes Wasser, über ihre Hüften zu tropfen und mit der Zärtlichkeit einer Welle ihre Schenkel zu liebkosen. Ihr Silberhaar war anzusehen wie Nadeln, wie die Klingen von Messern. Sie hob ihm die Lippen entgegen und legte ihm die kleinen Hände an den Hals. Ihre Zunge schoß in seinen Mund, ein kleiner, warmer Fisch, und zog sich mit sanfter Langsamkeit zurück. Er keuchte vor Behagen, vor Glück.

Wieso wußte sie, daß es nichts zu sagen gab? Worte hatten bis später Zeit. Aber wieso wußte sie von dem Erdbeben, das stattgefunden hatte, von dem gewaltigen Umbruch in seinen Emotionen, in seinem Herzen? Sie war nackt unter dem grünen Kleid. Sie zog es sich über den Kopf und ihn langsam mit sich aufs Bett. Die Läden waren halb geschlossen, das eindringende Licht blendete von fernher. In einer Untertasse glomm ein Räucherstäbchen aus Zimt und Kardamom. Warum hatte er jemals geglaubt, diesen Raum zu hassen, hatte er in diesem Haus Verwahrlosung entdeckt? Er liebte es, es war sein Heim.

»Dann wirst du also hierherziehen und mit mir zusammenleben«, sagte sie.

»Ich habe darüber nachgedacht, Senta. Du hast einmal erwähnt, daß du früher im obersten Stockwerk gewohnt hast.«

Sie setzte sich aufs Bett und umklammerte mit den Armen die Knie. Ihr Gesicht hatte einen sehr nachdenklichen Ausdruck angenommen. Es war, als berechnete sie etwas. Wäre sie eine andere gewesen, irgendein anderes Mädchen, Jenny etwa, hätte er gedacht, ihre Gedanken seien bei Reparaturrechnungen, der künftigen Einrichtung und ähnlichem, aber so war Senta nicht.

»Ich weiß, es ist ein Chaos«, sagte er, »aber wir könnten saubermachen und tünchen. Wir könnten uns ein paar Möbel besorgen.«

»Ist es dir hier unten nicht gut genug, Phil?«

»Grundsätzlich ist zu wenig Platz. Kommt es dir nicht ein bißchen albern vor, wenn wir zwei versuchen wollten, hier zu leben, während die oberste Etage ungenutzt ist? Oder meinst du, daß Rita es nicht gern sähe?«

Sie tat die Frage mit einer Handbewegung ab. »Rita hätte nichts dagegen.« Sie schien zu zögern. »Die Sache ist die, daß ich *gern* hier unten wohne.« Ihr Gesicht nahm den kindlich-schüchternen Ausdruck an. »Ich werd' dir jetzt was erzählen.«

Einen Augenblick lang spürte er, daß sich in ihm etwas zusammenzog, jenes Anspannen der Nerven, das er jetzt immer erlebte, wenn er sich darauf gefaßt machte, irgendeine neue Lüge oder irgendein groteskes Geständnis von ihr zu hören. Sie rückte dicht an ihn heran, klammerte sich mit beiden Händen an seinen Arm und schmiegte das Gesicht an seine Schulter. »Ich leide ein bißchen an Agoraphobie. Weißt du, was das ist, Philip?«

»Natürlich weiß ich das.« Es irritierte ihn etwas, wie sie ihn manchmal behandelte; als wäre er ein unwissendes Kind.

»Sei nicht böse. Du darfst nie böse auf mich sein. Die Agoraphobie ist nämlich der Grund, warum ich nicht oft aus dem Haus gehe und warum ich gern im Souterrain wohne. Psychiater sagen, es ist eine Begleiterscheinung der Schizophrenie. Hast du das schon gewußt?«

Er versuchte, die Sache von der lustigen Seite zu nehmen. »Ich hoffe, wir werden unser ganzes Leben beisammen bleiben, Senta, und glaub mir, ich habe nicht die Absicht, fünfzig Jahre in einer Höhle zu verbringen. Ich bin ja kein Kaninchen.«

Es war nicht sehr komisch, brachte sie aber zum Lachen. Sie sagte: »Ich werde mir das mit der Wohnung oben überlegen. Ich werde Rita fragen. Wäre dir das recht?«

Und ob es ihm recht wäre! Alles kam plötzlich ins reine. Er staunte, allerdings in einer gelösten, fast unberührten Weise, daß noch am Tag vorher alles so tragisch und so furchtbar gewesen und heute wieder im Lot war, nur weil er mit einem Mann gesprochen hatte, den er ganz flüchtig kannte. Er nahm sie in die Arme und küßte sie.

»Ich möchte jetzt, daß alle Leute über uns Bescheid wissen.«

»Natürlich kannst du es ihnen sagen, Philip. Die Zeit dafür ist gekommen.«

Sobald er Christine allein erwischte, erzählte er ihr von Senta.

Sie sagte: »Das ist aber nett, Philip.«

Welche Reaktion hatte er erwartet? Während Christine in der Küche herumhantierte und das Abendbrot zubereitete, dachte er über diese Frage nach. Senta war in seinen Augen so schön, so wunderbar, so ganz anders als jedes andere Mädchen, das er vor ihr gekannt hatte, daß er staunende Anerkennung und dann Glückwünsche erwartet hatte. Christine hatte seine Eröffnung recht zerstreut aufgenommen, so als hätte er gesagt, er gehe mit irgendeinem durchschnittlichen Mädchen. Ich wäre auf mehr Begeisterung gestoßen, dachte er, wenn ich gesagt hätte, ich hätte wieder mit Jenny angefangen. Da er zweifelte, ob sie wirklich begriffen hatte, sagte er: »Du weißt doch, von wem ich spreche, oder? Senta war eine von Fees Brautjungfern.«

»Ja, Philip, Toms Tochter. Ich habe gesagt, ich finde es nett. Wenn ihr einander gern habt, finde ich es sehr nett.«

»Tom?« sagte er, überrascht, daß sie Senta einordnete, als wäre das Bemerkenswerteste an ihr, wer ihr Vater war.

»Tom Pelham, Irenes anderer Bruder, der, dessen Geschiedene mit einem jungen Menschen zusammenlebt und tanzt.«

Wie meinte sie das mit dem »anderen« Bruder? Er fragte sie nicht. »Ja, so ist es, Senta hat eine Wohnung in ihrem Haus.«

»Wohnung« ist ein bißchen hoch gegriffen, dachte er, aber in ein paar Monaten könnte es stimmen. Sollte er

Christine auch davon erzählen, daß er Arnham begegnet war?

Nein, es würde sie nur aufregen. Irgendwo, zusammen mit anderen Erinnerungsstücken, die ihr viel bedeuteten, hob sie sicher diese Ansichtskarte mit dem Weißen Haus auf. Ohnehin würde Arnham keinesfalls anrufen. Was er, Philip, von einem anderen Mann in Christines Leben erzählt hatte, dürfte Arnham von dem Gedanken abgebracht haben. Nun, da sein Hochgefühl abgeklungen war, fragte sich Philip, ob er nicht die Chancen seiner Mutter verdorben hatte, weil er diesen anderen erfunden hatte. Aber Arnham war ja verheiratet oder lebte zumindest mit einer Frau zusammen. Es war alles zu spät.

Sie setzten sich zu einer von Christines Spezialitäten an den Tisch, Toastschnitten, gekrönt mit Rührei, in das kleine Thunfischstückchen und ein Löffel Currypulver gerührt worden waren. Philip wollte nicht über die Zukunft nachdenken müssen, darüber, wie sie allein zurechtkommen würde, mit keinem anderen Menschen als Cheryl bei sich, herein- und wieder hinaushuschend wie ein Gespenst. Aber früher oder später würde er sich doch darüber Gedanken machen müssen.

»Ich schau' auf ein paar Stunden bei Audrey vorbei«, sagte Christine, als sie wieder erschien, in einem geblümten Baumwollkleid, an das Philip sich nicht erinnern konnte, das sie aber vermutlich aus einem alten Bestand an Sommerkleidung zutage gefördert hatte. »Es ist so ein netter Abend.«

Sie strahlte ihn an. Sie wirkte glücklich. Ihre Arglosigkeit und ihre Unwissenheit, dachte er, sie machen ihr sonniges Naturell aus. Er würde sie bis zum Ende ihres Lebens unterstützen müssen, finanziell, emotional, mit seiner Nähe. Sie gehörte nicht in die Welt draußen, selbst eine Anstellung in einem Frisiersalon würde Christine überfordern. Sein Vater hatte sie gleichsam unter seinen breiten, schützenden Flügeln geborgen. Wie ein Vögelchen, das nie erwachsen geworden ist, guckte sie ratlos um sich. Manchmal fragte er sich, wie sie, auf sich allein gestellt, mit solch alltäglichen Dingen wie dem Lösen eines Busfahrscheins zurechtkomme.

Cheryl, die gerade nach Hause kam, mußte ihr auf der Haustürschwelle begegnet sein. Es hätte Philip überrascht, wenn seine Schwester ins Wohnzimmer gekommen wäre. Sie kam auch nicht herein. Er hörte, wie ihre Füße sich die Treppe hinauf schleppten. Mehr als eine Woche war vergangen, seit er ein Wort mit ihr gewechselt hatte. Sollte ihm in den Sinn kommen, ihr irgendwelche Neuigkeiten über sich selbst und seine Zukunft zu erzählen, würde er, das stand für ihn fest, auf blanke Gleichgültigkeit stoßen.

Ihre Schritte waren durch die Decke zu hören. Sie ging in Christines Schlafzimmer umher. Er hörte das Knarren, das die Kleiderschranktür von sich gab, wenn sie geöffnet wurde. Er machte sich keine Gedanken mehr über Cheryl oder das, was sie treiben mochte, und wurde sich bewußt, daß er in ihr nur noch eine zusätzliche Belastung sah. Als jemand, der sich um seine Mutter sorgte, würde sie weniger als nichts taugen. Die Schlafzimmertür flog zu, und dicht hinter der Tür stehend, die nur einen Spalt geöffnet war, lauschte er, wie sie die Treppe herabkam. Er erkannte, daß es sie gleichgültig ließ, ob er sie gehört hatte oder nicht, ob er Bescheid wußte oder nicht. Nur einem Schwachkopf wäre entgangen, daß sie in Christines Zimmer gewesen war, um das bißchen Geld zu klauen, das dort versteckt war, die Handtasche auszuräumen, in deren Seitentäschchen Christine ihre Trinkgelder aufbewahrte, oder den Porzellanteddy mit abnehmbarem Kopf zu öffnen, der gewöhnlich zehn oder zwanzig Einpennymünzen enthielt.

Die Haustüre schloß sich. Er wartete ein paar Augenblicke, bis Cheryl verschwunden war, und fuhr dann zu Senta.

»Ich glaube es nicht«, sagte Fee. »Du machst Witze.« Es war ein solcher Schock für sie, daß sie sich am Stummel der letzten Zigarette eine neue anzünden mußte.

»Er nimmt uns auf den Arm, Fee«, sagte Darren.

Philip war sprachlos. Er hatte erwartet, daß man seine Neuigkeit mit Begeisterung aufnehmen werde. Senta war ja Darrens Cousine, sie war Fees Brautjungfer gewesen. Man hätte annehmen können, daß sie überglücklich sein würden, ein Mitglied von Darrens Großfamilie in ihren engeren Kreis aufzunehmen.

»Du hast mich öfter mit Senta aufgezogen«, sagte Philip. »Du mußt doch bemerkt haben, wie ich zu ihr stand.«

Darren begann zu lachen. Er saß wie gewöhnlich in dem Sessel vor dem Fernsehgerät. Fee fuhr ihn an.

»Was ist denn so komisch?«

»Ich sag's dir später.«

Das war grob, und es war auch beunruhigend. Fee machte die Dinge nicht besser.

»Soll das heißen, daß du dich, während wir Witze machten, du hättest ein Auge auf Senta geworfen, die ganze Zeit mit ihr getroffen hast und mit ihr gegangen bist?«

»Sie wollte nicht, daß es bekannt wird, damals.«

»Ich muß schon sagen, ich finde das sehr hinterhältig, Phil. Tut mir leid, aber so ist es. Man kommt sich richtig blöde vor, wenn man so hinters Licht geführt wird.«

»Entschuldige, ich hatte keine Ahnung, daß du es so sehen würdest.«

»Hat wohl keinen Sinn, jetzt ein großes Theater zu machen. Dafür ist es zu spät. Und jetzt soll sie uns besuchen kommen?«

Er begann zu bedauern, daß er es überhaupt in die Wege geleitet hatte. »Wir fanden es das beste, wenn ich es euch erst sagen würde und sie ungefähr eine halbe Stunde später nachkäme. Fee, ich denke, sie *ist* eine Freundin von dir, sie ist ja Darrens Cousine.«

Darren, der zu lachen aufgehört hatte, hob die Hand und schnalzte mit den dicken Fingern. »Könnten wir ein bißchen leise sein, solange die Billard spielen?«

Philip und Fee zwängten sich in die Küche, die die Größe eines mäßig geräumigen Schranks hatte.

»Habt ihr euch schon verlobt?«

»Nicht direkt, aber das kommt noch.« Er dachte: Ich werde ihr einen Heiratsantrag machen. Einen Antrag in aller Form, vielleicht knie ich mich sogar vor sie hin. »Wenn wir's tun«, sagte er ziemlich großspurig, »werden wir es in der Zeitung bekanntgeben, in der *Times*.«

»So was Versnobtes tut in unserer Familie niemand. Es ist doch nur Angeberei. Meinst du, sie möchte was zu essen? Oder zu trinken. Zu trinken ist überhaupt nichts da.«

»Ich hab' eine Flasche Champagner mitgebracht.«

Fee, die ihm ja sehr nahestand, warf ihm einen halb aufgebrachten, halb verschwörerischen Blick zu. »Du bist so dämlich, wie du dich aufführst. Warum hast du es uns nicht schon früher gesagt?«

»Der Champagner ist im Wagen. Ich geh' ihn holen.«

Ein paar seltene Minuten mit Fee unter vier Augen wären eigentlich die Gelegenheit gewesen, ihr die Sache mit Cheryl anzuvertrauen. Aber der Augenblick erschien ihm besonders ungeeignet. Er stellte sich vor, wie sie mit ihrer scharfen Stimme sagte, sie habe den Eindruck, daß er jetzt, da er aus dem Haus ging und heiratete, seine Probleme einfach ihr zuschieben wolle. Doch statt dessen legte sie die Arme um ihn, zog ihn kurz an sich, lehnte die Wange an seine und sagte: »Es bleibt mir wohl nichts übrig, als dir zu gratulieren, nicht?«

Als er den Champagner aus dem Auto holte, blickte er hoch und sah Senta. Sie hielt ebenfalls eine Flasche – Wein – im Arm. Es war das erste Mal überhaupt, daß er ihr auf offener Straße begegnete. Die Freude nahm ihm beinahe den Atem, auf sie zuzugehen und sie in aller Öffentlichkeit zu küssen. Nicht, daß sie beobachtet worden wären, aber sie waren zur Besichtigung freigegeben, wie sie sich da auf dem Gehsteig umarmten. Die beiden kalten Flaschen, zwischen ihren Körpern zusammengepreßt, trennten sie wie Keuschheitsapparaturen voneinander.

Senta trug schwarz. Es gab ihrer Haut einen muschelweißen Ton, dem Haar noch mehr als sonst die Wirkung von Glas, von Stahl. Sie ging auf ihren Bleistiftabsätzen leichtfüßig die Stufen hinauf. Trotz ihrer hohen Absätze war sie immer noch einen Kopf kleiner als er, und als sie auf der Stufe vor ihm stand, konnte er auf ihren Scheitel hinabsehen. Die Haarwurzeln glühten mit einem seltsamen, rötlichen Ton unter den Silbersträhnen, und ihn erfaßte ein zärtliches Gefühl für ihre sonderbare Art und ihre harmlose Eitelkeit.

Noch etwas anderes fiel ihm auf: ihre Nervosität, wenn sie nicht auf heimischem Boden war. Er bemerkte sie, weil Senta von ihrer Agoraphobie gesprochen hatte. Sie war schlimmer auf der Straße und schwächte sich, als sie in der Wohnung war und Fee und Darren gegenüberstand, zu etwas ab, was wie Schüchternheit wirkte. Die beiden machten einen verlegenen Eindruck, aber Fee hielt mit ihren Gefühlen nicht hinter dem Berg. »Ich will nicht behaupten, daß es keine Überraschung war, aber wir werden uns daran gewöhnen.«

Da die Billardpartie auf dem Bildschirm zu Ende war, der nun bei abgestelltem Ton die Wiederholung eines Golfturniers zeigte, nutzte Darren die Gelegenheit, sich über Neuigkeiten aus dem Familienkreis aufklären zu lassen. »Was treibt Tante Rita denn so?«

Beinahe stumm, gesetzt und schüchtern trank Senta ihren Champagner. Sie sagte ein leises »Danke«, als Fee einen Trinkspruch auf das Paar ausbrachte – »noch nicht, aber schon bald verlobt«. Senta war zum erstenmal in der Wohnung, aber als Fee fragte, ob sie sich umsehen möchte – ein notwendigermaßen kurzer Ausflug, denn außer dem Wohnzimmer gab es nur das kleine Schlafzimmer und den Duschraum zu sehen –, schüttelte sie den Kopf und sagte: »Nein danke, nicht diesmal.« Darren, der sein Witzchen anschleppte wie ein Hund einen alten Knochen, sagte, er habe seit seinem Hochzeitstag kein einziges Mal gebadet, und fragte Senta, ob sie duschen wolle.

Auf der Fahrt zurück zur Tarsus Street war es Philip, als müßte er an seinem Heiratsantrag zerplatzen, erstikken. Aber sie sollte sich in späteren, vielleicht in zwanzig Jahren, wenn sie ihren Hochzeitstag feierten, nicht erinnern müssen, daß er sie in einem Auto, in einer Vorstadt im Norden Londons gebeten hatte, seine Frau zu werden.

»Wohin fahren wir?« fragte sie. »Das ist doch nicht der richtige Weg. Willst du mich entführen, Philip?«

»Für den Rest deiner Tage«, sagte er.

Er fuhr weiter, zur Hampstead Heath. Es war nicht sehr weit. Vom Himmel leuchtete der Mond, eine große Scheibe von der Farbe ihres Haars. Abseits der Spaniards Road, wo sich der Weg in den hinteren Teil des Vale of Health hinabzieht, führte er sie zum Rand eines Wäldchens. Es amüsierte ihn, daß sie offenkundig dachte, er habe sie hierhergebracht, um an diesem linden, trockenen Sommerabend mit ihr im Freien zu schlafen. Fügsam, ihre kleine Hand weich in seine geschmiegt, ließ sie sich von ihm führen. Das Mondlicht färbte das Gras weiß und das Erdreich auf den Wegen kreidefarben, während unter den Bäumen schwarze Schatten lagen. Es mußten andere Leute in der Nähe sein, sie konnten hier unmöglich allein sein, aber es war still wie auf dem Lande, die Luft unbewegt wie in einem geschlossenen Raum.

Als es soweit war, kam ein Hinknien nicht in Frage. Sie hätte ihn für verrückt gehalten. Er nahm ihre Hände und zog sie zu sich her, so daß sie sich zwischen ihren Körpern eng verklammerten. Er blickte in ihre grünlichen Augen, die weit geöffnet zu ihm emporblickten. In beiden sah er den Mond gespiegelt. Er sprach zu ihr, wie er es in einem Buch gelesen haben mußte: »Senta, ich möchte dich heiraten. Willst du meine Frau werden?«

Sie lächelte leicht. Sicher dachte sie jetzt, daß das nicht ganz war, was sie erwartet hatte. Als sie antwortete, tat sie es mit weicher, klarer Stimme.

»Ja, Philip, ich werde dich heiraten. Es ist mein großer Wunsch, dich zu heiraten.« Sie hob ihm die Lippen entgegen. Er senkte den Kopf und küßte sie voll, doch sehr keusch. Ihre Haut fühlte sich wie Marmor an. Doch, sie war ein Marmormädchen, das irgendein gütiger Gott aus einer Statue in eine lebendige Frau zu verwandeln im Begriff war. Philip spürte, wie durch das steinerne Fleisch Wärme hochstieg, während sie etwas zurückwich. Die Augen fest auf ihn gerichtet, sagte sie mit gemessenem Ernst: »Wir waren vom Anbeginn der Zeiten füreinander bestimmt.«

Dann preßte sich ihr Mund glühender auf seinen, und ihre Zunge liebkoste die Innenseite seiner Lippen. »Nicht hier, Senta«, sagte er, »fahren wir nach Hause.«

Erst tief in der Nacht, in den dunklen, frühen Morgenstunden, erkannte er, warum er, mitten in dieser von ihm arrangierten romantischen Szene, in dem Augenblick, als er sie bat, ihn zu heiraten, das Gefühl gehabt hatte, ein Unbehagen trete zwischen sie, das alles verdarb. Jetzt begriff er. Es kam davon, daß die Szene und mehr noch der Schauplatz zu spiegeln schien, was sich nach ihrer Schilderung auf einer anderen grasbewachsenen Stelle, unter anderen Bäumen zwischen ihr und Arnham abgespielt hatte. Im selben Augenblick, als er sie angeblickt, sich zu ihr hinabgebeugt und ihr mitfühlend zugeredet hatte, hatte sie den Glasdolch herausgezogen und ihm ins Herz gestoßen.

Das gelbe Licht der Straßenlaternen wurde in den Formen der Fensterscheiben über die braune Bettdecke geworfen. Durch die Zimmerdecke konnte er den *Schlittschuhläuferwalzer* und die Füße Ritas und Jacopos hören, die tanzend durchs Zimmer kreisten. Er dachte: Ich muß neurotisch sein, daß ich von dieser verrückten Vergangenheit einfach nicht loskomme. Habe ich nicht Arnham gesehen und mit ihm gesprochen? Weiß ich denn nicht ohne den Schatten eines Zweifels, daß er am Leben und gesund ist?

In Hampstead Heath hatte er zwar gespürt, daß sie glücklich und froh war, dort mit ihm zu sein, ihr aber auch das Unbehagen unter freiem Himmel, in der nächtlichen Weite angemerkt. Wie hatte er es allen Ernstes für möglich halten können, daß ein Mensch wie sie eine Gewalttat beging, während er im Freien war? Das Draußen, das war für sie der Ort der Gefahr.

Sentas silberner Kopf lag neben ihm auf dem Kissen. Sie schlief fest. Die Musik und das Tanzen störten sie nie, geborgen wie sie war unter der Erde. Philip hörte, wie sich die Füße dem Fenster näherten, und dann, als der Walzer ausklang, ein schwaches Auflachen, als hätte Jacopo Rita gepackt und wirbelte sie im Kreis herum und herum.

15

Er brachte Senta mit nach Hause zu Christine. Beinahe furchtsam, wie ein die Pfote hebendes Hündchen, streckte sie die Hand aus, um ihren Verlobungsring zu zeigen, einen alten, viktorianischen Silberring mit einem Mondstein. Er hatte ihn ihr am Tag vor dem Erscheinen ihrer Verlobungsanzeige geschenkt. In Gesellschaft anderer war Senta sehr still, gab einsilbige Antworten oder saß stumm da und brach ihr Schweigen nur, um »bitte« und »danke« zu sagen. Er versuchte sich an Fees Hochzeit zu erinnern, das einzige Mal, da er sie inmitten einer Gruppe gesehen hatte. Damals war sie gesprächig gewesen, ein anderes Mädchen, war auf Leute zugegangen und hatte sich vorgestellt. Er erinnerte sich, wie sie, kurz ehe er wegging, um nach Hause zu fahren, mit zwei oder drei Männern, alles Freunde von Darren, geplaudert und gelacht hatte. Doch er nahm ihr diese Schweigsamkeit nicht übel, da er ja wußte, daß all ihre Worte, ihre Zärtlichkeit, all ihr Feuer ihm vorbehalten waren, sobald sie wieder in ihrem Zimmer waren.

Sie blieben ungefähr eine Stunde in der Glenallan Close. Philip hatte einen kurzen Blick auf die Farbbeilage der Zeitung geworfen und gesehen, daß darin ein Artikel über Dolche aus Muranoglas stand. Ein großformatiges Foto zeigte einen Dolch, ganz ähnlich wie jene, die er in dem Geschäft gesehen hatte, und eine zweite Aufnahme Leute im venezianischen Karneval, im Schneetreiben. Er schlug die Beilage so rasch zu, wie er es vielleicht getan hätte, wenn sie harte Pornofotos enthalten hätte, die möglicherweise die Frauen gesehen hatten. Christine küßte Senta, als sie sich verabschiedeten. Philip konnte nicht genau sagen, warum er befürchtete, Senta könnte zurückweichen. Sie tat es nicht. Sie machte ihm eine besonders große Freude, als sie Christine die Wange hinhielt, den Kopf leicht zur Seite geneigt, ein kleines, reizendes Lächeln auf den Lippen.

Sein Vorschlag, ihren Vater zu besuchen, stieß auf hartnäckige Ablehnung. Sie vertrat den Standpunkt, Tom Pelham könne von Glück sagen, auf achtbare Art in die Zeitung gekommen zu sein, ohne daß er einen Penny dafür zahlen mußte. Rita habe sie aufgezogen, nicht er. Oft habe sie ihn viele Monate hintereinander nicht zu sehen bekommen. Rita, sie habe ihr ein mietfreies Heim gegeben. Aber auch ihrer Stiefmutter wollte sie die Neuigkeit nicht mitteilen. Sie solle selbst darauf kommen. Rita sei eine andere geworden, seit sie sich mit Jacopo eingelassen habe.

Beim ersten offenen Weingeschäft, zu dem sie kamen, wollte Senta aussteigen, hineingehen und Nachschub besorgen. Sie habe genug davon auszugehen, sagte sie. Philip hatte mit ihr essen gehen und sie dann mit Geoff und dessen Freunden im Jack Straw's Castle bekannt machen wollen. Er hatte alles genau geplant, eine ausgedehnte Feier ihrer Verlobung mit einem Essen in Hampstead, und dann ein Besuch in dem Pub, wo er, wie er annahm, an einem Sonntagabend ein paar alte Freunde vom College antreffen werde.

»Du möchtest mich mit Gewalt von meiner Phonie kurieren«, sagte sie lächelnd zu ihm. »War ich denn nicht gut? Habe ich mich deinetwegen nicht wirklich angestrengt?«

Er mußte nachgeben und konnte nur durchsetzen, daß sie etwas Anständiges zum Essen einkauften, um es in die Tarsus Street mitzunehmen. Es machte ihm manchmal Sorgen, daß sie anscheinend von der Luft und vom Wein samt einer gelegentlichen Praline lebte. Sie wartete schweigend, mit verklammerten Händen dastehend, während er in einem Supermarkt an der Finchley Road herumsuchte, Kekse und Brot und Käse und Obst einkaufte. Er hatte bemerkt, daß sie im Freien meistens zu Boden blickte oder den Blicken anderer auswich.

Sie näherten sich der Tarsus Street von der Kilburn-Seite her. Ziemlich viele Leute waren zu sehen, auf Mauern sitzend, umherschlendernd, stehend, plaudernd, aus Fenstern gebeugt, um sich mit Leuten zu unterhalten, die auf Fensterbrettern lehnten, Menschen, wie man sie an schönen Sommerabenden in Londoner Straßen wie dieser antrifft. Ein starker Geruch nach Dieselöl, aufgeweichtem Teer und kochenden, scharf gewürzten Speisen erfüllte die Luft. Philip hielt, wie er es immer tat, Ausschau nach Joley und glaubte einen kurzen Augenblick lang, ihn an der Ecke erspäht zu haben, wo die Straße an die Caesarea Grove stieß. Aber es war ein anderer Mann, jünger, magerer, der mit seinen Habseligkeiten in Tragetaschen ziellos den Gehsteig entlangwanderte.

Als sie, beladen mit den Lebensmitteln und der schweren Last der Weinflaschen, aus dem Auto stiegen, fragte sie ihn, wonach er suche.

»Nach Joley«, antwortete er, »dem alten Mann mit

dem Karren, dem Vagabunden, wie du ihn wohl nennen würdest.«

Sie warf ihm einen eigenartigen Seitenblick zu. Ihre Wimpern waren sehr lang und dicht und schienen die zarte, weiße Haut unter den Augen zu streifen. Die Hand mit dem Mondsteinring hob sich, um eine lange Strähne ihres Silberhaars zurückzustreichen, das über eine Wange gefallen war.

»Du meinst doch nicht den Alten, der früher immer auf unseren Stufen saß. Den, der manchmal auf dem Friedhof um die Ecke war?«

»Warum nicht? Den meine ich sehr wohl.«

Sie waren inzwischen im Haus und gingen die Treppe zum Souterrain hinab. Sie schloß die Tür auf. Dieses Zimmer brauchte nur ein paar Stunden abgeschlossen zu sein, und schon wurde es hier unerträglich muffig und stickig. Senta nahm eine der Weinflaschen aus der Tragtüte, die er auf dem Bett abgestellt hatte, und griff nach dem Korkenzieher.

»Aber das war John Crucifer«, sagte sie.

Einen Augenblick lang sagte ihm der Name nichts. »Wer?«

Sie lachte, ein leichtes, recht melodisches Lachen. »Das müßtest du eigentlich wissen, Philip. Du hast ihn doch umgebracht.«

Das Zimmer schien ein wenig zu schwanken. Der Fußboden hob sich, wie es einem vorkommt, wenn man sich einer Ohnmacht nahe fühlt. Philip hob zwei Finger und berührte seine Stirn. Sie war überraschend kalt. Er setzte sich auf die Bettkante.

«Willst du damit sagen, daß der alte Mann, der gesagt hat, er heißt Joley, und hier sein Revier hatte, in Wirklichkeit der Mann war, der in Kensal Green ermordet wurde?«

»Genau«, sagte sie. »Ich denke, du solltest das eigentlich wissen, oder?« Sie goß sich ein ordentliches Quantum Wein in ein Glas, ungespült, seitdem der letzte Riesling daraus getrunken worden war. »Du weißt genau, daß es Crucifer war.«

»Der Mann, der ermordet wurde...« Er sprach langsam, geistesabwesend. »...hat John geheißen.«

Sie sprach auf eine nachsichtig-geduldige Weise. »John, Johnny, Joley – was soll's? Es war halt so ein Spitzname.« Eine Weinperle zitterte an ihrer Unterlippe wie ein Diamanttropfen. »Hast du ihn dir denn nicht ausgesucht, weil es Crucifer war?«

Seine Stimme kam ihm matt vor, als wäre er plötzlich krank geworden. »Warum hätte ich das tun sollen?«

»Da, trink ein bißchen Wein.« Sie reichte ihm die Flasche und ein zweites schmutziges Glas. Er nahm beides wie mechanisch, saß da, das Glas in der einen, die Flasche in der anderen Hand, und starrte sie an. »Ich dachte, du hast ihn ausgesucht, weil er mein Feind war.«

Nun geschah etwas Furchtbares. Ihr Gesicht war wie immer, weich und weiß, die blassen Lippen leicht geöffnet, aber er sah den Wahnsinn aus ihren Augen starren. Er hätte nicht sagen können, woher er dieses Wissen hatte, denn er hatte noch niemanden gesehen oder gekannt, der auch nur leicht geistesgestört war, aber das war der Wahnsinn, unverhüllt, real und schrecklich. Es war, als säße ein Dämon in ihr und schaute durch ihre Augen heraus. Und zugleich war es Floras Blick, den er da sah, entrückt, unberührt von jeder Zivilisation, unbekümmert um jede Moral.

Er mußte alle Beherrschung aufbieten, die ihm zu Gebote stand. Er mußte gelassen sein, sogar einen heiteren Ton halten.

»Wie meinst du das, Senta, dein Feind?«

»Er hat Geld von mir gewollt. Ich konnte ihm keines geben. Er fing an, mir Sachen nachzurufen, Bemerkungen über meine Kleider und mein ... mein Haar zu machen. Ich möchte nicht wiederholen, was er mir nachgerufen hat, aber es war sehr beleidigend.«

»Was hat dich darauf gebracht, daß ich das gewußt hätte?«

Sie bewegte sich auf ihn zu und sagte leise: »Weil du meine Gedanken kennst, Philip. Weil wir inzwischen einander so nahegekommen sind, daß wir unsre Gedanken lesen können, ist's nicht so?«

Er blickte weg und sah sie dann zögernd wieder an. Der Wahnsinn war verschwunden. Er hatte ihn sich eingebildet. Das mußte es gewesen sein – Einbildung. Er goß ihr nach und füllte sein eigenes Glas. Sie begann ihm zu erzählen, daß sie in der kommenden Woche wegen einer Rolle in einer Fernsehserie vorsprechen werde. Wieder ein Phantasieprodukt, doch eines von der harmlosen Sorte, wenn überhaupt etwas dergleichen bei ihr harmlos war, harmlos sein konnte. Seite an Seite saßen sie auf dem Bett in dem stickigen Zimmer, das von orangefarbenem Sonnenlicht, in dem der Staub flimmerte, durchflutet war. Diesmal war ihm nicht danach zumute, das Fenster zu öffnen. Eine abergläubische Furcht war über ihn gekommen. Kein einziges Wort von dem, was sie sprachen, durfte von anderen Leuten mitgehört werden.

»Senta, hör mir zu. Wir dürfen nicht mehr über das Töten von Menschen sprechen, nicht einmal im Spaß, oder uns so was in der Phantasie ausdenken. Jemanden umbringen, das ist ja nichts Lustiges, kann es nicht sein.«

»Ich habe nicht gesagt, daß es ein Scherz war. Das hab' ich nie gesagt.«

»Nein, aber du hast Geschichten darüber erfunden und so getan, als ob du es getan hättest. Ich war genauso schlimm, habe genauso gehandelt. Du hast vorgegeben, jemanden umgebracht zu haben, und ich habe das gleiche getan, aber das ist jetzt egal, weil wir es ja nicht wirklich getan haben und nicht einmal glauben, daß der andere so etwas getan hat. Aber es ist schlecht für uns, wenn wir weiter darüber reden, als wäre es wirklich passiert. Verstehst du das denn nicht? Es ist irgendwie schlecht für deinen und für meinen Charakter.«

Einen ganz kurzen Augenblick sah er noch einmal den Dämon hinter ihren Augen. Der Dämon kam und feixte und verschwand wieder. Sie schwieg. Er wappnete sich für einen Wutausbruch wie jenen damals, als er die Wahrheit ihrer Worte angezweifelt hatte. Aber sie schwieg und rührte sich nicht. Sie warf den Kopf nach hinten, leerte das Glas mit einem einzigen Schluck und hielt es ihm dann hin.

»Ich werde es nie mehr erwähnen«, sagte sie langsam. Und dann: »Ich verstehe, wie es um dich steht, Philip. Du denkst noch immer konventionell. Du warst erleichtert, als du entdeckt hast, daß es meine Mutter ist, bei der ich hier lebe, stimmt's? Es gab dem Ganzen etwas Bürgerlich-Achtbares. Du warst erfreut, als ich einen richtigen Job bekam, der Geld bringt. Bei dieser Familie, wie könntest du da auch anders sein? Man hat dir anerzogen, anständig und strikt moralisch zu sein, und du wirst nicht innerhalb von ein paar Monaten ein anderer Mensch werden. Aber hör mir jetzt zu! Was wir beide füreinander tun mußten, um uns unsere Liebe zu beweisen, war furchtbar. Das weiß ich, ich weiß, daß es furchtbar war, und ich verstehe sehr gut, daß es dir die Sache leichter macht, wenn wir sie einfach begraben, Vergangenheit sein lassen. Nur mußt du dir auch klarmachen, daß wir nichts ungeschehen machen können. Aber es ist einfach nicht nötig, darüber zu sprechen.«

Er sagte beinahe grob: »Wenn du weiter soviel Wein trinkst, sollten wir lieber etwas essen. Komm, essen wir was.«

»Willst du mir vorhalten, daß ich zuviel trinke, Philip?«

Die Frühwarnzeichen wurden ihm allmählich vertraut. Er begann zu lernen, sich darauf einzustellen. »Nein, natürlich nicht. Aber ich finde, du ißt nicht genug. Ich versuche auf dich aufzupassen, Senta.«

»Ja, paß auf mich auf, Philip. Kümmre dich um mich.« Sie drehte sich zu ihm hin und klammerte sich an seine Schultern, ihr Blick plötzlich wild und geängstigt. »Wir wollen noch nicht essen. Bitte noch nicht! Ich möchte, daß du mich liebst.«

»Ich liebe dich sehr«, sagte er, stellte sein Glas ab, nahm ihr das Glas aus der Hand und zog sie in einer Umarmung auf die braune Steppdecke.

Diesmal fuhr er wieder in den frühen Morgenstunden nach Hause. Er hatte mit ihr über ihre gemeinsame Zukunft sprechen wollen. Ob sie in der Wohnung oben leben wollten. Ob sie darüber nachgedacht habe, wie sie versprochen hatte. Ob sie ein Datum für die Hochzeit irgendwann im nächsten Jahr festlegen wollten. Ob sie ihm raten könne, wie er das Problem Christine und, weil er schon dabei war, das Problem Cheryl regeln könnte? Aber sie hatten kaum miteinander gesprochen, sondern den ganzen Abend der Liebe gewidmet. Irgendwann war er aufgestanden, hatte etwas gegessen und sich unter dem Wasserhahn gewaschen.

Als er zurückgekommen war, um das Fenster zu öffnen und frische Luft in die abgestandene Atmosphäre des Zimmers hereinzulassen, fand er sie auf dem Bett sitzend. Sie brach gerade die zweite Flasche Wein an und forderte ihn mit sehnsüchtig ausgestreckten Armen auf, sich wieder zu ihr zu legen.

Er schlief einen tiefen Schlaf. Er schlief wie die Toten, erschöpft und friedvoll. Seine Zukunft mit Senta erschien ihm großartig, eine einzige Abfolge von Tagen, in denen er von ihr träumte, und Nächten des Liebesgenusses. Ihre Erlebnisse im Bett wurden im Lauf der Zeit noch besser, und sie genoß sie ebenso wie er. Als der Wecker ihn wach klingelte, streckte er die Hand nach ihr aus, aber er lag in seinem eigenen Bett, und sie war nicht da, und er fühlte sich verlassen.

Auf dem Weg zur Arbeit, einem Besuch bei Olivia Brett, den er ungern machte, ging er mit sich ins Gericht, weil er sich eingebildet hatte, Anzeichen einer Art Psychose an Senta bemerkt zu haben. Es war natürlich der Schock gewesen. Die Ursache war der Schock gewesen, als er erfuhr, daß es sich bei John Crucifer um Joley handelte. Die arme Senta hatte ihm ein simples Faktum mitgeteilt, und er war derart bestürzt gewesen, daß er seine hysterischen Gefühle auf sie abgewälzt hatte. Nannte die Psychologie so etwas nicht Projektion?

Ohnedies war es kaum verwunderlich, daß sie glaubte, er habe Joley getötet. Schließlich hatte er ihr ja selbst die Sache mit Crucifer anvertraut. Er hatte ihr tatsächlich – so phantastisch und irreal es ihm jetzt auch erschien – erzählt, er habe den alten Mann umgebracht. Natürlich hatte sie ihm geglaubt. Eine Zeitlang, hielt er sich vor, habe ich ja auch die Geschichte von dem Mord an Arnham geglaubt. Nun ja, mal habe ich sie geglaubt, dann wieder nicht. Und all das illustrierte eigentlich nur, was er zu ihr gesagt hatte: daß diese Redereien für sie, für ihren und seinen Charakter schädlich seien. Zweifellos tat es seinem Charakter nicht gut, wenn es ihm die Überzeugung eingab, Senta sei nicht ganz richtig im Kopf.

Aber Joley... Philip fand die Vorstellung gräßlich, daß Joley der Mann war, der in Kensal Green ermordet worden war, und um so gräßlicher, als er gesagt hatte, dieser Tod gehe auf sein Konto. Jetzt erschien es ihm fast unbegreiflich, daß er das überhaupt getan hatte. Wenn sie ihn wirklich liebte, und daran gab es keinen Zweifel, wäre sie eines Tages zu der Erkenntnis gelangt, daß diese Phantastereien über Liebesbeweise nicht notwendig waren. Er hätte nur durchzuhalten brauchen, vielleicht ein paar Rasereien über sich ergehen lassen müssen, bis sie sich bekehrt hätte. Er empfand flüchtig Gewissensbisse, daß er diesen Ausdruck, Rasereien, mit Senta auch nur in Verbindung gebracht hatte, da er sich sehr gut vorstellen konnte, wie sie reagieren würde – aber wie sonst sollte man es beschreiben?

Als er behauptet hatte, er habe Crucifer alias Joley ermordet, hatte er sich mit diesem Tod irgendwie in Verbindung gebracht. Schlimmer noch, er hatte partiell

Verantwortung dafür auf sich geladen, sich gewissermaßen zum Komplizen nach begangener Tat gemacht. Mit diesen unerfreulichen Gedanken beschäftigt, ging er die Eingangsstufen von Olivia Bretts Haus hinauf, wo ihn die Schauspielerin selbst einließ. Unwillkürlich fielen ihm die beifälligen Bemerkungen ein, die sie angeblich über ihn gemacht hatte, und er fühlte sich in ihrer Nähe unbehaglich.

In seinem Job machten Geschichten über Frauen die Runde, die, allein zu Hause, auf nichts anderes lauerten als auf Männer wie ihn, Frauen, die den für den Umbau verantwortlichen Architekten oder Polier oder Handwerker in ihr Schlafzimmer einluden oder sich plötzlich unbekleidet vor ihnen zeigten. Er selbst hatte zwar noch nichts Derartiges erlebt, aber er war ja noch ein Berufsanfänger. Olivia Brett trug einen Morgenmantel, weiß und reichlich mit Rüschen verziert, doch nicht durchsichtig. Sie roch wie eine Schale tropischer Früchte, die der Sonne ausgesetzt gewesen waren.

Sie ließ es sich nicht nehmen, hinter ihm die Treppe hinaufzugehen. Er überlegte, was er tun würde, sollte er plötzlich spüren, wie ihre Hand seinen Nacken liebkoste oder eine Fingerspitze sein Rückgrat entlangfuhr. Aber sie berührte ihn nicht. Er hatte überhaupt kein Verlangen, über sie nachzudenken, sie sollte bloß ihre Wünsche in einem neutralen, sachlichen Ton vortragen. Sie ließ ihn in das kurz vorher ausgeräumte Badezimmer treten und stand jetzt hinter ihm, während er aufzeichnete, wie nach seiner Ansicht die elektrischen Leitungen gelegt werden sollten.

»Oh, *Darling*«, sagte sie. »Ich weiß nicht, ob man Ihnen ausgerichtet hat, daß ich es mir anders überlegt habe und eine dieser Duschen haben möchte, die einen aus der Wand anspritzen.«

»Ja, ich habe eine Notiz, auf der es steht.«

»Ich hab' meinem Freund die Abbildung in Ihrem Katalog gezeigt, und denken Sie sich, was er gesagt hat. Er hat gesagt, das ist ein Whirlpool, der sich zum Pinkeln aufgestellt hat.«

Philip war ein bißchen schockiert. Nicht von dem, was sie gesagt, sondern weil sie es gesagt hatte, und zu ihm. Er reagierte nicht, obwohl ihm bewußt war, daß er eigentlich beifällig lachen sollte. Er holte sein Maßband heraus und tat so, als nähme er in einer anderen Ecke des Raums Maß. Als er sich umdrehte, sah er, daß sie ihn abschätzend anblickte, und unwillkürlich mußte er sie mit Senta vergleichen, ihr faltiges, eingefettetes Gesicht mit Sentas reiner, samtener Haut, und den gefleckten Busenansatz zwischen den Aufschlägen in *broderie anglaise* mit Sentas weißem Busen. Bei diesem Gedanken lächelte er sie freundlich an, während er sagte: »Das wär's wohl. Ich werde Sie erst wieder behelligen, wenn der Elektriker mit seiner Arbeit fertig ist.«

»Haben Sie eine Freundin?« fragte sie.

Er war erstaunt und spürte, wie ihm heiß die Röte ins Gesicht stieg. Sie trat einen Schritt näher.

»Was *haben* Sie denn?«

Ein genialer Einfall kam ihm. Sooft schon waren ihm Dinge, die er hätte sagen sollen, schlagfertige Repliken, zehn Minuten zu spät eingefallen, aber diesmal machte er es gut. Er wußte nicht, wie er darauf kam. Die Idee flog ihm auf heiteren Schwingen, überaus passend, zu.

»Ich *habe* mich«, sagte er gelassen, »leider letzte Woche verlobt.«

Damit ging er, höflich lächelnd und ohne Eile, an ihr vorbei. Sie kam hinter ihm auf den Treppenabsatz. Einen Augenblick lang tat es ihm leid. Aber sich für Roseberry Lawn zu prostituieren, das war doch wohl mehr, als die Loyalität zur Firma verlangte.

»Auf Wiedersehen vorläufig«, rief er. »Ich mach' mir selbst die Haustür auf, ja?«

Das Intermezzo gab ihm ein recht beschwingtes Gefühl. Er hatte sich gut aus der Affäre gezogen. Die Sache hatte ihn auch von John Crucifer alias Joley abgelenkt. Die reale Welt oder jedenfalls eine andere Welt hatte sich eingemischt. Er war nun imstande zu sehen, daß Joleys Tod absolut nichts mit ihm selbst zu tun hatte. Ja, seine Geschenke für Joley hatten dem alten Mann wahrscheinlich seine letzten Lebenstage verschönt.

Als er die Zentrale erreichte, stellte er den Wagen auf dem Parkplatz ab. Es war zehn nach eins. Genau die Zeit, zu der er, wenn er sich irgendwo ein Lokal zum Mittagessen suchte, wieder auf Arnham stoßen könnte. Philip sagte sich, daß er deshalb den Durchgang mied, der zu der Straße mit den georgianischen Häusern führte, aber er wußte, daß es sich eigentlich doch nicht so verhielt. In Wahrheit wollte er nicht an dem Geschäft mit den venezianischen Glaswaren vorbeigehen, wo er im Schaufenster vielleicht den Dolch aus Muranoglas sehen würde.

Zeit seines Lebens würden der Name Murano oder auch nur das Wort »Dolch« wahrscheinlich ungute Erinnerungen in ihm wachrufen. Das war ein weiterer Grund, warum er Senta von ihren Phantasien kurieren mußte. Mittlerweile gab es ganze Tabuzonen, die er mied: die Gegend um Kensal Green, den Namen Joley und den Namen John, Scotchterrier, Venedig und Glasdolche, kleine, baumbestandene Grasflächen. Natürlich würde die Zeit das verändern, die Zeit würde die Vergangenheit von alledem reinigen.

Er schlug die andere Richtung ein und kam auf eine stark belebte Hauptverkehrsstraße, wo Straßenhändler Souvenirs an Touristen verkauften. Er wäre nie auf die Idee gekommen, an diesen Ständen irgend etwas zu kaufen; er wäre daran vorbeigegangen, ohne auch nur einen Blick hinzuwerfen. Doch als er sich einem Stand näherte, an dem mit dem Tower bedruckte T-Shirts und Teddybären mit Union-Jack-Schürzen und Geschirrtücher mit Abbildungen des Prinzen und der Prinzessin von Wales feilgeboten wurden, zwang ihn das Gedränge, langsamer zu gehen. Er war beinahe genötigt stehenzubleiben, und einen Augenblick glaubte er, Zeuge eines Angriffs oder Überfalls auf den Stand und den Verkäufer zu werden.

Ein Wagen war an den Randstein gefahren, auf die von der doppelten gelben Linie begrenzte Spur, und zwei Männer sprangen heraus. Sie waren jung und sahen aus wie Schlägertypen, mit kurzgeschnittenem Haar und Lederjacken mit Beschlägen, wie Cheryl eine trug. Die beiden kamen auf den Stand zu und stellten sich jeweils an ein Ende. »Sie haben doch sicher irgendwo eine Lizenz, oder?«

Philip wußte sofort, daß es sich nicht um Räuber oder Schläger, sondern um Polizisten handelte.

Noch nie hatte er einen Polizisten mit Furchtgefühlen angesehen. Und es war auch eigentlich keine richtige Furcht, mehr ein vorsichtiges auf-der-Hut-Sein. Als er sie beobachtete, wie sie sich vor dem Souvenirverkäufer aufbauten, während der Mann in den Taschen seiner an einer Stange hängenden Jacke kramte, dachte er über

Joley und Joleys Tod nach. Er dachte daran, daß er tatsächlich behauptet hatte, Joley getötet zu haben. Natürlich hatte er das nur zu Senta gesagt, die in dieser Hinsicht nicht zählte, aber er hatte doch mit lauter Stimme ein Mordgeständnis abgelegt. Es konnte sein, daß just diese beiden Polizeibeamten, von denen einer gerade mit mißtrauischer Miene die Lizenz des Straßenhändlers begutachtete, zu dem Team gehörten, das an der Aufklärung des Mordes an Joley arbeitete. Warum, fragte sich Philip, habe ich mich nur in Sentas Spiel hineinziehen lassen? Warum habe ich überhaupt mitgespielt?

Er aß ein Sandwich und trank dazu eine Tasse Kaffee. Während er aß, versuchte er, diese paar Wochen im Geist zurückzugehen. Er dachte daran, wie Senta ihm ihre Liebe entzogen und wie er, um sie zurückzugewinnen, einen Mord gestanden hatte, dessen er gar nicht schuldig war, er, dem solche Dinge in der Seele zuwider waren! Es war viel schlimmer als das, was sie getan hatte. Sie hatte einfach einen Mord erfunden. Er konnte inzwischen nicht mehr verstehen, warum er nicht etwas Ähnliches getan, warum er nicht begriffen hatte, daß beinahe jede absurde Fiktion für sie genügt hätte. Was hatte ihn darauf gebracht, daß es notwendig sei, sich einen wirklich geschehenen Mord zuzuschreiben? Er fühlte sich davon besudelt, es kam ihm vor, als wären seine Hände tatsächlich beschmutzt, und er blickte auf sie hinab, wie sie auf der gelben Kunststoffplatte des Kaffeetischchens ausgebreitet waren, als könnte er Friedhofserde in ihren Linien und Blut unter den Fingernägeln entdecken.

Als er im Lift zu Roys Büro hinauffuhr, fiel ihm ein,

daß Joley ihn »governor« genannt hatte. Philip hatte ihn gern gehabt, wegen des Humors. Natürlich war es nicht schön von ihm gewesen, daß er ein Mädchen beleidigt hatte, nur weil es ihm kein Geld geben wollte. Philip fragte sich, was Joley überhaupt in Kensal Green gesucht hatte. Vielleicht gab es dort auch eine Suppenküche.

Roy arbeitete gerade an seinem Entwurf für die komplette Umgestaltung einer Wohnung. Er war erkennbar in einer seiner gereizten Stimmungen.

»Was zum Teufel wollen Sie denn hier?«

»Ich komme natürlich, um Sie zu sehen. Sie haben doch gesagt, ich soll gegen zwei Uhr da sein.«

»Ich habe gesagt, Sie sollen *bis* zwei in Chigwell sein und feststellen, warum diese Ripple mit ihrem Marmordingsbums noch immer nicht zufrieden ist. Kein Wunder, daß es mit der Firma bergab geht, wenn nicht einmal ein kleiner Scheißer auf der untersten Sprosse rechtzeitig zu einem Termin kommt.«

Philip war sich sicher, daß Roy nichts davon gesagt hatte, er solle zu Mrs. Ripple fahren. Aber streiten war zwecklos. Er war nicht gekränkt, weil er als ein kleiner Scheißer bezeichnet worden war. Was ihn wirklich getroffen hatte, war die Bemerkung über die »unterste Sprosse«.

Die Fahrt nach Chigwell dauerte lange. Es hatte zu schütten begonnen. Der starke Regen hielt den Verkehr immer wieder auf. Die Pkws und Lastwagen krochen durch Wanstead, und als Philip schließlich auf der Schwelle vor Mrs. Ripples Haustür stand und klingelte, war es fünf vor drei. Sie hatte eine Freundin bei sich, eine Frau, die sie »Pearl« nannte. Die beiden Damen brachten es irgendwie fertig, gemeinsam die Haustür zu öffnen, als hätten sie gleichzeitig nach dem Schnappschloß gegriffen. Er hatte den Eindruck, daß sie dicht hinter der Tür gewartet hatten, schon einige Zeit.

»Wir hatten beinahe schon die Hoffnung aufgegeben, nicht wahr, Pearl?« sagte Mrs. Ripple. »Ich nehme an, wir sind nicht auf der Höhe der Zeit. Wir sind naiv. Wir haben eben diese altmodische Vorstellung im Kopf, daß jemand auch zwei Uhr meint, wenn er zwei Uhr sagt.«

»Es tut mir sehr leid, Mrs. Ripple. Da hat es ein Mißverständnis gegeben. Niemand ist schuld, aber ich wußte tatsächlich nicht, daß ich vor einer Stunde hier sein sollte.«

Sie sagte sehr säuerlich: »Jetzt, wo Sie endlich da sind, kommen Sie mal gleich mit nach oben. Versuchen Sie mir doch zu erklären, warum ich mich mit dem Schund zufriedengeben soll, den Sie netterweise in meinem Badezimmer installiert haben.«

Pearl kam mit nach oben. Sie sah Mrs. Ripple so ähnlich, daß sie ihre Schwester hätte sein können, allerdings eine üppiger ausgestattete, reicher geschmückte Version. Mrs. Ripple war gleichsam die Standardausführung und Pearl das Luxusmodell. Sie hatte schwarzes, lockiges Haar wie ein nicht getrimmter Pudel, und ihr enganliegendes Seidenkleid war von einem glänzenden Pfauenblau. Sie blieb auf der Schwelle stehen und sagte in einem theatralischen Ton: »Wieviel, sagten Sie, meine Liebe, mußten Sie für diesen Pfusch hinblättern?«

Mrs. Ripple antwortete ohne zu zögern. Die kleine Szene war vermutlich vorher einstudiert worden, während sie auf ihn warteten. »Sechstausendfünfhundertzweiundvierzig Pfund und fünfundneunzig Pence.«

»Der reinste Nepp!« sagte Pearl.

Mrs. Ripple deutete mit einem heftig zitternden Finger auf die Marmorplatte des Waschtischs. Sie sah aus wie eine Laienspielerin einer Liebhaberaufführung, die auf ein Gespenst hinter der Bühne deutet. Philip untersuchte den Marmor, den winzigen Ritz in einer der weißen Adern der Platte. Zu seinem Erschrecken und äußersten Mißvergnügen bemächtigte sich Mrs. Ripple seines Handgelenks und führte seine Hand so, daß die Spitze des Zeigefingers den Ritz gerade berührte.

»Aber das ist doch kein Defekt, keine Beschädigung, Mrs. Ripple«, sagte er und bemühte sich dabei, seine Hand freizubekommen, ohne daß es beleidigend wirkte. »Das gehört zum Charakter des Steins. Es ist eine natürliche Substanz, kein Kunststoff, bei dem man eine vollkommen glatte Oberfläche herstellen könnte.«

»Das will ich doch hoffen, daß es kein Kunststoff ist«, sagte Mrs. Ripple, »wenn man überlegt, was ich dafür gezahlt habe.«

Philip hätte ihr gern gesagt, daß sie ja nicht nur den Waschtisch aus mehreren illustrierten Prospekten ausgewählt, sondern auch noch Muster des Marmors, die ihr vorgeschlagen wurden, geprüft hatte. Es hätte nur noch weitere Scherereien verursacht und ohnedies zu nichts geführt. Statt dessen versuchte er sie zu überzeugen, daß jeder Besucher anhand der unwiderleglichen Beweiskraft dieses winzigen Fehlers, der bei einem synthetischen Material niemals aufgetreten wäre, augenblicklich Qualität und Geschmack ihrer Badezimmereinrichtung erkennen und zu würdigen wissen werde. Von alledem wollte Mrs. Ripple nichts hören. Sie wolle Marmor, natürlich, sie habe schon immer gewußt, was sie wolle, und das sei Marmor, aber sie wünsche eine Platte, die die

Äderung und das richtige Aussehen von Marmor ohne jeden Makel habe.

Philip, der nicht zu versprechen wagte, sie könnten ihn ihr besorgen, geschweige denn, den Ersatz ohne Aufpreis installieren, sagte, er werde sich um die Sache kümmern; sie werde in ein paar Tagen von ihm persönlich hören.

»Oder in ein paar Wochen«, sagte Mrs. Ripple giftig.

Es hatte zu regnen aufgehört. Auf der Fahrbahn waren Pfützen, die von der Sonne in strahlende Spiegel verwandelt wurden. Philip fuhr die Straße entlang und um die Ecke in Richtung auf Arnhams Haus. Die Räder des Wagens wirbelten Fontänen hoch, die Sonne schien ihm in die Augen, und wenn er nicht das Tempo gedrosselt hätte, um die Sonnenblende herabzuklappen, hätte er vielleicht die über die Straße laufende Katze oder das sie verfolgende Hündchen totgefahren. Er bremste mit aller Kraft, wobei er das Pedal bis zum Boden durchdrückte. Der Wagen kam auf der nassen Fahrbahn ins Rutschen und mußte mit dem rechten Kotflügel den Hund erwischt haben. Er jaulte auf und überschlug sich.

Es war ein Sealyhamterrier, weiß und wuschelig. Philip hob ihn auf. Er hatte nicht den Eindruck, daß das Tier verletzt war, denn nun, da er es in den Händen hielt und seinen Körper nach gebrochenen Knochen oder schmerzenden Stellen abtastete, reagierte es damit, daß es ihm stürmisch das Gesicht ableckte. Arnhams Frau oder Freundin war die Eingangsstufen herabgekommen und stand am Gartentor. Sie sah älter und magerer aus als das letzte Mal, als er sie gesehen hatte, aber bei den früheren Gelegenheiten hatte er sie ja nur hinter Glas zu Gesicht bekommen. Hier im Freien, im Sonnenschein, wirkte sie mager, häßlich und ältlich.

»Er ist mir direkt vor die Räder gelaufen«, sagte Philip. »Ich glaube nicht, daß er sich etwas getan hat.«

Sie sagte kalt: »Vermutlich sind Sie zu schnell gefahren.«

»Das glaube ich nicht.« Er wurde es allmählich leid, daß man ihm Dinge vorwarf, die er nicht begangen hatte. »Ich bin wegen der nassen Straße mit ungefähr zwanzig Meilen die Stunde gefahren. Hier, nehmen Sie ihn mal.«

»Er gehört mir nicht! Wie kommen Sie darauf, daß er mir gehört?«

Ja, wie? Weil sie und nur sie allein herausgekommen war? Oder weil er irgendwie Arnham mit einem Hund in Beziehung brachte? Dieser Hund war ein Scottie gewesen, erinnerte er sich, *das hatte Senta erfunden.* Arnham mochte keine Hunde, hatte nie einen Hund besessen.

»Ich habe Ihre Bremsen gehört«, sagte sie. »Ich bin herausgekommen, um nachzusehen, was passiert ist.« Sie ging wieder die Stufen hinauf, ins Haus hinein und schloß hinter sich die Tür.

Philip, in dessen Arm sich der Scalyham jetzt gemütlich schmiegte, las das Schildchen am Halsband, auf dem stand, daß der Hund, »Whisky«, Eigentum von H. Spicer sei, der drei Häuser weit von Mrs. Ripple wohnte. Er trug das Tier nach Hause, und man bot ihm einen Fünfpfundschein als Belohnung an, den er ablehnte.

Doch während er zu seinem Wagen zurückging, dachte er: Was für ein Durcheinander Phantasien anrichten können, so daß sich Fakten mit Wahrheit und mit verdrehter Wahrheit vermischen. Aufgrund von Sentas Behauptungen hatte er gewisse Schlüsse gezogen. Die Behauptungen hatten sich als falsch erwiesen, aber die Schlüsse wirkten fort.

Er stieg in den Wagen und warf noch einen kurzen Blick zu dem Haus hin, als er den Zündschlüssel drehte. Alles, woran du dich halten mußt, sagte er zu sich, ist, daß Arnham hier wohnt und daß er am Leben ist. Jetzt vergiß alles andere und sei wieder fröhlich.

16

»Ich frage mich, ob sie vielleicht nur Geld sammelt und auf die Seite legt. Sie ist ja arbeitslos und wird es wahrscheinlich auch bleiben, und sie hat nichts gelernt, das arme kleine Schätzchen, und vielleicht dachte sie, wenn sie einen netten Vorrat Geld im Rücken hat . . .? Ich weiß nicht. Rede ich albernes Zeug daher?«

Philip hatte sich dazu überwunden, seiner Mutter zu sagen, was sich an jenem Abend abgespielt hatte, als er Cheryl nachgegangen war. Aber sie hatte ihm nicht geglaubt. Christine wußte durchaus, daß Cheryl sie beklaute, und hatte daraus gelernt, im Haus keine größeren Beträge mehr umherliegen zu lassen. Doch daß Cheryl etwas aus einem Laden gestohlen haben könnte, das war für ihre Mutter zuviel. Philip glaube nur, Zeuge eines Diebstahls gewesen zu sein. In Wirklichkeit habe er gesehen, wie Cheryl sich etwas zurückholte, was ihr gehörte und was sie früher an diesem Tag irgendwie dort zurückgelassen hatte.

»Das war aber nicht sehr nett von dir, deiner eigenen Schwester so etwas zuzutrauen.« Das war ihre größte Annäherung an einen Vorwurf, und ihr Ton war mehr sanft als tadelnd.

Philip merkte, daß es keinen Sinn hatte, ihr zu widersprechen. »Wie du meinst. Vielleicht war es kein Diebstahl. Aber wenn du weißt, daß sie dich beklaut – warum tut sie das?«

Doch zu welchem Zweck Cheryl Geld stahl, das ging über Christines Verstand. Es war, als hielte ihr Denken beim Faktum des Stehlens selbst inne, als wäre sie gar nicht imstande zu überlegen, wofür Cheryl klaute. Philips Andeutung, sie tue es vielleicht, um sich Alkohol oder Drogen zu verschaffen, bewirkte nur einen starren Blick. Drogen verfallen, so etwas passierte anderer Leute Kindern. Außerdem hatte sie erst zwei Tage vorher Cheryl im Bad gesehen und keine Einstichstellen an ihren Oberschenkeln oder -armen bemerkt.

»Bist du sicher, sie wären dir aufgefallen, wenn sie welche hätte?«

Christine meinte, ja, sie hätte es bemerkt. Sie hätte es auch bemerkt, wenn Cheryl trank. Während ihres Urlaubs in dem kleinen Privathotel sei anderen Gästen Geld abhanden gekommen. Man habe die Polizei geholt, aber Cheryl sei nicht einmal befragt worden. Christine schien zu denken, daraus ergebe sich selbstverständlich Cheryls Unschuld. Die eigene Mutter zu bestehlen, das war etwas anderes, eigentlich gar kein richtiger Diebstahl, Cheryl hatte von Haus aus halbwegs ein Recht darauf.

»Du weißt ja, Philip, mit ihrer Arbeitslosenunterstützung ist es nicht so weit her.« Sie plädierte für ihre Tochter mit einer ans Herz rührenden Inständigkeit, als wäre Philip entschlossen, den Stab über sie zu brechen. »Ich will dir was sagen«, sagte sie. »Ich werde mit jemand Befreundetem sprechen, der mit Jugendlichen arbeitet, in der Sozialarbeit.«

Das war wohl diese Audrey. Philip machte sich stumme Vorwürfe, daß er es schwer zu glauben fand, seine Mutter könnte jemanden mit einer verantwortlichen, sozialen Tätigkeit unter ihren Bekannten haben. Er sagte in einem festen Ton: »Ja, das wäre vielleicht eine gute Idee. Und du kannst sagen, was ich gesehen habe. Ich hab' es gesehen, und es *war* Diebstahl! Es ist niemandem damit gedient, wenn man die Augen davor verschließt.«

Er hatte sich vorgenommen, diesen Abend bei ihr zu bleiben, aber Christine schien etwas daran zu liegen, daß er ausging. Er merkte, daß dies nicht reine Selbstlosigkeit war. Sie wollte wirklich das Haus für sich haben. Das brachte ihn auf den Gedanken, ob Arnham vielleicht sein Versprechen wahrgemacht habe, sie anzurufen, ob er wieder in ihr Leben eingetreten sei und sich für diesen Abend angesagt habe. Philip lächelte vor sich hin, als er sich Arnham hier im Haus vorstellte, wie er mit Christine plauderte und ihr vielleicht berichtete, daß er Flora verloren hatte, während die Statue oben stand, nur ein paar Meter über den Köpfen der beiden.

Das brachte ihn darauf, sich Flora anzusehen, die in einem hinteren Winkel des Kleiderschranks stand. Sentas Gesicht blickte aus den Schatten zu ihm heraus, und so wie das weiche Abendlicht auf sie fiel, schuf es die Illusion eines Lächelns. Philip konnte nicht widerstehen, mit einem Finger eine der kühlen Marmorwangen zu berühren und sie dann leicht mit dem Handrücken zu streicheln. Hatte er Flora gestohlen? War er also ebenso ein Dieb, wie Cheryl eine Diebin war? Irgend etwas, irgendeine unvermittelte Eingebung führte ihn zu Cheryls Zimmertür. Er war seit jenem Tag, an dem Fee im Kleiderschrank das zerknitterte Brautjungfernkleid gefunden hatte, nicht mehr in dem Raum gewesen, hatte nicht einmal hineingesehen. Jetzt öffnete er die Tür, die überraschenderweise nicht abgeschlossen war, und trat hinein.

Drei Transistorradios, ein Portable mit einem Bildschirm von der Größe einer Spielkarte, ein Kassettengerät, zwei Haartrockner, irgendein Küchengerät, vermutlich ein Mixer, weitere Elektrogeräte – alles auf einer Kommode aufgestapelt. Philip wußte sofort, daß es sich um Diebesgut handelte. An einem der Radios klebte noch ein scharlachrotes Folienband. Er fragte sich, wie sie es geschafft hatte, diese großen Gegenstände mitgehen zu lassen, ohne erwischt zu werden. Einfallsreichtum, geboren aus Verzweiflung, dachte er. Dieser Hort an gestohlenen Dingen war dasselbe wie für andere Leute etwa angelegtes oder auf einem Sparkonto deponiertes Geld: etwas, das darauf wartete, in Bargeld verwandelt zu werden – doch wofür?

Seine Schwester war kriminell, aber er sah nicht, was sich da tun ließ. Es blieb nur, sich fatalistisch damit abzufinden. Sich an die Polizei oder an die Sozialfürsorge zu wenden würde bedeuten, daß Cheryl wegen Diebstahls vor Gericht kam, und da sie seine Schwester war, konnte er sie nicht bei den Behörden verpfeifen. Er konnte nur das Beste hoffen, seine Zuversicht darauf setzen, daß die mit Christine befreundete Sozialarbeiterin ihnen mit Hilfe oder gutem Rat beistand. Er schloß die Tür hinter sich und wußte irgendwie, daß er nie mehr in das Zimmer gehen würde.

Kaum war er an diesem Abend in der Tarsus Street angekommen, berichtete er Senta, was er gesehen hatte. Sie sah ihn an. Wenn man sagt, man sehe jemandem in die Augen, meint man im Grunde damit, daß man ihm nur in das eine oder das andere Auge blickt. Senta aber schaute Philip tatsächlich in beide Augen, und da sie dabei immer schielen mußte, zeigte sie einen Ausdruck konzentrierter Intensität. Ihre Lippen waren ein wenig geöffnet, ihre klaren, grüngesprenkelten Augen standen weit offen, während die Pupillen einander zugewandt waren.

»Es macht nichts, solange sie nicht erwischt wird, oder?«

Er versuchte darüber zu lachen. »Das ist aber keine sehr moralische Betrachtungsweise.«

Sie antwortete ganz ernst und in einem pedantischen Ton: »Aber für uns gilt doch die bürgerliche Moral nicht, Philip. Findest du es nicht scheinheilig von dir, wenn du Cheryl wegen einer lächerlichen Lappalie verurteilst, während du selbst einen Mord begangen hast?«

»Ich verurteile sie nicht«, sagte er, um irgend etwas zu sagen, irgend etwas von sich zu geben, denn seine Gedanken ließen sich nicht aussprechen: Glaubte sie wirklich, er habe John Crucifer getötet, während sie doch wußte, daß ihr eigenes Geständnis Phantasterei war? »Ich möchte nur wissen, wie ich mich verhalten soll. Was soll ich tun?«

Er meinte damit, was er in Cheryls Fall tun solle. Doch Senta ließ die Sache gleichgültig, das merkte er. Sie war nur mit sich selbst und ihm beschäftigt. Jetzt lächelte sie.

»Zieh hierher zu mir.«

Es hatte die Wirkung, die sie gewünscht haben mußte, und ließ ihn Cheryl vorübergehend vergessen. »Ist dir ernst damit, Senta? In die oberste Etage? Geht das?«

»Ich dachte, es würde dich freuen.«

»Natürlich freut es mich. Aber du... du fühlst dich doch dort oben nicht wohl. Ich möchte nicht, daß du dich meinetwegen zu etwas zwingen mußt.«

»Philip, ich muß dir etwas sagen.« Wieder das Anspannen seiner Nerven und Muskeln, während er auf Enthüllungen wartete. Aber mit einem Mal wußte er, daß sie etwas Positives sagen werde. Und es war etwas Positives, ja, mehr als das. »Wie ich dich liebe!« sagte sie. »Ich liebe dich viel mehr, als ich es mir bei unserer ersten Begegnung vorgestellt hätte. Ist das nicht komisch? Ich wußte, ich hatte nach dir gesucht und dich gefunden, aber ich wußte nicht, daß ich imstande bin, einen Menschen so zu lieben wie dich.«

Er nahm sie in die Arme und drückte sie an sich. »Senta, du bist mein Alles, mein Engel.«

»Und darum, verstehst du, könnte ich mich mit dir zusammen nirgends unbehaglich fühlen. Ich könnte nicht unglücklich sein, wenn ich bei dir bin. Wo ich mit dir zusammen bin, bin ich glücklich. Ich bin glücklich, solange ich weiß, daß du mich liebst.« Sie hob das Gesicht und küßte ihn. »Ich habe Rita wegen der Wohnung gefragt, und sie hat gesagt, sie sehe nichts, was dagegen spricht. Sie sagt, sie würde keine Miete verlangen. Das bedeutet natürlich, daß sie uns raussetzen könnte, wenn sie das wollte. Wir hätten ja kein richtiges Mietverhältnis.«

Es überraschte ihn, wie ungewohnt praktisch sie sein konnte, daß sie über solche Dinge tatsächlich Bescheid wußte. Dann ging ihm auf, was das außerdem noch bedeutete: Er könnte weiterhin Christine einen Zuschuß zahlen, ohne bei ihr wohnen zu bleiben. Er könnte sich von Christine und Cheryl und der Glenallan Close lösen, und auf eine anständige Weise obendrein.

Es war inzwischen lange her, daß er auch nur einen Blick in eine Zeitung geworfen hatte. Zeitungen hatte er ebenso gemieden wie das Fernsehen und das Radio, aber hatte er sie gemieden, weil er Angst vor dem hatte, womit er konfrontiert werden könnte? Er wußte kaum, was er damit meinte. Doch sicher nicht, daß er Angst bekommen könnte, sollte er erfahren, daß eine Fahndung nach Joleys Mörder eingeleitet worden war?

Manchmal bildete er sich ein, daß sein gegenüber Senta abgelegtes Geständnis belauscht worden sei, daß ihn jemand hatte gestehen hören, daß er John Crucifer umgebracht habe. Er war halb darauf gefaßt, daß er von Christine zu hören bekommen werde, die Polizei habe angerufen oder bei der Firmenzentrale seien Erkundigungen über ihn eingezogen worden. Solche Gedanken beunruhigten ihn immer wieder kurzzeitig, aber dann kam er zu sich und erkannte, was für eine Verrücktheit all das war, Stoff für Alpträume und Phantastereien. Doch als er auf dem Weg zum Depot in Uxbridge, wo er die dort auf Lager befindlichen Marmorplatten durchmustern wollte – in der Hoffnung, eine zu finden, deren Äderung keinerlei Ritzen hatte –, in der Zentrale vorbeifuhr, sah er davor einen Polizisten auf einem Motorrad. Der Beamte notierte nur Namen und Personalien eines Verkehrssünders, aber einen Augenblick lang erfaßte Philip eine instinktive, ganz irrationale Furcht.

In der Zentrale erfuhr er als erstes, daß Roy sich wegen eines »Virus« krank gemeldet hatte und daß Mr. Aldrige ihn »sofort nach seinem Eintreffen, wenn nicht früher« zu sehen wünsche. Mr. Aldrige war der leitende Direktor von Roseberry Lawn.

Philip verspürte deswegen keine Nervosität. Er war

sich sicher, daß er sich nichts hatte zuschulden kommen lassen. Er fuhr im Lift hinauf, und Mr. Aldriges Sekretärin, die allein im Vorzimmer saß, sagte, er könne gleich hineingehen. Er erwartete, daß ihm ein Stuhl angeboten werde. Inzwischen hatte er die optimistische Idee, daß er vielleicht hierherbestellt worden sei, um Glückwünsche entgegenzunehmen oder sogar eine Beförderung in Aussicht gestellt zu bekommen.

Aldrige saß an seinem Schreibtisch, ließ aber Philip auf der anderen Seite stehen. Seine Brille war halb die Nase herabgerutscht, und er wirkte ziemlich übellaunig. Die Eröffnung, die er Philip zu machen hatte, bestand darin, daß Olivia Brett sich über sein Verhalten beschwert und es als unerträglich unzivilisiert und beleidigend geschildert hatte. Was er dazu zu sagen habe.

»Was soll ich denn gesagt haben?«

»Ich hab's von ihr selbst. Ich hoffe, Sie sind sich dessen bewußt. Sie hat angerufen und mich persönlich verlangt. Anscheinend haben Sie eine abscheuliche Bemerkung, irgend etwas Schmutziges über die Dusche von sich gegeben, die sie einbauen läßt. Und als sie über Ihren famosen Scherz nicht lachte, haben Sie zu ihr gesagt, Sie könnten leider keine Zeit an sie verschwenden, Sie hätten Wichtigeres zu tun.«

»Das ist nicht wahr«, sagte Philip hitzig. »Ich dachte ... Sie machte mir den Eindruck ... ach was, es spielt keine Rolle, was ich dachte. Aber die Bemerkung über die Dusche hat sie gemacht, nicht ich.«

Aldrige sagte: »Ich habe Olivia Brett von jeher bewundert. Wenn ich sie im Fernsehen sehe, finde ich immer, daß sie eine unserer großartigsten Schauspielerinnen ist, eine echte englische Lady. Sollten Sie sich einbilden, ich würde Ihnen auch nur einen Augenblick lang abnehmen, daß eine so schöne und kultivierte Frau einen billigen Witz dieser Sorte machen würde – und sie hat sich überwunden, mir Wort für Wort wiederzugeben, was gesagt wurde, allerdings möchte ich es nicht wiederholen –, dann sind Sie dümmer, als ich es Ihnen zugetraut hätte. Offen gesagt glaube ich nicht, daß Sie dumm sind, sondern ich halte Sie für einen hinterhältigen Schleicher. Vermutlich haben Sie nicht den Schimmer einer Ahnung von der unerschütterlichen Höflichkeit und rücksichtsvollen Art gegenüber unseren Kunden, denen sich Roseberry Lawn verschrieben hat. Gehen Sie jetzt und geben Sie nie wieder, ich wiederhole: nie wieder, einer Lady oder einem Gentleman Anlaß zu einer derartigen Beschwerde!«

Philip war tief betroffen. Er hatte nicht geahnt, daß Menschen so bösartig sein könnten. Er hätte es nie für möglich gehalten, daß eine erfolgreiche, gutaussehende, berühmte und reiche Frau, der alles in den Schoß fiel, sich derart gemein an einem Mann rächen konnte, nur weil dieser auf ihre Annäherungsversuche nicht eingegangen war. Er war angewidert und verletzt. Aber es hatte keinen Sinn, diesen Gefühlen nachzuhängen. Er stieg wieder ins Auto, fuhr nach Uxbridge und untersuchte dort zwanzig in Pappkartons verpackte Waschtischplatten, bis er endlich eine fand, die keinen Ritz hatte.

Auf der Rückfahrt in die Stadt kaufte er eine Abendzeitung. Er hatte nicht erwartet, darin etwas über Joleys Tod zu finden, und war überrascht, als er eine Aufnahme von Froschmännern sah, die den Regent's Canal nach der Waffe absuchten, mit der John Crucifer nach Ansicht der Polizei möglicherweise getötet worden war.

»Ich hab' die Rolle, ich hab' die Rolle bekommen!« jubelte sie ihm zu und fiel ihm in die Arme. »Ich bin ja so glücklich, ich habe die Rolle bekommen!«

»Was für eine Rolle ist es denn?«

»Ich habe es heute vormittag erfahren. Mein Agent hat angerufen. Es ist die Rolle der jungen Verrückten in *Impatience.*«

»Du hast eine Rolle im Fernsehen bekommen, Senta?«

»Nicht die Hauptrolle, aber eine, die interessanter ist als die. Das ist meine wirklich große Chance. Es wird sechs Folgen geben, und ich soll in jeder außer der ersten auftreten. Die Besetzungschefin hat gesagt, ich hätte ein faszinierendes Gesicht. Freust du dich nicht für mich, Philip, freust du dich denn nicht?«

Er glaubte ihr einfach nicht. Es war ihm unmöglich, ein Lächeln zustande zu bringen, Freude zu simulieren. Eine Zeitlang schien sie es nicht zu bemerken. Sie hatte oben in Ritas Kühlschrank eine Flasche Rosé-Champagner kalt gestellt.

»Ich geh' sie holen«, sagte er.

Während er die Treppe hinaufstieg und in Ritas Küche ging, wo es nach sauer gewordenen Milchprodukten roch, überlegte er, was er tun solle. Jetzt offen seine Meinung aussprechen, sie stellen, ihr ihre Lügen vorhalten oder aber mit ihr in ihrer Phantasiewelt leben, niemals getäuscht werden, und doch sein Leben lang so tun, als ließe er sich täuschen? Er kehrte in ihr Zimmer zurück, stellte die Flasche auf den Tisch und machte sich daran, die Drähte sorgfältig vom Korken zu lösen. Sie hielt ihm ein Glas hin, um den ersten schäumenden Schwall aufzufangen, und schrie vor Entzücken auf, als der Korken herausflog.

»Worauf wollen wir trinken? Ich weiß es: ›Auf Senta Pelham, einen großen Schauspieler der Zukunft!‹«

Er hob sein Glas. Es blieb ihm nichts anderes übrig, als ihre Worte nachzusprechen: »Auf Senta Pelham, einen großen Schauspieler der Zukunft!« In seinen eigenen Ohren klang seine Stimme sehr kalt.

»Nächsten Mittwoch bin ich bei der ersten Leseprobe dabei.«

»Was ist eine Leseprobe?«

»Das ganze Ensemble sitzt um einen Tisch herum und liest sich durch das Skript. Das heißt, alle lesen ihre eigene Rolle, aber sie spielen noch nicht.«

»Wie heißt die Firma, die die Serie produziert?«

Sie zögerte nur kurz, aber sie zögerte. »Wardville Pictures.« Sie blickte auf ihre Hände und das Glas Champagner hinab, das sie im Schoß hielt. Ihr Kopf sank nach vorne wie eine Blume auf ihrem Stengel, und das Silberhaar fiel ihr über die Wangen. »Die Besetzungschefin heißt Tina Wendover, und die Firma befindet sich in der Berwick Street in Soho.«

Sie sprach gelassen-kühl, als gäbe sie etwas trotzig auf präzise Fragen Antwort. Es war, als fühlte sie sich zum Kampf herausgefordert. Er hatte das unbehagliche Gefühl, daß sie, zumindest bis zu einem gewissen Punkt, erkennen konnte, was in ihm vorging. Als sie gesagt hatte, sie könnten beide die Gedanken des anderen lesen, hatte sie recht gehabt, soweit es sie selbst anging. Er sah sie an und stellte fest, daß sie seine Augen fixierte. Wieder brachte sie ihn mit ihrem Trick aus der Fassung, ihm in beide Augen zugleich zu schauen.

Wollte sie ihn auffordern nachzuprüfen, was sie gesagt hatte? Weil sie wußte, er würde es nicht tun? Ihre Phantastereien wären leichter hinzunehmen, dachte er, wenn sie sich selbst damit täuschte, wenn sie ihre Erzählungen selbst glaubte. Das Beunruhigende war, daß sie sie nicht glaubte und oft von anderen nicht erwartete, daß sie sie für bare Münzen nahmen. Sie füllte ihre Gläser nach. Dann sagte sie: »Die Polizei ist nicht sehr helle, was? Wir leben in einer gefährlichen Welt, wenn ein Mädchen am hellichten Tag, im Freien, auf jemanden zugehen und ihn umbringen kann, und keiner merkt was.«

Behandelte sie ihn so, weil er ihr so offensichtlich ihre Geschichte von vorhin nicht abnahm? Wenn sie so redete, verspürte er so etwas wie ein inneres Stürzen, ein Sinken des Herzens. Er war außerstande, Worte zu finden.

»Ich frage mich manchmal, ob mich Thiefie an den anderen beiden Morgen vielleicht vor ihrem Haus gesehen hat. Ich war zwar sehr vorsichtig, aber es gibt Leute, die immer die Augen offenhalten, nicht? Angenommen, ich ginge noch mal hin und Ebony würde mich wiedererkennen? Es könnte sein, daß er mich an meinem Geruch erkennt und zu heulen anfängt, und dann würden alle Leute den Grund erraten.«

Er sagte noch immer nichts. Sie blieb beim Thema.

»Es war noch sehr früh«, sagte sie, »aber trotzdem haben mich mehrere Leute gesehen, ein Junge, der Zeitungen austrug, und eine Frau mit einem Baby in einem Kinderwagen. Und als ich wieder im Zug saß, sah ich jemanden, der mich richtig anstarrte. Ich glaube deswegen, weil die Blutflecke zu sehen waren, obwohl ich rot angezogen war. Ich habe meinen Kasack in den Waschsalon gebracht und ihn gewaschen, und deswegen weiß ich nicht, ob Flecke daran waren oder nicht.«

Er wandte sich von ihr ab und betrachtete ihr und sein Bild im Spiegel. Auf ihrem Spiegelbild, schwach zu sehen in dem düsteren Licht, die Kleider schattenhaft, die Haut fahl schimmernd, war die einzige Farbe die des Champagners, sein Hellrosa, das von den grünen Gläsern in ein blutiges Rot verwandelt wurde. Seine Liebe zu ihr – trotz allem, was sie sagte, trotz allem – griff nach ihm, schien an seinem Innern zu reißen. Er hätte laut aufstöhnen können vor Schmerz um das, was ihnen hätte beschieden sein können, hätte sie sich nicht in den Kopf gesetzt, es zu beflecken.

»Ich habe keine Angst vor der Polizei. Es ist außerdem nicht das erste Mal. Ich weiß, ich bin gewiefter als die Polypen. Ich weiß, wir sind beide zu schlau für sie. Aber ich habe mich doch gewundert. Wir haben beide diese ungeheuerlichen Taten begangen, und niemand hat auch nur einen Verdacht gegen uns geschöpft. Ich dachte, sie würden vielleicht kommen und mich nach dir ausfragen, und es könnte ja sein, daß sie es noch tun. Aber du brauchst dir keine Sorgen zu machen, Philip. Von mir hast du nichts zu befürchten, von mir wird die Polizei nie erfahren, was du treibst.«

Er sagte: »Sprechen wir nicht darüber.« Und damit schloß er sie in die Arme.

Die Nacht war düster, der Himmel bedeckt. Seltsam ruhig kam es Philip vor, der Verkehrslärm sehr fern, die Straße unbelebt. Vielleicht lag es nur daran, daß er Senta später als sonst verließ. Es war nach ein Uhr.

Er blickte über das Mäuerchen, als er die Eingangsstufen hinabging, und sah, daß die Innenläden einen Spalt weit offenstanden. Er hatte sie noch schließen wollen, ehe er ging. Aber von der Straße aus konnte niemand sie sehen, wie sie nackt auf dem breiten, gespiegelten Bett schlief. Als ihr selbsternannter Hüter machte er eine Probe darauf, lugte über die Gitterstäbe in die Düsternis und fand sich bestätigt. Was hatte sie damit gemeint – »nicht das erste Mal«? Er hatte sie nicht gefragt, weil es eine Zeitlang gedauert hatte, bis ihre Worte in sein Bewußtsein gedrungen waren. Hatte sie damit sagen wollen, die Polizei hätte schon einmal Anlaß gehabt, sie irgendeiner schrecklichen Tat zu verdächtigen?

Das schwache, grünliche Laternenlicht und der dünne Dunst, der in der Luft schwebte, erweckten den Eindruck, als betrachtete man unter Wasser eine versunkene Stadt: die Häuser wie Riffe, die Bäume verzweigte Meerespflanzen, die sich durch das trübe Dunkel nach oben reckten, irgendeinem unsichtbaren Licht entgegen. Philip merkte, daß er vorsichtig zu seinem Wagen ging und die Füße weich aufsetzte, um die tiefe, ungewöhnliche Stille nicht zu stören. Erst als er den Motor anließ – der mit einem erschreckenden Getöse, wie mit einem Löwengebrüll, ansprang – und in die Caesarea Grove einbog, bemerkte er den Reklamezettel, den jemand unter den Scheibenwischer geklemmt hatte, während er selbst bei Senta gewesen war. Die Wischblätter, die er angeschaltet hatte, weil die Windschutzscheibe beschlagen war, zogen Fetzen Papier über das nasse Glas. Philip fuhr an den Straßenrand, hielt an und stieg aus.

Er knüllte das nasse Papier zusammen. Es war ein Reklamezettel für eine Teppichauktion gewesen. Ein Tröpfchen eiskalten Wassers fiel ihm von einem der Friedhofsbäume in den Nacken, so daß er einen Satz machte. Dort drinnen war es dunkel, und das Dunkel hatte etwas Feuchtkalt-Dumpfiges. Philip legte die Hand auf das Tor. Die verrosteten Eisenbeschläge fühlten sich naß an. Er spürte im Nacken ein kälteres Rieseln, das nicht nur von einem Wassertropfen stammen konnte, einen Schauer, der sich an seinem Rückgrat hinab bis nach unten tastete.

Auf einer der Stufen, die zu dem überdachten Vorbau an der Seite der Kirche führten, brannte cine Kerze. Er holte tief Luft. Das Tor ging mit einem knarrenden Ton auf, der an ein menschliches Stöhnen gemahnte. Geleitet von dem bläulichen Schein und dem gelben Ring, der die Flamme umgab, machte er ein paar Schritte über die Steine, das tropfnasse Gras.

Auf einem Bett aus Decken und Lumpen lag jemand unter dem Vordach. Im Kerzenlicht enthüllte sich Joleys Gesicht auf diesem Lager wie das eines Gespenstes.

17

Er tat es mit Widerwillen. Hinterrücks zu handeln, war seinem Charakter fremd. Die Idee, sich als jemand anders auszugeben, eine erfundene Geschichte zu erzählen, um sich Informationen zu verschaffen, all das war ihm derart zuwider, daß er schon beim Gedanken daran eine körperliche Übelkeit verspürte. Er hatte es seit vier Tagen vor sich hergeschoben. Jetzt war er allein in Roys Zimmer. Roy war zum Lunch gegangen, die Sekretärin damit beschäftigt, Mr. Aldriges Briefe zu tippen, weil dessen eigene Sekretärin krank feierte, und so bot sich eine Gelegenheit, die ungenutzt zu lassen Feigheit wäre.

Die Wiederbegegnung mit Joley hatte diesen Schritt zwingend gemacht. Aus irgendeinem Grund – obwohl er sich ihn jetzt kaum vorstellen konnte – hatte er Senta aufs Wort geglaubt, als sie gesagt hatte, Joley und der ermordete John Crucifer seien ein und dieselbe Person. Er hatte ihr geglaubt und Schreckliches durchlebt.

Joley war am Leben. Daß er einen Monat fortgewesen war, erklärte sich aus einem Krankenhausaufenthalt. Philip hatte nie überlegt, daß Stadtstreicher in irgendeiner Weise dem Leben nahekommen könnten, das der mehr bürgerliche Teil der Gesellschaft führte: daß sie zum Beispiel hin und wieder ärztlich behandelt wurden, daß sie in Zeiten, in denen es ihnen schlecht ging, manchmal in die Welt der achtbaren Klassen eindrangen.

»Ich hab' mir die Prostata operieren lassen«, hatte Joley gesagt, als er Philip am häuslichen Herd, den die Kerze bildete, willkommen hieß und ihm als Sitzkissen eine mit Zeitungspapier ausgestopfte, dunkelrote Plastiktüte anbot. »Bei meiner Lebensweise, wie Sie vielleicht sagen würden, hat man es nicht gern, wenn man alle zehn Minuten das dringende Bedürfnis zu pinkeln verspürt. Ich kann Ihnen sagen, in diesem Krankenhaus war ich drauf und dran, aus dem Leim zu gehen.«

»Die haben Sie unentwegt gewaschen, nicht?«

»Das war's gar nicht, *governor.* Das war nicht so schlimm wie die Türen. Geschlossne Türen, so was halt' ich nicht aus. Wir waren zu sechst in einem Raum, fünf andere und ich, und tagsüber geht das ja, aber wenn's Abend wird, machen die dort die Tür zu. Ich schwitze wie ein Schwein, wenn die Tür zu ist. Dann mußte ich in die Rekonvaleszenzabteilung. Ich mußte, sie haben mich gezwungen. ›Sie gehn hier nicht raus und gleich wieder auf die Straße‹, haben sie gesagt. Hat sich angehört, als wär' ich eine Nutte, na, viel Vergnügen!«

Philip gab ihm einen Fünfpfundschein.

»Vielen Dank, *governor.* Sie sind ein Gentleman.«

Seitdem hatte er Joley noch zweimal gesehen. Senta hatte er davon kein Wort gesagt. Was gab es schon zu sagen? Er hätte ihr nur ein weiteres Mal vorhalten können, daß sie ihn belüge. Außerdem war es möglich, daß sie wirklich geglaubt hatte, John Crucifer sei Joley. Jetzt, in Roys Büro, gab er der Auskunft die Adresse von Wardville Pictures und war überrascht, als man ihm tatsächlich eine Telefonnummer präsentierte. Er holte tief Luft und wählte den Anschluß.

»Könnte ich bitte Tina Wendover sprechen?«

Die Stimme sagte: »Sie ist gerade bei einer Leseprobe. Wer spricht denn?«

Philip war baff. Senta hatte gesagt, am Mittwoch werde die Leseprobe für *Impatience* stattfinden, und heute war Mittwoch. Er nannte seinen Namen.

»Möchten Sie ihre Assistentin sprechen?«

Er sagte, ja, und als er durchgestellt worden war, murmelte er zögernd, daß er im Namen von Senta Pelhams Agenten anrufe. Soviel er wisse, sei Miss Pelham eine Rolle in *Impatience* angeboten worden.

»Ja, das ist richtig.« Sie wirkte verwundert über seine Anfrage, überrascht, daß er Zweifel hatte, und sagte argwöhnisch: »Wer spricht eigentlich?«

Sofort kamen ihm Gewissensbisse, weil er an ihr gezweifelt hatte. Aber er war auch erstaunt. Die Bestätigung dessen, was sie zu ihm gesagt hatte, ließ sie in seiner Achtung steigen. Sie erschien ihm in einem neuen Licht: Nicht als ein neuer Mensch, sondern als eine Senta, an der mehr war, die außergewöhnlicher, intelligenter, geistig anspruchsvoller und gebildeter war, als er jemals vermutet hatte. Ja, in diesem Augenblick beteiligte sie sich vermutlich an der Leseprobe. Er hatte kaum eine Ahnung, was geschieht, wenn sich das Ensemble einer Fernsehserie zum erstenmal zusammenfindet, aber er stellte sich vor, daß Schauspieler und Schauspielerinnen, darunter berühmte Gesichter, um einen langen Tisch herum saßen, vor sich ihr Skript, und ihre Rolle lasen. Und Senta war unter ihnen, eine von ihnen, wußte, wie sie sich *comme il faut* zu verhalten hatte. Er stellte sich vor, daß sie vielleicht den langen, schwarzen Rock und das silbergraue Oberteil anhatte, das Silberhaar über die Schultern gebreitet, und zwischen Donald Sinden und

Miranda Richardson saß. Philip hatte keine Ahnung, ob diese beiden Schauspieler eine Rolle in der Serie hatten, aber ihre Gesichter traten ihm vor Augen.

Senta war plötzlich realer für ihn, hatte mehr als jemals zuvor etwas von einem aktiven, verantwortungsbewußten Menschen an sich, der in der realen Welt lebt. Es wurde ihm klar, daß er sie deswegen mehr liebte. Seine Ängste verschwanden. Sie erschienen ihm nun als neurotischer Argwohn, geboren aus seiner Unkenntnis von Menschen wie ihr und der Traum- und Phantasiewelt, in der sie notwendigerweise leben mußte. So vieles an ihrem Leben war unwirklich, beziehungsweise unwirklich in den Augen gewöhnlicher Leute, zu denen er selbst gehörte. War es denn ein Wunder, daß die Wahrheit für sie nicht etwas Festgelegtes war, wie für ihn, sondern unbestimmt und unscharf an den Rändern, offen für zahllose Deutungen der Phantasie?

Als er an diesem Abend nach Hause kam, hörte er aus dem Wohnzimmer Stimmen, Christines Stimme und die eines Mannes. Er öffnete die Tür und sah, daß der Besucher Gerard Arnham war.

Arnham hatte anscheinend noch am selben Tag angerufen, als er Philip begegnet war. Christine hatte nichts davon gesagt. Philip entdeckte allmählich, daß auch seine Mutter verschwiegen sein konnte. Sie sah hübsch und jung aus, und man hätte sie leicht für Fees ältere Schwester halten können. Das Haar war frisch blondiert und frisiert, und Philip mußte zugeben, daß sie schließlich gar keine so üble Friseuse war. Sie trug ein hellblaues Kleid mit weißen Tupfen, ein Kleid von der Art, erkannte er irgendwie, die Männern immer gefällt und Frauen oftmals nicht, unten weit geschnitten, mit einer schmalen Taille und einem tiefen, rechteckigen Ausschnitt.

Arnham sprang auf. »Wie geht's, Philip? Wir wollen zum Abendessen ausgehen. Ich dachte gerade, ich würde gern noch warten, um Ihnen hallo zu sagen.«

Als sie einander die Hände schüttelten, mußte Philip sofort an die Frau denken, die aus Arnhams Haus gekommen war und ihn beschuldigt hatte, zu schnell gefahren zu sein. Er mußte Christine über die Existenz dieser Frau aufklären, eine Aussicht, die ihm wenig gefiel. Es brauchte allerdings nicht gerade jetzt zu geschehen, ja, es war sogar unmöglich in diesem Augenblick. Er dachte auch an Flora oben in seinem Kleiderschrank.

»Wir könnten alle ein Glas Sherry trinken, Philip«, sagte Christine, als handelte es sich um ein sehr gewagtes Unternehmen.

Philip holte den Sherry und die Gläser, und sie machten ziemlich gezwungen Konversation. Vor Philips Ankunft hatte Arnham anscheinend Christine eine Art Bericht über den Umzug aus seinem früheren Haus und die Umstände erstattet, unter denen er sein derzeitiges Heim gefunden hatte. Er kehrte nun zu dem Thema zurück, wobei er sehr ins Detail ging, während Christine ganz Ohr war. Philip hörte nicht allzu aufmerksam zu. Er ertappte sich wieder einmal bei Spekulationen darüber, welche Aussicht bestand, daß Arnham Christines Mann werden könnte. Er erinnerte sich, daß die Frau, die beim Quietschen seiner Bremsen aus dem Haus herausgelaufen war, einen unglücklichen Eindruck gemacht hatte. Waren sie nicht gut miteinander ausgekommen? Waren sie drauf und dran auseinanderzugehen?

Er sah den beiden nach, wie sie zum Gartentor gingen,

und winkte mit einer kleinen Handbewegung Christine zu, womit er ihre erwiderte. Arnham hatte seinen Wagen auf der anderen Straßenseite geparkt, weswegen er, Philip, ihn nicht bemerkt hatte, als er nach Hause gekommen war. Arnham half Christine auf eine altmodisch-galante Art beim Einsteigen, und wäre es nicht ein schwüler Sommerabend gewesen, so kam es Philip vor, hätte Arnham ihr mit einer Reisedecke die Knie umhüllt. Unmöglich jetzt, sich Christine nicht als Mrs. Arnham vorzustellen, wie sie in dem Haus in Chigwell mit dem Weißdornbusch im Garten wohnte. Vielleicht war die Frau, die er gesehen hatte, Arnhams Schwester oder seine Haushälterin gewesen.

Dann würde er seiner Wege gehen können. Nichts würde ihn davon abhalten, mit Senta in die oberste Etage in der Tarsus Street zu ziehen. Das erschien ihm, während er die Shoot-up Hill entlangfuhr und darüber nachdachte, als eine durchaus wahrscheinliche Möglichkeit, nicht als ein aussichtsloser Traum. Cheryl würde natürlich mit zu Christine ziehen, es wäre das Beste, was Cheryl passieren könnte: wieder Eltern und ein reizvolleres Zuhause zu haben. Er war sich bewußt, daß ihm solche Gedanken schon einmal durch den Kopf gegangen waren, damals, als Christine Arnham kennengelernt hatte, doch seinerzeit hatten die Dinge anders ausgesehen, es war die Zeit vor Senta gewesen.

Joley war draußen auf dem Gehsteig, ruhte auf seinem Karren im warmen Sonnenschein wie ein alter Hund. Philip hob grüßend den Arm, und Joley machte das Zeichen für »Alles in Ordnung«. Eine Hitzewelle war im Anzug, man spürte es in der Luft, an der Stille des Abends, dem gleichmäßig strahlenden dunklen Gold des

Sonnenuntergangs. Als Philip die Haustür aufschloß und aus dem vorderen Zimmer Walzerklänge hörte, fühlte er, daß alles wieder so wie früher war, daß sich der Kreis geschlossen hatte und eine frühere Vollkommenheit wiederhergestellt worden war. Nein, mehr als das – eine neue Vollkommenheit, die daraus geboren worden war, daß er sich soviel Mühe gegeben hatte und zur Einsicht in die volle Wahrheit der Dinge gelangt war. Dort unten erwartete ihn Senta, seine Liebe, rechtschaffen, wahrheitsliebend und eine Tagträumerin. Das Wetter würde wieder einmal prachtvoll werden.

Die Hitze war schrecklich und unerträglich. Angenehm wäre sie am Meer gewesen, und immer wieder kam Philip der Wunsch, mit Senta dorthin zu fahren. In London brachte das heiße Wetter Trockenheit und üble Gerüche und Schweiß mit sich. Doch in Sentas Zimmer im Souterrain wurde es jetzt kühl. Bei normalem warmen Wetter war es hier stickig gewesen, bei Kälte sehr kalt. Nun öffnete sie auf der Rückseite des Hauses ein paar Fenster, von deren Vorhandensein er kaum etwas geahnt hatte, und ließ die chaotischen Räume unter der Erde durchlüften.

Das Leben drängte ins Freie, und London wurde vorübergehend zu einer kontinentaleuropäischen Stadt mit Caféstühlen und -tischen auf den Gehsteigen. Philip verlangte es danach, mit ihr die Abende draußen an der Luft zu verbringen. Vor allem wollte er sich mit Senta zeigen und genießen, wie ihn die anderen Männer beneideten. Händchenhaltend zwischen all den anderen jungen Menschen umherzuspazieren: Nichts Schöneres konnte er sich denken – noch dazu bei der Aussicht später dann, nach einem erfüllten Abend, in die Tarsus Street zurückzukehren. Und obwohl sie vielleicht lieber in ihrem Zimmer geblieben wäre, willigte sie ein.

Am vierten Tag der Hitzewelle, auf deren Ende nichts hindeutete, fuhr er nachmittags mit der neuen Marmorplatte nach Chigwell. Perfekt und ohne jede Ritze, wie sie war, erschien sie ihm nicht als das Richtige: Sie war zu glatt, zu makellos. Er hatte beschlossen, sie Mrs. Ripple selbst zu bringen, ihr Placet entgegenzunehmen und sich persönlich dafür zu verbürgen, daß noch in derselben Woche ein Handwerker kommen und sie einbauen werde. Es war Montag.

Er und Senta waren während des Wochenendes selig gewesen. Natürlich ohne ihr etwas davon zu sagen, daß er ihr nachspioniert hatte, gratulierte er ihr zu ihrer Rolle in *Impatience*, und es war ihr anzumerken, wie gut ihr sein Lob tat und mit welcher Freude sie seine recht naiven Fragen beantwortete. Sie führte ihm vor, wie sie die Rolle zu spielen gedachte, wobei sie ganz leicht Tonfall und Gesichtsausdruck veränderte, so daß sie einen beunruhigenden Augenblick lang zu einer anderen Person wurde. Sie schien den größten Teil ihres Textes bereits auswendig zu beherrschen. Er empfand ein Vorgefühl des Stolzes, wenn er sie tatsachlich auf dem Bildschirm erleben würde.

Sie waren vom Freitagabend bis zu diesem Morgen zusammen gewesen. Am Samstag hatten sie zunächst ins oberste Stockwerk hinaufgehen und zur Vorbereitung ihres Einzugs, der vielleicht nicht mehr lange auf sich warten lassen würde, mit der Säuberung der Wohnung beginnen wollen. Aber es war zu heiß. Sie waren sich beide darin einig, daß dafür noch Zeit wäre, wenn es wieder kühler würde. Die Arbeit in der Wohnung könne bis zum folgenden Freitag warten.

Tausende mußten in dieser Hitze auf den sonnigen Straßen unterwegs sein, aber Philip nahm sie kaum wahr. Sie waren Schatten oder Geister, kaum wirklich. Sie waren nur da, um im Kontrast Senta realer, schöner, mehr als sein eigen erscheinen zu lassen. Alle Mißverständnisse waren verschwunden, alle Auseinandersetzungen, Streitereien vergessen, die Reden über Tod und Gewalt wie von der Sonne fortgeschmolzen, vergangen im gemächlichen, sinnlichen Gang des Lebens. Sie aßen ihre Mahlzeiten in den Gärten von Pubs oder auf dem Gras in Hampstead Heath, sie tranken viel Wein. Hand in Hand wanderten sie zurück zu seinem Wagen, fuhren zu ihr nach Hause in die Tarsus Street, weiß, staubbedeckt und ausgedörrt von der Hitze, zurück ins Bett im kühlen Untergrund. Allmählich bekam er das Gefühl, daß er sie von ihrer Agoraphobie kurierte. Es hatte nur geringen Zuredens bedurft, daß sie mit ihm an die Luft ging, im Freien die sonnigen Mittage und die linden, warmen Abende verbrachte.

»Stell dir vor«, hatte sie zu ihm gesagt, »in einer Woche sind wir vielleicht für immer beisammen.«

»Nun ja, vielleicht noch nicht in einer Woche, aber schon sehr bald.«

»Wir schieben es nicht hinaus, wir fangen am Freitag an. Vielleicht könnten wir das Bett nach oben schaffen, das wäre schon mal ein Anfang. Ich werde Rita bitten, daß sie diesen gräßlichen Mike dazu bringt, uns zu helfen, soll ich? Da ist nur eine einzige Sache, die wir vorher noch erledigen müssen, und dabei brauche ich deine Hilfe, aber das wird nicht viel Zeit in Anspruch nehmen, und dann überlegen wir uns richtig, wie wir unsere Wohnung einrichten wollen. Ich bin so glücklich, Philip, in meinem ganzen Leben war ich noch nie so glücklich!«

Das ganze Wochenende hatte sie nicht ein einziges Mal Phantasien gesponnen. Er hatte sich keine großsprecherischen Geschichten aus Vergangenheit oder Gegenwart anhören müssen. Eine Art Exorzismus hat stattgefunden, dachte er. Sie war von dem Zwang befreit worden, die Wahrheit zu verändern. Wie hätte er nicht zu der – vielleicht eingebildeten – Ansicht kommen sollen, daß ihre gegenseitige Liebe diese Veränderung in ihr bewirkt hatte? Die Wirklichkeit genügte ihr nun.

Als er jetzt auf der Fahrt nach Chigwell in einen Verkehrsstau geriet und nicht weiterkam, dachte er zärtlich an Senta. Er hatte sie im Bett zurückgelassen, die Läden waren halb geschlossen gewesen, eine frühmorgendliche Brise, die sich später legen würde, hatte durch die geöffneten Fenster das Zimmer gelüftet. Das Sonnenlicht war in Streifen über das Bett gefallen, hatte aber ihr Gesicht, ihre Augen ausgespart. Dafür hatte er gesorgt. Sie war kurz wach geworden und hatte die Arme zu ihm hochgestreckt. Noch mehr als sonst hatte er sich mit Gewalt von ihr losreißen müssen, und sie hatte das gespürt und ihn festgehalten, ihn geküßt, ihm zugeflüstert, sie noch nicht zu verlassen, noch nicht.

Der Rückstau auf den Zufahrten zur A 12 war derart lang, daß Philip kurz überlegte, ob es vielleicht nicht klüger wäre umzukehren, sobald sich eine Gelegenheit dafür bot. Hinterher sollte er sich fragen, wie sein Leben verlaufen wäre, wenn er umgekehrt wäre. Vermutlich nicht viel anders. Sein Glück hätte noch ein paar Tage länger gewährt, zusammen mit der Hitze und dem strahlenden Sonnenschein, aber schon bald wäre es damit vorbei gewesen. So wie die Dinge standen, konnte es kein Entrinnen für ihn und sie geben, jetzt nicht mehr. Wäre er umgekehrt, hätte dies nur bewirkt, daß die Seifenblase der Illusionen und der Selbsttäuschung später, nicht schon an diesem Nachmittag, geplatzt wäre.

Er kehrte nicht um. Sein Hemd war schweißnaß und klebte an der Sitzlehne. Bei einem Auto irgendwo weiter vorne, vielleicht eine halbe Meile entfernt, war der Motor heißgelaufen und der Kühler kochte. Das war die Ursache des Staus. Er war froh, daß er Mrs. Ripple keine bestimmte Uhrzeit angegeben, nur von der Mitte des Nachmittags gesprochen hatte, eine so vage Zeitangabe, daß sie ihm wieder einmal einen Rüffel verpaßte.

Zwanzig Minuten später hatte er den liegengebliebenen Wagen hinter sich, der die mittlere Spur blockierte. Die Marmorplatte rutschte vom Rücksitz, als er scharf in Mrs. Ripples Straße einbog, und einen Moment lang erfaßte ihn Panik, sie könnte gesprungen sein. Als er dann vor dem Haus parkte, stellte er fest, daß sie unbeschädigt war, worauf ihm neuerlich der Schweiß ausbrach. Der Teer schmolz auf der Fahrbahn, und auf ihrer Krümmung tanzten im harten, grellen Licht Trugbilder von Wasserflächen. Die ausgetrockneten Rasenflächen nahmen eine gelbe Färbung an. Er stemmte die Marmorplatte in ihrer Kartonhülle hoch.

Mrs. Ripples Haustür öffnete sich, als er zum Gartentor kam, und entließ eine Frau mit einem schwarzen Scotchterrier an der Leine. Sie blieb auf den Stufen stehen, wie es Leute tun, die den Abschied in die Länge ziehen. Es war die Frau aus dem Haus von Gerard Arnham, seine Ehefrau, Schwester, Haushälterin oder was sonst sie war. Drinnen im Haus stand Mrs. Ripple, und hinter ihr war Pearl, diese Erscheinung mit dem schwarzen, gelockten Haar und dem glänzenden, pfauenblauen Kleid, zu sehen. Nur daß ihr Kleid heute rötlich-orangefarben und ärmellos war. Mrs. Ripple selbst hatte ein dünnes Gewand mit schmalen Trägern an, die sonnnengebräunte Schultern und knochige Arme bloßlegten.

Er wußte nicht zu sagen, warum der Anblick der Frau mit dem Hund ihm einen solchen Schock versetzte. Sie brachte ihn ins Wanken. Er klammerte sich an der obersten Querstange des Gartentors so krampfhaft fest, daß sich das Metall in seine Finger eingrub. Das Gewicht des Pakets, das er trug, erinnerte ihn jäh an einen anderen Marmorgegenstand, den er vor langer Zeit an einem warmen Tag umhergeschleppt hatte, Flora, wie er sie zu Arnham getragen hatte, als dieser noch in Buckhurst Hill wohnte.

Die Frau, die bei Arnham lebte, kam den Weg entlang auf ihn zu, ihr Hund schnüffelte an seinen Fußknöcheln. Sie schien ihn nicht zu erkennen. Ihr habichtartiges Gesicht wirkte abgehärmt, die Augenhöhlen waren verschattet, die Stirn tief gefurcht. Sie sah aus wie von der Hitze ausgetrocknet, ja, körperlich entleert. Wie in Trance vor sich hinstarrend, ging sie an ihm vorbei. Philip konnte nicht anders, er mußte sie anstarren. Er sah ihr nach und beobachtete, wie sie durchs Gartentor und – blind, so schien es – die Straße entlangging.

Mrs. Ripple sagte: »Da sind Sie ja also.« Es war die mildeste Begrüßung, die ihm jemals von ihr zuteil geworden war. Pearl brachte ein Lächeln zustande, ohne die hellroten, fettigen Lippen zu öffnen.

Mechanisch begann er, die Platte aus dem Karton zu

ziehen und sie vorsichtig auf Mrs. Ripples Schlafsofa zu heben. Die Gegenwart des Hundes, dieser *Art* Hund, erkannte er, sie war es, was ihn so bestürzt hatte. Er wollte Mrs. Ripple fragen, wer die Frau gewesen war, doch er wußte es ohnedies schon. Er wußte, wer sie war, und er wußte, wer der Hund war. Es waren Thiefie und Ebony.

»Immerhin«, sagte Mrs. Ripple gerade, »das ist eine Verbesserung.«

Pearl fuhr mit einem Finger mit rotlackiertem Nagel über die Marmorfläche. »Wenigstens werden Sie nicht erleben, daß sich Seife oder weiß Gott was sonst in den Ritzen festsetzt. Stellen Sie sich bei der anderen Platte vor, was sich da für Zeug angesammelt hätte. Man darf ja gar nicht daran denken.«

»Die denken doch an so was nicht, Pearl. Die Platten werden ja von Männern entworfen. Wir würden so manche Veränderungen erleben, wenn Frauen dabei ein Wörtchen mitzureden hätten.«

Philip hätte ihr gern gesteckt, daß diese spezielle Serie von Waschtischen ausnahmslos von einer Frau entworfen worden war. Das heißt, früher hätte er sie gern darüber aufgeklärt. Jetzt aber war sein Kopf seltsam leer, entleert bis auf die Gegenwart eines kleinen, schwarzen Scotchterriers, dem Senta den Namen Ebony gegeben, den sie hatte winseln hören, als sein Herr starb.

»Schön, wenn Sie mit der Platte zufrieden sind«, hörte er sich sagen, »bringe ich sie für Sie nach oben. Der Handwerker wird vor Ende der Woche da sein.«

»Ist Ihnen schon aufgefallen, Pearl, daß es immer dasselbe mit diesen Leuten ist. Die Woche fängt für sie am Mittwoch an, aber ›vor Ende der Woche‹, das ist am Freitag spätnachmittags.«

Er hörte es kaum. Er trug die Marmorplatte die Treppe hinauf, spürte die Last ihres Gewichts, wie sie vielleicht ein dreimal so alter Mann gespürt hätte. In dem neu installierten Badezimmer ging er zum Fenster, das inzwischen mit Blumenmusterstores aufgemotzt worden war, und schaute hinaus zum Garten hinter Arnhams Haus. Der Weißdornbaum, der mit Blüten geschmückt gewesen war, als er ihn das erste Mal gesehen hatte, trug nun Beeren, deren Farbe sich gerade von grün zu rotgelb wandelte. Darunter stand der Kupido mit seinem Bogen und Köcher, der Flora ersetzt hatte. Aber noch etwas fiel ihm an dem Garten auf und traf ihn mit einem dumpfen Schlag. Niemand hatte sich seit Wochen darum gekümmert. Niemand hatte den Rasen gemäht oder das Unkraut gejätet oder eine abgestorbene Knospe abgeschnitten. Das wuchernde Gras stand fünfzehn Zentimeter hoch, und dazwischen blühte gelb und weiß das Unkraut.

Der kleine schwarze Hund kam um das Haus herum in den Garten gelaufen. Er verschwand im hohen Gras, wie ein wildes Tier im Busch verschwindet. Ebony, dachte Philip, Ebony. Er ging vom Fenster weg und hinaus auf den Treppenabsatz. Obwohl ihm übel im Magen war, obwohl er auf irgendeine schreckliche, nicht zu analysierende Weise von Panik erfaßt wurde, mußte er die Wahrheit erfahren. Notfalls mußte er fragen. In seinem gegenwärtigen Zustand der Beinahe-Gewißheit, die ja noch immer Ungewißheit war, wäre es undenkbar, nach Hause zu fahren und einen Zweifel mitzunehmen, der wie eine Ratte an ihm genagt hätte. Schon jetzt spürte er – aus Erfahrung – den Schmerz.

Aber er brauchte nicht zu fragen. Er stand auf dem

Treppenabsatz, hielt sich am Geländer fest und lauschte den Stimmen unten. Die Wohnzimmertür stand offen, und er hörte Mrs. Ripple sagen: »Sie wissen, wer das war?«

»Wer was war?«

»Die Frau mit dem Hund, die vorhin hereinkam und fragte, ob ich jemanden wüßte, der ihr in ihrem Garten zur Hand gehen kann.«

»Ich habe den Namen nicht mitbekommen.«

»Myerson heißt sie. Myerson. Glauben Sie mir, ich mag keine Hunde im Haus, ich hätte ihn auch nicht reingelassen, wenn es jemand anders gewesen wäre, aber wie die Dinge liegen, konnte ich nicht gut was sagen. Es überrascht mich, daß Ihnen der Name nichts sagt. Ihr Mann ist ja ermordet worden – wann war das gleich wieder? Vor einem Monat? Vor fünf Wochen?«

»Ermordet?« sagte Pearl. »Wie war der Name noch mal?«

»Myerson. Harold Myerson.«

»Sie haben ihn vielleicht in Ihrem Brief erwähnt. Ich lese in den Zeitungen so was nie, ich gehe solchen Dingen aus dem Weg. Vielleicht bin ich feige, aber ich verkrafte solche Sachen nicht.«

»Er wurde im Hainault Forest ermordet«, sagte Mrs. Ripple. »An einem Sonntagmorgen ist es geschehen, einem herrlichen, sonnigen Morgen. Jemand hat ihn mit einem Dolch erstochen, während er den Hund ausführte.«

18

Sie setzte sich aufs Bett, er setzte sich in den Korbsessel. Das Fenster war offen gewesen, aber er hatte es aus Furcht geschlossen. Um sie waren das Zimmer und die Spiegellandschaft, grünlich, wäßrig, getrübt, ein Sumpfland: das Zimmer, abgebildet in dem schräg von der Wand hängenden Spiegel.

»Ich habe dir doch gesagt, daß ich ihn umgebracht habe, Philip«, sagte Senta. »Ich habe dir wieder und wieder erzählt, daß ich ihn mit meinem Glasdolch erstochen habe.«

Er brachte kein Wort heraus. Er war gerade noch imstande gewesen, die Worte zu formen, die die Wahrheit von ihr forderten. Sie war gelassener und verständiger, als er sie jemals erlebt hatte, sogar leicht belustigt.

»Ich sehe jetzt, daß ich den Verkehrten umgebracht haben muß. Aber hast du mir nicht immer wieder gesagt, daß Gerard Arnham dort wohnt? Du hast mir das Haus gezeigt. Wir sind vorbeigefahren, und du hast hingedeutet und gesagt, dort wohnt Gerard Arnham. Ich finde, du mußt zugeben, daß *du* den Fehler begangen hast, nicht ich.«

Sie sprach, als ginge es ihm nur darum, daß sie sich das verkehrte Opfer ausgesucht hatte. Es war beinahe so, als rügte sie ihn milde, weil er sich zu einer Verabredung verspätet hatte. Philip hatte den Kopf in die Hände sinken lassen. Er saß da und spürte, wie sich zwischen seinen Fingerspitzen Schweiß bildete, spürte das Pulsieren in der heißen Haut seiner Stirn. Ihre Hand auf seinem Arm, die Berührung ihrer Kinderhand, ließ ihn zurückzucken. Es war, als würde ihm ein brennendes Streichholz dicht an die nackte Haut gehalten.

»Es ist eigentlich unwichtig, Philip«, hörte er sie sagen. Er hörte ihre Stimme, wie sie ihm leise und zärtlich-vernünftig zuredete. »Es kommt eigentlich nicht drauf an, wen ich umgebracht habe. Es ging ja darum, zum Beweis meiner Liebe zu dir irgend jemanden zu töten. Schau – entschuldige, daß ich das sage –, es war ja auch nicht dieses alte Wrack, dieser, wie heißt er gleich, Joley, den du umgebracht hast. Auch du hast einen Fehler begangen. Aber wir haben es jedenfalls getan.« Sie sagte es mit einem leisen, bedauernden Kichern. »Das nächste Mal«, setzte sie hinzu, »würden wir es besser machen, würden wir mehr aufpassen.«

Er war aufgesprungen und hatte sich auf sie gestürzt, ehe ihm bewußt wurde, was geschah. Ihre Schultern waren in seinen Händen, die Nägel gruben sich hinein, und er schmetterte sie ein ums andre Mal aufs Bett, stampfte ihre zierliche Gestalt in die Matratze, den schwächlichen Brustkorb, die Knochen wie bei einem Vogel. Sie wehrte sich nicht. Sie ergab sich hilflos seiner Raserei und stöhnte nur leise. Als er sie zu schlagen begann, bedeckte sie das Gesicht mit den Händen.

Der Anblick des Rings, den er ihr geschenkt hatte, das Silber und die beiden milchtrüben Steine, ließen ihn innehalten. Der Ring und ihr Gesicht, das sich unter seinen wild zuschlagenden Händen wegduckte, schienen ihn mitten in der Attacke zu lähmen. Er war der Mann gewesen, der Gewalt verabscheute, für den es undenkbar gewesen war, daß er sich jemals zu roher Gewalt hinreißen lassen könnte! Allein schon an Gesprächen darüber hatte er Anstoß genommen. Nur daran zu denken war ihm als eine Quelle der Verderbnis erschienen.

Von oben schickte die Walzerfolge aus dem *Rosenkavalier* ihre süß schmerzenden Melodien durch die Decke herab. Entsetzt über sich selbst, fiel er aufs Bett. Er lag in einem Schockzustand da, unfähig, einen Gedanken zu fassen, wäre am liebsten gestorben.

Bald darauf merkte er, daß sie sich aufgesetzt hatte. Sie wischte sich mit den Fingern die Augen. Irgendwie hatten seine Schläge sie im Gesicht verletzt, denn an einem Backenknochen war eine Spur Blut zu bemerken. Während sie das Gesicht mit den Händen zu schützen versucht hatte, hatte der Mondsteinring die Haut aufgeschürft. Sie bekam Blut an eine Fingerspitze und zuckte zusammen, als sie es sah. Auf allen vieren kauernd, schaute sie im Spiegel den Kratzer an.

»Tut mir leid, daß ich dich geschlagen habe«, sagte er. »Ich war außer mir.«

»Schon gut«, sagte sie. »Es macht nichts.«

»Doch. Ich hätte dich nicht schlagen sollen.«

»Du kannst mich schlagen, wenn du willst. Du kannst mit mir machen, was du willst. Ich liebe dich.«

Sie verblüffte ihn. Sein Schock war so gewaltig, daß er sich vorkam, als wäre er in eine Art Bewußtlosigkeit geknüppelt worden. Er konnte sie nur ratlos ansehen und sich diese in einem unmöglichen Zusammenhang gesprochenen Worte anhören. Ihr Gesicht war weich vor Liebe, als hätten die Züge zu schmelzen begonnen. Das Blut beeinträchtigte die silbrig-weiße Vollkommenheit, machte sie menschlich. Allzu menschlich.

»Dann war also alles wahr?« brachte er heraus.

Sie nickte. Sie wirkte überrascht, aber so wie ein Kind. »O ja, es war alles wahr. Natürlich.«

»Dieser Teil, wie du ihm nachgingst und ihn ansprachst, dir sei etwas ins Auge geraten – das war wahr?« Er brachte die Worte kaum über die Lippen, sagte sie aber doch: »Und daß du ihn erstochen hast – das war wahr?«

»Ich habe es dir ja erzählt. Natürlich war es wahr. Ich wußte nicht, daß du es angezweifelt hast, Philip, ich dachte, du vertraust mir.«

In einem Taumel von Furcht, Nicht-fassen-Können und Panik war er von Chigwell direkt zu ihr gefahren. Er war weder in die Firmenzentrale zurückgekehrt noch nach Hause gefahren und somit ziemlich früh in der Tarsus Street eingetroffen. Und diesmal, vielleicht zum ersten Mal, hatte sie ihn vom Souterrainfenster aus ankommen sehen. Ihr Lächeln war erstorben, als sie sein Gesicht sah.

Er hatte keinen Wein, nichts zu essen mitgebracht. Das Ende seiner Welt war gekommen; so jedenfalls war ihm, als er mit schwerem Schritt die Treppe hinabging. Nie mehr würde er trinken oder essen. Nachdem sie alle seine Fragen beantwortet, alles bestätigt hatte, und als er keine Worte mehr fand, sagte sie: »Wollen wir Wein trinken? Ich würde gerne. Würdest du uns welchen besorgen?«

Draußen auf der Straße war er ein Gejagter. Das war ein neues Gefühl. Auf der Fahrt hierher hatte er sich gefürchtet, aber nur vor dem, was sie ihm vielleicht sagen, was ihre Blicke und Worte vielleicht bestätigen würden. Nun, da er Gewißheit hatte, fühlte er sich verfolgt. Vor dem Wochenende war er an einen Punkt gelangt, an dem er beinahe nichts von dem, was sie erzählte, Glauben geschenkt hatte, es sei denn, es wurde durch eine andere Quelle bestätigt. Er war nahe daran gewesen, seine Bereitschaft, ihr zu glauben, abzuschalten, wenn sie etwas zu erzählen begann. Diese andere Quelle aus der Außenwelt hatte ihre Mitwirkung an der Fernsehserie bestätigt, und er war erleichtert, war glücklich gewesen. Es war seltsam, daß er ihr jetzt, da sie ihm die unglaublichsten Dinge erzählte, die er je aus ihrem Mund gehört hatte, uneingeschränkt glaubte. Es gab kein Zweifeln mehr.

Er kaufte zwei Flaschen billigen Weißwein. Er war noch nicht in ihr Zimmer zurückgekehrt, da wußte er schon, daß er nicht imstande sein würde, auch nur ein einziges Glas davon zu trinken. Er mußte klaren Kopf behalten. Er durfte jetzt nicht ins Vergessen gleiten wollen und noch viel weniger in jenen benommenen, euphorischen Zustand, in den sie manchmal gerieten, wenn sie sich dem Sex ebenso leicht ergaben wie den Träumen, die im Morgengrauen kamen. Als er ins Zimmer zurückkam, aus der staubigen Hitze des Erdgeschosses in die kühle Düsternis unten, überfiel ihn wiederum die Wahrheit, die Realität, daß sie einen wehrlosen, fremden Menschen kaltblütig ermordet hatte, und er flüsterte fassungslos vor sich hin: »Es kann nicht sein, nein, es kann nicht sein ...«

Sie begann gierig von dem Wein zu trinken. Er trug sein gefülltes Glas hinaus zum Waschbecken, goß den Wein aus und füllte das Glas mit Wasser. Bei diesen rauchigen, grünen Gläsern ließ sich nicht sagen, ob der Inhalt Wein oder Wasser war. Sie streckte die Hand nach ihm aus. »Bleib die Nacht über bei mir. Fahr heute abend nicht nach Hause.«

Er blickte voll Verzweiflung auf sie hinab. Laut sprach

er aus, was er dachte. »Ich glaube nicht, daß ich nach Hause fahren könnte. Es kommt mir vor, als könnte ich dieses Zimmer nicht verlassen. Ich könnte keine anderen Menschen sehen. Ich kann nur mit dir zusammen sein. Du hast es mir unmöglich gemacht, mit anderen Menschen zusammen zu sein.«

Das schien ihr zu gefallen. Einen Augenblick lang hatte er sogar das Gefühl, daß dies allein ihre Absicht gewesen war: sie beide von der Welt abzusondern, sie unfähig zum Umgang mit anderen Menschen zu machen. Wieder sah er den Wahnsinn in ihrem Gesicht, in dem blicklosen Schauen, der äußersten Gleichgültigkeit für alles, was die Menschheit in Verwirrung und Entsetzen stürzt. Es war Floras Gesicht. Diesen Ausdruck hatte das Marmorantlitz gezeigt, als er Flora vor langer, langer Zeit in dem Blumenbeet in Arnhams Garten hatte liegen sehen. Anders als früher machte er diesmal keinen Versuch, den Gedanken zu verscheuchen, daß sie wahnsinnig sein könnte. Wenn sie es war, dann wußte sie nicht, was sie tat. Wenn sie verrückt war, besaß sie nicht die geringste Macht über ihr Handeln.

Er nahm sie in die Arme. Es war grauenvoll, freudlos, sie so zu halten. Es war, als hielte er irgendein verwesendes, ertrunkenes Etwas oder einen Sack voll Müll in den Armen. Es würgte ihn beinahe. Und dann erfaßte ihn Mitleid, mit ihr und mit sich selbst, und er begann zu weinen, das Gesicht an ihrer Schulter, die Lippen in ihren Hals gepreßt.

Sie strich ihm übers Haar und flüsterte ihm zu: »Mein armer Philip, mein armer Philip, sei nicht traurig, du darfst nicht traurig sein...«

Er war allein im Haus. Er saß im Erkerfenster des Wohnzimmers und beobachtete, wie draußen auf der Straße das Licht verging. Bei einem solchen Sonnenuntergang, in hellrotes Licht getaucht und mit unbewegter Luft, war die Glenallan Close so schön, wie sie es überhaupt sein konnte.

Er hatte eine Nacht und einen Tag fast pausenlosen, durch nichts gelinderten Leidens hinter sich. Im Rückblick war es nicht zu fassen. Unglaublich, daß zwei Menschen imstande gewesen waren, es zu ertragen. Natürlich war es nicht in Frage gekommen, daß er zur Arbeit fuhr. Nach dieser schlaflos verbrachten Nacht, in der sie abwechselnd eingenickt und aufgeschreckt war, ihn um Sex angebettelt hatte, einmal sogar unendlich mitleiderregend auf die Knie gesunken war und er sie trotzdem abgewiesen hatte – nach alledem war er um acht Uhr morgens zum Telefon im Flur hinaufgegangen und hatte Roy zu Hause angerufen. Es war nicht nötig gewesen, Heiserkeit, eine ausgetrocknete Kehle, eine beinahe ansteckende Mattigkeit zu heucheln. All das war echt, eine Folge dieser fürchterlichen Stunden.

Und mit dem Sonnenaufgang hatte es wieder begonnen. Keine Tür, kein Fenster war am Abend vorher geöffnet worden, und im Zimmer wurde es heiß wie in einem Backofen. Senta, die geschlafen hatte, bis er wiederkam, wurde wach und fing zu weinen an. Er hätte sie am liebsten wieder geschlagen, damit das sinnlose Gejammer aufhörte. Um sich davon abzuhalten, verklammerte er die Hände. Er lernte allmählich, was ihm wesensfremd gewesen war: körperliche Gewalt anzuwenden. Er lernte jetzt, daß wir alle zu beinahe allem imstande sind.

»Hör auf damit«, sagte er. »Hör mit dem Weinen auf.

Wir müssen miteinander sprechen. Wir müssen einen Entschluß fassen, was wir tun wollen.«

»Was gibt es schon zu tun, wenn du mich nicht lieben willst?«

Ihr Gesicht war vom Weinen aufgeschwemmt, als hätte die Haut die Tränen aufgesogen. Nasse Strähnen klebten an ihren Wangen.

»Senta, du mußt mit mir sprechen.« Ein Gedanke kam ihm. »Sag mir jetzt die Wahrheit. Du darfst mir von jetzt an nur noch die Wahrheit sagen.«

Sie nickte. Er hatte das Gefühl, daß sie ihn beschwichtigen wollte, daß sie auf ihn einging, damit es nicht noch ärger kam. Ihre Augen unter den geschwollenen Lidern waren argwöhnisch geworden, das Grün intensiver, der Ausdruck stechender.

»Was hast du damit gemeint, als du sagtest, es war nicht das erste Mal? Als du über die Polizei sprachst, hast du gesagt, es war nicht das erste Mal. Was hast du damit gemeint?«

Eine Pause entstand, während ihre Augen umherschweiften, in den Spiegel und dann wieder zu ihm sahen. Sie sprach ganz unschuldig, auf eine Art, die dazu angetan war, entwaffnend zu wirken.

»Ich habe damit gemeint, daß ich schon einmal jemanden umgebracht habe. Ich hatte einen Freund, Martin, Martin Hunt – davon hab' ich dir erzählt. Ich habe dir doch erzählt, daß es vor dir einen andern gegeben und wie das Ganze geendet hat. Ich dachte, er sei der Richtige. Das war, bevor ich dich sah, lange bevor wir uns kennenlernten. Du nimmst mir das doch nicht übel, Philip? Du nimmst es nicht übel? Wenn ich eine Ahnung gehabt hätte, hätte ich nie etwas mit ihm angefangen. Ich hätte nicht einmal mit ihm gesprochen, wenn ich gewußt hätte, daß ich dir begegnen würde.«

Er schüttelte den Kopf. Es war ein schwächlicher, wirkungsloser Protest gegen etwas Ungeheuerliches, was er nicht begriff, gegen etwas, was er schon einmal gehört und was ihm damals vollkommen verrückt erschienen war und was er auch jetzt nicht glauben, nicht wahrhaben wollte. »Und was war mit ihm?« fragte er dennoch.

Statt zu antworten, kroch sie dicht an ihn heran, aber er kam ihr nicht entgegen, gab ihr keine Wärme. Sie sagte: »Du wirst mich beschützen und retten und mich weiter lieben, nicht? Sag, wirst du das tun?«

Die Frage jagte ihm Angst ein, weil er die Antwort darauf nicht wußte. Er wußte nicht, was er sagen sollte. Er wußte nicht, wovor er sich mehr fürchtete, vor dem Gesetz und seiner Macht draußen in der Welt oder vor ihr. Für ihn als Mann war es wichtig, vor beidem keine Angst zu haben. Er zwang sich, sie in die Arme zu schließen.

»Ich war eifersüchtig«, sagte sie mit verhaltener Stimme. »Solltest du dir jemals eine andere zulegen, würde ich sie umbringen, Philip. Dir würde ich nichts tun, aber sie würde ich töten.«

Sie hatte seine Frage nicht beantwortet, aber er hatte nicht das Herz, hartnäckig zu bleiben. Er hielt sie mechanisch an sich gedrückt, sein Arm war zu einer Klammer geworden, stark genug, einem geknickten Menschen Stütze zu geben. Es war nicht unähnlich wie damals, als er Flora zu Arnhams Haus getragen hatte. Senta kam ihm ebenso schwer und leblos vor wie Flora.

Später verließ er das Haus und kaufte ein paar Dinge zum Essen. Er hatte Kaffee gemacht und sie dazu gebracht, ein paar Schlucke zu trinken. Sie hörten Schritte über ihnen und die Haustüre zuschlagen, und als Philip zum Fenster hinausblickte, sah er droben auf dem Gehsteig Rita und Jacopo mit Koffern in Richtung U-Bahn-Station weggehen. Am Nachmittag ging Senta nach oben, und als sie wiederkam, sagte sie, sie habe zwei von Ritas Schlaftabletten genommen. Philip vergewisserte sich, daß kein Wein da war, und als sie eingeschlafen war, verließ er sie. Sie würde stundenlang schlafen, und er würde in der Nacht zurückkommen.

Irgend jemand hatte den Türen auf der Beifahrerseite seines Wagens einen tiefen Kratzer verpaßt. Vermutlich war es mit dem rostigen Nagel geschehen, den der Täter auf der Kühlerhaube zurückgelassen hatte. Joley war nicht draußen und auch nicht in der Caesarea Grove, sondern bildete das Schlußlicht der Schlange, die an der Mutter-Teresa-Suppenküche in der Tyre Street anstand. Philip nickte zu ihm hin, aber ohne zu lächeln oder zu winken. Er stellte fest, daß ein schwerer Schockzustand und das pausenlose Beschäftigtsein mit einem gewaltigen und schrecklichen Ereignis die Bewegungen hemmen, den Körper dazu bringen, sich in sich selbst zurückzuziehen, und die Gedanken ganz und gar auf einen einzigen Punkt konzentrieren. Er war sich nicht sicher, ob es richtig war zu fahren. Er war nicht fahrtüchtiger, als wenn er Alkohol getrunken hätte.

Das Haus in der Glenallan Close war leer bis auf Hardy. Der kleine Hund machte einen großen Wirbel um Philip, sprang an ihm hoch und leckte ihm die Hände. Philip fand Toastscheiben im Brotkasten und Kohlsalat und Schinkenwurst im Kühlschrank, rührte aber nichts davon an. Vielleicht würde er eines Tages wieder essen, wenn er nicht mehr diesen Kloß im Hals wie eine klemmende Falltür spürte. Er stand im Wohnzimmererker und schaute hinaus in den vergehenden Sonnenuntergang, auf den heiteren, rot überfluteten, perlenfarbenen Himmel, der ihm unwirklich vorkam, Hintergrund einer anderen Welt als jener, in der solche Dinge geschahen. In ihm breitete sich eine tiefe Sehnsucht aus, daß alles nicht wahr sein möge, daß er es sich eingebildet oder geträumt habe, daß er aus dem Traum erwachen möge.

Der Wagen rollte langsam in sein Blickfeld und blieb vor dem Haus stehen. Die Polizei, dachte er absurderweise. Es war Arnhams Jaguar. Arnham und Christine stiegen aus, sie mit einem Blumenstrauß in einer und einem Körbchen voll Himbeeren, wie es schien, in der anderen Hand. Hardy hörte Christine kommen und flitzte aus dem Zimmer zur Haustüre.

Sie hatte Sonne abbekommen. Auf ihrer Haut lag ein Glühen. »Wir waren zu einem Picknick weg«, sagte sie. »Gerard hat sich den Tag frei genommen, und wir haben im Epping Forest ein Picknick gemacht. Es war wirklich nett, wie auf dem Land.«

Eine andere Welt. Er fragte sich, ob sich auf seinem Gesicht die Verzweiflung male, die er empfand. Arnham war tief gebräunt, was ihm noch mehr das Aussehen eines Italieners oder Griechen gab. Sein weißes Hemd war beinahe bis zur Taille aufgeknöpft, wie bei einem jungen Mann, und er trug Jeans. »Wie geht's, Philip? Bei dieser Sonne zu Hause! Da hätten Sie heute wirklich nicht hingehört.«

Von nun an würde er immer dort sein, wo er nicht hingehörte. Ohne auch nur zu versuchen, einen höflichen Ton anzuschlagen, sagte er: »Wo wohnen Sie eigentlich jetzt?«

»Noch immer in Buckhurst Hill, aber auf der anderen Seite der High Road. Ich bin nicht weit weggezogen.«

Christine, die eine mit Wasser gefüllte Vase geholt hatte und jetzt darin ihre Nelken arrangierte, sagte in ihrer arglosen, liebenswürdigen, gedankenlosen Art: »Ja, Philip, ich hätte mir so gern Gerards Haus angesehen. Wir waren ja ganz in der Nähe. Ich bin vermutlich zu neugierig, aber ich sehe mir gern ein neues Heim an. Doch Gerard wollte nicht mit mir hinfahren, er meinte, es wäre für mich noch nicht präsentabel genug. Er will erst ordentlich saubermachen lassen, ehe ich einen Fuß hineinsetzen darf.«

Philip zögerte, sagte dann aber mit kalter Stimme: »Ich nehme an, in Wahrheit sollte meine Mutter nicht sehen, daß Sie Flora weggegeben haben.«

Schweigen. Arnhams Gesicht lief dunkelrot an. Genau ins Schwarze getroffen. Philip hatte eigentlich nicht angenommen, daß dies der Grund gewesen war, warum Arnham Christine sein Haus nicht gezeigt hatte, sah nun aber, daß es sich doch so verhielt. In der einen Hand vier oder fünf Nelken haltend, in einer ganz ähnlichen Pose wie Flora selbst, wandte Christine sich Arnham zu und sah ihn fragend an.

»Hast du das getan, Gerard? Du hast Flora doch nicht weggegeben, oder?«

»Es tut mir leid«, sagte Arnham. »Es tut mir ganz schrecklich leid. Ich wollte nicht, daß du es erfährst. Philip hat recht, ich wollte dich deshalb nicht zu mir mitnehmen. Ich habe einen kleinen Garten, und du hättest sicher danach gefragt. Es tut mir leid.«

»Wenn sie dir nicht gefiel, hättest du es sagen sollen!« Philip hätte sich nicht vorgestellt, daß Christine sich derart aufregen konnte. »Hättest du es gesagt, dann hätten wir sie zurückholen können.«

»Christine, glaub mir, ich wollte sie ja, sie hat mir wirklich gefallen. Bitte, mach kein solches Gesicht.«

»Ja, ich weiß, ich benehme mich sehr albern und kindisch, aber das hat mir den Tag verdorben.«

»Er hat sie irgendwelchen Leuten in Chigwell verkauft.« Philip konnte sich nicht erinnern, jemals wirklich rachsüchtig gewesen zu sein. Es war ein neuer, bitterer Geschmack in seinem Mund, scharf und wohltuend. »Frag ihn, ob er Flora nicht an Leute in Chigwell verkauft hat, Myerson hießen sie.«

»Ich habe sie nicht verkauft. Es war ein Versehen. Ich fuhr damals nach Amerika. Wie Sie ja wissen, war ich dort einen Monat lang, und in meiner Abwesenheit wurde das Haus mit allem, was darin war, versteigert. Die Statue sollte davon ausgenommen bleiben, ich hatte die Anweisung hinterlassen, daß sie nicht verkauft werden sollte, aber durch ein Mißverständnis geschah es doch.« Arnham sah jetzt Philip zornig an. »Ich war entsetzt, als ich es bemerkte. Ich habe alle Hebel in Bewegung gesetzt, um sie zurückzubekommen, und den Händler aufgespürt, der sie gekauft hatte. Nur hatte der sie inzwischen an jemanden veräußert, der sie bar bezahlt hat.

Das war übrigens der Grund, warum ich mich nicht bei dir gemeldet habe, Christine. Ich erzähle dir lieber gleich die ganze Geschichte. Es wäre mir zwar lieber, dein Sohn bekäme das alles nicht zu hören, aber da er jetzt hier ist...«

Früher wäre Philip aus dem Zimmer gegangen, aber jetzt sah er keinen Grund dafür. Er wich nicht von der Stelle.

»Ich wollte dich sehen«, sagte Arnham. »Es hat mich danach *verlangt*, dich zu sehen, aber ich hätte es nicht fertiggebracht, dir die Sache mit Flora zu beichten. Ich hatte einen Riesenbammel. Eine Zeitlang dachte ich, es würde mir gelingen, sie zurückzubekommen, aber als ich es nicht schaffte und in mein neues Haus zog und Monate vergangen waren, dachte ich: Jetzt kannst du sie nicht mehr anrufen, es ist zu spät, es ist lächerlich. Abgesehen davon, daß ich wußte, daß ich mich wegen der Sache mit der Statue noch immer nicht rechtfertigen könnte. Als ich damals in der Baker Street deinem Sohn begegnete, wurde mir klar, wie sehr du mir... gefehlt hattest.« Ein Blick düsteren Grolls richtete sich auf Philip. Arnhams kräftiges, romanisches Gesicht hatte eine purpurfarbene Rötung angenommen. »Ich wollte dich sehen«, sagte er zu Christine, und sein Ton wurde vorwurfsvoll. »Ich wollte mich melden und hab' es ja auch getan, aber die ganze Zeit hat mich die Sache mit der Statue bedrückt. Ich dachte, es würde mir nichts übrigbleiben, als dir zu erzählen, sie sei zerbrochen oder... oder gestohlen worden.«

Philip stieß ein unlustiges Lachen aus. Seine Mutter war aufgestanden, hob die Vase mit den Nelken hoch und stellte sie aufs Fensterbrett. Sie zog ein bißchen an den Blumen und versuchte sie symmetrisch zu ordnen. Sie schwieg. Hardy sprang von dem Stuhl, auf dem er gesessen hatte, und trottete zu Arnham hin, die freundliche, fröhliche Schnauze hochgestreckt und zuckend, während der Schwanz zu wedeln begann. Philip registrierte –

wie jemand, der zur Kenntnis nimmt, daß ein Faktum zweifelsfrei bestätigt wird –, daß Arnham instinktiv zurückwich. Dann streckte er die Hand aus und berührte Hardy am Kopf, sicher Christine zuliebe.

Sie wandte sich Arnham zu. Philip erwartete schon, daß sie ihm jetzt Vorwürfe machen werde, obwohl das gar nicht ihre Art war. Doch sie lächelte nur und sagte: »Nun ja, das hätten wir hinter uns. Hoffentlich hast du den Eindruck, daß es die Atmosphäre gereinigt hat. Jetzt mache ich uns allen Tee.«

»Darf ich dich zum Abendessen einladen, Christine?«

»Ich glaube nicht. Es ist schon ziemlich spät dafür. Ich bin es nicht gewöhnt, spät zu essen, und du hast eine lange Fahrt vor dir. Leider«, sagte sie in einem munteren Konversationston, »ist mir erst heute klargeworden, was für eine lange Fahrt es ist.«

Philip verließ sie und ging nach oben. Er mußte zu Senta zurückkehren, und doch gab es nichts, was er weniger gern getan hätte. Wenn ihm jemand nur zwei Tage vorher gesagt hätte, es werde eine Zeit kommen, und zwar bald, da er sie nicht sehen wollte, davor zurückschrecken werde, sie zu sehen, hätte er die Bemerkung als lächerlich abgetan. Jetzt war ihm zumute wie vor langer, langer Zeit, in seiner frühen Kindheit, als sein Kater krank geworden war. Er hatte das Tier geliebt, das den Wardmans in ausgewachsenem Zustand zugelaufen war und das sie wegen seines schwarz und grau gefleckten Fells auf den Namen Smoky getauft und mit viel Zuwendung und guter Kost in ein wunderschönes, gepflegtes Geschöpf verwandelt hatten.

Smoky hatte in Philips Bett geschlafen. Er hatte am Abend, während Philip seine Hausaufgaben machte, in dessen Schoß gelegen. Er war Philips ganzer Liebling gewesen, verhätschelt und verzärtelt und beinahe jede Stunde des Tages liebkost. Doch dann, als er alt wurde, erkrankte er. Viel Zeit war inzwischen vergangen, und Smoky war vermutlich vierzehn oder fünfzehn Jahre alt. Seine Zähne waren schlecht, er roch aus dem Maul, die Haare fielen ihm aus, so daß auf seinem Fell kahle Stellen erschienen, er hörte auf, sich zu putzen. Und Philips Zuneigung zu ihm verschwand. Er liebte den Kater nicht mehr. Er tat zwar weiterhin so, als hinge er an ihm, doch es war schlecht gespielt. Sosehr ihn auch das Gewissen plagte, machte er doch schließlich einen Bogen um Smoky und seinen Korb in der Küchenecke. Und als seine Eltern, die Angst gehabt hatten, es ihm zu sagen, sich schließlich zu dem Vorschlag durchrangen, Smoky aus Mitleid einschläfern zu lassen, war er erleichtert. Eine Last wurde ihm von den Schultern genommen.

Hatte er also den Kater nur wegen seiner Schönheit geliebt? Hatte er Senta nur ihrer Schönheit wegen geliebt? Um dessen willen, was für ihn die Schönheit ihres Gemüts, ihres Ichs, ihrer Seele, wenn man so wollte, gewesen war? Nun aber wußte er, daß diese Teile ihres Wesens nicht schön waren, sondern krank, verdorben, entstellt. Sie waren böse, und sie stanken. Hatte er deswegen aufgehört, sie zu lieben? Nein, so einfach war es nicht. Es war auch nicht einfach so, daß er vor ihrem Irresein zurückschauderte, sondern mehr, daß die Person, die er geliebt hatte, ein Geschöpf der Einbildung war, nicht das seltsame, kleine wilde Tier mit einem kranken menschlichen Gehirn, das in der Tarsus Street auf ihn wartete.

Er öffnete die Tür seines Kleiderschranks und blickte

Flora an, die da in der Düsternis stand, ihr Gesicht umrahmt von zwei Tweedhosen und dem Regenmantel, den er als Ersatz für den gestohlenen gekauft hatte. Das Merkwürdige war, daß sie keine Ähnlichkeit mehr mit Senta hatte. Vielleicht war es nie so gewesen, vielleicht hatte die Ähnlichkeit nur in seiner allzu willigen Phantasie bestanden. Ihr steinernes Gesicht wirkte blind und ausdruckslos, aus den Augen sprach nichts. Sie war nicht einmal ein weibliches Wesen, sondern ein Es, ein aus Marmor gemachtes Ding, vielleicht nicht einmal nach dem Leben gemeißelt, das Werk eines mittelmäßigen Bildhauers. Er hob sie heraus und legte sie aufs Bett. Dann kam ihm der Gedanke, sie wieder im Garten aufzustellen, ehe er wegfuhr. Es konnte keinen Grund geben, der dagegen sprach. Er wußte ja jetzt, daß Arnham sie schon vor langer Zeit verloren hatte, Christine hatte alles erfahren, und Myerson, der sie besessen hatte, war tot. Er trug sie die Treppe hinab.

Gerard Arnham verabschiedete sich gerade. Die Haustüre war offen, und Christine stand draußen am Gartentor und sah zu, wie er in den Jaguar stieg. Philip trug Flora in den hinteren Garten und stellte sie auf ihren alten Platz neben dem Vogelbad. Hatte sie immer schon so geschmacklos, so schmuddelig gewirkt? Der grüne Fleck, der ihren Busen, den Faltenwurf ihres Gewands entstellte, das aus dem Ohr gebrochene Stück und eine weitere, bislang unentdeckt gebliebene Blessur – an dem Strauß fehlte eine Blume – verwandelten sie in einen Ziergegenstand, der gut zu einer Ruine paßte. Er wandte sich ab, und als er zurückblickte, sah er, daß sich ein Spatz auf ihrer Schulter niedergelassen hatte.

In der Küche trank Christine gerade eine zweite Tasse

Tee. »Ich habe dir gerufen, ob du auch eine möchtest, aber du hast mich wohl nicht gehört. Der arme Gerard war ziemlich durcheinander, nicht?«

Philip sagte: »*Du* warst ziemlich durcheinander, als er sich monatelang nicht bei dir blicken ließ.«

»War ich das?« Sie schien verblüfft, als strengte sie sich vergeblich an, sich zu erinnern. »Ich glaube nicht, daß er wiederkommen wird, und ich kann nicht einmal sagen, daß es mir leid tut. Audrey hätte er nicht gefallen.«

Jedenfalls *glaubte* Philip, sie habe Audrey gesagt. Er hatte schon die ganze Zeit gedacht, es sei von Audrey die Rede, vielleicht auch nur, weil er nie genau hingehört hatte. »Was hat sie damit zu tun?«

»Nicht sie, Philip, *Aubrey*. Aubrey, mein Freund. Du weißt doch, von wem ich spreche: Toms Bruder, Tom Pelhams Bruder.«

Die Welt kam ein bißchen ins Schwimmen, der Boden unter ihm kam ins Schwimmen. »Du meinst Sentas Vater?«

»Nein, Philip, das ist Tom. Aubrey Pelham ist sein Bruder, er ist der Bruder von Darrens Mutter, und er war nie verheiratet. Ich habe ihn auf Fees Hochzeit kennengelernt. Philip, hör zu, ich bin mir sicher, daß ich nie ein Geheimnis daraus gemacht habe. Ich habe immerzu gesagt, ich gehe mit Aubrey aus, ich treffe mich oft mit Aubrey. Das kannst du doch nicht bestreiten, oder?«

Er konnte es nicht bestreiten. Er war zu sehr mit seinen eigenen Problemen beschäftigt gewesen, um viel darauf zu achten. Audrey war der Name, den er gehört hatte, ein Frauenname. Aber nicht einer Frau wegen hatte Christine sich neue Kleider gekauft, sich das Haar gebleicht, sich verjüngt.

»Er möchte mich übrigens heiraten. Du... würdest du... hättest du etwas dagegen, wenn ich seine Frau würde?«

Das war es, was er erhofft, ersehnt hatte: ein Mann, dem er sie anvertrauen konnte. Wie war die Welt doch voller Dinge, an einem Tag von höchster Bedeutung, und am nächsten bedeuteten sie weniger als nichts!

»Ich? Aber natürlich hätte ich nichts dagegen.«

»Ich dachte nur, ich frage lieber. Wenn man erwachsene Kinder hat, finde ich, sollte man sie eigentlich fragen, ob sie etwas dagegen haben, wenn man heiratet, obwohl sie selbst einen gewöhnlich ja auch nicht fragen.«

»Wann ist es soweit?«

»Ach, das weiß ich noch nicht. Ich habe noch nicht ja gesagt. Ich dachte, es wäre gut für Cheryl, wenn ich ihn heirate.«

»Inwiefern gut für Cheryl?«

»Ich hab' dir doch erzählt, Philip, daß er Sozialarbeiter ist. Er arbeitet mit Teenagern, die ähnliche Probleme haben wie sie.«

Philip dachte: Sie hat alles ausgetüftelt, sie hat ihr Leben ohne mich eingerichtet. Und ich hatte immer gedacht, sie kann sich selbst nicht helfen, sie wird mich zeitlebens als Stütze brauchen. Plötzlich sah er noch etwas anderes: daß seine Mutter eine Frau von der Art war, die bei Männern immer den Wunsch weckt, sie zu heiraten, daß es immer Männer geben würde, die viel dafür gäben, sie zu heiraten. Verheiratet sein, darauf verstand sie sich in ihrer seltsamen, liebevollen, ein bißchen schusseligen Art, und die Männer spürten das.

Es war nicht seine Art und machte ihn verlegen, aber

trotzdem legte er den Arm um sie und gab ihr einen Kuß. Sie blickte hoch, sah ihm ins Gesicht und lächelte.

»Ich bleibe vielleicht eine Zeitlang weg«, sagte er. »Ich fahre jetzt zu Senta.«

Sie sagte unbestimmt: »Laß dir's gut gehn, Phil.« Dabei bewegte sie sich auf das Telefon in der Diele zu, sichtlich ungeduldig, daß er ging, damit sie Aubrey Pelham ungestört berichten konnte, wie ihr Sohn reagiert und daß er seine Zustimmung gegeben hatte. Er stieg ins Auto, ließ aber nicht sofort den Motor an. Das Widerstreben, zu Senta zurückzukehren, das er empfunden hatte, während er zu Hause war, wurde noch stärker. Es begann ihm zu dämmern, daß die Kehrseite einer großen Passion vehemente Abneigung sein kann. Er sah Senta jetzt als etwas Böses, sah ihre Augen vor sich, wie sie ihn anblickten, sehr grün und glitzernd. Es kam ihm der Gedanke, wie es wäre, wenn er sie nie mehr sähe – die Erleichterung, der Friede! Irgendwie war ihm klar, daß es um ihn geschehen wäre, wenn er dorthin zurückkehrte, aber ihr schreiben... Warum sollte er ihr nicht schreiben, daß alles vorbei, daß alles eine vorübergehende Verrücktheit, schlecht für sie beide, gewesen sei?

Doch er wußte, dazu war er nicht fähig. Aber er konnte auch nicht jetzt gleich in die Tarsus Street zurückkehren. Er mußte es hinausschieben, bis weit in den Abend. Im Dunkeln war es leichter, ihr wiederzubegegnen. Er sah ein merkwürdiges Bild vor sich: wie sie sich beide, er und sie, einschlossen, unten in diesem Souterrainzimmer, niemanden einließen, sich nie hinauswagten, sich verschanzten, um in Sicherheit zu bleiben. Aber es war eine schauerliche Aussicht.

Langsam fuhr er vom Haus seiner Mutter weg. Er

schlug in etwa die Richtung zur Tarsus Street ein, wie von einem Magneten dorthin gezogen, wußte aber, daß der Punkt kommen mußte, an dem er die vorausbestimmte Route verließ, zumindest für eine kleine Weile. Er konnte ihr nicht jetzt, nicht sofort gegenübertreten.

Dieser Punkt kam dort, wo er sonst die Edgware Road verließ und in die abgelegenen Viertel von Kilburn einbog. Diesmal fuhr er weiter. Er dachte daran, was Christine über Cheryl gesagt hatte, und ein Gefühl des Zorns über diese bequeme Lösung ihres unbekannten Problems überkam ihn. Ein Stiefvater gewissermaßen als Bewährungshelfer – das sollte alles ins reine bringen. Dabei fiel Philip ein, daß er einmal, ehe er Senta kennengelernt hatte, in dieser Gegend hier Cheryl gesehen hatte, wie sie weinend aus einem Geschäft gelaufen kam.

Aber nein, ein Geschäft war es nicht gewesen. Er fuhr langsamer, hielt an und parkte den Wagen, wo er ihn eigentlich nicht abstellen durfte: auf einer gelben Doppellinie. Er stieg aus und sah sich das glitzernde Etablissement ohne Türen oder Fenster an, den von farbigen Lichtern durchzuckten Raum, seine tief gestaffelte, in flackerndes Rot und Gelb getauchte Versuchung. Er war noch nie in einen solchen Spielsalon vorgedrungen, da er kein Verlangen danach empfunden hatte. Im Urlaub am Meer, hin und wieder auch in einem Pub hatte er sein Glück probiert, verloren und war kalt geblieben. Einmal, so fiel ihm jetzt ein, nach einem Familienurlaub, hatte sein Vater während der Kanalüberquerung von Zeebrügge aus an einem Automaten gespielt, der Demon Dynamo hieß. Der Name hatte sich in seiner Erinnerung festgesetzt, weil er so lächerlich war.

Auch hier war ein Demon Dynamo zu sehen. Es gab

einen Space Stormer und einen Hot Hurricane und einen Automaten namens Apocalypse und einen Gorilla Guerilla. Er schlenderte durch die Zwischengänge, sah die Automaten und die Leute an, die davorstanden und spielten, der Ausdruck der Gesichter entweder unbewegt-verschlossen oder angestrengt-konzentriert. An einem Automaten mit dem Namen Chariots of Fire stand ein magerer, blasser Junge mit kurz geschorenem Haar, der es fertigbrachte, eine Reihe olympischer Fackeln in eine Linie zu bringen, worauf die Münzen wie ein Sturzbach herausrasselten. Er wirkte sehr jung, mußte aber über achtzehn sein. Philip hatte irgendwo gelesen, Minderjährigen sei der Zutritt zu diesen Spielsalons nach einem neuen, erst jüngst in Kraft getretenen Gesetz untersagt. Glaubte man denn, mit ihrem achtzehnten Geburtstag würden die Menschen automatisch weise und reif werden?

Das Gesicht des Jungen zeigte keinerlei Regung. Philip war der Sohn eines Glücksspielers, und so erwartete er nicht, daß der junge Mann seinen Gewinn einstecken und weggehen werde. Er sah ihn zum Space Stormer überwechseln.

Cheryl war nicht hier, aber er wußte jetzt, wo er sie finden würde.

19

Sie saß ihm an dem Cafétisch gegenüber. Er hatte sie mit einem Fünfpfundschein, den er ihr für ein Gespräch unter vier Augen versprochen hatte, dazu bestochen, aber er rückte ihn vorerst nicht heraus. Er überlegte, wann sie sich wohl zum letztenmal das Haar gewaschen hatte. Ihre Fingernägel waren schmutzig. Wenn er ihre rechte Hand mit dem billigen Silberring ansah, der locker um den Mittelfinger hing, hatte er nur ein Bild vor sich: wie diese Hand pausenlos am Hebel eines Spielautomaten zog wie die Hand eines Arbeiters, der in einer Fabrik einen Hebel an einer Maschine betätigt, doch ohne dessen Gleichgültigkeit. Ihr Gesicht war faltig, aber so, wie es nur bei einem jungen Menschen der Fall sein kann, mit Furchen, die es nicht alt erscheinen lassen, sondern nur sehr, sehr müde.

Er hatte sie schließlich in einer Spielsalonpassage an der Tottenham Court Road entdeckt, nachdem er längs der gesamten Oxford Street in ähnlichen Etablissements nach ihr gesucht hatte. Dort wurde er Zeuge, wie sie ihr letztes Geld verlor und – es mußte zu einem Reflex geworden sein – den Mann am nächsten Automaten anzupumpen versuchte. Dieser würdigte sie nicht einmal eines Blickes. Er starrte auf die Reihe der Früchte, oder worum es sich sonst handelte, mit der Konzentration eines Menschen, der sich einem Sehtest unterzieht. Das wiederholte Kopfschütteln verstärkte er schließlich mit einer Bewegung seiner freien Hand zu ihr hin, einer Geste des Wegschiebens. Dunkelrote und goldene Lämpchen, die die dunklen Tiefen der Spielhölle erhellenden Punkte und Flecken und glühenden Hochöfen von Licht gaben der Passage das Aussehen eines Infernos in einer Bühneninszenierung.

Es war diesmal nicht schwierig, etwas aus ihr herauszubekommen, weil es sie, nun da er hinter ihre geheime Sucht gekommen war, offensichtlich kaltließ, was er noch erfahren würde oder was er dachte. Sie sprach mit einem gewissen gelangweilten Widerstreben. Sie hatte an ihrem Kaffee genippt und die Tasse mit gespieltem Widerwillen weggeschoben.

»Er war tot. Nichts konnte mich ihm näherbringen. Dadurch habe ich *gefühlt* wie er. So könnte man es wohl sagen. Oder vielleicht liegt's im Blut, vielleicht hab' ich es geerbt.«

»So was kann man nicht erben.«

»Woher willst du das wissen? Bist du ein Arzt?«

»Seit wann treibst du das schon? Seit seinem Tod?« Sie nickte und schnitt dazu eine häßliche, gelangweilte Grimasse. Aber sie war unruhig, nahm jetzt den Kaffeelöffel und klopfte damit an den Rand der Untertasse. »Wie hat das überhaupt angefangen?«

»Ich bin dran vorbeigegangen. Ich war gerade in Gedanken bei Paps. Keinem von euch schien es so viel auszumachen, daß er gestorben ist, wie mir. Nicht einmal Mami. Ich bin dran vorbeigegangen und hab' an ihn gedacht. Ich hab' an einen Abend gedacht, als wir alle aus irgendwelchen Ferien zurückfuhren. Wir waren auf der Fähre, und er spielte am Automaten, und jedesmal, wenn er gewann, gab er mir das Geld und ließ mich ran. Auf dem Schiff waren nicht viele Leute, und ihr wart alle irgendwo beim Essen, nur Paps und ich waren da, und es war Nacht, und die Sterne schienen. Ich weiß nicht, wieso ich mich *daran* erinnere, denn es kann ja nicht oben auf Deck gewesen sein. Es war wie Zauberei, daß Paps immerzu gewann und das Geld einfach so herauskullerte. Daran hab' ich gedacht, und dann: Na schön, geh hinein und versuch's mal – warum nicht?«

»Und du bist süchtig danach geworden?« sagte Philip.

»Ich bin nicht *süchtig*. Es ist doch keine Droge.« Zum erstenmal belebte sich ihr Gesicht. Sie wirkte empört. »Da war ein Typ drinnen, vorhin, der hat zu mir gesagt, ich bin abhängig. ›Du bist süchtig‹, hat er gesagt, als spritzte ich mir was. Das hab' ich nie getan. Ich hab' nie Heroin genommen. Nicht mal geraucht, nie! Was ist denn mit den Leuten los, daß sie denken, man ist süchtig, nur weil man etwas *gern* tut?«

»Du klaust fürs Automatenspielen, stimmt's? Du hast dir angewöhnt zu klauen, um es dir leisten zu können.«

»Ich *mag* es gern, Phil. Kannst du das denn nicht verstehn? Ich tu es lieber als sonstwas auf der Welt. Du könntest sagen, es ist ein Hobby. So wie es der Sport für Darren ist. Bei ihm sagst du auch nicht, er ist süchtig. Es ist ein *Interesse*, und Interessen soll man ja haben. Die Leute spielen ja auch Billard und ... und Golf und Kartenspiele und solche Sachen, aber bei ihnen heißt's nicht, daß sie süchtig sind.«

Er sagte ruhig: »Es ist was anderes als diese Sachen. Du kannst nicht aufhören.«

»Ich will gar nicht aufhören. Warum sollte ich? Ich hätte kein Problem, wenn ich nur Geld hätte. Daß ich keins habe, das ist mein Problem, nicht die Automaten.«

Sie legte den Löffel hin. Dann schob sie die Hand über den Tisch, drehte die Innenfläche nach oben und streckte sie ihm hin. »Du hast gesagt, du gibst mir fünf Pfund.«

Er zog den Schein aus der Brieftasche und gab ihn ihr. Es war ihm peinlich. Er wollte keine theatralische Geste daraus machen, nicht den Anschein erwecken, als steckte er es ihr rasch zu, wie man Hungernden einen Bissen gibt, wollte nicht wirken wie jemand, der nach einem langen, wohlberechneten Dressurakt einen Hund mit einem Keks neckt, es ihm hinhält und wieder wegzieht. Doch als er den Schein herauszog, ganz beiläufig, als zahlte er ein Darlehen zurück, entriß sie ihn ihm. Sie holte Luft und preßte die Lippen zusammen, hielt den Schein in der Hand fest, ohne ihn einzustecken. Das lohnte nicht, denn sie würde ihn nicht lange behalten.

Als sie fort war, verschwunden dort drinnen zwischen den Automaten mit ihren glitzernden Phantasienamen, ging er zum Wagen zurück, den er in einer Seitenstraße abgestellt hatte. Die Unterhaltung mit Cheryl hatte das Gebiet seiner Ängste verschoben. Seine Gedanken waren ganz bei ihr und ihrer hoffnungslosen Verteidigung. Er dachte: Sie wird wieder zum Stehlen getrieben werden, vermutlich tut sie es nach wie vor, und sie wird erwischt werden und ins Gefängnis kommen. Der egoistische, auf Selbsterhaltung bedachte Teil seines Ichs sagte, das wäre vielleicht noch das Beste, was ihr passieren könnte. Im Gefängnis würde man ihr vielleicht helfen, ihr sachverständige Behandlung zuteil werden lassen. Aber als ihr Bruder wußte er, daß das ihr Untergang wäre. Ich muß etwas tun, dachte er, ich muß etwas unternehmen.

Nun konnte er die Rückkehr zu Senta nicht noch länger hinausschieben. Sie machte sich bestimmt schon Sorgen, ängstigte und fragte sich, was ihm zugestoßen sein könnte. Während er durch die Straßen fuhr, begann er sich zurechtzulegen, wie er ihr beibringen konnte, daß sie sich trennen müßten. Hätte die Polizei etwas herausgefunden, hätte er bei ihr bleiben müssen, aber seltsamerweise war sie ihnen nicht auf dic Spur gekommen. Offensichtlich hatte sich kein Zeuge gemeldet, hatte niemand von einem Mädchen mit Blut an den Kleidern oder einem Mädchen in einem leeren Zug an einem Sonntagmorgen berichtet. Es erklärt sich daraus, dachte er, daß zwischen ihr und Myerson keincrlei Beziehung bestanden hat. Hier handelte es sich um einen Mordfall, bei dem Täter und Opfer einander nicht kannten, die Art Mord, die am schwierigsten zu klären ist, weil hinter ihr kein Grund, kein Motiv steht.

Stecke ich also mit einer Mörderin unter einer Decke? Vertusche ich einen Mord? Was würde es bringen, Myersons Mörderin der Gerechtigkeit zuzuführen? Würde es den armen Myerson zurückbringen? Einer der Gründe, einen Menschen, der getötet hat, hinter Schloß und Riegel zu setzen, besteht darin, ihn von einer zweiten derartigen Tat abzuhalten. Er wußte ja bereits, daß sie schon einmal einen Menschen umgebracht hatte. Sie hatte es ihm gebeichtet, auch wenn er ihr zunächst keinen Glauben hatte schenken wollen. Damals war der erste Glasdolch zum Einsatz gekommen.

Das Haus in der Tarsus Street lag im Dunkeln. Die Läden am Souterrainfenster waren zurückgeklappt, aber drinnen brannte kein Licht. Als er aufschloß und in den Flut trat, dachte er daran, wie sie ihn seinerzeit ausgesperrt und wie elend er sich deswegen gefühlt hatte. Wie war es möglich, daß er damals, vor so kurzer Zeit, so empfunden hatte und jetzt so ganz anders fühlte? Wenn er ihr nicht vorgelogen hätte, er habe John Crucifer umgebracht, wäre Harold Myerson vielleicht noch am Leben. Und er hatte diese Lüge nur erzählt, um einen Menschen zurückzubekommen, von dem er jetzt nichts mehr wissen wollte.

Mit langsamem, schwerem Schritt ging er die Treppe hinunter. Er schaltete das Licht ab und schloß im Dunkeln die Tür zu dem düsteren Zimmer auf. Es herrschte eine Totenstille, doch als er ans Bett trat, hörte er sie im Schlaf seufzen. Ihre Atemzüge und ihr tiefer Schlaf sagten ihm, daß sie eine von Ritas Pillen genommen hatte. Sonst wäre sie wach geworden, als er ans Bett trat. Er zog sich aus und legte sich neben sie. Es schien gar keine andere Möglichkeit zu geben. Der Schlaf blieb lange aus, und er lag da und betrachtete die blasse Krümmung ihrer Wange auf dem braunen Kopfkissen. Strähnen ihres Silberhaares fingen das wenige Licht auf, das in dem Raum war, und schimmerten matt in der Düsternis. Sie lag auf der Seite, die kleinen Hände zu Fäusten geballt und unters Kinn gestemmt. Er lag eine Zeitlang ein Stück weit weg von ihr, und dann legte er behutsam, wie ein schüchterner Mensch, der eine Abweisung fürchtet, die Hand auf ihre Taille und zog sie an sich, in die Krümmung seines Arms.

Sie waren in ihrem Zimmer, und es war noch früh am Morgen, kurz nach sieben Uhr, aber bereits heller Tag. Die Sonne ergoß sich in reicher Fülle durch die schmutzüberzogenen Fensterscheiben in den schäbigen, modrigen Raum. Philip hatte Kaffee gemacht. In einer Flasche war noch ein Rest Milch, aber er war sauer geworden. Senta hatte sich in Umschlagtücher gehüllt, eines um die Taille gebunden, das andere um die Schultern geschlungen. Ihr Haar war an den Wurzeln wieder rot. Sie war noch von den Schlaftabletten benommen, die Augen schwammen, die Bewegungen waren noch langsam, aber er merkte, daß sie die Veränderung in ihm bereits spürte. Sie war davon eingeschüchtert und geängstigt. Er saß auf dem unteren Ende des Bettes und sie am oberen, an die Kissen gelehnt. Aber jetzt kroch sie über das kleine Gebirge der zerknautschten Steppdecke zu ihm hin und streckte scheu die Hand nach seiner aus. Er hätte sie am liebsten weggerissen, tat es aber nicht. Er ließ sie in ihrer liegen und spürte, wie sich ihm die Kehle zuschnürte.

Für seine eigenen Ohren hörte es sich an, als wäre er stark erkältet. Er räusperte sich. »Senta«, sagte er, »hast du ihn wirklich mit dem zweiten der Glasdolche getötet?«

Die Frage war so bizarr wie der Umstand, daß er sie tatsächlich und im Ernst an jemanden gerichtet hatte, den er vermeintlich liebte und zu heiraten erwog, daß er die Augen zudrückte und die Finger gegen die Schläfen preßte.

Sie nickte. Er wußte, was jetzt in ihrem Kopf vorging. Seine Fragen, die Fakten und die Gefahr waren ihr gleichgültig. Ihr ging es nur darum, daß er sie auch weiterhin liebte. Bemüht, ruhig zu sprechen und kühl zu bleiben, sagte er: »Ist dir dann nicht klar, daß die Polizei dich finden wird? Es ist ein Wunder, daß es noch nicht soweit gekommen ist. Die Glasdolche stellen die Verbindung zwischen den beiden Todesfällen her. Dieses Bindeglied wird früher oder später entdeckt werden. Irgendwo muß die Polizei diese Details in ihrem Computer haben – warum ist sie noch nicht bei dir erschienen?«

Sie sah ihn an und lächelte. Seine Rechte war fest von ihren beiden Händen umschlossen, und so konnte sie lächeln. »Ich möchte dich eifersüchtig erleben, Philip. Ich weiß, das ist nicht nett von mir, aber es gefällt mir einfach, wenn du eifersüchtig bist.«

Ihr Ausweichen ließ ihn etwas Neues erkennen – daß sie von der Normalität wegglitt, daß ihr entglitt, was ihr an Realitätsbezug noch geblieben war.

»Ich bin nicht eifersüchtig«, sagte er und bemühte sich, geduldig zu bleiben. »Ich weiß ja, daß dieser Martin für dich nicht wichtig war. Ich mache mir Sorgen um dich, Senta, ich mache mir Sorgen, was passieren wird.«

»Ich liebe dich«, sagte sie und knetete mit beiden Händen seine Rechte, daß es weh tat. »Ich liebe dich mehr als mich selber. Warum sollte ich mir also Gedanken machen, was aus mir wird?«

Seltsamer- und entsetzlicherweise wußte er, daß sie die Wahrheit sprach. Ja, sie liebte ihn so tief, ihr Gesicht sagte es ihm. Die Worte waren überflüssig. In dem hellen Sonnenlicht, durch das der Staub tanzte, drückte er sie an sich, preßte seine Hände gegen ihren Rücken und seine Wange an die ihre, ohne etwas zu empfinden, während sein Körper es nicht erwarten konnte, daß er fortging. Sie schmiegte sich an ihn, und lange Augenblicke vergingen, die ihm vorkamen wie Stunden, bis er es schließlich nicht mehr aushielt und sagte: »Ich muß jetzt gehn, Senta.« Sie klammerte sich noch fester an ihn. »Ich kann nicht länger hierbleiben«, sagte er. »Ich muß jetzt zur Arbeit fahren.«

Er verschwieg ihr, daß er zuerst bei Fee und Darren vorbeischauen, sie noch erwischen wollte, ehe sie zur Arbeit aus dem Haus gingen. Er mußte Senta unter Kraftaufwand von sich wegschieben und küßte sie zum Trost. Die Tücher breiteten sich über sie, und sie schmiegte sich wie ein Fötus in die braune Bettwäsche. Um das grelle, gelbe Licht fernzuhalten, schloß er die Läden bis auf einen Spalt und verließ dann rasch das Zimmer, ohne sich noch einmal umzublicken.

Sein Schwager bot am Frühstückstisch einen anderen, erfreulicheren Anblick als nachmittags und abends, wenn er sich vor dem Fernsehschirm im Sessel rekelte. Frisch rasiert war er wieder der gutaussehende Bräutigam, und die konzentriert gerunzelte Stirn ließ ihn älter erscheinen, während er, ausgerechnet, die *Financial Times* studierte. Fee, die munter gestrahlt hatte, in der einen Hand einen Fön, in der anderen einen Teller mit Toastscheiben, war erschrocken, ihren Bruder zu sehen – sicher war er gekommen, weil ihrer Mutter etwas zugestoßen war. Während Philip ihr versicherte, nein, es sei alles in Ordnung, wunderte er sich, daß er diese Wendung gebrauchte, die immer bedeutungsleer sein mußte.

Er wurde sich bewußt, daß er es hinausschob, über den wahren Grund seines Besuchs zu sprechen. Das tun die Leute oft, dachte er. Erst vom kleineren Kummer sprechen, der geringeren Sorge. Doch Cheryl in diese Kategorie einzureihen bereitete ihm sofort Gewissensbisse. Fee wollte zuerst ihren Ohren nicht trauen, dann wurde sic verlegen. Sie zündete sich eine Zigarette an, als sprächen sie über weiß Gott was, nur nicht über eine Sucht.

»Spielautomaten?« sagte Darren. »*Spielautomaten*?

Ich spiele auch an Automaten, aber niemand nennt mich einen Junkie.«

»Du bist ihnen nicht verfallen. Du kannst dein Spielbedürfnis steuern und aufhören, wenn du willst. Cheryl kann das nicht.«

Philip merkte, daß er nicht weiterkam bei diesen beiden, die beispielsweise die Gefahren des Alkoholismus ohne weiteres eingesehen hätten. Es zeigte ihm, wie weit Fee sich von ihm entfernt hatte und wieviel näher sie Darren gekommen war. Vielleicht war es unvermeidlich und für den Bestand ihrer Ehe notwendig. Jetzt ließ sich die Sache nicht weiter hinauszögern, denn Darren war bereits aufgestanden und suchte nach seinen Wagenschlüsseln. Philip sagte:

»Wer ist Martin Hunt?«

»Wer?«

»Martin Hunt, Fee. Ich bin sicher, ich habe von dir und Darren diesen Namen gehört.«

Sie runzelte die Stirn und zog die Nase kraus, aus Unwillen oder weil sie ihren Ohren nicht traute. »Du weißt doch selbst, wer das ist, du mußt es wissen. Was ist denn in der letzten Zeit mit deinem Gedächtnis los?«

»Ist... ist er tot?«

»Wie soll ich das wissen? Ich glaube nicht. Er ist ja noch jung, erst vier- oder fünfundzwanzig. Warum sollte er tot sein?«

»Wer ist er, Fee?«

»Ich kenne ihn nicht«, sagte sie. »Rebecca, die hab' ich gekannt. Rebecca Neave, mit der ich auf dieselbe Schule ging. Er war ihr Freund. Das ist alles, was ich weiß, was ich im Fernsehen und in den Zeitungen gesehen habe.«

Es dauerte eine kleine Weile, bis der Groschen fiel, bis

er den Sinn ihrer Worte erfaßte und Schlüsse daraus zog. Später fragte er sich, ob sie wohl bemerkt habe, daß er bleich geworden war. Er spürte, wie ihm das Blut aus dem Gesicht wich und er eine Gänsehaut bekam. Auch so etwas wie ein Schwächegefühl packte ihn. Er hielt sich an der Lehne eines von Fees Stühlen fest. Darren kam herein, ging zu Fee hin, sagte, er fahre jetzt los, und küßte sie.

Fee war in die Küche gegangen. Als sie zurückkam, trocknete sie sich die Hände an einem Papierhandtuch ab. »Warum wolltest du das alles über Martin Hunt wissen?«

Er log. Das hatte ihm Senta beigebracht, und inzwischen konnte er beinahe ohne jeden Skrupel lügen. »Jemand hat mir gesagt, er ist bei einem Autounfall umgekommen.«

Fee ging nicht darauf ein. »Das glaube ich nicht. Davon hätten wir sicher was erfahren.« Sie verschwand wieder und kam mit einer Baumwolljacke über dem Kleid zurück. »Ich muß jetzt zur Arbeit, Philip. Kommst du mit? Ach ja, beinahe hätte ich's vergessen. Mami hat angerufen und gesagt, Flora ist wieder da. Ich weiß nicht recht, wie sie das gemeint hat. Sie hat einfach so gesagt, Flora sei zurückgekommen, als wäre sie auf ihren eigenen Beinen gegangen oder sonst was.«

Sie gingen nach unten, hinaus auf die Straße, ins weiße Sonnenlicht. Diesmal mußte Philip nicht lügen. »Ich habe sie zufällig entdeckt. Ich dachte, Mami hätte sie gern wieder, und so... habe ich sie zurückgeholt.«

»Warum hast du nichts davon gesagt? Mami denkt, es ist ein Wunder. Sie glaubt, Flora ist einfach in den Garten spaziert und hat sich auf dieses Stück Beton gestellt.«

»Ich bin sicher, daß sie es doch nicht glaubt«, sagte Philip zerstreut. »Jedenfalls werd' ich es ihr erklären.«

Als sie sich verabschiedeten, sah ihn Fee neugierig an. »Hast du zu dieser frühen Stunde den weiten Weg hierher gemacht, nur um mich nach einem Typen zu fragen, von dem du nicht mal genau wußtest, ob du schon was von ihm gehört hattest?«

Unterwegs versuchte er eine Erklärung für Christine einzustudieren. Es lenkte ihn von dringenderen Sorgen ab. Es brachte seine Gedanken von der Aussprache ab, zu der es irgendwann kommen mußte. Er wollte seiner Mutter erzählen, in Wirklichkeit habe er schon lange gewußt, daß Arnham die Statue nicht mehr besaß, daß Flora verkauft worden war. Er, Philip, habe Suchanzeigen aufgegeben, sie schließlich aufgespürt und als Überraschung für Christine zurückgebracht. Die Gelegenheit, dieses krause Märchen in Szene zu setzen, blieb ihm versagt.

Cheryl hatte sich in ihrem Zimmer eingeschlossen. Mit kalkweißem Gesicht kam Christine ihrem Sohn entgegen, noch ehe dieser richtig im Haus war, noch bevor er den Schlüssel aus dem Schloß gezogen hatte. Sie kam auf ihn zu und warf die Arme um ihn. Er hielt sie an den Schultern fest und versuchte, gelassen zu sprechen.

»Was gibt's denn? Was ist los?«

»Oh, Philip, die Polizei war hier. Sie haben Cheryl zurückgebracht und das Haus durchsucht.«

»Was soll das heißen?«

Er hatte sie genötigt, sich zu setzen. Sie zitterte am ganzen Leib, und er hielt ihre Hand in einem festen Griff. Nach Atem ringend stieß sie die Worte heraus. »Sie wurde bei einem Ladendiebstahl erwischt. Nur ein Flakon Parfum, aber sie hatte, sie hatte...« Christine hielt inne, holte Luft, begann wieder: »...sie hatte... noch andre Sachen in ihrer Tasche. Sie haben sie auf die Polizeiwache gebracht und angezeigt oder was sie sonst in einem solchen Fall machen, und dann ist sie nach Hause gebracht worden. Eine Kriminalkommissarin und ein junger Mann, der war der Wachtmeister...« Sie brach, von Hysterie erfaßt, in ein schluchzendes Lachen aus. »Ich fand es so merkwürdig, mal anders herum, es kam mir so komisch vor in dieser ganzen... in dieser furchtbaren Situation!«

Er fühlte sich hilflos. »Was wird jetzt mit ihr geschehn?«

»Sie hat morgen vormittag ihre Verhandlung.« Christine sagte es einigermaßen gelassen, bis sie wieder vom Schluchzen überwältigt wurde. Sie stieß einen Jammerschrei aus und preßte sich die Hand auf den Mund.

20

Sie war in ihrem Zimmer und hatte die Tür abgesperrt. Philip klopfte und rüttelte am Griff. Sie sagte, er solle weggehen.

»Cheryl, ich möchte dir nur sagen, daß Mami und ich dich zum Gericht begleiten.«

Keine Antwort. Er wiederholte, was er gesagt hatte.

»Wenn ihr das tut, geh' ich nicht hin. Ich haue ab.«

»Benimmst du dich nicht ein bißchen albern?«

»Das ist meine Sache«, sagte sie. »Nicht deine. Ich möchte nicht, daß ihr dort seid und mitbekommt, was die sagen.«

Während er nach unten ging, hörte er, wie sie die Tür aufschloß, aber sie kam nicht heraus. Er fragte sich, warum die Polizei sie nach Hause gelassen hatte. Christine, die seine Gedanken zu lesen schien, sagte: »Sie kann sich einschließen, Philip, aber wir können das nicht, hab' ich nicht recht?«

Er schüttelte den Kopf. Christine hatte ihnen nie Vorschriften gemacht, hatte sie nie eingeengt, hatte sie sich selbst überlassen und ihnen ihre Liebe gegeben. Zumindest in Cheryls Fall war das offenbar nicht genug gewesen. Er stand mit Christine in der Küche und trank den Tee, den sie gebraut hatte. Dann hörten sie, wie Cheryl die Haustüre öffnete. Diesmal tat sie es, ohne Lärm zu veranstalten. Die Tür fiel mit einem leisen Klick ins Schloß. Christine gab einen klagenden Laut von sich.

Philip wußte, daß seine Mutter keinen Einwand erhoben hätte, wenn er gesagt hätte, er fahre wie gewohnt zu Senta, werde den Abend und die halbe Nacht fort sein. Jetzt erschien es ihm nicht mehr wichtig, Senta zu benachrichtigen, daß er nicht kommen werde. Statt dessen spürte er, welche Erleichterung es für ihn wäre, sollte dieser Abend vielleicht eine endgültige Trennung von ihr einleiten und all das Gewesene für ihn Vergangenheit werden. Doch schon während er nach diesem Strohhalm griff, erinnerte er sich, wie sehr sie ihn liebte.

»Meinst du, sie wird wiederkommen?« fragte ihn Christine.

Einen Augenblick lang erfaßte er nicht, wen sie meinte. »Cheryl? Ich weiß nicht. Hoffentlich.«

Er war draußen im Garten, als das Telefon klingelte. Die Dämmerung war gekommen, und er hatte Hardy bis zu den Lochleven Gardens und zurück spazierengeführt und war durch die hintere Gartentür zurückgekommen. Aus dem Küchenfenster fiel ein Lichtstrahl auf Flora, die einen langen, schwarzen Schatten aufs Gras warf. Ein Rinnsal aus weißlich-grauem Vogelkot war auf einem ihrer Arme getrocknet. Christine öffnete das Fenster und rief zu ihm hinaus, daß Senta am Apparat sei.

»Warum bist du nicht gekommen?«

»Ich kann heute abend nicht kommen, Senta.« Er berichtete ihr von Cheryl und fügte hinzu, daß er seine Mutter nicht alleinlassen könne. »Man kann dich nicht anrufen, das weißt du ja«, sagte er, als hätte er es versucht.

»Ich liebe dich. Ich will hier nicht ohne dich sein, Philip, du kommst doch und lebst hier mit mir zusammen? Wann wirst du kommen?«

Er hörte im Hintergrund Ritas und Jacopos Musik. »Ich weiß nicht. Wir müssen miteinander reden.«

Aus ihrer Stimme klang schreckliche Angst. »Warum müssen wir miteinander reden? Worüber denn?«

»Senta, ich komme morgen. Ich besuche dich morgen.« Ich werde dir sagen, dachte er, daß alles zu Ende ist, daß ich dich verlasse. Nach dem morgigen Tag werde ich dich nie mehr sehen.

Als er den Hörer aufgelegt hatte, begann er über jene Menschen, zumeist Frauen, nachzusinnen, die mit einem Mann zusammenlebten oder einen Mann liebten, den sie im Verdacht hatten, ein Mörder zu sein. Er war ein Mann, und er wußte, daß die Frau, die er liebte, einen Mord begangen hatte, aber es lief auf das gleiche hinaus. Es erstaunte ihn, daß solche Menschen den Gedanken auch nur erwägen konnten, den Mann, gegen den sie diesen Verdacht hatten, der Polizei preiszugeben, ihn zu »verpfeifen«, aber ebenso verwunderte es ihn, daß man den Wunsch haben konnte, die Beziehung fortzusetzen. Einmal, auf einer Einladung, hatte er bei einem Spiel mitgemacht, bei dem man sagen mußte, was jemand tun müßte, daß man ihn nicht mehr liebt, ihn nicht einmal mehr mag, nicht mehr kennen will. Und er hatte etwas Albernes gesagt, hatte gewitzelt, daß er mit einer Person Schluß machen würde, wenn sie sich nicht oft genug die Zähne putzte. Jetzt wußte er mehr. Seine Liebe zu Senta war dahingeschmolzen, als er erfuhr, daß sie für Myersons Tod verantwortlich war.

Kurz vor Mitternacht kam Cheryl nach Hause. Philip war aufgeblieben, weil er hoffte, sie werde zurückkommen. Christine hatte er dazu bewegen können, schlafen zu gehen. Er lief in die Diele hinaus, als er Cheryls

Schlüssel im Schloß hörte, und erwischte sie, während sie auf die Treppe zuging.

»Ich möchte dir nur sagen, ich werde nicht versuchen, dich zu der Verhandlung zu begleiten, wenn du das nicht willst.«

»Die Polizei holt mich ab«, sagte sie dumpf. »Sie kommen um halb zehn mit einem Auto.«

»Du mußt ihnen von den einarmigen Banditen erzählen.« Noch während er das sagte, wurde ihm bewußt, was für ein dummer Ausdruck das war – Frivolität in einer Tragödie. »Du wirst es ihnen sagen, nicht? Sie werden etwas tun, um dir zu helfen.«

Sie gab ihm keine Antwort. Mit einer seltsamen Geste zog sie das Futter der Taschen an ihren Jeans heraus, um zu zeigen, daß sie leer waren. Aus den Jackentaschen holte sie eine angebrochene Packung Pfefferminzbonbons und ein Zehnpencestück heraus. »Das ist mein ganzes Hab und Gut. Das ist alles, was mir gehört. Es wird am besten sein, wenn ich in den Knast gehe, oder?«

Er sah sie nicht am nächsten Morgen, da er zur Arbeit fuhr, ehe sie aufgestanden war. Am Nachmittag rief er Christine an und erfuhr von ihr, daß Cheryl eine Strafe mit Bewährung erhalten hatte. Wenn sie sich noch einmal etwas zuschulden kommen ließe, müßte sie ein halbes Jahr absitzen. Sie war jetzt zu Hause bei Christine, und auch Fee war da, die sich den Nachmittag frei genommen hatte. Er begann sich auf den schweren Gang vorzubereiten, der ihn erwartete. Morgen, dachte er, ist alles vorbei, habe ich es hinter mir, habe ich mit Senta gebrochen, und ein neuer Lebensabschnitt wird sich vor mir ausdehnen, leer und kalt.

Würde er jemals vergessen können, was sie getan und

daß er sie geliebt hatte? Vielleicht würde es verblassen und die Konturen verlieren, aber es würde trotzdem immer gegenwärtig sein. Sie hatte einen Mann getötet. Schon früher war jemand durch ihre Hand gestorben. Irgendwann würde sie weitere Menschen töten. Sie war so, sie war wahnsinnig. Bis ans Ende meines Lebens, dachte er, werde ich davon gezeichnet sein, selbst wenn ich nie wieder mit ihr sprechen, sie nie mehr sehen sollte, wird mir diese Narbe bleiben.

Daß er sie sehen mußte, dieser Entschluß stand für ihn fest. Schließlich hatte er sie bereits seelisch vorbereitet. Er hatte zu ihr gesagt, sie müßten miteinander sprechen, und die Furcht in ihrer Stimme hatte ihm gezeigt, daß sie halbwegs erraten hatte, was er sagen würde. Er würde ihr die ganze Wahrheit sagen: daß ihn Gewalt und Mord und Totschlag mit Abscheu erfüllten, daß es ein Horror für ihn sei, über solche Dinge auch nur zu sprechen oder davon zu lesen. Er würde ihr sagen, daß seine Liebe zu ihr zerstört worden sei, als er erfahren hatte, was sie getan hatte, daß er sie nun als eine andere Person betrachte. Sie war nicht das Mädchen, das er geliebt hatte, dieses Mädchen war ein Trugbild gewesen.

Aber was sollte er mit ihrer Liebe zu ihm anfangen?

Joley war unter den Männern und Frauen, die am Mutter-Teresa-Zentrum anstanden. Mit einem abergläubischen Gefühl registrierte Philip seine Gegenwart. Er hatte auf der Fahrt zur Tarsus Street wiederholt zu sich gesagt, sollte er Joley sehen, würde er ins Haus gehen und mit Senta sprechen, wenn nicht, würde er es sein lassen und nach Hause fahren. Der alte Mann mit seinem Karren und seinen Plastiktütenkissen war für Philip ein Zeichen, und Joley selbst verstärkte es, als er dem vorbeifahrenden Philip zuwinkte.

Philip parkte den Wagen. Er blieb lange am Steuer sitzen, dachte über sie nach, dachte daran, wie er früher die Stufen hinauf- und ins Haus gestürmt war, oft in solcher Eile, daß er den Wagen nicht abschloß. Und dann dachte er an die Zeit, als sie ihm die Schlüssel weggenommen hatte und er am liebsten bei ihr eingebrochen wäre, so groß waren sein Elend und sein Verlangen nach ihr gewesen. Warum war es ihm unmöglich, sich seelisch und emotional in diese Zeit zurückzuversetzen? Sie war ja noch dieselbe Person, sah aus, hörte sich an wie immer. Er würde es doch fertigbringen, in das Haus und die Treppe hinab ins Souterrain und in ihr Zimmer zu gehen und sie in die Arme zu nehmen und alles einfach zu vergessen, oder?

Er ließ den Motor an, wendete und fuhr nach Hause. Er wußte nicht, ob er es aus Schwäche oder aus Stärke tat, ob es zielbewußt oder feige gehandelt war. Cheryl war nicht da, Christine war nicht da. Später erfuhr er dann, daß sie zusammen weggegangen, daß sie mit Aubrey Pelham Fee und Darren besuchen gegangen waren. Um acht Uhr begann das Telefon zu klingeln, und er ließ es klingeln. Zwischen acht und neun Uhr klingelte es neunmal. Um neun nahm er den kleinen Hund an die Leine und spazierte mit ihm zwei, drei Meilen weit durch die Straßen. Natürlich stellte er sich vor, daß das Telefon klingelte, während er aus dem Haus war, und er sah sie vor sich, wie sie in diesem schmutzigen, säuerlich riechenden Flur in der Tarsus Street wählte und wählte. Er dachte daran zurück, wie es für ihn gewesen war, als sie ihn hinausgeworfen und er sie anzurufen versucht hatte.

Das Telefon klingelte, als er zurückkam. Er hob ab. Es war, als hätte er plötzlich begriffen, daß er nicht bis zum Ende seiner Tage den Hörer auf der Gabel liegenlassen konnte. Sie sprach wirr durcheinander, schluchzte in den Hörer, holte tief Luft und klagte: »Ich habe dich auf der Straße gesehen. Ich habe den Wagen gesehen. Du bist weggefahren und hast mich verlassen.«

»Ich weiß. Ich konnte nicht hineinkommen.«

»Warum nicht? Warum konntest du nicht?«

»Du weißt warum, Senta. Es ist vorbei. Wir können uns nicht wiedersehen. Es ist besser, wenn wir uns nicht mehr sehen. Du kannst dein Leben wiederaufnehmen, und ich werde meines wieder anfangen.«

Sie sagte mit einer schwachen, plötzlich ruhigen Stimme: »Ohne dich gibt es für mich kein Leben.«

»Hör zu, Senta, wir haben einander nur ein Vierteljahr gekannt. Das ist nichts, wenn man das ganze Leben nimmt. Wir werden einander vergessen.«

»Ich liebe dich, Philip. Du hast gesagt, du liebst mich. Ich muß dich sehn, du mußt hierherkommen.«

»Es hat keinen Zweck. Es würde an den Dingen nichts ändern.« Er sagte »Gute Nacht« und legte auf.

Beinahe sofort klingelte es wieder, und er hob ab. Er wußte, daß er jetzt jedesmal an den Apparat gehen würde. »Ich muß dich sehn. Ich kann ohne dich nicht leben.«

»Was soll es denn für einen Zweck haben, Senta?«

»Ist es wegen Martin Hunt? Ist es seinetwegen? Philip, ich erfinde das jetzt nicht, es ist die absolute, die reine Wahrheit – ich habe nie mit ihm geschlafen, ich bin nur ein einziges Mal mit ihm weggegangen. *Er wollte nichts von mir, er hatte es auf die andere abgesehen*. An ihr hat ihm mehr gelegen als an mir.«

»Darum geht es nicht, Senta«, sagte er. »Es hat damit nichts zu tun.«

Als hätte er kein Wort von sich gegeben, sprach sie fieberhaft weiter: »Das ist auch der Grund, warum die Polizei nie auf mich gekommen ist. Weil sie nichts wußte. Sie wußte nicht mal, daß ich ihn kannte. Ist das kein Beweis? Sag!«

Was ging in dieser Frau vor, daß sie dachte, ein Mann würde an einer sexuellen Beziehung mehr Anstoß nehmen als an einem Mord?

»Senta«, sagte er, »ich werde nicht Schluß machen, ohne dich noch einmal gesehen zu haben. Das werde ich nicht tun. Ich verspreche es dir. Ich werde zu dir kommen, und wir werden die Sache abschließen.«

»Philip, wenn ich sagen würde, ich habe es gar nicht getan, ich habe alles erfunden?«

»Ich weiß, es sind nur die Kleinigkeiten, bei denen du die Unwahrheit sagst, Senta.«

Sie rief nicht wieder an. Er lag stundenlang schlaflos im Bett. Von anderen Dingen abgesehen fehlte ihm ihre körperliche Gegenwart, doch als er daran dachte, daß er mit einer kaltblütigen Mörderin geschlafen hatte, als er es im Geist noch einmal durchlebte, mußte er aufstehen und ins Badezimmer gehen, wo er sich übergab. Was war, wenn sie sich umbrachte? Plötzlich kam ihm der Gedanke, wie wenig es ihn überrascht hätte, wenn sie ihm einen Selbstmordpakt vorgeschlagen hätte. Das wäre ganz ihre Art gewesen. Gemeinsam sterben, Hand in Hand in irgendein wunderbares Leben nach dem Tode gehen, Ares und Aphrodite, Unsterbliche in weißen Gewändern ...

Am nächsten Tag wurde das Wetter wieder schön. Obwohl es noch früh war, als er erwachte, schien die Sonne schon heiß, und ein breites Lichtband zog sich vom Fenster her, dessen Vorhänge er zuzuziehen versäumt hatte, über sein Kopfkissen. Ein Spatz saß auf Floras ausgestreckter Hand. Auf dem Gras lagen schwerer Tau und lange, tiefblaue Schatten. Es war alles ein Traum, dachte er, alles war nur ein Traum. Flora hat all die Zeit dort gestanden, ist nie zu anderen Besitzern, in andere Gärten fortgebracht worden. Fee wohnt noch immer hier. Ich bin Senta nie begegnet. Die Morde sind nicht geschehen. Ich habe sie geträumt. Ich habe von Senta nur geträumt.

Unten war die Frau, die Moorehead hieß, erschienen, um sich Dauerwellen machen zu lassen. Es waren die ersten Dauerwellen, die Christine seit mehreren Wochen legte. Der Gestank nach faulen Eiern, der überall hindrang und es unmöglich machte, ein Frühstück zuzubereiten, rief frühere Zeiten wach, die Zeit, ehe Senta in sein Leben getreten war. Er trug dazu bei, die Illusion am Leben zu erhalten. Er machte eine Kanne Tee, reichte Mrs. Moorehead eine Tasse, und Christine sagte, wie nett es doch für zwei alte Frauen sei, von einem jungen Mann bedient zu werden. Mrs. Moorehead fuhr zusammen, und Philip wußte, wenn die Dauerwellen fertig waren und sie sich verabschiedete, würde sie zu Christine sagen, es sei gegen ihre Prinzipien, der Chefin ein Trinkgeld zu geben.

Cheryl kam nach unten. Seit Monaten war sie nicht so früh auf den Beinen gewesen. Sie setzte sich an den Küchentisch und trank Tee. Philip spürte, daß sie ihn allein erwischen wollte, um ihn anzupumpen. Er entkam, bevor sie dazu Gelegenheit bekam.

Der Wagen mußte an diesem Tag für den Einbau des

neuen Radios in die Werkstatt. Er ließ ihn dort und erhielt die Zusage, man werde damit bis drei Uhr fertig sein. Auf dem Rückweg zur Zentrale kaufte er eine Zeitung. Die Abendausgabe war gerade auf die Straßen gekommen, und die Schlagzeile auf der Titelseite berichtete von einem Mann, der des Mordes an John Crucifer beschuldigt wurde. Philip las den Bericht im Gehen. Es stand nicht viel darin außer den knappsten Fakten. Der Tat verdächtigt wurde Trevor Crucifer, ein arbeitsloser Schweißer, fünfundzwanzig Jahre alt, Crucifers eigener Neffe.

Ein ganz außergewöhnliches Gefühl überströmte ihn – als wäre er endgültig und uneingeschränkt entlastet worden. Jemand anders hatte den Mann umgebracht, und es war amtlich, den zuständigen Stellen bekannt. Ihm war, als hätte er nie sein törichtes, unüberlegte Geständnis abgelegt. Es schien ihn in einer Weise von aller Schuld reinzuwaschen, wie es sein Wissen, daß er unschuldig war, niemals vermocht hätte. Was wäre, wenn er die Zeitung aufschlüge und auf einer Innenseite entdeckte, daß auch der wahre Mörder von Harold Myerson gefunden worden war?

Roy saß in seinem Büro, wo die Klimaanlage abgestellt war und die Fenster offen standen. Der leitende Direktor hatte einen Brief an ihn weiterleiten lassen. Er war von Mrs. Ripple und enthielt eine Liste von sieben verschiedenen Mängeln, die sie in ihrem neuen Bad entdeckt hatte.

»Ich habe bis drei keinen Wagen«, sagte Philip.

»Dann nehmen Sie mal meinen.«

Roy sagte, die Schlüssel befänden sich in einer Tasche seiner Jacke, die in Lucys Zimmer hänge. Als Philip den

Raum betrat, begann gerade das Telefon zu klingeln. Da Lucy nicht da war, nahm er den Hörer ab. Eine Stimme fragte, ob Mr. Wardman an diesem Tag im Büro erwartet werde.

»Ich bin selbst am Apparat.«

»Oh, guten Morgen, Mr. Wardman. Ich bin von der Polizei, Kriminalsergeant Gates, CID.«

Sie boten ihm an, ihn zu Hause oder in der Arbeit aufzusuchen, doch Philip sagte, durchaus wahrheitsgemäß, daß er ohnedies nach Chigwell fahren müsse. Gates hatte ihm eine gewisse Vorstellung davon vermittelt, worum es ging. Philip dachte darüber nach, drehte und wendete es hin und her, während er in Roys Wagen durch den zähflüssigen Verkehr in Londons östlichen Vorstädten fuhr.

»Wir führen Ermittlungen wegen einer abhanden gekommenen Statue durch, Mr. Wardman. Genauer gesagt, einer gestohlenen Statue.«

In seiner Bestürzung hatte es ihm kurz die Sprache verschlagen. Aber der Beamte hatte keinen anklagenden oder einschüchternden Ton angeschlagen. Er hatte mit Philip wie mit einem potentiell nützlichen Zeugen gesprochen, einem jener Leute, die aufrichtig bemüht sind, die Polizei bei ihren Ermittlungen zu unterstützen. Philip sei doch mehrmals dort in der Gegend gewesen – sei dem nicht so? In der Gegend der Chigwell Row, aus der die Statue verschwunden sei.

Am Steuer von Roys Wagen sitzend, die Fenster herabgekurbelt, da die Sonne schien, sagte Philip zu sich, das sei tatsächlich alles, was sie von ihm wollten: Er sollte ihnen sagen, ob er in der Nachbarschaft irgendwelche verdächtigen Personen gesehen habe. Ganz plötzlich kam ihm die Idee, daß Flora wertvoll, wirklich wertvoll sein müsse. Dabei überlief es ihn kalt. Er dachte an seinen Job. Aber sie wußten nichts, sie *konnten* nichts wissen.

Gates hatte jemanden bei sich, der sich als Kriminalinspektor vorstellte. Philip fand, daß man für die Fahndung nach einer gestohlenen Gartenzierde einen ziemlich ranghohen Beamten aufgeboten hatte. Der Inspektor hieß Morris. Er sagte: »Wir haben Sie wegen einer recht interessanten Koinzidenz hierhergebeten. Soviel ich weiß, war Ihre Schwester letzthin ein bißchen in Schwierigkeiten?«

Philip nickte. Er wußte nicht, woran er war. Warum sprachen sie nicht über Chigwell und Mrs. Ripples Nachbarschaft?

»Ich will ganz offen zu Ihnen sein, Mr. Wardman, vielleicht offener, als Sie es uns im allgemeinen zutrauen. Ich sehe persönlich keinen Sinn darin, um die Sache herumzureden. Eine Beamtin hat Ihr Haus durchsucht und dabei eine bestimmte Statue im Garten gesehen. Intelligenterweise stellte sie eine Verbindung zwischen dieser Statue und der aus Mrs. Myersons Garten verschwundenen her, da sie sich deren Beschreibung aus dem Computernetz der Metropolitan Police gemerkt hatte.«

»Dann ist sie also viel wert?« brachte Philip heraus.

»Sie?«

»Entschuldigung, ich habe die Statue gemeint. Ist sie wertvoll?«

Gates sagte: »Mrs. Myersons verstorbener Ehemann

hat sie für achtzehn Pfund ersteigert. Ich weiß nicht, ob man das als wertvoll bezeichnet. Kommt wohl auf die jeweiligen Maßstäbe an.«

Philip hatte schon sagen wollen, er verstehe nicht, jetzt aber begriff er. Es ging nicht darum, wie wertvoll Flora war. Sie wußten, daß er sie gestohlen hatte. Die Kriminalkommissarin hatte die Statue gesehen, als sie Cheryl nach Hause brachten, und sie anhand des fehlenden Stückchens am einen Ohr und des grünen Flecks identifiziert. Die beiden Beamten sahen ihn an, und er erwiderte ruhig ihren Blick. Es führte kein Weg darum herum. Wenn er leugnete, würden sie vielleicht die arme Cheryl beschuldigen. Ohnedies konnte er nicht verstehen, warum sie nicht überhaupt Cheryl verdächtigt hatten; angesichts der Umstände schien sie sich ja anzubieten.

»Also gut«, sagte er, »ich habe die Statue weggenommen. Ich habe sie gestohlen, wenn Sie so wollen. Aber ich dachte, irrigerweise, daß ich ein gewisses Anrecht darauf hätte. Wollen Sie ...« Die Kraft drohte ihn zu verlassen, und er räusperte sich. »... wollen Sie mich unter Anklage stellen lassen, weil ich sie gestohlen habe?«

»Ist das Ihre größte Sorge, Mr. Wardman?«

Die Frage war unverständlich. Philip formulierte noch einmal, was er gesagt hatte. »Werde ich vor Gericht kommen?« Als er keine Antwort erhielt, fragte er, ob sie seine Aussage zu Protokoll nehmen möchten.

Es war sonderbar, wie sie sich darauf stürzten, als wären sie selbst nie darauf gekommen, als wäre er auf eine brillante und originelle Idee verfallen. Eine junge Frau mit einer Schreibmaschine – vielleicht selbst eine Polizeibeamtin, vielleicht aber auch nicht – nahm seine Aussage auf. Er berichtete die Wahrheit, die unwahr klang, wenn sie laut ausgesprochen wurde. Als er damit zu Ende war, saß er da und blickte sie an, die beiden Beamten und die junge Frau, die möglicherweise – oder auch nicht – eine Polizistin war, und wartete darauf, daß die Worte kamen, die er in Krimis gelesen und im Fernsehen gehört hatte: Sie sind nicht verpflichtet, sich zu der Beschuldigung zu äußern ...

Morris stand auf. Er sagte: »Nun gut, Mr. Wardman. Vielen Dank. Wir brauchen Sie nicht länger aufzuhalten.«

»Das war's also?« brachte Philip mit fester, gelassener Stimme heraus.

»Vorläufig ja.«

»Werden Sie mich belangen, weil ich die Statue weggenommen habe?«

Die Antwort ließ etwas auf sich warten. Morris sammelte Blätter vom Schreibtisch auf. Er blickte hoch und sagte bedachtsam und überlegt: »Nein, ich denke nicht. Ich glaube nicht, daß das nötig sein wird. Es wäre Zeitvergeudung und eine Verschwendung von Steuergeldern, meinen Sie nicht?«

Philip gab keine Antwort. Es war keine Frage, auf die eine Antwort erwartet wurde. Er wurde plötzlich verlegen, kam sich lächerlich vor. Als er dann draußen auf der Straße war, überkam ihn Erleichterung und schwemmte die Verlegenheit fort. Ich werde Mrs. Myerson die Statue zurückgeben, dachte er; es ist das wenigste, was ich tun kann. Wenn die Polizei nicht Flora holen kommt, werde ich sie selbst nach Chigwell bringen.

Er fuhr zu Mrs. Ripples Haus und wurde hinauf in ihr Badezimmer geführt, wo ihm sämtliche Punkte auf ihrer Mängelliste, begleitet von zahlreichen giftigen Schmähreden und der Aufzählung sämtlicher Kosten, vorgehalten wurden. Pearl war nirgends zu sehen, war vielleicht nach Hause gegangen.

Er fuhr zurück und dabei an Mrs. Myersons Haus vorbei. Im Vorgarten stand die Tafel eines Immobilienmaklers, auf der es zum Verkauf angeboten wurde. Der Scotchterrier, dem Senta den Namen Ebony gegeben hatte, lag auf dem Weg zur Haustür schlafend im Schatten. In einem Pub in Chigwell aß Philip ein Sandwich, und dann, als der Verkehr am schwächsten war, fuhr er zurück in die Innenstadt. Er parkte Roys Wagen und ging zu der Werkstatt, um seinen eigenen abzuholen.

Als er in die Zentrale kam, sagte Lucy zu ihm: »Ein Mr. Morris hat am Telefon nach Ihnen gefragt.«

Im ersten Augenblick konnte sich Philip nicht denken, um wen es sich handelte. Dann erinnerte er sich. Der Polizeibeamte war so diskret gewesen, den Leuten von Philips Firma weder seine Funktion noch seinen Rang anzugeben. Aber warum hatte er überhaupt angerufen? Hatten sie sich die Sache anders überlegt?

»Hat er eine Nummer hinterlassen?«

»Er will noch mal anrufen. Ich habe ihm gesagt, Sie würden nicht lange ausbleiben.«

Die Viertelstunde zog sich in die Länge. Philip durchlebte noch einmal seine früheren Befürchtungen. Sollten sie ihn belangen, beschloß er, würde er sofort zu Roy gehen und ihm beichten, sich auf das Schlimmste gefaßt machen. Er suchte die Nummer im Telefonbuch heraus und rief selbst Morris an. Es dauerte eine kleine Weile, bis er ausfindig gemacht wurde. Philip hatte einen trokkenen Mund bekommen, und es war ein unangenehmes Gefühl, wie ihm das Herz schlug.

Als Philip zu Morris sagte, wer am Apparat war, sagte dieser: »Mr. Wardman, haben Sie eine Freundin?«

Es war das letzte, was Philip erwartet hätte. »Warum fragen Sie?« fragte er.

»Vielleicht kennen Sie ein Mädchen mit sehr langem Haar, blond... genau gesagt, silberblond? Ziemlich klein, nur gut anderthalb Meter groß?«

»Ich habe keine Freundin«, antwortete Philip und war sich nicht sicher, ob er die Wahrheit sprach.

21

Er dachte solange über alles nach, bis er eine Erklärung fand. Es war wie bei einem Rätsel in der Zeitung. Man sieht sich die Auflösung auf der letzten Seite an, und wenn man sie liest, wird alles so klar und naheliegend, daß man sich fragt, wieso man nicht selbst darauf kam.

Die Polizei mußte jede Begebenheit in Harold Myersons letzten Lebenstagen registriert, mußte mit allen seinen Bekannten, sämtlichen Nachbarn gesprochen, alle Leute notiert haben, die in sein Haus gekommen waren. Ihr Interesse dürfte durch die Entwendung Floras und die Beschreibung des Diebs geweckt worden sein, die ihnen sicher der Nachbar gegeben hatte. Ein Zeuge oder vielleicht auch mehrere Zeugen hatten die kleine, junge Person mit dem langen, silbernen Haar beschrieben, die sie in der Umgebung der Stelle, wo Myerson an jenem Sonntagmorgen ermordet worden war, und später in der U-Bahn gesehen hatten. Wahrscheinlich hatte man überlegt, ob es eine Verbindung zwischen diesem Mädchen und dem Dieb der Statue geben könnte. Es war zwar eine sehr vage Vermutung, aber die Polizei ließ vage Vermutungen nicht unbeachtet.

Philip begriff, daß man ihn nie gefunden hätte, wenn nicht Flora bei ihm im Garten gesehen worden wäre. Und ohne ihn wäre man nie auf Senta gekommen. Er war es gewesen, der die Polizei auf Senta gebracht hatte, mittels der Statue, der sie ähnlich sah.

All dies ging ihm durch den Kopf, während er zur Tarsus Street unterwegs war. Er hatte keine Zeit verloren, hatte nichts zu Roy gesagt. Es war merkwürdig, daß sich das alte Verlangen nach Senta wieder gemeldet hatte, als er hörte, wie Morris sie beschrieb. Er hatte keine Vorstellung, was er sagen oder tun werde, wenn er dort ankam, aber es war ihm klar, daß er hinfahren und ihr alles sagen und ihr irgendwie beistehen mußte. Er konnte sich nicht vormachen, daß die Polizei sie auch jetzt noch nicht finden werde.

Aus dem wolkenbedeckten Himmel hatte es zu regnen begonnen. Zuerst kamen einzelne, isolierte Tropfen wie große flache Münzen, und dann wurde daraus ein Platzregen, wie er in den Tropen herabstürzt. Aber er kam nicht einfach herab, er riß sich vom Himmel los und prasselte als eine geborstene Wasserwand herab, eine stählerne Jalousie aus Wasser fiel mit metallischem Krachen herab. Während des Wolkenbruchs hellte sich der Himmel nicht auf, sondern schien noch dunkler zu werden, und längs der ganzen Route, die Philip dahinfuhr, gingen in Häusern und Bürogebäuden die Lichter an. Die Autos fuhren mit eingeschalteten Scheinwerfern. Die Strahlen seiner eigenen bahnten dunstige Pfade durch den sintflutartigen Regen.

Joley und eine alte Frau mit einem Hund in einem Korb auf Rädern saßen zusammen unter dem schützenden Vordach der Kirche. Das Tier, das wie einer jener Hunde aussah, die man manchmal auf sentimentalen Glückwunschkarten sieht, hatte das Gesicht zwischen den Pfoten und lugte über den Rand des Korbs. Joley winkte her. Aus irgendeinem Grund fiel Philip plötzlich ein, daß er und Senta an diesem Tag mit der Arbeit in der obersten

Etage hatten beginnen wollen. Am vergangenen Wochenende hatten sie sich das vorgenommen, an jenem glücklichen, durchsonnten Wochenende, das ihm jetzt wie tausend Jahre entfernt vorkam. Am Freitagabend hatten sie hinauf in die Wohnung gehen und sich ansehen wollen, was es alles zu tun gab, und er hatte ihr bei den Dingen helfen wollen, die sie erledigt haben wollte.

Er hatte den Hörer auf die Gabel gelegt, um nicht noch weitere von Kriminalsergeant Morris' Fragen beantworten zu müssen. Er hatte aufgelegt und dem Beamten das Wort abgeschnitten. Morris hatte sicher sofort noch einmal angerufen. Wenn er von Lucy oder Roy erfuhr, daß er, Philip, weggegangen war, würde ihm klarwerden, daß Philip den Anruf nicht zufällig, sondern absichtlich beendet hatte. Es würde ihm sagen, daß er, Philip, schuldig oder mitschuldig war oder verzweifelt zu verhindern suchte, daß Morris die Identität seiner Freundin herausfand. Und deswegen würde er keine Zeit verlieren, sie zu eruieren – ihre Identität und ihre Adresse. Es wäre ein Kinderspiel. Er brauchte nur Christine zu fragen. Er brauchte nur Fee zu fragen. In ihrer Arglosigkeit würden sie ihn sofort über beides aufklären.

Philip parkte den Wagen vor dem Haus, den Eingangsstufen so nahe wie möglich. Die Räder auf der Beifahrerseite standen in einem See, auf den der Regen herabprasselte. Er erinnerte sich an den Regen an jenem ersten Abend, an dem sie miteinander geschlafen hatten, dem Abend von Fees Hochzeit, aber verglichen mit diesem war das ein Schauer gewesen. Das Haus war nur halb zu sehen, denn der Regen bildete eine Mauer, die es verbarg, nebelartig, doch von urtümlicher Gewalt.

Er stieß die Wagentür auf, sprang hinaus und schlug sie

hinter sich zu. Diese paar Sekunden auf dem Gehsteig und den Stufen, ehe er das schützende Vordach erreichte, genügten, daß er bis auf die Haut durchnäßt wurde. Er schüttelte sich und zog seine Jacke aus. Sobald er im Flur war, wußte er, daß Rita und Jacopo fort waren. Er merkte es immer, obwohl er eigentlich nie sagen konnte, woran. Im Haus war es ziemlich dunkel, weil draußen des Gewitters wegen fahles Zwielicht herrschte. Er hätte nicht sagen können, warum er das Licht nicht einschaltete, aber er tat es nicht.

Vom Souterrain herauf kam kein Duft von Räucherstäbchen. Außer dem allem anhaftenden Geruch, an den man sich gewöhnte, wenn man oft in dieses Haus kam, war nichts zu riechen. Er hatte sich beeilt hierherzukommen, jetzt aber zögerte er vor ihrer Tür. Er mußte sich innerlich für ihren Anblick wappnen. Er holte tief Luft, atmete langsam aus, drückte die Augen zu, öffnete sie wieder und trat in das Zimmer. Es war leer, sie war nicht da.

Aber sie war kurz vorher noch dagewesen. Auf dem niedrigen Tisch vor dem Spiegel brannte eine Kerze in einer Untertasse. Es war eine neue Kerze, sie war nur ein kleines Stück herabgebrannt. Die Läden waren geschlossen, das Zimmer dunkel wie die Nacht. Sie konnte nicht aus dem Haus gegangen sein, nicht bei diesem Regen. Er klappte die Läden zurück. Das Wasser strömte an den Scheiben herab wie ein bebender, schluchzender Sturzbach.

Ihr grünes Kleid, ein Kleid wie aus Regen, aus Wasser gemacht, hing über dem Korbsessel. Die hochhackigen, silbernen Schuhe standen nebeneinander darunter. Auf dem Bett lagen ein paar mit der Schreibmaschine beschriebene und zusammengeheftete Bogen Papier – vielleicht ihr Fernsehskript. Er verließ das Zimmer, stieg die Treppe hinauf und zögerte dann. Schließlich stieg er den nächsten Treppenabschnitt hinauf und kam zu den Zimmern, in die er an jenem Tag einen Blick geworfen hatte, als sie in Ritas Bad gebadet hatte, dem Tag, an dem sie am Vormittag zurückgekommen war und gesagt hatte, sie habe Arnham umgebracht.

Die Zimmer waren unverändert. Das eine war angefüllt mit Plastiktüten voll Kleidungsstücken und Zeitungen, und im Schlafzimmer, wo Rita und Jacopo schliefen, war das Fenster mit einer Tagesdecke verhängt, und eine Schaummatratze diente als Teppich. Er öffnete die Badezimmertür. Niemand war darin, doch als er wieder auf dem Treppenabsatz war, hörte er über seinem Kopf eine Diele knarren. Er dachte: Heute wollten wir dort oben anfangen. Sie hat sich ohne mich an die Arbeit gemacht, sie hat beschlossen, schon damit anzufangen, ehe ich da bin. Alles, was seither zwischen uns geschehen ist, alles, was ich gesagt habe, all mein Entsetzen und mein Haß haben nichts bewirkt. Jäh wurde ihm klar, daß er die ganze Zeit, seit er die Fahrt hierher angetreten, seit er den Wagen geparkt und das Haus betreten hatte, voller Angst gewesen war, was sie getan haben könnte, gefürchtet hatte, sie könnte sich etwas angetan haben und er werde sie tot auffinden.

Er ging zum unteren Ende des letzten Treppenabschnitts. Dort bemerkte er allmählich den Geruch. Es war ein entsetzlicher Gestank, der von oben herabkam. Während er ihn roch und merkte, wie er stärker wurde, ging ihm auf, daß der Gestank schon nach unten gedrungen war, als er zum erstenmal einen Fuß in dieses Stockwerk gesetzt hatte. Er wurde sich auch bewußt, daß er so etwas noch nie gerochen hatte. Es war ein neuartiger Geruch, ein bestialisches Odeur, das in der heutigen Zeit vielleicht nur wenige Menschen riechen müssen. Wieder knarrte die Diele über ihm. Er stieg die Stufen hinauf und bemühte sich, nur durch den Mund zu atmen, damit die Nase nichts wahrnahm.

Die Türen waren alle geschlossen. Er dachte an nichts. Er hatte aufgehört, daran zu denken, daß sie – einst – geplant hatten, hier oben zu wohnen. Seine Bewegungen waren rein instinktiv. Er hörte das Geprassel des Regens nicht mehr. Er öffnete die Tür zu dem größten Zimmer. Das Licht hier war schwach, aber dunkel war es nicht, denn die beiden Dachfenster hatten weder Vorhänge noch Läden. Das Zimmer ging auf die Rückseite des Hauses, und durch das triefende Glas konnte man über den Dächern den granitgrauen Himmel sehen. Der Raum enthielt nichts als einen alten Sessel und auf dem Boden zwischen der halb geöffneten Schranktür und dem linken Fenster einen Gegenstand, der wie eine Bahre oder eine Palette aussah, in Wirklichkeit aber eine ausgehängte Tür war, auf der eine graue Decke lag.

Senta stand daneben. Sie trug die Sachen, die sie bei ihrem Ausflug nach Chigwell getragen hatte, den Kasack aus rotem Kordsamt, von dem sie gesagt hatte, sie habe ihn nach Blutflecken abgesucht, die Jeans, die Turnschuhe. Das Haar hatte sie mit einem rotgestreiften Tuch hochgebunden. Sie begrüßte ihn mit einem Lächeln, das sie verwandelte. Ihr ganzes Gesicht, ihr ganzer Körper wurde zu einem Lächeln. Sie kam mit weitgeöffneten Armen auf ihn zu.

»Ich wußte, daß du kommen würdest. Ich habe es

gespürt. Ich dachte: Philip wird zu mir kommen, er hat nicht ernst gemeint, was er gesagt hat, *er kann es nicht ernst gemeint haben.* Ist das nicht komisch? Ich habe auch nur einen Augenblick lang Angst gehabt, dann nicht mehr. Ich wußte, meine Liebe ist so stark, da kann deine nicht vergehn.«

Ja, so ist es, dachte er, so ist es. Sie war zurückgekehrt, hatte ihn überflutet wie der Regen. Das Mitleid und die Zärtlichkeit, die er empfand, versengten sein Inneres mit einem brennenden Schmerz. Hinter seinen Augen stiegen Tränen hoch. Er legte die Arme um sie, und sie warf sich an ihn, als wollte sie ihren Körper in seinen hineindrängen.

Diesmal löste sie sich zuerst aus ihrer Umarmung. Sie trat einen Schritt zurück und blickte ihn, den Kopf etwas zur Seite geneigt, mit Innigkeit an. Er wurde sich, ungereimterweise, bewußt, daß er, während er sie an sich drückte, den Gestank nicht mehr wahrgenommen hatte. Nun kehrte er in einer dichten, heißen Woge wieder. Es war ein Miasma, das er mit Fliegen in Verbindung brachte. Sie streckte eine Hand aus, nahm seine und sagte: »Philip, mein Geliebter, du hast gesagt, du würdest mir bei einer Arbeit helfen, die ich tun muß. Genauer gesagt, die *wir* tun müssen. Es ist etwas, was geschehen muß, ehe wir wirklich daran denken können, hier oben zu wohnen.« Sie lächelte. Es war ein so wahnsinniges Lächeln, wie er es sich auf dem Gesicht einer Frau nur vorstellen konnte, dämonisch und leer und von der Realität abgespalten. »Ich hätte es schon früher getan, ich hätte es eigentlich schon früher tun sollen, aber ich habe einfach nicht genug Kraft, um so etwas allein zu schaffen.«

Sein Kopf war gedankenleer. Er konnte sie nur anstarren, spürte nichts als Schmerz und ihre Hand, klein und heiß, in seiner. Er hatte ihr alle möglichen schrecklichen Dinge zu sagen, aber törichterweise brachte er nur heraus: »Du hast doch gesagt, Jacopo...«

»Sie sind bis morgen weg. Außerdem wäre es nicht gut, wenn sie etwas davon erfahren. Wir müssen das erledigen, bevor sie zurückkommen, Philip.«

Ein Fleischerladen, der mehrere Tage lang unbeaufsichtigt offengestanden hat, dachte er. Ein Laden, in dem Fleisch verfault, nachdem alle Menschen durch die Bombe oder an der Strahlenkrankheit umgekommen sind. Sie öffnete die Schranktür. Er sah etwas, was nach einem Gesicht aussah. Wie Floras Gesicht in den Winkeln seines eigenen Schranks leblos schimmernd, aber nein, nicht so, ganz und gar nicht so. Etwas, das einmal eine weibliche Person und jung gewesen war, an die nackte Schrankwand gelehnt und noch immer mit grünem Samt bekleidet.

Er stieß ein entsetztes Geräusch aus und hielt sich mit beiden Händen den Mund zu. Es war ihm, als stiege ihm sein ganzes Körperinneres in den Mund und schwölle dort an. Der Fußboden bewegte sich. Er würde zwar nicht das Bewußtsein verlieren, aber aufrecht stehen bleiben konnte er auch nicht. Mit nach vorne gestreckten Händen, wie jemand, der Wasser sucht, um darin zu schwimmen, ging er in die Knie, bis er über der grauen Decke auf der ausgehängten Tür kauerte.

Sie hatte es nicht bemerkt, es war nicht an sie herangekommen. Sie schaute gerade in den Schrank, als wäre das, was er barg, nicht mehr als ein sperriges oder unhandliches Möbelstück, das irgendwie fortgebracht, beiseite geschafft werden mußte. Von den Augen vielleicht abgesehen waren ihre Sinne abgeschaltet. Er sah, wie sie in den Schrank griff und vom Boden ein Küchenmesser aufhob, dessen Schneide und Griff von altem Blut geschwärzt waren. Sie log nur, wenn es um kleine Dinge, um Nebensächlichkeiten ging...

»Du hast doch deinen Wagen dabei, Philip? Ich dachte, wir könnten es auf diesem Ding, auf dem du da sitzt, nach unten schaffen und in meinem Zimmer abstellen, bis es draußen dunkel wird, und dann könnten wir...«

Er schrie sie an: »Um Gottes willen, halt den Mund, hör auf!«

Sie drehte sich ihm langsam zu, sie richtete wäßrige Augen auf ihn, in denen der Wahnsinn stand. »Was ist denn los?«

Er hatte noch nie so etwas Schweres getan wie jetzt – sich vom Fußboden erheben, aufstehen, mit einem Tritt die Schranktür schließen. Er packte Senta mit den Armen und beförderte sie aus dem Zimmer. Dies war die nächste Tür, die geschlossen werden mußte. Seine Nase, das ganze Innere seines Kopfes, so kam es ihm vor, sein Hirn waren mit diesem Gestank überzogen. Es gab auf der ganzen Welt nicht genug Türen, um ihn fernzuhalten. Er schleppte Senta zur Treppe und zog sie mit sich hinab, bis sie auf halber Länge auf die Stufen sanken. Er packte ihre Schultern, machte mit den Händen einen Käfig für ihr Gesicht und zwang es seinem entgegen. Ihre Münder waren einander ganz nahe.

»Hör mir zu, Senta. Ich habe dich an die Polizei verraten. Ich wollte es nicht, aber ich hab' es getan. Sie werden hierherkommen, sie werden schon bald da sein.«

Ihre Lippen öffneten sich, sie riß die Augen auf. Er war

darauf gefaßt, daß sie ihn mit Fäusten und Zähnen anfallen werde, aber sie blieb regungslos und schlaff, als hinge sie zwischen seinen Händen.

»Ich bringe dich weg«, sagte er. Er sagte es gegen seine Absicht. »*Dafür* werden wir den Wagen benutzen. Ich bringe dich irgendwohin.«

»Ich will nicht weg«, sagte sie. »Wohin soll ich denn gehen? Ich will nirgends sein, wo du nicht bist.«

Sie stand auf, und er stand auf, und sie gingen nach unten. Hier herrschte ein neuer Geruch, der alte Geruch, säuerlich, modrig. Er dachte, es ist schon Stunden her, seit ich mit Morris gesprochen habe. Sie stieß die Tür zum Souterrainzimmer auf. Die Kerze war in einer Wachspfütze erloschen.

Draußen hatte der Regen inzwischen aufgehört. Wasser lief an der Mauer des kleinen Vorhofs herab und spritzte gegen den Randstein, wenn Autos vorbeifuhren. Er drehte sich zu ihr um. Sofort erkannte er, daß nur eine einzige Sache sie bedrückte, für sie wichtig war.

»Du liebst mich doch noch, Philip?«

Vielleicht war es eine Lüge. Er wußte es nicht mehr. »Ja«, gab er zur Antwort.

»Du wirst mich nicht verlassen?«

»Ich werde dich nicht verlassen, Senta.«

Er hockte sich neben sie auf das Bett und wandte das Gesicht von seinem Bild ab, das ihn aus dem Spiegel ansah, zerknittert, geängstigt, beschädigt. Sie kroch über die Matratze zu ihm hin, und er nahm sie in die Arme. Sie schmiegte sich an ihn und berührte mit den Lippen seine Haut, und er drückte sie an sich. Er hörte, wie draußen Autos durchs Wasser fuhren, und er hörte, wie eines anhielt. An welche Dinge wir in Schreckenszeiten denken, ging es ihm durch den Kopf, an welche wir uns erinnern. Damals, beim Diebstahl der Statue, hatte er gedacht, wegen so etwas würden sie keinen Polizeiwagen schicken.

Doch jetzt würden sie einen schicken. Jetzt würden sie einen schicken.